新闻出版博物馆 文库·史料

# 书店灯光

三联书店往事

韬奋纪念馆 编

上海三联书店

上海辣斐德路（今复兴中路）生活周刊社，1926 年　　　　汉口交通路生活书店，1937 年

重庆武库街（今民生路）生活书店，
1937 年

桂林中南路生活书店，1938 年

昆明华山南路生活书店，1939 年

上海吕班路（今重庆南路）生活书店，1946 年

# 读 书 生 活 出 版 社

上海"孤岛"时期斜桥弄（今吴江路）
读书生活出版社办事处，1939 年

桂林桂西路读书生活出版社，1939 年

昆明金碧文具公司，1941 年　　　　　　　上海山阴路恒丰里群益出版社，1949 年

# 新 知 书 店

重庆武库街（今民生路）新知书店，1938 年

昆明华山南路新知书店，1939 年

上海北四川路（今四川北路）新知书店，1947 年　　　香港轩尼诗道新知书店，1947 年

贵阳中华南路读新书店，1938 年

太行左权县铜峪镇华北书店，1941 年

连县兄弟图书公司，1944 年

民生路生活书店、读书出版社、
新知书店重庆三联分店，1946 年

大连光大印刷厂，1948 年

安东光华书店，1949 年

香港皇后大道中
生活·读书·新知联合发行所，1949 年

北京王府井大街三联书店，1949 年

# 联谊通讯

## 国务院经济技术社会发展研究中心

古人说：老骥伏枥，志在千里；烈士暮年，壮心未已。当此祖国和中华民族正处于历史兴衰的转折点，凡我三联同人，自当一本革命初衷，继续互相激励互相支持，鼓余勇，尽余热，做出应有的贡献。书此自励，聊共勉之。

徐雪寒 一九八〇年四月七日

横排 72
另铸版一块

生活·读书·新知三联书店北京老同志联谊会 编

徐雪寒为《联谊通讯》创刊题词

生活·读书·新知三联书店成立五十周年，北京联谊会签名绸布

# 目　录

编者的话/上海韬奋纪念馆 ………………………………… I

前言/俞筱尧 …………………………………………………… VII

## 《联谊通讯》与店史

开头的话/邵公文 ……………………………………………… 003

关于编写店史的意见/范用整理 …………………………… 005

迎接店史研究工作的新阶段/仲秋元 ……………………… 007

《联谊通讯》16年/曹健飞 …………………………………… 011

## 华东

中华职业教育社与生活书店/丁之翔 ……………………… 021

抗战初期宁波的生活书店/戴士清 ………………………… 024

浙西於潜、天目山流动供应被捕记/胡　苏 …………… 029

回忆皖南新四军随军书店/朱晓光 ………………………… 033

苏北抗日民主根据地的大众书店/王　益 ·················· 043

读书生活出版社在上海"孤岛"工作和一些回忆/郑效洵 ······ 052

新知书店创业记闻/俞筱尧 ·································· 061

上海生活书店复业和接管出版业工作/方学武 ············ 079

回忆台北三联书店/莫玉林 ·································· 088

## 华中/西南

汉口生活书店的回顾/顾一凡口述　施励奋整理 ·········· 095

三个"小鬼"开店

　　——忆沅陵支店二三事/徐云尧 ···················· 099

生活书店贵阳分店开业前后/邵公文 ···················· 103

读新书店在贵阳/戴琇虹　孙家林 ······················ 111

贵阳进修书店概况/邓晏如 ······························ 124

纪念三店建立六十周年/唐登岷　岳世华　黄　坚　冯克昌 ······

　　·················································· 130

"昆明华侨书店"（1941 年 4 月—1952 年 8 月）/王若明　王若移

马扬生　许流波 ······································ 139

半年第一线的斗争生活

　　——记妇女生活出版社从成立到结束/胡耐秋 ·········· 163

小出版社的大影响/刘　川 ······························ 167

重庆三联书店战斗生活的回忆/蔺宗祥 ·················· 191

重庆"六一大逮捕"之后/韦起应 ························ 199

即从巴峡穿巫峡,直下武汉又沪汉

　　——汉口联营书店坚持四年斗争纪实/金思明 ………… 206

我参加联营书店的一段回忆/黄建泉 ……………………… 214

1949年后建立长沙三联书店的回忆/杨文屏 ……………… 217

## 华南

在曲江的片段回忆/毛　丰 …………………………………… 223

回忆生活书店桂林分店/卞祖纪　邵公文 …………………… 226

抗日战争时期的桂林三户图书社/李伯纪　吴　仲　陈　平 ……

　………………………………………………………………… 233

桂林秦记西南印刷厂二三事/诸宝懋 ………………………… 237

难忘风雨中的桂林读社/熊岳柏 ……………………………… 242

回忆桂林建业文具公司

　　——怀念刘耀新同志/石泉安 …………………………… 247

黄宝珣大姐与耕耘出版社/王仿子 …………………………… 253

回忆生活书店广州分店/苏锦龄 ……………………………… 261

在台山的流动供应/赵乐山 …………………………………… 269

在香港的十个月/胡耐秋 ……………………………………… 272

献给三联书店在港成立50年的一份薄礼

　　——香港回归一周年有感/熊岳柏 ……………………… 279

难忘的回忆/陈毅行 …………………………………………… 286

鲜为人知的香港持恒函授学校/郑　新 ……………………… 290

广州兄弟图书公司的建立和惨遭捣毁、封闭/吴　仲 ············ 298

四十年前的一件大事/王仿子 ············ 302

从香港三联书店到广州三联书店回忆片段/韦起应 ············ 306

回忆三联书店广西供应组/区汉滔 ············ 313

广州三联人支援福州等地发行工作的回忆/蓝　坚 ············ 320

1949 年后香港三联书店历史的一个轮廓/萧　滋 ············ 324

## 西北/东北/华北

延安光华书店/李　文 ············ 335

记太行华北书店/刘大明 ············ 342

忆朝华/张朝同 ············ 353

山东和东北解放区的光华书店/邵公文 ············ 361

胶东光华书店建店经过/吴　超 ············ 376

忆北满光华书店/朱晓光　孙家林 ············ 386

我在安东、平壤光华书店工作的回忆/朱启新 ············ 394

光华书店辽宁办事处成立前后/李子明　朱晓光　姜　伟 ··· 408

回忆石家庄新中国书局/毕　青 ············ 417

向天津进军的前前后后/朱晓光 ············ 422

新中国书局北平分局记略/赵晓恩 ············ 434

新中国成立初期的三联书店西安分店/祝明月 ············ 441

# 附录

走向合并的旅程/仲秋元 •••••••••••••••••••••••••••••••• 455

东方欲晓，长夜赴国忧

　　——1949 年前我的副业生涯/曹健飞 •••••••••••• 468

生活书店化名出书和与人合作建立副牌简介/王仿子　陈正为

　　许觉民编订 •••••••••••••••••••••••••••••••••• 495

生活书店、读书出版社、新知书店机构名录（1932—

　　1950） •••••••••••••••••••••••••••••••••• 506

# 编者的话

　　自生活书店、读书生活出版社、新知书店三店成立始至 1951 年生活·读书·新知三联书店发行部分组成中国图书发行公司、出版部分并入人民出版社止，在三联书店工作过的人们被称作"老三联人"。1987 年 11 月，邵公文、沈静芷、范用等"老三联人"在京发起筹建三联书店北京老同志联谊会。次年 5 月，联谊会的内部通讯《联谊通讯》创刊，6 月，联谊会召开成立大会，推举新知书店创始人之一徐雪寒任名誉会长，邵公文任首任会长，仲秋元、沈静芷、范用任副会长，曹健飞任总干事。

　　出版一份内部通讯，整理和收集店史，组织各种形式的联谊活动和纪念活动是联谊会章程规定的三项主要工作。《联谊通讯》既是联谊会内部沟通联络、交流思想感情的园地，也是店史工作的重要阵地，最初两期即刊登了怀念杜重远、华应申、熊蕴竹、吴新陆等故人的往事忆叙，第 2 期刊登的许觉民《建议大家来写一点往事》一文，更是号召"凡三联同人，都应该写，写他参加三联以来最值得回忆，至今不能忘怀，对老同事和后人，都值得一谈的一件事"。张炜是《联谊通讯》的第一任主编,前 36 期的选稿、改稿、定稿、校对、出版等工作几乎由他一力承担,1994 年张炜于第 37 期编辑期间突发脑溢血而病倒,编辑重任交到曹健飞、张明西二人手中。随着编辑者年事渐高,2001 年,基本维持双月刊刊期的《联谊通讯》出至 80 期后结束,计划改出不定期、篇幅较少的《简讯》,然而此后的《联谊简讯》实则不"简",内容、体量维持了《通讯》时期的规模,甚至多次推出百页上下的特辑。直至 2004 年,年过八旬的两位编辑者实在精力不济,刊物才在各地"老三联人"的依依不舍中走向终刊。

从 1988 年创刊至 2001 年 10 月终刊,《联谊通讯》共出 80 期,2002 年 2 月至 2004 年 12 月出《联谊简讯》11 期,2005 年 7 月又为纪念徐雪寒同志逝世出增刊 1 期,据刘大明统计,92 期总计大小文章 2322 篇,2847 页。文章类型丰富,囊括各地联谊动态、店史工作动态、来信摘登,以及有关晚年生活或时事的杂感散文与诗词书画作品等,其中近半为店史回忆与同人追怀,述及三店在全国各地的经营,纪念邹韬奋等三店创始人、领导人和朱枫等革命烈士,追忆文化战线上昔年的亲历事件和倾吐对亲密战友的怀念。

在北京联谊会带动下,上海、广州、天津、南京、杭州、济南、沈阳、长沙、南宁、重庆、成都、贵阳、昆明、西安、哈尔滨等地陆续建立联谊会,其中贵阳联谊会自 1995 年 5 月起创办内部刊物《联谊简讯》(2001 年 9 月第 23 期起改称《三联贵阳联谊通讯》),至 2007 年 10 月第 48 期终刊,共编印 48 期,近 48 万字。贵阳的《联谊通讯》内容相较更为多样,因贵阳当地三联老同志的稿源比较有限,刊物广泛联系"三联之友特别是同书店有着千丝万缕的历史渊源知情的朋友们,以及过去爱读三联的书刊,受三联影响的朋友们","征集三联之友写三联,以至三联之友写自身经历的稿件"。除刊载三联书店往事和联谊动态之外,还设"风雨故旧""往事难忘""史海钩沉""读书之乐""动物随笔""快乐的老年生活"等栏目,刊载文坛往事、贵州地方文史资料、散文随笔等。袁伯康是贵阳《联谊通讯》的主持人,"约稿、编稿、校对、付印、装封、分发、邮寄、通联等,从头至尾,基本上都是由他担纲,而且是在他的家中劳作"。贵阳联谊会还帮助老同志们编印回忆录,有"三联贵阳联谊丛书"29 本,707万字。

韬奋纪念馆一直以传承和弘扬"韬奋精神""三联精神"为己任。近年来在整理出版馆藏珍贵史料《店务通讯》《生活书店会议记录》的同时,还参与编辑出版了《书韵流长》《爱书的前辈们》等三联后人回忆父辈的史料。2007—2011 年,我馆先后获岳中俊、邹嘉骊、董顺华、袁伯康等前辈的捐赠,形成一套完整的北京、贵阳联谊会编《联谊通讯》《联谊简讯》馆藏(下文合称《通讯》)。回顾两地《通讯》,大量的三联书店往事文章动人心弦。这些文章多是作者晚年回顾亲身经历所写,是了解三联店史宝贵的第一手材料。第一人称书写让许多事件细节、私人交往、生活场景、情绪感受在文本中保留下来,以店史读之,或可知关于过去的一二新知和关于现在的一二新见,以回忆读之,书店前辈的情感与精神在文字中跨越时空,常常令人感怀。三联北京联谊会编辑的四册店史(《生活书店史稿》《战斗在白区——读书出版社(1934—1948)》《新知书店的战斗历程》《生活·读书·新知三联书店史料集》）和《三联贵阳联谊通讯》选集《"三联"忆旧》中曾有部分文章见录，但两地《通讯》尚未从"三联书店往事"的视角做过整体的、系统的梳理和出版，不少内容只为这批内刊过去的读者所见，不曾为大众所知。

今年是生活·读书·新知三联书店正式合并成立 75 周年，也是上海韬奋纪念馆开馆 65 周年，为了弘扬"老三联"前辈为了革命事业出生入死的爱国主义精神，更好地传承"韬奋精神"和"三联精神"，我馆特整理馆藏《通讯》，在数字化工作的基础上选辑文章，推出"三联书店往事"系列，披露这批珍贵的史料。

系列第一辑题为《三联书店往事·书店灯光》，所选文章介绍生活、读书、新知三店及 1951 年以前三联书店各地分支店与副牌、化名、副业经营。《通讯》近 30 年间所载文章实际未能覆盖三店与三联过去的全部机构，部分重要机构如上海、汉口、重庆、广州等地的分店则有复数篇章写及。为向读者提供相对丰富的材料，减少阅读体验的滞碍，我们选取了尽可能多机构的相关文章，同一机构存在复数篇章时，则尽可能选择内容丰富、事实清晰、文情并茂者；在不改变原意的前提下，我们改正了文中部分误字、通顺了部分语句、规范了部分表达；部分文章在《通讯》原刊文末未列作者介绍，我们尝试根据三联联谊会编印的同人通讯录补齐，但最终仍有个别作者身份无从查证而付阙，希望有线索的读者能予我们提示；作者行文中或因年代久远等因素偶有偏差，我们对所见有误的年份、书名等作了核查和修订，若有遗漏之处，请广大读者不吝指正。

在《建议大家来写一点往事》一文中，许觉民写道："三联同人，每个人参加工作后，都有一段难忘的经历，倘有人给以汇集起来，便是一束颇为生动的史料。三联同人彼此交替着看看，挚热的心头更会会意相通；拿来给年轻人和后来人阅读，也会觉得那些不平凡的经历中，有一股热流感应到他的身上。"希望"三联书店往事"此番面世，能为出版史研究者添一份生动的史料，为出版从业者传承一种挚热的精神，为更广大的各行各业的读者们，浇注一股热流在心间。

上海韬奋纪念馆

二〇二三年十月

# 前　言

　　1988年,生活·读书·新知三联书店联谊会在北京成立,转眼间已经35个年头了。联谊会成立之初,抗日战争以前和抗日战争时期参加三店工作的老同志多还健在,在徐雪寒名誉会长,邵公文会长,仲秋元、沈静芷、范用三位副会长和曹健飞总干事等同志带领下,联谊会开始了联谊活动和店史的研讨工作。记忆犹新的是在北京老同志联谊会成立大会上,91岁高龄的张友渔同志,年过八旬的胡耐秋(女)、郑易里、黄宝珣(女)、郑效洵等同志都亲临会场,名誉会长徐雪寒在讲话时曾说:"我们年纪老了,但还要继续做些工作,活一天,学习一天,工作一天。"在总干事曹健飞主持下,由张炜同志编辑《联谊通讯》,为我们重温三联的韬奋精神起了重要作用。随之,上海、广州、天津、南京、杭州、济南、沈阳、长沙、南宁、重庆、成都、贵阳、昆明、西安和哈尔滨等地也陆续成立了联谊会,贵阳联谊会还编印了《三联贵阳联谊通讯》,出版了"三联贵阳联谊丛书"。在此之前,在1982年,生活、读书和新知的老同志召开革命出版工作50周年纪念会,有同志建议编写三店店史的设想,得到新闻出版总署党史资料征集工作领导小组的支持,现在摆在我们面前的《生活书店史稿》《战斗在白区——读书出版社(1934—1948)》《新知书店的战斗历程》和《生活·读书·新知三联书店文献史料集》等书籍就是在这个时期产生的。

我参加工作的时间很晚,1947 年夏秋间才在上海参加新知书店,在书店里是小弟弟,当时在国统区,在大哥大姐们的关怀照顾下,开始从事革命的出版工作,后来又到了河北和山东解放区,一度在山东潍坊的光华书店工作,1949 年北京(当时叫北平)解放后,调到了北京新中国书局,上海解放后又到了上海三联书店。在上海期间,曾参加中华书局的合营工作,随后又调到北京财政经济出版社和中华书局。1966 年爆发"文化大革命",我成了"黑帮分子",平反后,随大伙到湖北咸宁文化部"五七"干校劳动,1972 年初调北京,相继在《文物》月刊和文物出版社工作,1990 年 5 月离休。在那些年,我的工作单位虽有较大变动,却始终在出版工作岗位上。新知书店店史编辑委员会在 1990 年 6 月成立时,沈静芷同志担任编委会召集人,徐雪寒同志为编委会顾问,我也有幸被邀担任编委,是编委中最年轻的,家又在北京,且做过编辑工作,稿件便在无意中渐渐集中到我这里,我成了实际上的"执行编委",通过这一工作,倒使我对新知书店的历史有了较多的了解,进一步认识到为民族解放、为人民民主,传播新知的出版工作多么重要,我们的前人坚忍不拔为之奋斗终身,甚至献出了宝贵的生命。现在,我虽曾是这个集体的小弟弟,也已经是 94 岁的老人,来日无多,但能在这个时候见到上海韬奋纪念馆的同志以"三联书店往事"系列推出这批重温三联韬奋精神的书籍,能不兴奋而感动么？为了我国的出版事业,为了建设社会主义的祖国,我衷心祝愿他们能够坚持这样做,并且越做越好！

2023 年 10 月于北京

《联谊通讯》与店史

# 开头的话

邵公文

生活·读书·新知三联书店《联谊通讯》和书店老同志们见面了。六年前，我们召开了生活书店、读书出版社、新知书店革命出版工作五十年的纪念会，这个会使大家都很振奋。今年，1988年又适逢三店合并成立生活·读书·新知三联书店四十周年这个值得纪念的时刻，所以《联谊通讯》的创刊的确是应该庆贺的。

从三店创立到三店合并成立三联，又从三联书店出版部分并入人民出版社，发行部门并入中国图书发行公司，前后二十来年参加三店和三联工作的，据统计有1300余人。几乎所有的老同志都经常怀念在三店和三联工作时期热烈紧张地为革命的出版发行工作不断奋勇斗争的情景，尤其是对于三店创办者邹韬奋、徐伯昕、李公朴、黄洛峰、钱俊瑞、华应申等几位前辈，总是无限地缅怀他们的丰功伟绩，永远要学习和发扬他们的革命精神。

在抗日战争时期，特别是在重庆期间，三店都在党的领导下进行工作，经常得到周恩来同志的关怀和具体指导，可以说三店后来的实行合并，也是在周总理的启发教导下实现的。当全国都在纪念周总理九十诞辰的日子里,我们也是无限地追思总理对书店工作的亲切的教导。

怎样学习和发扬三店和三联的革命传统呢? 老同志们离退休以后又如何发挥余热呢? 大家经常在互相关心着。因此,为了沟通情况,互勉互助,很有必要出一个《联谊通讯》来担当这个任务,这就是出版这个刊物的缘由。希望老同志们踊跃赐稿,就是片言只语,通些消息,我们也是非常欢迎的。

邵公文,1931 年考入生活周刊社。后曾任出版总署发行局副局长兼国际书店总经理,中国外文出版发行事业局负责人、顾问。

原载《联谊通讯》(北京)第 1 期,1988 年 5 月 15 日

# 关于编写店史的意见

范用整理

2 月 28 日联谊会有关同志讨论店史编写工作。吉少甫同志介绍了上海联谊会店史编写计划及工作情况,并参加讨论。意见要点如下:

一、老同志们对编写店史十分重视,十分关心,都愿意为做好这件工作贡献余热,这是有利条件,我们应当抓紧进行。

二、设想店史可以包含以下几项:

1. 生活书店、读书出版社、新知书店、生活·读书·新知三联书店史——分四本编写,力求比较全面、正确反映三店和三联的战斗历程,论述它在中国革命中的历史作用。

2. 三店和三联大事记——也分四本编写,按年代分列每一时期的重要活动,力求翔实有据。

3. 三店和三联历史文献——汇编一集,内容包括能够查到的 1949 年前和 1949 年后的有关文件、档案(包括敌档)、报刊资料。

4. 分店史——三店和三联在国统区和解放区设立的分支机构(包括二、三线),由当时的负责人各写一篇店史。

5. 专题研究——就三店和三联编辑、出版、发行以及管理工作等方面的经验分若干题目组织有关同志研讨编写。

6. 传记——为三店创办人、主要负责人、牺牲的烈士和因公殉职的同志每人写一小传。

7. 回忆录——从三店和三联工作人员写的和发表的文章中编选,这些文章以个人亲身经历反映在书店的战斗集体和战斗岁月。长短不拘,修改旧作也可。

三、为编写店史和保存资料,收集有关文献、印刷品(图书、报刊、推广宣传品)、个人信札、日记、照片、录像、录音等,集中保管,复印和编制索引,供同人和外界查用。

四、通过会刊,征求同志们意见,并且推动同志参加编写店史,或提供资料。

在征求意见的同时,抓紧进行工作。推定仲秋元、邵公文、沈静芷、范用四位同志分别负责三联、三店历史和大事记的编写工作,要求在 1992 年三店 60 周年前定稿。

为配合大事记的编写,立即组织编写分店史(名单另定)。

五、与新闻出版署党史征集小组挂钩,将店史编写工作纳入征集小组的计划。

范用,1938 年在汉口参加读书生活出版社。后曾任人民出版社副总编辑、副社长,兼任生活·读书·新知三联书店总经理。

原载《联谊通讯》(北京)第 6 期,1989 年 4 月 15 日

# 迎接店史研究工作的新阶段

仲秋元

## 一、店史研究工作的新阶段

联谊会成立以来,大家都关心店史研究工作如何进一步开展。现在,研究工作的初步规划(见《关于编写店史的意见》)提出来了,虽然还是一个大致的轮廓,但研究的目标和工作要求基本上都有了。经过大家的修改补充和积极参加,店史研究工作将进入一个新的阶段。

店史研究工作,从史料工作角度言,已开始十年了。特别是纪念三店成立五十周年前后,史料的征集、整理工作曾获得相当丰硕的成果,为开展研究工作打下了良好的基础。现在,根据规划的要求,店史工作将从主要是征集回忆录、撰写三店简史的阶段,进入全面收集史料、总结历史经验、开展专题研究讨论和编写正式店史的阶段。新阶段的目标如能实现,作为中国现代革命史上重要一页的三联店史的编写工作,应该说是基本上完成了。

## 二、历史赋予的责任

三联书店的历史,在 1949 年前国民党统治地区的出版史上,确是一个值得总结和研究的历史现象。在三联出现以前,中国共产党曾办过许多出版社,但它们都在国民党反动派的残酷镇压下夭折了。一些曾经出版过不少进步书刊并有强大实力的大书局,也在国民党的压迫下逐步退缩了,而小小的三个书店,在党的领导下却经受了残酷迫害的考验,压不倒,打不垮,冲破反革命的文化围剿,在斗争中茁壮成长,成为国民党统治区革命出版事业的骨干,并且在业务上创造了许多经验。这些经验不仅在当时具有独创性,即使在今天,仍有许多值得借鉴的地方。分析和研究三联得以存在和发展的这一历史现象,总结那些历史经验,并在理论上加以探索、研究,将为中国现代革命史增添一笔财富。作为曾经在三联这个革命熔炉里得到过教育和斗争锻炼的一员,虽然我们都已离休了,但我们都愿为这项历史研究工作尽力,因为这是历史赋予我们的责任,是发挥余热继续为革命作贡献的义务。

## 三、真实、丰富的史料是研究工作的基础

十年来,我们已征集到不少史料,但从研究工作要求看,还有许多不足。就我所接触到的有限的情况,至少还应当补充征集以下几方面的史料:一、国民党摧残书店和我们与之抗争的文献资料;二、党对书店进行领导的史料;三、书店在出版界作统一战线工

作的史料；四、有关书店的组织和内部管理体制的史料；五、重要决策的文献及其公告；六、重要分店及二三线单位的简史；七、与作家亲密合作的史料；八、重要业务措施（包括出版、发行、推广、为读者服务等各方面）方面的文献资料；九、正确处理社会效益和经济效益统一的史料；十、店内同人教育和战斗生活的回忆；十一、三店创办人及已牺牲烈士的传略；十二、各种内部刊物；十三、重要出版物和重大事件的广告；十四、珍贵的图片资料，等等。当然，要征集的史料绝不止这些。列举若干方面只是说明：我们的老同志在提供史料和文献方面都是可以有所作为并有所贡献的。如果每个分店和二三线单位的负责人、总店各部室的负责人，都能写一篇本单位、本部门的简史，如果大多数老同志都能写下当年的战斗生活回忆，这是大家都能做到的，而这数以百计的史料，将为店史研究提供极为丰富而又珍贵的资料。

史料必须真实。周总理对文史资料工作曾提出过"求实""存真"两点要求，这也应该是对我们的要求。年代久了，回忆难免不准确，这就要求我们多做一些核实的工作。最近，我重读徐伯昕同志为纪念书店五十年而写的《在艰苦战斗中建立的团结》一文，这篇文章在《人民日报》发表后，曾四次在不同的刊物、图书上转载，其中有两次重大修改、一次较小的修改。这种对历史认真负责的严肃态度，值得我们学习。

为求史料的真实，还可以到图书馆查阅当年报刊。我曾用这办法，翻阅了当年在重庆出版的全部《新华日报》和部分《大公报》，查到了许多书刊广告和文化出版方面的新闻报道，这虽然花了一点时间，却得益甚多，建议同志们不妨一试。

## 四、店史研究工作要以历史唯物主义作指导

店史研究工作,不论是史料的征集和整理、回忆录的撰写、经验的总结、大事记和店史的编写和理论上的探索,按照一般历史研究的原则,都应当以历史唯物主义作指导。三联书店存在于国统区,作为民营书业,必然与当时的其他书店有其共同点,但其值得载入史册则是因为有许多不同点。三联不仅在出版方向上以社会主义作指导,而且在经营管理上也有许多社会主义因素。在竭诚为读者服务上,更是与社会主义事业的为人民服务完全一致。在资本主义环境条件下,孕育着社会主义因素,这不能不说是又一特殊历史现象。把这些特殊现象记录下来,正是历史所需要的。因此,要正确反映这段历史,就必须以历史唯物主义的原则作指导,把三店的历史行为放在特定的历史环境中加以观察分析,对所创造的经验,从历史价值的角度来衡量,并且进一步在理论上加以探讨,才能作出公正的历史评价,便于今后的借鉴。这样做,需要个人研究和集体讨论以修正补充的结合。这一组织工作,正是各地联谊会所应当发挥和能够发挥作用的地方。各地联谊会还可在这方面开展地区间的分工协作,以期在短短的三年多时间内,实现店史研究规划提出的任务,迎接三店出版工作的六十周年。

仲秋元,1938 年在汉口参加生活书店。后曾任文化部副部长。

原载《联谊通讯》(北京)第 6 期,1989 年 4 月 15 日

# 《联谊通讯》16年

曹健飞

　　三联书店老同志联谊会，成立于1988年，联谊会的章程规定了三项任务：一是不定期地出版一份内部通讯，二是征集和编撰店史，三是组织各种形式的联络活动和纪念活动。这份内部通讯就是《联谊通讯》。《联谊通讯》从1988年5月15日创刊，到2001年10月5日终刊，出了80期；2002年2月改为《联谊简讯》继续出版了11期，至2004年12月31日终刊，合计16年间共出版了91期，约600万字。

　　《联谊通讯》16年来可以说是认真地执行了联谊会的章程，忠实地反映了联谊会的各项活动，被有的同志称为"一座三联情结的金桥"，不仅是"老同志们联系交流的一个载体"，而且是"一份交流思想、探讨学术、涵盖一个特定文化范围的'文史哲'学术杂志"。其主要内容大致有：

　　首先是大量刊载了三联同人回忆整理或新写的有关店史资料，包括文字和图片在内大约有数千件。其中有许多是第一次发表的珍贵史料。它的意义不仅是在此基础上，联谊会编辑出版了三本店史《新知书店的战斗历程》《生活书店史稿》《读书出版社社史》)、一本《三联书店文献史料集》和三联同人的《留真集影》,而且还在于,由这些活动又进一步激发了老同志们对史料的收集和回忆整理的重视,从而在三联同人中"形成了一个支持编通讯、写店史、供照片的群众性活动"。仲秋元同志认为,"这一现象,在当代出版界中可能是绝无仅有的"。

在这些回忆和纪念文字中,对韬奋和生活书店的回忆和纪念文字、图片占了很重要的一部分。在韬奋的生日和忌日,如韬奋诞生 95 周年 100 周年和逝世 60 周年纪念时,都出版了纪念专刊。

此外,胡愈之、徐伯昕、徐雪寒、钱俊瑞、薛暮桥、黄洛峰、李公朴、艾思奇、陈其襄、薛迪畅、黄宝珣、胡耐秋等一批老同志,也发表了不少的回忆和纪念文章。

其次是发表了大量联谊会老同志的诗文作品。这些作品充分反映了老同志的思想感情和珍贵的友谊,也表现了他们老而不倦、退(离)而不休的高尚情怀。

又次是及时报道了联谊会老同志的生活和工作动态,使大家增加了了解,增进了友谊。其中,也包括了香港的蓝真、萧滋以及内地一些老同志的文章和一些老同志旧地重游的文字,抚今追昔,使人产生无限感慨。

再次是转载了一些发表于其他报刊的有关三联的人和事的文章,方便了联谊会老同志了解。像邹嘉骊发表于《中国气象报》的回忆她二哥的文章以及她答上海《党史信息报》记者关于日军是"七君子事件"的黑手的文章,徐雪寒同志在《徐雪寒文集》中回忆

《临终前的韬奋先生》,散见于各报刊的关于作家、学者谈三联传统和精神的摘要,等等。

此外,我们还在做好通联工作的基础上,编印了两版《三联同人通讯录》,为人家的经常联系提供了方便。

16年来,概括起来,我就做了一件事:就是本着韬奋教导"竭诚为读者服务"的精神,为三联老同志们服务。我庆幸自己在离休后选择了这项工作。开始时我只是倡议人之一,当时许多老领导老同志都赞同这个倡议。新知书店创始人之一徐雪寒同志担任了联谊会名誉会长,老三联的总经理邵公文同志担任会长,张友渔、骆耕漠、孙克定等同志支持我们创办联谊会,许多老领导、老前辈都热情赞许和支持。联谊会成立的那天,那种亲切、热烈、欢乐气氛,真使人感到万分喜悦和高兴,现在回忆起来,仍历历在目。

我多次说过,这16年从事联谊会的工作,是我一生工作经历中最心情舒畅的16年,也是最愉快的16年。我曾经写过一篇短文《读信乐》,表达我的这种感情。16年来,毫不夸张地说,我几乎每天都收到各地同志的来信。来信除讲述一般事务外,绝大部分都充满友情,这些信给了我温暖和鼓励。我和其他两位同志之所以能长期坚持不懈地努力从事联谊会的工作,与全国各地同志们的支持和鼓励是分不开的。这里要向同志们致歉的是,由于人手不够,有些同志的来信我们没有及时回复,希望得到谅解。

联谊会工作之所以能够长期运转下来,除了我们三人(张明西、张炜和我)密切合作外,主要得力于在北京的老同志和各地联谊会的支持与帮助,尤其是在张炜同志病倒后,我这个长期在出版发行岗位上各项工作都做过,唯独没有做过编辑工作的人,之所以敢于挑起编辑工作的担子,主要是依靠了北京几位富有编辑工作经验的老同志许觉民、王仲晨、吴道弘、范用等的帮助。只要我要求他们写什么文章或者送去什么稿子请他们审改,他们从来都是乐于答应而绝不会拒绝的。还有每次发行时,从贴地址签、装封套打包到送邮局投寄,则都是依靠几位老头、老太太不辞辛劳的义务劳动来完成的。其中有两位老同志要换乘两次公交车才能到我家里来做这些事情。各地联谊会也都很支持我们的工作,他们除组织当地联谊活动、为我们组织稿件外,还在经济上给我们以支援。许多同志对于我们的组稿信,总是积极支持。因此可以说,联谊会工作看似我与张炜、明西在做,实际上是许多同志在共同努力。这里特别要提到上海的毕青同志和广东的赵乐山同志,他们不仅为沪粤两地联谊会的筹建和开展工作作出了杰出的贡献,而且对北京联谊会工作的支持也可谓是有求必应,不遗余力。现在,他们都先后走了,我是怀着感激的心情在思念他们。

各地联谊会的工作富有特色,对我们也是一种激励。如贵阳联谊会虽成立较晚,但他们的工作有显著的特点,由于当地三联同仁不多,就广泛联系社会上各界(主要是文化界)三联之友使联谊会工作更广泛开展起来,他们编辑的《联谊通讯》内容丰富多彩,印刷精美,受到各地三联人的欢迎。又如长沙联谊会老会长田裕昆同志,已逾 80 高龄,前几年还长途跋涉去探望住在长沙之外的老弱同志,被探望的同志含着眼泪给我们寄来感谢信;再如成都王高嵩和杭州濮光达同志,每期《联谊通讯》寄去时,他们不顾劳累,一本一本地分送到本地老同志手里。他们都是七老八十的老人了，他们这样做，不是为了节省邮费，而是借此送刊的机会去探望这些老同志，了解他们生活和健康情况，送去联谊会的温馨友情和关怀。又如天津联谊会曾两次组织天津解放初期八店、现在外地工作的同志返津聚会，使得许多分散在天南海北数十年没有见面的老同志，得以在天津欢聚，这是大手笔的行动。沈阳联谊会也组织从沈阳调出、分散在东北各地的老同志在沈阳聚会，原沈阳分店老经理刘建华年逾八十，动过两次大手术，亲自布置并出资安排。这些生动事例，说明我们这个集体的光荣传统不仅至今没有褪色，而且还在发扬光大。

各地联谊会组织活动中，尤其是各地举行年会时，都得到当地新闻出版部门、新华书店和三联书店代销店的大力协助。如北京联谊会1988年的成立大会就是在新华书店总店礼堂召开的，此后每年的年会都由北京三联书店操办，在新闻出版总署礼堂召开。如天津、长沙、南宁、重庆、成都等地联谊会组织联谊活动时，都得到当地新华书店的赞助，在经济、交通工具、会场等方面都给予了帮助，领导同志还常亲临会议给予鼓励和指导。我离休前的工作单位——中国国际图书贸易总公司，从领导到各有关工作部门，16年来给予的帮助，更是无微不至，我之所以能在16年里顺利进行工作，与他们的大力帮助是分不开的。在这里我要向他们致以深深的谢意！

2004年12月31日，由于编者年老体衰，难以为继，《联谊通讯》出版了第91期之后，宣布终刊。许多同志在表示惋惜的同时，也都能理解我们这一举动,大家写了许多文章,表达了对《联谊通讯》的依依惜别之情。但是,大家也表示,《联谊通讯》虽然停刊,联谊会却不会关门,不同形式和不同规模的联谊活动还会继续下去,三联同人之间的友谊将像青山常在、绿水长流一样永存。

最近,我常常在思索这样一些问题:为什么我们联谊会能成立这么久?为什么能搞得这样红红火火?为什么能受到绝大多数同志欢迎?三店和三联同志为什么有这样的凝聚力?为什么老同志之间仍有那么亲密的情谊(尤其是经过"文化大革命"对人们思想道德心灵伤害的今天)?我思索的初步结论是:不论是原三店和三联的同志,我们都是从事革命进步的文化出版工作,原三店同志都是在国民党统治区开展工作,经受过反动派各种各样地摧残和打击,处境的危险、生活的艰苦,促使同志间自然形成了互相帮助、互相关心、亲密无间、团结战斗的情谊。即使是解放初期参加三联的年轻同志,解放前无论是在学校读书的学生还是从事其他职业的年轻人,他们一旦进入三联这个革命大家庭中,就感受到与过去完全不同的革命大家庭的温暖,不论是工作学习还是生活等方面,都受到革命的洗礼和全然不同的教育,促使大多数同志在思想上树立起了革命的世界观和人生观。这就是韬奋倡导的生活书店的八种精神中"同志爱"的精神,这就是韬奋精神,也就是三联书店优良的革命传统。

联谊会成立时,本来认为,在首都三店和三联同志最多,可以为各地三店和三联同志做些服务工作,也曾经做过一些工作,如为部分同志解决革命工龄问题,如我就去过南昌、抚州、成都等地,为一些老同志写过许多证明材料，从而使其中部分同志恢复了应有的离休待遇；也为部分同志代购药品和书籍。后来随着我们年老体衰，我们又不愿麻烦其他同志（大家都老了），因此为同志们做的服务性工作，就越来越少了。这点想能得到同志们的谅解。

作为《联谊通讯》的编辑，由于我的思想文化水平所限，回顾在我编辑期间，刊物质量不尽如人意之处甚多。另外，投稿同志很踊跃，但许多来稿没有刊用，又没有作出交代，这是我最感内疚和不安的事。在这里，我要向这些同志致歉。我很珍惜这 16 年的工作经历，《联谊通讯》虽然停刊了，我仍然要应遵循韬奋的教导，继续弘扬韬奋精神，发扬三联优良传统，团结、友爱、全心全意为人民服务，活一天，就要继续为联谊会作一天贡献。

曹健飞，1939 年在贵阳参加读新书店。后曾任中国国际书店总经理。

原载《邹韬奋研究》（第二辑），学林出版社，2005 年

华东

# 中华职业教育社与生活书店

丁之翔

　　中华职业教育社与生活书店有着难分难解的历史渊源。邹韬奋1922年参加中华职业教育社,1926年接手主编《生活》周刊。徐伯昕,1920年考入上海中华职业学校珐琅科半工半读,1926年担承《生活》周刊的印刷、发行、广告、总务工作。

　　"九一八"事变后,邹韬奋在共产党员胡愈之等人的帮助下,把《生活》周刊办得有声有色,发行数量从2000多份达到十多万份。蒋介石害怕了,派他的亲信试图拉拢邹韬奋。此计不成,蒋介石直接对《生活》周刊主办单位中华职业教育社负责人施加压力,他亲自出面,把职教社主任黄炎培请到南京,要黄炎培责令邹韬奋改变《生活》周刊的政治立场。这使职教社几位领导很为难。职教社是一个教育机关,卷入政治漩涡,对职教社整个事业会带来不利影响。韬奋也觉得没有必要牵累职教社,经多方考虑并商得职教社同意,公开声明,与职教社脱离隶属关系,并于1932年创立生活书店。生活书店之后在全国发展到56个分支店。

　　1941年初,国民党反动派掀起第二次反共高潮,制造震惊中外的"皖南事变",国民党统治区民主进步事业受到全面的摧残,生活书店首当其冲,全国56个分支店全部被查封,只留下一个重庆分店。1941年2月韬奋同志愤而作出决定,宁为玉碎,不为瓦全,辞去了国民参政员职务,秘密出走香港。2月24日晚10时,韬奋到重庆张家花园56号菁园向黄任老告别,说明不得不出走的理由,并以生活书店相托。他们长谈了三个多小时,直到午夜一时多才回到家里,第二天一大早他就匆匆离开重庆,流亡香港。

随后徐伯昕与黄任老具体商量,将生活书店重庆分店邮购资产和读者寄来的邮购款及部分人员划出来,在中华职教社和黄任老掩护下成立了国讯旬刊社书报代办部,为大后方人民继续服务。生活书店派孙洁人担任经理,薛天鹏、仲秋元、丁之翔等先后被派去工作,代办部人员最多时有十余人。从1942年开始用国讯书店名义出版书籍,并请茅盾主编"国讯文艺丛书"。出版的第一种书是黄炎培的《蜀南三种》,将邹韬奋的《革命文豪高尔基》改为《高尔基》出版,将金仲华、金端苓兄妹编绘的《太平洋军事地理》改名《远东军事形势》,改用蒋震华名义出版,以及出版了其他许多图书,并利用社会关系在中央日报印刷厂印刷,避免引起国民党注意。

1943年6月,国民党利用共产国际解散的机会狂叫"解散共产党""取消陕北特区",掀起了第三次反共高潮。这时国民党当局对国讯书店与生活书店的关系已有所察觉,原来接收读者寄给生活书店邮购款、给读者寄图书的都是国讯代办部和国讯书店,有的同志也上了国民党特务的黑名单。为了不被国民党抓到口实,同时也因工作需要,1943年4月,孙洁人调回生活书店,后又调解放区工作,其他同志也都在孙洁人调走前后陆续调出国讯书店。仲秋元调去筹建峨嵋出版社和三联书店,1947 年 5 月被捕关押到渣滓洞集中营。秦天芬去了延安。潘学明去《新华日报》工作,后也去了延安。朱芙英调文林出版社。丁之翔调南方局交通处秘密交通组工作。

1944 年夏季,国讯书店正式筹建国讯书店股份有限公司,推举黄任老为出版委员会主席,诸祖荣代表生活书店担任常务理事,由职教社祝公健任经理,后又改由尚丁任经理,生活书店调去的人员已全部调离国讯书店。

国讯书店在国统区一直坚持战斗了 8 年。1947 年①,与《国讯》周刊一起被国民党反动派查封。

今年是中华职业教育社建社 80 周年,她对我国职业教育和出版、发行事业是有很大贡献的。我本人也是中华职业学校的学生,感谢她对我的教育和培养,使我走上了革命的道路。


　　丁之翔,1939 年在上海参加生活书店。后曾任上海书店副经理。


原载《联谊简讯》(贵阳)第 10 期,1997 年 4 月 28 日

---

① 编者注:国讯书店与《国讯》周刊于 1948 年 4 月 9 日被查封。

# 抗战初期宁波的生活书店

戴士清

从 1932 年到 1939 年，即抗日救亡运动勃兴到全民抗战初期，宁波市各地进步青年先后冲破重重阻力，开办了没有"生活书店"店名的生活书店，传播真理。由于国民党顽固派的镇压，书店存在的时间都很短暂，影响却极其深远。

1932 年，张又新同志（后为生活书店同事）在宁波江北岸德和靛青号分店做店员，他是《生活》周刊的忠实读者。可是国民党当局视《生活》周刊为眼中钉，不准邮局寄递，读者无法直接订阅。德和号紧靠轮船码头，沪甬间每天有轮船往返。张又新设法托轮船上的茶房（现称为服务员），头一天从上海买了《生活》周刊，第二天一早就到宁波，既方便又安全。他不但自己阅读，还为朋友代买。当时宁波银钱业青年职员，文化水平较其他行业的职员为高。在全国抗日救亡运动影响下，热血青年组织读书会，如饥似渴阅读进步书刊以提高认识，《生活》周刊是他们必读的刊物。张又新就义务为他们代订《生活》周刊，还悄悄销售其他进步书籍。《生活》周刊一度经济困难，号召读者踊跃推销刊物来支持周刊的发展。张又新和读书会成员一起，共同为扩大推销刊物而努力。这事被反动警察局发觉，竟将张又新逮捕入狱。后来他父亲托宁波商会会长将他保释出狱。张又新被迫离开宁波去汉口工作。

1934年，毕青同志（以后参加生活书店，当时叫毕松青）在宁波鼓楼下公园路开了"青春书店"。主要供应上海生活书店、读书生活出版社、新知书店、开明书店、良友图书公司、天马书店、光华书局、北新书局、文化生活出版社、上海杂志公司等出版的书刊，如艾思奇的《大众哲学》《思想方法论》、沈志远的《新经济学大纲》、平心的《青年的修养与训练》、邹韬奋的《萍踪寄语》等，鲁迅、郭沫若、茅盾、巴金、郁达夫等的小说，邹韬奋编译的《革命文豪高尔基》、夏衍译《母亲》、鲁迅译《死魂灵》等，还供应《读书生活》《世界知识》《中国农村》《生活教育》《妇女生活》《中流》《太白》《光明》。其中《大众生活》每期销售达1000份以上。宁波原有的书坊业集中在日新街上，有百年老店汲绠斋书局，还有新学会社、文明学社、明星书店、竞新书店、振新书局等，都是春秋两季供应教科书为主，平日卖些文房四宝、会计簿册等。青春书店为宁波读者提供了政治、经济、哲学、新文艺书刊，令人耳目一新，深受读者欢迎，特别是教师、青年学生、机关职员、银钱业职工的热爱。"一二·九"运动爆发，《大众生活》热情支持北平学生运动，对宁波学生起了极大的鼓动作用，他们也集会宣传，上街游行，声援北方学生运动。《大众生活》星期五在上海出版，星期六一早就在青春书店上柜供应，迟到的读者往往买不到。那时，不仅宁波城区的读者争先恐后地到青春书店买书，附近余姚、慈溪、镇海、奉化及鄞县农村的教师、职员常来信邮购，或定期进城选购。在宁波女中有个叫陈蕴珍的，每星期六放学后，胁下常挟着巴金的《家》到书店看书，她就是后来成为巴金爱人的萧珊。

青春书店每周向上海进货一次，将进货单交给沪甬线轮船上约定的常到上海的茶房，由他分送到各书店配货，到时候取来集中带回宁波，按带书多少，付给报酬。毕青对生活书店出版书刊有特殊爱好，几乎一本不漏地进货，数量也订得较足。书架上陈列"生活"版图书也特别多，久而久之，大家管毕青叫"生活迷"，他也爱听这个绰号。书店共有五个青年，其中一个叫杨嘉昌，是毕青的同学。他业余喜欢画画，有两幅曾在《太白》上发表，经过不断努力，终于成为著名的版画家，名杨可扬。

当时国民党消极抗日，采取不抵抗主义，全国抗日救亡运动一浪高过一浪。拉丁化新文字运动、世界语运动是抗日救亡运动中的支流，青春书店也积极配合，销售很多新文字、世界语的书刊。反动当局得知，教育科长找毕青谈话："书店为什么出售新文字、世界语书刊？"毕青说："新文字、世界语都是一种语言，和英语一样可以学习的嘛！"教育科长语塞。但是此后警察局常找书店的麻烦，检查"禁书"，而书店"屡禁屡卖，屡禁不止"。最后下毒手，于1936年12月勒令停业，毕青和其他几个青年人都被迫离开了宁波。

1937年"七七"卢沟桥事变后，国共第二次合作，一致对外，共同抗日，各地政治气候有了转机。1938年初，重建的中共鄞县县委决定由吴唐华出面集资筹建书店。5月间，在宁波和义路口一间三层楼前挂出"新生书报社"的招牌，供应上海生活书店、读书生活出版社、新知书店等进步出版社的书,如毛泽东《论持久战》《论新阶级》,艾思奇《大众哲学》,鲁迅、茅盾、巴金的小说及译著《母亲》《铁流》《毁灭》,还有《浙江潮》《译报周刊》《抗战》等刊物。虽然地段不大热闹,但常常是读者盈门,星期天更显得有些拥挤。吴唐华还秘密翻印毛泽东《和英国记者贝特兰的谈话》等书,并设法发行到江苏、皖南等地。

书报社还是县委的联络站,组织部长应起就常住在三楼,许多会议也在这里召开,一楼营业员就兼做警戒,从没有发生过意外。

吴唐华还为奉化抗战书店负责采购新需的图书,支持他们开展业务。

可是好景不长,国民党顽固派破坏统一战线,制造摩擦,经常派警察来书报社寻事挑衅,检查所谓"禁书"。1939年9月,先是奉化抗战书店被奉化县政府查封,接着10月间宁波新生书报社也被迫关闭。吴唐华由组织介绍到上虞县政工队工作,暂避风头。

1938年下半年,张又新代表武汉生活书店,到余姚县销售书刊。那时余姚县国共合作形势较好,县长比较开明,进步力量较强。当生活书店书刊展销时,读者选购踊跃,张又新带来的书刊很快销售一空。他要回武汉了,当地群众纷纷要求在余姚开设生活书店分店。张答应回去请示。不久消息传来,同意在余姚开设分店。张又新第二次到余姚,找到当年宁波银钱业职员读书会成员、《生活》周刊老读者,正任余姚垦业银行副经理、县抗敌后援会商工队副队长的邱贤明,请他兼任余姚生活书店分店负责人。这是宁波市范围内正式挂出"生活书店"的书店。开业时,邱请儿童队前来高唱《义勇军进行曲》等进步歌曲，以壮声势，过路行人都驻足围观，顾客争相选购进步书刊。不久，邻近的各县读者也闻讯赶来买书。不料一年后，形势逆转，厄运临头。国民党顽固派派人检查书刊，任意扣留"禁书"，后来形势日益恶化，政工队一个共产党员被捕，抗日组织纷纷离开余姚。这时有人暗示邱贤明：尽快离开，以免暗害。邱改名邱文浩，到宁波暂时隐蔽，宁波唯一的生活书店从此歇业了。

宁海县于 1938 年 3 月，由中共地下党员主办，在城东开了抗建书店，一开间门面供应生活书店、读书生活出版社等进步书店的书刊。无论架上或桌上的书刊都可以自由翻阅，很受读者欢迎，一到星期六下午和星期天，宁海县中学生都挤在这里看书。那年秋天，我从山区到县城读初中，一是囊中羞涩，二是文化不高，许多书还看不懂，因此只买过三本书。记得一本是周恩来同志谈统一战线的，一本是丁玲的小说，还有一本是战时课本。后来知道，书店也是城区党组织的联络站。到第二年(1939)秋天，书店也被国民党查封了。

这些书店都是为了宣传真理，鼓动民众共同抗日，而国民党反动派常视之为洪水猛兽，不择手段除之而后快。回顾历史，令人更认清国民党的本质，也更钦佩前辈顽强战斗的精神。


戴士清，三联之友，宁海县人，文史工作者。

原载《联谊简讯》(北京)第 3 期，2002 年 9 月 1 日

# 浙西於潜、天目山流动供应被捕记

胡　苏

　　1938年夏,武汉沦陷前,生活书店总店派张又新、毕青、杜福泰、袁润,从武汉带了一批书和一幅写着"生活书店浙江流动供应所"的布招牌,来到了金华。

　　金华当时是东南抗战的战略要点和交通枢纽。杭州沦陷后,浙江省政府迁到永康,在於潜的天目山设立了浙西行署。这两地麇集着大批国民党党政机构和各种训练班。金华沿浙赣铁路西通大后方,南通福建,又是连接永康和天目山的枢纽。上海成为"孤岛"后,只有海路运输经温州和偶然通航的宁波两个港口连接内地,而金华又是必经之路。我们在金华设立分店后,把革命理论、进步文艺、抗战文化书刊送到了广大读者手中,博得好评。

　　在与浙西前线(包括孝丰、安吉、德清等县)回来的抗战的进步的军政人员、搞救亡工作的青年读者的接触中,他们一致鼓励我们到浙西去流动供应,并介绍了那边的情况。是的,前方需要精神食粮,我们有责任送到他们手里。我们决定先到於潜县,再到浙西行署所在地天目山,然后进到浙西北前线集镇。路线确定后,我和袁润带了一批书,于1938年底冒着寒风,向於潜县进发。在广大青年和进步人士的支持下,很快找到了房子,登记户口,挂上布招,开门营业。於潜原有一家官办的天目书店,营业清淡。"生活"一到就出现了新气象,两相比较,读者自有选择。为了扩大发行,照顾同行,我们批发给该店一些书。一个月后收到金华续发来的书后,我们又向前挺进,踏着积雪,步行三十多里到了西天目山。

天目山有一座大庙,几百僧人,大部分房屋都为浙西行署占用,还办有两个训练班。山里有这么多人,正是我们流动的好目标。但山里除分散的公馆别墅外,别无房屋,我们借得天目旅馆的门厅几个玻璃柜和方桌就开张营业,安下了一个流动供应点。

读者渴望买到书,官老爷们却心惊肉跳,不出几天,警察派出所的麻子所长来干涉,要我们出山,不准在此营业。并且私下对我们说,你们书店生意太好,压倒了山里的一家天目书店,可能是他们告了你们。我一笑置之,据理力争,继续营业。第二天软硬兼施,目的还是要赶我们出山,借口是没有户口,来路不明。估量形势,就只好同意暂停营业,一面力争合法复业。个别读者看到"暂停营业"四字,格外热烈要求再买几本书,谁知此门一开,一批批人进进出出,无法刹车,可见广大读者的求知若渴。到派出所联系交涉了几次,要一个书面通知,看来麻子所长是挨了训斥,发火要我们离开天目山。我当晚就给金华写信,报告情况,表示坐牢杀头在所不惜,一定要坚持这一阵地。第四天所长带了两个警察,拿着一张行署主任秘书李某某的手谕,老远地晃了晃,要我们去见主任秘书。我想这回肯定要去坐牢了,略作准备,毫不介意地同袁润跟他们走。谁知几个转弯，一直把我们送出三里多路的出山大路上，所长说："把你们的书封了，你们回金华去，再来就不客气了。"

我俩当天赶回於潜。商议结果，袁润先回金华，汇报情况，我留於潜联系，争取要回封存书。

我向浙西行署机关报民族日报社社长王闻识请教，王是浙江省主席黄绍竑的亲戚，后来在上饶集中营牺牲。他要我写一呈文，转交给黄绍竑。不久王说，黄看了呈文表示无能为力，要我登广告揭露反动派的政治倒退，给予舆论压力。我写了一篇告读者的广告，登在《民族日报》上，大意是我店本来打算流动供应到浙西前线，为抗日将士输送精神武器和文化食粮，但才从於潜进到天目山，即被当地派出所勒令停业，书遭封，人被驱逐出境，诚恐远道读者前来购书徒劳往返，特此敬告。不言可知指责的是派出所，锋芒是针对行署的。该报编辑，原金华书店同事杨可扬，还为此写了篇小品文，登在第二天的副刊上。

广告是隔天一登，连载三次，第二次广告登出时，派出所也在旁登了广告，大意是袁润、胡苏无户口，形迹可疑，应予取缔等语。

我的斗争方法和策略终归失败。行署要逮捕我，县经办人宋某特地来通知我，要我避开，天目书店负责人也代为掩护，都说生活书店的人早已回金华去了，以此上报行署没再追究。我看事情解决无望，只得回到金华。

1939年以后，国民党顽固派内颁发了《限制异党活动办法》等三个反共文件，团结抗战、民主进步的政治形势开始倒退。金华分店经理张又新同志被拘留，经毕青同志奔走营救，保释后与南昌分店经理陈其襄同志对调。陈一面安慰我,一面严肃地批评我不应这样蛮干。经过陈的活动,我和阮贤道同志带着骆耕漠同志手写的疏通信件,再次去於潜,经过几次交涉,从国民党於潜县党部领回了部分封存的书。这一条流动路线就被摧残夭折。这是生活书店第一个被国民党反动派迫害的据点。

原载《联谊通讯》(北京)第 27 期,1992 年 8 月 10 日

# 回忆皖南新四军随军书店

朱晓光

　　1938年初,新四军军部在南昌成立召开会议,确定把原来分散在赣、闽、粤、浙、湘、鄂、豫、皖八省中共领导下的地下游击队分编为全军的四个支队后,各支队就迅速向长江两岸的苏皖地区挺进,深入敌人后方,投入战斗,军部领导机关驻扎在皖南泾县的云岭一带。新知书店武汉总店派朱执诚去部队办了一个随军书店。从开业第一天起就受到人们的欢迎和爱护,部队首长和战士都非常关心书店工作。新四军是不发薪饷的军队,大家总要用每月两元五角的津贴费来买些书刊;战争环境是紧张艰苦的,但总有人利用午睡时间来书店购书看书。不久,第一批书刊就卖得差不多了。

　　我送第二批书刊到达云岭时,有一位年轻同志看守书店。他叫朱文煜,是新四军教导总队(抗大五分校的前身)的学员,军政治部派到书店工作的。他正在热情接待从远方来军部办事的读者,他们有的从苏南敌后的大茅山地区一、二支队来,有的从紧靠长江的铜陵、繁昌一带的三支队来。朱文煜告诉我,剩下的书虽然不多了,但对前方来的同志都还是难得的新书,他们都要买些带回前线和游击区去。那里的同志还希望我们能派出流动供应队到连队去。

云岭村有一条一里多长的街道，从大山脚下伴着潺潺溪流，由北向南伸延到街口的晒谷场。街道呈斜坡形，两旁错杂地排列着一些铺面和住房，书店开在街道中段，是一家已停业的杂货店旧址。店堂的一半横着一长条宽厚的柜台，另一半搭起几块门板当书桌，柜台上和门板上摆满了一排排封面朝外的图书，供读者任意翻阅选购。为了保证国民党统治区新知书店的安全，曾用过当时新四军臂章番号"抗敌"二字为店名，叫抗敌书店，也叫过战地书店，后来生活书店的同志也来了，就统一称随军书店。

新四军是中国工农红军长征时留在南方八省坚持战斗的红军游击部队所组成的抗日救国军队。抗战开始后，南洋群岛、日军占领的沪杭宁地区和国民党统治区远道而来的进步青年，要求参军者络绎不绝，为新四军输送了大量的新鲜血液。这些新参军的城市工人、知识青年都汇集在教导总队，经过短期培训后，即被分配到全军各个战斗岗位上去。到教导总队供应书刊，具有重要意义，于是，我们在离云岭八里的中村——教导总队驻地，开了一个门市部。接着又在附近城镇——泾县城里、章家渡、茂林镇等处，选择一些卖旧书和文具的店铺代销一部分宣传全民抗战的进步书刊，供应地方读者和过路的友邻部队。

1939年2月，蒋介石秘密颁发《限制异党活动办法》《沦陷区防范共党活动办法》等反动文件，抗日战争形势发生变化，蒋介石"真反共，假抗日"的面目暴露无遗。每一次反共高潮，总要摧残一些革命的进步文化事业。第一次反共高潮就是从查禁革命书刊、封闭进步书店开始的,而且还和日寇、汪伪配合进行。1939年"七一"前夜,设在当时东南战区中心浙江金华的生活、新知两家书店,和由刘良模领导的上海青年会军人服务部歌咏队,同时被反动军警封了门。7月1日,皖南云岭随军书店也遭到敌机轰炸,这是敌、伪、顽同流合污的历史罪证。

在党的领导和皖南人民的人力协助下,被炸毁的云岭书店房屋很快修复,书店门市部又搬回原处。金华的书店被封闭后,新知书店在丽水、龙泉的分支店也相继停业,书店工作人员转入地下,也有些同志于1939年秋冬安全转移到皖南随军书店。设在皖南屯溪的生活书店,也全部撤退到云岭。1940年初夏,设在皖北金寨的生活书店,遭受顽固派安徽省主席李品仙部的阴谋陷害,纵火烧店并追捕负责人方钧,方钧深夜从火中逃出,直奔皖南。为了加强组织领导,更好地发挥书店在新四军驻地和敌后根据地、游击区的作用,经两个总店批准,在皖南军中的生活、新知二店,于1940年8月全部合并,统由方钧、朱晓光负责。那时工作人员已有朱文煜、朱枫、蒋峥北、陈树穗、路雄、李培原、陈怀平、胡苏和当地吸收的运输工十余人。这是随军书店的全盛时期。人手多了,就使原来无力正常化的流动供应队活跃起来,组织了两个流动供应队分赴一、二、三支队所在地的苏皖两省长江南岸的广大地区,接着又组织力量偷渡长江天险到江北指挥部和四支队去。

随军书店是在双重领导下工作的。因为自己不搞出版、印刷,单做发行工作,业务领导和货源供应全靠金华的书店解决。金华是当时东南五省的文化中心(有生活、新知、商务和上海光明书局、开明书店的转运图书的办事处),能起到总分店的作用。总店远在桂林、重庆,鞭长莫及,联系困难。在新四军中的工作,则受军政治部宣传教育部领导,直接向宣教部长朱镜我请示汇报,根据他的意见,有些事也向军部秘书长李一氓请示解决。经李秘书长介绍,我们同军需处长宋裕和、张元培及军直兵站站长张元寿、叶正明联系工作。兵站在各主要交通线上设有分站、派出所或交通联络站等,从军部到各支队司令部去都有一定的路线。到敌后和前沿工作,必须与兵站密切联系,否则寸步难行。教导总队训练处长薛暮桥和教员罗琼,以及 1940 年到皖南并任军属战地文化处长的钱俊瑞等,都非常关心书店的工作,常为我们指方向、出主意,进行革命形势教育,帮助解决实际困难。教导总队的教育长冯达飞、政治处主任余立金及夏征农、黄源等,也常到书店问长问短,关心我们的学习和生活,提出改进工作的意见。实际上他们都是领导书店工作的"高级顾问"。我们对部队首长的意见很重视,密切配合部队的中心任务,"一切行动听指挥"是我们坚定不移的原则。

总的来说,皖南随军书店的工作环境是令人鼓舞的。但它毕竟地处战争前方,敌人在扬子江边占领着铜陵、繁昌和南陵等县城,虽在我军第三支队游击区包围之中,但离军部不过几十里,日伪军出没无常,可随时扑来,战斗频繁。1939 年 1 月,国民党五中全会确定政策重点从对外转向对内,制订了一套套反动的"溶共""防共""限共""反共"具体措施,肆无忌惮地破坏抗日,阴谋制造军事"摩擦"，全国惨案迭起，血花纷飞，皖南新四军军部形成四方受敌的局面。因此，我们更要提高警惕，防止和挫败突然袭击。泾县虽是新四军驻地，但县城里有国民党县党部和县政府；云岭、中村明里都有顽固派的伪保甲活动，暗地里又有他们的特务，间谍活动真是防不胜防；表面上泾县县政府还常常吹吹打打抬着猪羊等各种慰劳品来慰问新四军，邻近驻防的蒋介石嫡系五十二师常以友谊赛为名来云岭比赛篮球，也是明里暗里窥测军情；还有一些顽特武装妄图穿越我防地和对我少数外出工作人员打冷枪。因此，书店工作同志必须听军号行动，随时要准备紧急集合随军移动；且必须有一定军事知识和技术，平时多参加军事演习、夜行军、打野外、实弹打靶等活动，如遇敌机空袭或顽固挑衅，部队就集合隐蔽到附近山林深处，有时半天，有时一整天。这时，书店同志即参加俱乐部的政治鼓动工作，并携带少量大众读物，分别到连队去摆"流动阅览摊"，深受指战员们欢迎。

随军书店同志们的生活是艰苦的。我们到皖南后，大都自动改领津贴费二元五角（个别有家庭负担的，仍领原来在国统区的工资）。伙食每人每天副食（包括油盐）五分钱，主食吃军粮。粗茶淡饭，布衣草鞋，物质生活十分简朴。文化生活却丰富多彩，政治地位平等，学习很好。可以安排时间到教导队随便听各种大课，能听到重要的政治、军事、时事学习报告，如朱镜我讲中国革命运动史，薛暮桥讲经济学，陈毅到军部来讲《新四军军歌》的创作过程和重要意义，内容丰富生动。

新四军中有许多著名音乐家，如何士德、章枚、任光（1941 年在皖南战场上中弹牺牲)等,他们和广大爱好文艺的干部、学员、战士相结合,创作了大量的革命歌曲,如打靶时有《靶场之歌》,支农时有《秋收歌》,参军、劳动、学习、行军、战斗都有各种各样的歌曲。蒋介石反共高潮来了,用歌声回答:"我们要团结,我们要抗战,谁要分裂,谁要投降,谁就自取灭亡!"尤其在每次战斗胜利时,都用真人真事谱写歌曲,如《繁昌之战》《反"扫荡"》《战斗进行曲》,等等。这些歌曲有血有肉,人人喜爱,百唱不厌,越唱越感到有力量。连我们这个小小的随军书店流动供应队,也集体创作了一首队歌,抄录在白竹布上,随队流动。在烽火弥漫的敌后战场上,我们的歌声迎风飘荡:"在工作中学习,在战斗中生活。我们是抗日救国的文化轻骑兵,我们是传播马列主义精神食粮的运输队,我们是发行革命书刊的流动供应队……"

随军书店的货源组织和运输是一项繁重而艰巨的工作。在战时,不但出版工作本身存在着严重的物质困难,交通运输条件也非常不好,加上国民党的顽固派人为的阻碍,更使漫长的运输过程无时不处在风险莫测之中。随军书店的货源来自浙江金华,那里的书店工作同志,千方百计地组织选择各种书刊,像给前方输送子弹那样,源源不断地供应我们。没有这样的后勤,我们的工作就无法开展。

金华到泾县,虽属两省,相距并不太远。因交通运输条件太差,运一批书往往需要一个月以上的时间,能安全无损地运到就很不错了。这条路有水陆两种运输,租汽车陆运,速度快,装上车就起运,当天即可到达岩寺;但运费昂贵,非低廉的书价所能负担,且因沿路反动派军警关卡林立，革命书刊往往遭受搜检扣留，不易通过。倒是水运，还未引起反动派的注意，运费便宜，可以发挥其优点。时间慢是无法克服的，因水路经过大河、小溪绕道行舟，自然阻力较多。遇到有的地方水浅，船搁浅时，船大就得把货卸在河滩上。商办的运输公司责任心很差，需要自己设法押运，才能减轻损失。无可奈何的情况下，我们主要靠水路运书，只留下少数重要的和价值昂贵的书，委托兵站路过金华的军车带走，因军车运输任务繁重，不能全靠军车运载。水路还不能直达岩寺，在离岩寺 15 里处，需要雇小车转运至军属兵站设在岩寺的第一派出所。前往太平 180 里路的运输，要全靠兵站的汽车。岩寺派出所所长忻元锡总是热情帮助，尽早把书刊送到前方去，有时因司机不够，还常常亲自驾车去太平。货运至太平城外第二派出所后，又需要找搬运工人肩挑至 20 里外的小溪装竹排，二三天后才到章家渡。那里离云岭、中村各 10 里左右，再用人力搬运到书店。

兵站的押车人员对书店的工作人员十分亲切。他们每次出车至宁波、温州或上饶，回程路过金华，总要来书店载运书刊。他们明明知道这将在沿途检查时增加许多困难，尤其是设在浙皖交界处的威坪站的宪八团关卡，对新四军军车刁难最多。有一次兵站的一辆漆有"新加坡华侨洗染业联合会赠"字样的乳白色中型铁篷车来书店装走许多好书，我怕出事，也以兵站副官名义随军同行。车至威坪时，司机主动停车听候检查，宪兵们却个个立正，示意通行。这究竟是怎么回事呢？兵站随车押运同志笑答："昨天叶军长就是坐这辆车去上饶（第三战区长官部所在地）公干的。车过威坪时,宪兵拦车检查,无理取闹。军长下车责问:'谁敢拦我的车?我找顾长官说话!'军长虽着西服,副官介绍说是叶军长,带班的宪兵只得连声请罪。军长警告说:'以后再有刁难我军车者,别说我们不客气。'今天车子回来取东西,他们以为叶军长回来了,自然要恭候迎送。这是一次例外。"

1939 年冬天,两支流动供应小分队高唱革命歌曲又一次整装出发了。两个队同时出发还是第一次,他们每队三人,二人背上背包(自己的简单行李),腰挂手榴弹,跟着一个挑着六七十斤书担的民工,大部分书刊已于前几天通过兵站先行了。去三支队走汀潭、三里店一线,一般只有一天路程,他们计划一个月完成工作任务。去一二支队,行程五六天,沿青弋江东行,在芜湖、宣城之间,通过敌人封锁线,向大茅山地区挺进。这个小分队流动地区较大,要两个月后才能回来。

这一次,有敌情。第一天晚上,一支队司令部就通知我们集合待命,准备转移。我们赶快到司令部住的一间堂屋里,室内只有一盏马灯,空无一人。远处枪声过后,唯有桌上的小闹钟的清脆响声,划破夜空的寂静。不久,陈司令员来了,他一手拿了几盒纸烟,另一手托着一副黄呢绑腿带。一进屋,把纸烟放在桌上,安慰大家说:"不要紧,莫害怕。敌人出动不多,已有部队去阻击了,快坐下来休息,抽烟吧!"他一面点燃一支烟,一面把脚搁在板凳上,慢慢地打起绑腿来。陈毅是身经百战的将军,也是书生。大家知道,陈毅最爱读书,因而也特别爱护书店。他每次来军部,都要抽空到书店看看,有时看了云岭的书店,还要看中村的书店,总要买些书或预订些书。要求书店派出流动供应队去前方，也是他最早提出的。有一次，流动供应队在去一支队的路上与他相遇（他正上军部开会），他特地拉我们在路旁大树下休息，十分亲切地问我们这次出发的工作计划，要求先看看书单，挑选了一些书刊要我们带给司令部的同志，并指点当时前方的敌我情况、下连队的工作方法等，真是无微不至，令人永远难忘。

1940年春，正当我们准备派第三支流动供应队渡江去江北指挥部时，皖北无为地方党办的"无为书店"经理魏今非来军部，经军政治部介绍和我们洽谈提供货源问题。我们立即配书打包，由魏今非带去书刊30麻包。至此，皖南新四军随军书店的发行工作，才基本上到达了全军各部。可是国民党反动派消灭皖南新四军的阴谋活动也大为加紧。汪伪南京广播电台，一日数次广播"新四军渡江北撤"的消息，日军的军舰、汽艇则在长江全线江面巡逻。这又一次揭露了敌、伪、顽密切配合，要把抗战有功的人民军队消灭在长江以南的阴谋。

在此情况下，部队多次疏散老弱病残，随军书店也奉命逐步收缩，分批转移。1940年11月底，书店第三批人、货转移去苏北，皖南只留方钧和我二人，集中在中村教导总队政治处，由余立直接领导。1941年1月3日零点，部队由三支队开路，离驻地北撤。蒋介石策划已久的反革命军事阴谋皖南事变终于发生了。

别了，三年皖南的火红岁月！今年4月，是我从上饶集中营越狱的40周年；6月，又是"赤石暴动"中方钧同志惨遭屠杀的40周年；也是朱枫同志在敌区英勇就义的32周年（1950年6月10日下

午 4 时）。在此可歌可泣的难忘的日子里，悼先烈，祭忠魂，写此
文，留纪念。

1982 年 6 月 10 日于北京

朱晓光，1938 年在武汉参加新知书店。后曾在中国图书进出
口总公司工作。

原载《联谊简讯》(贵阳)第 18 期，1999 年 12 月 20 日

# 苏北抗日民主根据地的大众书店

王　益

　　"陈毅同志和粟裕同志率领的新四军东进支队,已经横渡长江,到达苏北了。""新四军在黄桥打了个大胜仗,要建立苏北抗日民主根据地了。"喜讯一个接一个,不断传到上海,大家奔走相告,欢欣万分。这是 1940 年 9、10 月间的事。当时我在新知书店上海分店工作。书店设在尚未为日寇占领的租界上,也就是设在当时所说的"孤岛"上(由于上海周围地区,包括上海公共租界的黄浦江以北地区,都已为日寇所占领,所以把尚未被日寇占领的上海英租界和法租界称为"孤岛")。这是一家半公开的书店,实行"狡兔三窟"的策略。一个对外公开的办公地点设在英租界,另有一个秘密的办公地点和一个书库设在法租界。书店的任务,是在上海编辑出版抗日进步书刊和翻印内地出版的抗日进步书刊,供应"孤岛"上的几百万人民群众;同时以上海为据点,把这些书刊发行到香港、澳门以及东南亚地区去;并在可能的条件下,把书刊送到活跃在皖南地区和江南地区的新四军抗日部队中去。上述第三项任务,因为日寇严密封锁,困难很大,所以没有能够很好完成。现在新四军到了苏北,要建立根据地,我们可以大干一场了。所以,新四军挺进苏北和黄桥战役胜利的喜讯传来,我们这些埋伏在"孤岛"上的出版工作者,尤其感到兴奋。"把书运到苏北去,到苏北去开书店",这是摆在我们面前的具体的行动目标。

到苏北开书店,首先要解决的问题是怎样把书运到根据地去。上海是"孤岛",周围是敌占区,只有通过敌占区,冲破敌人的封锁,才能把书运到苏北根据地。这是一大难题,却又是工作能否开展的关键。

到苏北开书店是在黄桥战役后实现的,准备工作却是在黄桥战役以前新四军过江后就开始进行了。黄桥战役以前,苏北敌后已有我党领导的游击队在活动,建立了游击根据地。苏北的地方党在掘港建立了一个苏北文化服务社,负责人吴铭同志经常往返于上海和苏北之间。为了解决上述难题,我们向吴铭同志请教,他建议我们派人去苏北联系一下,"打前站"。我们接受了他的意见,就请汤季宏同志(他当时也在新知书店上海分店工作)到苏北根据地去跑一趟,汤季宏同志出色地完成了任务,没几天就从苏北回来了,并且带来了好消息:苏北党政军领导都欢迎我们去,将为我们提供一切方便。运书问题也可以解决。汤季宏同志去苏北的时间是 1940 年 9 月 18 日,是跟着新四军派到上海动员参军的司徒扬同志一起去的。他在黄桥附近见到了泰兴县县长陈同生同志和县委宣传部部长俞铭璜同志,他们热情表示支持书店工作。

正在这时候,总店来了通知,上海地下党也来了通知:生活书店、读书生活出版社、新知书店三家联合,从设在上海的分店或办事处中抽人,去苏北抗日民主根据地开展出版发行工作。生活书店派出袁信之同志,读书生活出版社派出张汉卿同志,新知书店派出我。以后视工作需要,还可以继续派人。这个决定,很正确,很及时。三家联合,力量就大了。在国民党地区,为了避免被敌人一网打尽,需要多挂招牌,多立门户;到根据地去开书店,就没有必要那样做了。

好了,可以出发了。我们一面积极准备书籍,一面准备动身。临走之前,我和袁信之去向艾寒松同志告别,他是当时生活书店留在上海的比较高级的负责人。我们向他请教,到苏北开书店,叫什么名字好。他说,可以叫"大众书店"。它表达了书店为人民大众的宗旨,同时,三人为众,隐含三家联合之意。我们觉得这名字好,当即表示赞成,到苏北后就用了这个名字。

到根据地去要经过敌占区,要权充"大日本帝国"的良民,尝一尝亡国奴的滋味。1940 年 10 月的一天,我到外滩日本人经营的轮船公司买好轮船票,在晚上 9、10 点钟上船。登上轮船,就真正地"上了贼船"。船上的日本人凶神恶煞般,稍不遂意,就拳脚相向,根本不把中国人当人。过吴淞口时,又有日寇宪兵上船检查,如果被发现可疑之处,立即就可能被捕。年轻的妇女搭乘这样的轮船尤其危险,因为船上的日本人可以随意到旅客中把人抓到他们的卧室中去非礼,我后来曾经目睹过这样的丑剧。这一次我们很幸运,没有发生什么问题。次日早晨,就到达苏北在长江边的港口之一——张黄港。从这里登岸,又有日寇检查,我们同样顺利通过。这里离黄桥大约有 60 华里,路上如果遇到敌寇或汉奸队伍盘问,也会发生麻烦。我们雇了一辆独轮小车,请他把我们送到黄桥。表面理由是我们这些上海人吃不了走路的苦,要雇车"代步",实际目的是请他们给我们带路。我们一路平安到达了黄桥。

黄桥是泰兴县属的一个较大的集镇,当地特产的烧饼很有名,称为"黄桥烧饼"。黄桥战役后,章枚同志曾谱写了一支曲子,歌颂军民的鱼水关系,名为《黄桥烧饼歌》。抗日民主政权的泰兴县政府,就设在这里。抗大五分校在黄桥设有招生处,主任为吴强同志(当时名吴蔷)。招生处设有招待所,所长为嵇德华同志。我们到黄桥后,就住在招待所里。我所以要提到他们两位的名字,是因为他们两人是我到达根据地后最初遇见的两个干部,他们给了我很好的印象。吴强同志是一个风趣爱开玩笑的人,跟他在一起,不会感到忧愁或悲伤。有一次,我因为书没有从上海如期运到而着急,吴强同志就安慰我,说他保证当天就能将书运到。后来,书果然在当天傍晚运到了,大家很高兴。吴强同志要我请大家上馆子吃一顿锅贴,我乐意地照办了。嵇德华同志和蔼可亲,对过往的同志体贴入微,是一个好招待所长。他以后在华中参加了新华书店的工作。

到了根据地,我们的感觉是:这回总算到老家了。我们在国民党统治区,在帝国主义统治的租界上受尽了压迫和歧视,现在到了老家,觉得可以扬眉吐气了。所以当我们看见新四军岗哨的时候,就情不自禁地欢呼起来,并放声歌唱那些在上海只能偷偷地小声唱的革命歌曲。这里的物质条件当然比上海差得远,但比我们想象的要好得多。我们思想上已经作了充分准备。《游击队员之歌》

中有一句歌词是"青纱帐里，游击健儿逞英豪"，我们打算朝伏夜出，生活在青纱帐里。到了根据地才知道这里不仅有广大的农村，还有不少集镇，甚至还有县城（当时新四军占领了盐城和东台两座县城）。这是过去我们不敢想象的。

黄桥，当时是苏北根据地的南大门。不仅从上海来根据地参加工作的同志首先到黄桥，从皖南撤退到苏北来的干部也从黄桥入境。生活书店派到皖南新四军军部做图书发行工作的李培原、李忠等同志也到黄桥来了。我们决定会合起来，一起工作。我们的力量更大了。

书源源不断从上海运来了，大众书店正式开始工作了。我们在黄桥、海安、东台和盐城都开起了大众书店。盐城是华中局所在地，皖南事变后，新成立的新四军军部也设在这里，华中党校、抗大五分校和鲁迅艺术学院华中分院也设在这里，江淮日报社、江淮银行也都在这里。盐城是苏北抗日民主根据地的政治、经济、文化中心，盐城大众书店就成为苏北大众书店的总店。我们的工作范围不限于苏北地区，李忠同志还曾应淮北区党委书记刘瑞龙同志的邀请，到淮北去供应过图书。

大众书店由于能直接从上海运来书刊，所以书刊品种比较多：有马列主义原著，有毛主席著作，有鲁迅著作，有哲学社会科学书籍，有中外文艺作品，有转载《解放》周刊、《新华日报》重要文章的《时论丛刊》等。这样多的书，在根据地是不易见到的，对根据地的建设起到了一定的作用。书是怎样从上海运到根据地的？当时由汤季宏同志留在上海承担为大众书店运书的任务，这是一项极艰难的工作,要逃过许多关口。老汤曾给我简单讲过在上海码头如何逃过海关的检查:当海关检查完毕,海关人员离船后,船正在起锚离岸的一刹那,由几个大汉将一捆捆的书趁着黑夜扛上船去的(书预先隐藏在码头附近的小弄堂里),这是十分惊险的镜头。如何逃过吴淞口的检查?是靠船上的水手冒险掩护。如果被查出,也是性命攸关的事。因为这不是一般的走私问题,这些书都是共产党的书,都是抗日的书,查出了是要杀头的。船到了江北,如何逃避检查,又如何运到根据地,这些都必须由汤季宏同志来具体回忆了。老汤告诉我,王福和同志在运书的途中,被日寇捕去杀害了。这是一位无名英雄,是为抗日救亡的图书发行工作牺牲了生命的烈士,值得我们永远纪念。

大众书店的工作,完全只靠上海运来的书刊,不是长久之计,要考虑到上海的情况会发生变化,交通情况也会发生变化。要从最坏的可能去作准备。而且,上海的书刊也不可能完全符合根据地的需要。要真正符合根据地的需要,必须在根据地办出版社才行。因此,华中局决定,在宣传部领导下,成立江淮出版社。办出版社必须有印刷厂。当时在盐城有一个印刷厂,设备基本可以,但还缺一些。华中局决定拨款一万元,派我到上海去买印刷机器。印刷机器买好,如何运来根据地呢?华中局把这个任务交给了供给部长宋裕和同志。宋部长介绍给我一个姓乔的商人,说买好机器后,可交他运回。这样,我就和乔姓商人一同出发去上海。到上海后,靠在上海的同志的帮助,机器很快买好了,也装好了箱。我到约定地点找那乔姓商人。他告诉我,日寇对苏北根据地发动了大"扫荡",新四军撤离了交通干线,撤离了盐城、东台、海安、黄桥等所有重要的城镇,同上海的交通线也暂时中断了。把机器运回根据地已不可能了,他准备回根据地,如果我还想把机器运回根据地,他可以介绍给我 个运输关系。我接受了这个建议,通过这个运输关系把机器运回根据地。我奔走于上海、敌占区与根据地之间,费了几个月时间,终于把一部分机器运到了根据地,但没有能运到华中局。最后我不得不承认失败,回到华中局,向宣传部汇报。

回到根据地,才了解到,由于日寇"扫荡",从上海运去的书已不能到达苏北盐阜区根据地,大众书店被迫停止工作,工作人员都已由组织分配到别的岗位上。同时,我得到一个令人愤慨而又忧虑的消息:华青禾同志(我离开根据地后,大众书店的工作由他负责)为了把售书所得的款子送往上海,在凤谷村被国民党反动派逮捕,关在狱中。

大众书店的工作暂时结束了,但是苏北根据地的出版发行工作并没有结束,以后又在新的条件下以新的形式蓬勃开展。

回忆苏北大众书店的时候,我想应该写一段文字来纪念王宏同志,他是 在大众书店的岗位上的。他虽是因病医治无效而去世的,但 实际是由于敌人"扫荡"得不到正常的治疗而不幸牺牲的

王宏同志原来是上海一家银行的职员。抗战前他就参加世界 运动、新文字运动和抗日救亡运动。因为家累较重,抗战开始, 他没有能离开家庭,到内地去参加革命工作,一直留在上海。1939

年新知书店设立上海分店时，王宏同志放弃了银行的职位，到分店工作。银行的工资比较高，而新知书店的工资很低，但他毅然辞去银行的职务到书店工作，所以进书店是为参加革命的。1940年，生活、读书、新知三家决定到苏北开设大众书店，王宏同志又积极要求到根据地工作。到根据地后，虽然生活条件比上海差得多，但他并没有嫌苦，而是和大家一起，积极埋头工作。他牺牲的确切日期我记不起来了，可能是1942年春节后若干天。那时候，由于敌寇"扫荡"，我和他一起在南通吕四镇附近的农村里打埋伏（根据地的用语，意思是当敌人"扫荡"时，非战斗人员暂时隐蔽在老百姓家以避免损失）。王宏同志有一天突然生起病来，肚子痛得要命，吃一点止痛片不管用。当时情况下，既无法找到军医，也无法把他送回上海。怎么办呢？只得就地找农村的医生治疗。当地的医生有两种，一种算中医，一种算西医。中医来了，根本说不出什么病，每来一次，开一次药方，都说"会好的，会好的"，但吃了药不见任何效果。所谓西医，实际上是稍微有一点医药知识的开小药铺的商人。他来后，说只要打一针就行，要的价钱很高。没有办法，也只得答应他。打一针后，的确就不痛了。可是过一天，又腹痛如故，又得再打针。这样折腾了几天，王宏越来越消瘦，肚痛虽渐渐不那么厉害，但精神更萎靡了，吃东西也更少了，还往外吐黄水。请中医来看，中医说，病好得多了。我听后心里宽慰了许多。正在这时，有老百姓告诉我，说看见有新四军大部队在附近行动。我跑出去一看，果然是大队人马，而且不像是一般的战斗部队，而是部队的指挥机关。一会儿，我看到粟裕同志在队伍中走着，他的坐骑跟在他的身后。我断定这支队伍是新四军一师师部,因此必有军医在内。经我联系,他们知道是大众书店的同志病了,立刻派了一位医生①来检查。检查完毕,这位军医悄悄告诉我,王宏同志的病被耽误了。他患的是胃溃疡,已穿孔了。吃的中药完全无效,西医打的针是吗啡针,只起麻醉作用,根本不能治病。现在已无法解救,生命最多只能维持到当天晚上。这对我来说,简直是一个晴天霹雳,但也束手无策。果不出医生所料,王宏同志在当天下午就停止了呼吸。我和他情同手足,在打埋伏时,一直和他睡在一张床上。但我未能妥善地照顾他,两个庸医害了他。王宏同志的牺牲,使我感到非常悲痛。

最后,我要说明一下:生活书店、读书生活出版社和新知书店,到敌后根据地开展工作以及在各抗日民主根据地建立出版、印刷、发行机构,都是根据毛主席的决策。这是我在全国解放后才逐渐知道的。前者,谷军同志已写出了回忆录加以证明;后者则明白记载在《毛泽东选集》第三卷《论政策》一文中。

王益,1936年在上海参加生活书店,1937年进新知书店。后曾任新华书店总店总经理、国家出版局副局长。

原载《出版史料》1986年第 5 期;《联谊通讯》(北京)第 19 期,1991年 4 月 25 日

---

① 据汤季宏同志回忆,这位医生是一师卫生部李副部长。

# 读书生活出版社在上海“孤岛”工作和一些回忆

郑效洵

我于1938年4月在上海参加读书生活出版社(以下简称“读社”)工作。

这时上海英法租界已是“孤岛”——国民党军队远撤了,四周被日寇包围着,汪伪爪牙、“76号”特务、地痞流氓到处横行,英法租界工部局想管也管不了,但是地下党的领导,各界进步力量,和几百万不愿做亡国奴的上海人民,则正在这个水深火热的牢笼中英勇奋斗着。读书生活出版社的同志们,也是这个斗争激烈中坚强的一员。

这时社里的原有领导李公朴、柳湜、艾思奇以及周巍峙、陈楚云等同志,分别离沪奔赴各地投入了抗日救亡运动。读社经理黄洛峰同志,则为了坚持出版阵地,为抗战作贡献,为读社求发展,亲自带了几个青年同志到了武汉开辟阵地,在汉口民生路建立了汉口读书生活出版社,并很快开始了出版发行工作。我到读社工作时,除了由郑易里、刘麐同志主持工作外,仅有李克金同志主持总务，卜朝义同志负责发行，跑外勤，还有一个工友帮助做些搬运采购等杂务。

这时"孤岛"上海百业萧条，民不聊生，一向较繁忙的印刷工业也没有例外，好多印刷厂没活干，大批纸张无人问津，白报纸每令3元也卖不出去。

但是这种情况，对出版行业来说，都又成了有利条件。加以租界当局对比较敏感的期刊的出版管得较严，对一般书籍的出版管得较松，在上海的郑易里和在武汉的黄洛峰两位同志便多次函电商定，决定在上海立刻进行《资本论》三卷全译本的出版。于是《资本论》的出版成了上海读社当时的一个主要任务，这时《资本论》第三卷尚未翻译，为加速出版，又把郭大力先生从江西老家请回上海，就住在斜桥弄71号出版社的后楼进行翻译。《资本论》的校对工作分量极大，急需几个有一定水平的工作人员，于是我在罗稷南先生推荐下，作为一个"临时工"参加了读社进行校对工作。我的爱人蔡淑贞也参加了校对工作，同时进行校对的还有郑易里夫人熊约春、罗稷南夫人倪琳。

罗稷南原名陈小航，曾在生活书店翻译出版了《高尔基四十年》，在读社翻译出版了高尔基的《在人间》等。他原是北大学生，楚图南原是北师大学生，他俩毕业后，却回到了昆明教中学，那时艾思奇（李崇基）和郑易里都是罗、楚的学生。后来楚图南到东北吉林教书，我这时也在东北教书。1930年，因"抗日有罪"，我俩均被日寇逮捕，关在一个监狱，成了"难友"。我俩出狱后，我到了北平，不久北平被敌占领，我不甘当亡国奴，又到了上海，在上海美专教书,这时楚也在上海暨南大学任教。"八一三"后,楚离沪去内地,我又接上了楚在暨南的课。因为战事,学校不能正常上课,酬金也低,我的生活不无困难,这样经楚向罗推荐,罗把我介绍给了郑易里,为《资本论》作校对,以维持生计。

《资本论》在上海的出版工作是很紧张和艰苦的,校对工作也很繁重,在读社全体同志不辞劳苦下终于战胜了一切困难,到1938年秋天,三卷全译本得以陆续出齐,这在当时的出版发行界也是一件大事。

《资本论》出版后,在装箱发运广州与内地时,正值日寇在广州大鹏湾登陆,致两千套《资本论》全部沉入海底,损失惨重。为加强上海方面的工作,洛峰又把调往广西的刘麘调回上海主持社里经营发行工作。同时鉴于上海出书的有利条件,《资本论》出版后,接着又以主要力量从事组稿和出版工作,主持这一工作的是郑易里、罗稷南和我三人。1939年,郑易里亲自带上《资本论》纸型,冒着战火的危险长途跋涉经香港、昆明到了重庆,有较长时间不在上海,而罗稷南社会活动较多,故社里编辑、组稿的具体事务,我做得多一些。

当时书店经济状况一直比较困难,幸有郑易里胞兄郑一斋不时资助,得以把工作坚持下去。当时社里无力聘用专职出版、封面设计人员,池宁先生就以付给稿费的方式帮助设计。钟望阳(杜康)也以"临时工"方式帮助校对,可见当时读社工作之一斑。

从《资本论》出版后(1938年10月)到太平洋战争爆发(1941年12月)的三年中,读社曾出版书刊多种。其中有的是在上海组

稿而出版的；有的是在延安组的稿，经重庆转来上海出版的；有的
是从重庆组的稿，发来上海出版的，现分别介绍如下：

## 上海组稿部分

### 一、丛刊

记得我们第一种组织的稿件是"中国文艺丛刊"，本来是文艺
月刊，因工部局方面对期刊限制甚严，所以采用"丛刊"这种书本的
形式，以便顺利出版。这个丛刊具名的主编是"戴平万"，但实际上
是由林淡秋、蒋天佐二人主编，参与其事的还有王元化、钟望阳等，
共出了四本，即：

《钟》

《高尔基与中国》

《鲁迅纪念特辑》

《鹰》

### 二、期刊

1940 年创刊了《哲学杂志》，主编为胡曲园，撰稿的有周建人、
郑易里、赵平生、何封、董秋斯、罗稷南、陈珪如等多人。由于汪伪
日寇横加迫害，《哲学杂志》只出了两期不得不停刊。

### 三、书籍

上海组稿，上海出版或以重庆读书生活出版社名义出版部分：

蒋天佐译 《中国及未完成的革命》

胡明译 《苏联内战史》

常彦卿译 《怎样把日本武装干涉者赶出了远东》

董秋斯译 《精神分析学与马克思主义》

吴清友译 《殖民地附属国新历史》(上卷四册)

沈舟译 《社会的故事》

林淡秋译 《列宁在1918》(电影剧本)

什之译 《上海——罪恶的都市》

鸣世译 《斯大林传》

企程、朔望译 《列宁传》

焦敏之译 《列宁战争论》

什之译 《人怎样变成巨人》

平生、执之、乃刚、麦园编译 《辩证唯物论辞典》

郭大力译 《资本论通信集》

郑易里译 《资本论的文学构造》

何封等译 《卡尔·马克思——人·思想家·革命者》

马子华译 《飞鹰旗》

郑效洵编 《实践与理论》(艾思奇著)

## 重庆组稿、上海出版部分：

徐冰译 《社会主义与战争》

张天虚著 《运河的血流》

陈学昭著 《延安访问记》

曹靖华译 《油船德宾特号》

章汉夫、许涤新译 《恩格斯论〈资本论〉》

许涤新译 《怎样研究〈资本论〉》

△△△①著 《扬子前线》

## 延安组稿、上海以不同出版者名义出版部分

博古译 《论一元论历史之发展》(辰光版)

艾思奇编 《哲学选辑》(辰光版)

吴黎平、艾思奇著 《科学历史观教程》(辰光版)

艾思奇著 《论中国特殊性及其他》(辰光版)

向隅编 《五月的延安》(歌剧集)(辰光版)②

华岗编著 《中国民族解放运动史》(鸡鸣版)

吴黎平著 《论民主革命》(鸡鸣版)

高士其著 《科学先生活捉小魔王的故事》(鸡鸣版)③

还有延安转来的《中国文化》创刊号纸型,也在上海印刷后发往内地。

以上这些书的出版都是秘密进行的,由于平时处理得当,总算未发生过什么问题,只有一种书,即陈学昭的《延安访问记》发

---

① 编者注:阿特丽著,石梅林译,尊闻校。

② 编者注:《五月的延安》为陕甘宁边区文化界救亡协会编辑,艾思奇、柯仲平等主编,读书生活出版社1939年5月出版。向隅等集体创作的《歌剧集》为"鲁迅艺术学院丛书"之一,上海辰光书店1939年3月初版,1940年3月再版。

③ 编者注:今见读书生活出版社1941年6月初版,未见鸡鸣版。

生了一些波折,即该书原稿在重庆打成纸型,后转上海印刷。不料此事被国民党发现,他们传讯了黄洛峰,并将洛峰扣留了一天,最后在洛峰和万国钧巧妙周旋下得以解决,而上海则很快把书印出来了。

这时上海的出书量甚大,书籍主要发往内地和新四军根据地。为便于转往内地桂林、昆明、贵阳、重庆、成都各分社,所以在1939年夏天,郑易里带了熊岳柏到香港成立了办事处,专事转运工作。约一年后办事处撤销,熊又回到上海。郑易里还曾和新知书店王益到新四军根据地的天长县办过大众书店,刘瞾在那里办了一个卷烟厂,名"凯旋门",还通过地下党关系,将出版物运到新根据地,并将根据地的一些土特产如咸肉、猪肉等运到上海发售,用以弥补读社的资金周转。

太平洋战争爆发不久,上海政治形势渐趋紧张、恶劣,先是开明书店负责人夏丏尊、章锡琛,以及鲁迅先生夫人许广平等受到恐吓,继而罗稷南、郑易里又遭日寇特务逮捕,"查无实据"后被释放。最后,新知书店在卡德路的仓库又遭日寇破坏。这时姜椿芳同志专门及时通知我们要"提高警惕,想法躲躲",并及早做好书店转移、隐蔽的准备。姜当时是苏联塔斯社在上海办的时代出版社以及《时代》周刊的中国方面负责人,实为我地下党员。他所在的时代出版社,恰好也设在斜桥弄,且就在读社的斜对过,所以关照我们极为方便。我们就在同孚路租了一个较差的前楼房子隐蔽起来,刘瞾负责清理账册文件,我负责清理稿件纸型等,暗暗地从斜桥弄搬到了这里。斜桥弄的房子则退租了前楼,只留了后楼存放一般杂物,有时为郑易里等亲友临时居住用用,不露痕迹。

日寇完全占领上海后,读社工作也就暂时停顿下来。约在1942年2月,刘麐带着卜朝义、熊岳柏撤退到了苏北,后来卜在苏北不幸牺牲。郑易里因要帮助经营其兄在上海开设的景明号商店仍留在上海未动。我因有家累,不便行动,也未离沪,就在南平女子中学教书。虽然要继续进行出版工作是极端困难了,但大家仍在夹缝中保存力量,坚持不辍。考虑到长远的需要和目前的可能,郑易里决定着手编纂一部英华大辞典,我则负责"A"字部分。此书由郑易里和曹成修二人积数年之劳苦,终于在上海解放后出版。

不久,据说由新知书店拿出一笔钱,让我们滞留上海的进步老朋友继续组织一些稿件,我也作了一些努力,但最终于1944年出版的,仅有两种,即艾思奇译的《德国——一个冬天的童话》(上海版)和周觅(周扬)、罗稷南译的《安娜·卡列尼娜》(上下册,桂林版)。

日寇投降后,万国钧、范用等先后回到了上海,就在四川北路仁智里155号租了房子,读书生活出版社又以公开的身份重返上海开展工作,当时出版的第一本书是博古译的《辩证唯物主义与历史唯物论基本问题》(4册),这是在延安打好的纸型上浇成铅版后印刷的,是由万国钧从重庆返沪时带来的。后来又陆续出版了郭大力译的《恩格斯传》,武波编的《中国近代史》(一分册),潘蕙田、陈晓时译的《唯物论与经验批判论》等。我们几年的隐蔽斗争,为读社重返上海准备了一些物质基础,直至1946年黄洛峰同志最后回到上海后，读社在上海开创了又一个新局面。

　　注：郑效洵同志已于两年前去世。他生前曾有一篇回忆《孤岛上海读社斗争的简况》寄范用。因比较简略，乃由我去采访了他，得到了他热情接待，并补充了一些史实，但因他年事已高（近 90 高龄），所以有些事已记不起来，这篇稿子，是我根据他的原稿和补谈的史实汇总而成的。

刘大明

2002 秋

　　郑效洵，1938 年在上海参加读书生活出版社。后曾任人民文学出版社副总编辑。

　　刘大明，1936 年在上海参加读书生活出版社。后曾任国际工业出版社社长。

原载《三联贵阳联谊通讯》第 28 期，2002 年 11 月 18 日

# 新知书店创业记闻

俞筱尧

## 在艰苦中创业

徐雪寒、华应申等前辈说起过,1935年6月《新生》事件之后,《中国农村》月刊和《中国经济情报》周刊同样面临被迫停刊的威胁。政治形势逼使钱俊瑞等必须作出抉择,最后决定集资创办新知书店,并且明确提出三条:一、办书店是为了革命宣传,书店是革命工具;二、宣传马克思列宁主义,专门出版社会科学书籍;三、充分利用合法形式,并按合作社原则经营管理。发起人中只有个别人有固定收入,多数人都靠稿费维持生活,于是便决定采取10元、20元集资的办法,没钱的甚至"捐献"一篇文章,以稿酬抵充"股金"。另外还通过左翼团体的关系,在进步文化人和职业界募集,以10元为一股,交不了10元,以5元作为半股也行。后来得到两笔意外的款项:一笔是中国农村经济研究会的李如柏(即陈少景,中华人民共和国成立后曾任中共大连市委书记)变卖部分家产,向书店"投资"500元,相当于当时募集的零星资金的总和;另一笔是经过胡愈之、钱俊瑞的介绍，邹韬奋代表生活书店慷慨投资的1000元。邹韬奋不仅从资金上给以支持，还特别允诺出版的书籍可由生活书店总经售。这样不仅解决了新知书店资金不足的困难，还解决了书籍出版后的发行问题。

1935年8月，当募集资金达500元左右时，"股东"们就召开社员大会，宣布新知书店正式成立，并公推钱俊瑞、姜君辰、张仲实、薛暮桥、孙晓村、张锡昌、徐雪寒等为理事会理事，钱俊瑞为理事长，徐雪寒与华应申任正、副经理，负责书店的日常业务，姜君辰主持编辑工作。请著名教育家经亨颐题写了店名。徐雪寒和华应申还说过，新知书店创业之初，只是在上海华龙路（今雁荡路）元昌里租间厢房，作为工作和住宿之用。后来业务稍有发展，又迁到环龙路（今南昌路）福寿坊，这时资金周转仍很困难，从创办到"八一三"抗战，上海失陷时，新知书店资金总共才两千多元。这些资金名义上叫"投资"，实际上都是"捐助"，从来没有哪位"投资"者从新知书店得到过一分钱的"红利"。

由于方针明确，新知书店创业头两年，总共出版了20多种书。第一本书是钱俊瑞、章乃器、朱楚辛①等集体撰著的《中国货币制度往那里去》，及时揭露了国民党政府推行的法币政策，实质上是把国家的通货主权奉送给了英美帝国主义者。意大利入侵阿比西尼亚（今埃塞俄比亚），新知书店又立即出版了钱亦石、姜君辰等集体撰著的《意阿问题与第二次世界大战》和孙冶方译述的《帝国主

---

① 编者注：该书扉页标示作者为"章乃器、钱俊瑞、骆耕漠、狄超白合著"。

义铁蹄下的阿比西尼亚》。徐雪寒说,据他所知,意大利对阿比西尼亚发动侵略战争的罪行,国内报刊上有发表文章揭露的,但出版书籍的似乎没有,新知书店却出版了两本小册子,表达了中国人民对阿比西尼亚被压迫民族和人民正义斗争的支持。20世纪30年代,中国思想界继中国社会史论战和中国社会性质问题论战之后,又有中国农村社会性质论战。经华应申提出选题,由薛暮桥编辑,中国农村经济研究会署名的《中国农村社会性质论战》便由新知书店出版。新知书店还开始出版"新知丛书",最早的几本是钱俊瑞、姜君辰、王亚南、徐雪寒等著《中国经济问题讲话》,薛暮桥著《农村经济底基本知识》和《中国农村经济常识》,狄超白著《经济学讲话(通俗本)》,杜君慧著《妇女问题讲话》等,世界名著(法)巴比塞著《从一个人看一个新世界——斯大林传》以及(苏)列昂节夫①著《大众政治经济学》也随之出了中译本。列宁著《帝国主义论》则出了增订本,除了原著外还有经过整理的第一次世界大战结束到1935年前后世界垄断资本发展的资料,在当时可以说是一本政治经济学的高级读物了。这些书籍较系统地介绍了马克思主义的基础理论知识,而且能结合中国实际问题进行论述,通俗易懂。此外,还编译出版了《简明哲学辞典》《苏联的发明故事》等,都深受读者欢迎,一再重版。

当时,新知书店除了继续出版《中国农村》月刊,还出版了姜君辰主编的社会科学理论刊物《新世纪》月刊和叶籁士编的《语文》月

---

① 编者注:新知书店1936年版译为莱渥铁爱夫。

刊。《新世纪》仅出了两期便被迫停刊了,但这个诞生不久而又资金薄弱的新知书店,在广大读者的热情支持下,终于逐步站稳了脚跟。

由于新知书店是在党领导下建立起来的出版机构,所以书店还执行党的其他任务,如根据党的指示,由书店具结保释邓洁、孙克定等被捕同志出狱。至于利用书店编印抗日救亡的宣传品之类,更是责无旁贷的工作了。

新知书店创办以后,虽然着手编辑出版了一些书刊,在读者中产生了一定影响,有一点经济收益,但工作人员的生活还是十分艰难的。徐雪寒本人从书店创业时起,直到上海沦陷撤退到武汉这段时间,不论在新知书店还是在全国各界救国联合会工作,都没有领取过工资,而仍是靠写文章为生,特别是他在杭州陆军监狱时学习的日文派上了用场,他相继翻译了日本学者神田丰穗的《社会科学小辞典》和加田哲二的《德国社会经济史》,分别由中华书局和商务印书馆接受,得了一笔稿费。他用这笔稿费向书店付了"股金",其他多用作养家糊口之需。华应申每月工资18元,维持个人生活之余,还要分担租用元昌里一间厢房的部分租金。关于新知书店工作人员勤俭办事业的精神和品质,华应申说过这样的话,"八一三"事变爆发后上海失陷,生活、读书、新知三家书店不能再在上海待下去了,都决定迁往武汉。当时,新知书店和《中国农村》的负责人,如钱俊瑞、张仲实、姜君辰、薛暮桥、张锡昌等,都先后离开上海,书店业务几乎完全停顿,不但迁移所必需的旅费和运费不足,少数几个留沪工作人员的生活也难以维持。不得已把书店租用的福寿坊一幢三层楼的房子退租,并由暂时还留在上海的工作人员分头摆地摊卖书,想这样积聚一些现金。事实上,摆地摊的收入非常可怜,有时还不够一个人糊口。当时负责校对的吴渊身体很不好,有哮喘病,也参加过这个摆地摊。吴渊因为哮喘病,经常吃一种成药,叫"扑落托"(音),大家都管他叫"扑落托",连窗门对面人家的孩子也隔窗喊他"扑落托"。吴渊是地下党员(当时和新知其他党员没有横的联系),工作非常积极,待人非常热忱,大家都喜欢他。他因为有病,不久回湖南了。回湖南后,在新四军平江通讯处工作。1939年国民党反动派一手制造的平江惨案中,他是惨遭杀害的烈士之一。事后华应申他们在桂林得知这一噩耗,曾用《五月的鲜花》的歌谱配上悼词,唱来纪念他和其他几位平江惨案牺牲的烈士。

徐雪寒在此前不久,奉党组织之命,前赴河北桑园冯玉祥将军的第六战区,和李紫翔等一起为该战区筹组政治部的工作。后来,冯玉祥将军的第六战区司令长官的职务被蒋介石撤销,徐雪寒也随冯到南京,随即转赴武汉回到了新知书店,仍和华应申在一起工作。

为了撤退到武汉后能够迅速恢复出版发行工作,华应申还说过,首先必须把存书运去。同时考虑撤到武汉以后,印书用纸一定更困难,而当时从上海到武汉的外商轮船还能通航,他们便把书店所能积聚起来的一些钱,尽量用来购买白报纸。记得当时为了节省钱,他们不经中间商"报关行",自己办理托运。为此,华应申和当时还留在上海书店里的王益、朱执诚(朱希)及临时帮忙工作的陈冠球等共四人,在初冬下着毛毛雨的阴冷的外滩码头忙了一个整夜。由于他们没有办过这种托运的事,不懂规矩手续,轮船上和码头上的一些工头之类的人,常常不给他们方便,甚至有意刁难,他们运出几十件卷筒纸和存书,真是费尽了周折。第二天天明他们回到住地时,实在精疲力竭,躺倒了。陈冠球原在生活书店工作,那时他已离开,在上海做地下工作,他并不是新知的人,完全是义务帮忙。华应申和王益他们离开上海时,陈冠球仍在上海继续做地下工作。后来他到苏中解放区,担任苏中四分区一个县(海门或启东)的县委书记,在一次与日伪军遭遇时作战牺牲。生活书店的许多老同志都认识他,他是一位令人感到亲切而又尊敬的同志,长得圆圆胖胖的,对同志非常热忱。他和华应申等都很熟,但当时他们并不知道他的住处和地下工作的身份。

从上海运武汉的纸张,很久提不到货,以为是损失了。后来在武汉附近一个似乎名叫鲇鱼口的小车站提到了货,但有些卷筒纸破损严重。大家看到这些破损严重的卷筒纸,感到有说不出的心痛。

## 在抗日战争高潮中发展

在武汉时期,是第二次国共合作最好的时期。在这一年里,新知书店在广州设立了广州分店,这是新知书店设立的第一个分店。接着中共湖北省委主办的扬子江出版社合并到新知书店。按照中共中央长江局的安排,新知书店还承担了中国出版社的出版发行任务。中国出版社的出版物大多是延安解放社的书籍改编或利用原纸型在武汉印制的,有《共产党宣言》《反杜林论》《社会主义从空想到科学的发展》《国家与革命》《共产主义运动中的"左派"幼稚病》《列宁主义基础》和《解放》周刊等;也有些书籍是在武汉组织编写的,如《什么是列宁主义》(全8册)等,由于解放社在延安,而武汉是国统区,便另起了中国出版社的名称。这项工作开始时由中共中央长江局凯丰直接领导,中国出版社的名称也是由他和徐雪寒商定后请毛泽东题写的。为节省人力物力,新知书店和中国出版社实际上是一套人马两块招牌。由于战时联络、转运书籍等需要,新知书店在长沙设立了办事处,同年在河南设立了南阳分店;在湖北设立了襄阳分店;在湖南设立了衡阳分店、常德分店、桃源分店和沅陵办事处;在广西设立了宜山分店;在浙江由骆耕漠和当地党组织的支持,设立了金华分店、丽水分店和碧湖支店、龙泉支店。在武汉时期,新知书店掌握时机,业务得到迅速发展。

1938年10月,武汉沦陷,徐雪寒、华应申经过反复权衡,决定新知书店总管理处撤退到桂林。总管理处的日常工作由华应申主持。为便于接受中共中央南方局的领导和处理中国出版社业务,徐雪寒常驻重庆。徐雪寒还曾说过,有时他去了桂林,而南方局有纸型从延安带来,亟需印制,也有交给兄弟书店(如生活书店)用中国出版社名义印制的。总管理处迁桂林的同时,设立了桂林分店和重庆分店。延安抗大的教材《社会科学基础教程》《中国现代革命运动史》,新四军教导大队教材:薛暮桥著《经济学》《战时乡村工作》、胡绳著《辩证法唯物论入门》、翦伯赞著《历史哲学教程》、徐盈著《西北旅行记》,以及"救中国通俗小丛书"等,就是在这个时期出版的。此外,还出版了《中国共产党章程》《支部工作纲要》《论政党》《敌军士兵日记》《敌军家信集》和《社会主义的理论和实践》(全4册)等读物。1939年初,由王益赴上海"孤岛"设立了办事处,出版《时论丛刊》和《大陆》月刊,还出版了《论持久战》《新民主主义论》等著作。在此前后,相继在云南和湖南设立昆明分店和辰溪分店;在广东曲江设立北江书店。为开展香港地区和东南亚各国华侨中的宣传工作,在香港设立香港办事处,着重印制延安出版的《解放》周刊和中国出版社的出版物。在新四军军部所在地皖南云岭,设立了随军书店;次年和生活书店所设的随军书店合并。此外,在江西赣州设立二、三线的章贡书店。赣州沦陷,在福建厦门设立东方出版社。还与读书出版社合作,在贵阳和曲江设立读新书店和中南图书公司;与生活书店合作,在广西柳州设立西南书店。

政治形势日趋恶化,国民党当局在文化方面实行法西斯专制主义日甚一日。新知书店在南阳、常德、桃源、襄阳、金华、丽水、龙泉、宜山、沅陵、辰溪和衡阳等地设立的分支店,相继被非法查封或停业。辰溪分店职工被驱逐出境,衡阳分店经理陈在德和全体干部被捕,后经八路军驻桂林办事处李克农处长设法保释。

1939年秋天,中共湖南省委在邵阳办的机关报《观察日报》被查封,印刷厂因与报社不在一起,没有受到波及。桂林八路军办事处李克农为了保存这个印刷厂,责成徐雪寒设法抢救。徐雪寒会同文化供应社、生活书店桂林分店几个单位,共同出资将印刷厂盘下,迁到桂林东郊张家园,定名为"秦记西南印刷厂"。经过一段时间整顿,印刷厂各方面工作都逐步走上轨道。原先以承印股东出版社的书刊为主,后来有往来的出版社逐渐发展达 20 多家,业务兴旺,印刷质量较有保证,在桂林印刷界享有一定信誉。为保证纸张供应,从广东南雄采购土纸开始,在桂林设立了由周德英、刘逊夫等负责的裕丰贸易行。裕丰贸易行经营纸张有较显著的成效,既保证了新知书店二、三线书店和桂林进步出版业的用纸,还刺激了当地的土纸生产,同时也使新知书店在经济上得以克服一个个困难,出版工作逐步开展起来。

1940 年夏,周恩来曾要三家书店去华北解放区开设书店,三家书店派出干部前赴太行、延安等地设立了华北书店。同年 10 月,新四军渡江东进后,三店又奉周恩来之命,派出干部前赴苏北设立了大众书店,这个以三人为"众",又为人民大众服务的店名,是艾寒松起的。这是三家书店最早的联合举措。

同年冬,国统区政治形势愈益紧张,风雨满楼。周恩来在重庆交给徐雪寒一个特殊任务,由张纪恩和新知书店挑选一批能做买卖的党员干部到江西、福建、浙江等地设立几家灰色书店、文具店等,隐蔽待命,准备必要时作为掩护和交通站之用,于是江西吉安、南昌等地相继设立了文山书店等机构,但没有启用。派出的干部因浙赣线战事,大多撤回。

## 皖南事变与湘桂撤退

1941 年初,国民党政府置当前的民族敌人日本侵略者于不顾，悍然发动皖南事变。徐雪寒正在桂林，奉桂林"八办"指示，和华应申等一起撤退到了上海"孤岛"，同时将转移隐蔽部署通知了重庆分店经理岳中俊。岳中俊立即向南方局文委书记徐冰作了汇报。徐冰当即报告了周恩来，周恩来当天约见岳中俊，并指示说："几家书店（指生活、读书、新知三家书店）在社会上有影响，有的称你们是进步的书店，有的称你们是抗日的书店，有的称你们是共产党的书店，如果国民党把这些书店封了，那事实就揭露：是你们国民党不要进步，不要抗日，破坏团结合作。重庆是陪都，政治中心，国际国内瞩目，他如果封书店，在政治上就很被动，书店都处在闹市口，大家看得清清楚楚，因此书店要坚持下去，等他来封，在政治上争取主动，自然也要作必要的准备。"第二天，徐冰还特地到新知书店向党员讲了要坚持下去的意义，向大家作了革命气节教育，如遇到被捕坐牢如何应付，遇到叛徒时又如何对待等，使大家认识到不论是否被封，政治上对我们都是有利的。岳中俊为了在不得已时减少损失，尽可能精简人员，疏散存书，重庆分店终于克服重重困难，坚持了下来，直到抗战胜利。重庆分店是新知书店所有分支店中存在时间最长的分店。

1941 年 2 月，香港办事处因发行《皖南事变真相》，揭露国民党政府亲痛仇快的罪行，办事处主任张朝同被香港当局拘捕，经请律师辩护，被判无罪释放。随之，总管理处另派吉少甫赴港，与文化供应社合作，于 5 月间设立南洋图书公司，继续出版发行宣传马克思主义书籍和《群众》周刊等书刊。不久太平洋战争爆发，自动停业。

随军书店在 1940 年 10 月开始，干部和存书等分三批撤退苏北，皖南事变发生时，留守的经理方钧、朱晓光被捕，拘押于上饶集中营。朱晓光于 1942 年 4 月越狱归队，方钧 6 月间在赤石暴动中壮烈牺牲。读新书店也在皖南事变后被封，经理孙家林被长期拘押。沈钧儒仗义向蒋介石当面提出，蒋推说不知情，请沈老用他的名义直接向贵阳要求释放，这样做只不过是蒋的惯用手法，当然不起作用。孙家林被关押三年多，1944 年 4 月被辗转关押在战时青年训导团贵阳收容所时，内外配合，经长期准备终于越狱归队。

皖南事变以后，新知书店除重庆一地外，已不公开存在，沈静芷在桂林以西南印刷厂经理名义负责大后方新知书店总经理的工作，西南印刷厂的工作则由副经理诸宝懋实际负责。为了保存力量，沈静芷按照徐雪寒、华应申的部署，在设立二、三线书店和副业机构方面费了不少精力。在桂林设立了远方书店，出版了"国际问题丛刊""世界文学集丛"和丁玲、艾青、宋之的、萧军、冯雪峰、夏衍等的作品。此外，还出了一套"英汉对照文艺读物（丛书）"，很受读者欢迎。以编辑出版应用文书籍为主，设立了由蒋峄北、李易安任经理的实学书局。当时桂林"八办"也已撤退，新知书店等文化单位由邵荃麟、张锡昌等组成的南方局桂林统战工作委员会文化组加以领导。统战委员会书记李亚群则以总编辑名义住在实学书局，但与实学书局工作不发生横的关系。1944 年日寇进犯湘桂，三家书店按照周恩来原先的指示精神，兵分两路撤退，一路由沈静芷率领，从陆路向西撤退到重庆，另一路由曹健飞率领，从水路向东撤退。1944 年 11 月，沈静芷一行到达重庆，托运的书籍、纸型等资产,在黔桂路金城江车站遭日机轰炸,全部损毁。曹健飞等一行在撤退途中,在广西平乐由唐泽霖任经理设立桂乐园食品店,以经营收入维持撤退干部的部分生活。三家书店还在广西贺县八步、广东连县等地联合,并由吴仲、曹健飞分别任经理建立了兄弟图书公司。另有部分干部参与陈劭先、莫乃群、千家驹、张锡昌等负责的《广西日报》(昭平版)的工作。徐雪寒、华应申等奉命撤退到上海"孤岛"以后,相继设立了公开对外联络的泰风公司和远方书店,开始组织出版"苏联文艺丛书",其中梅益译《钢铁是怎样炼成的》的出版,特别受到广大读者的欢迎。这个译本还向苏北、胶东和浙东解放区销售,为解放区干部和部队战士所热爱。上海地下党 1938 年 8 月设立的亚美书店(曾名青鸟书店),此时也由新知书店派出干部主持工作,太平洋战争爆发,日本侵略军占领"孤岛",泰风公司、远方书店和亚美书店的业务暂告段落。华应申转移苏北。徐雪寒、汤季宏等继续留在上海,开辟了一条海上运输线,向解放区输送书籍、纸张、油墨等用品。随着业务开展,前后输送物资的内容很不相同,从图书、文具、纸张、油墨,扩大到包括医疗器材以至军用物资在内的各项货物。次数也更加频繁,经常一两个月往返一次。1943 年春,徐雪寒撤离上海,到中共中央华中局工作,上海这一摊工作便由汤季宏负责。1944 年 5 月,考虑工作方便,在黄河路设立了同丰行(又称同丰申庄),业务发展迅速,经济效益也不错,但由于内部出了敌人的"密探",1944 年 10 月遭到彻底破坏。这是新知书店在敌占区政治上经济上遭到的一次重大损失。

沈静芷到重庆后，首先着手建立了总管理处。为了加强领导力量，在徐冰的建议下，建立了由邵荃麟、石西民、秦柳方、周德炎、沈静芷、岳中俊、刘逊夫等七人组成的设计委员会，作为决策机构。为紧缩开支，将1942年夏在重庆国民党政府附近上清寺设立的亚美图书社和次年夏在成都设立的华夏书店主动收缩。随之，由石立程、刘逊夫任经理在成都另行设立实学书局。1944年春，由梁海云、刘建华任经理在重庆设立的珠江食品店营业兴旺，虽规模很小，但对书店日常的资金周转大有裨益。此外，也有部分干部分别隐蔽到另外一些单位工作。

沈静芷曾于1942年冬、1943年夏两次奉南方局桂林统战工作委员会之命，前赴重庆向周恩来和南方局汇报工作。这次撤退到重庆，便能随时接受南方局的领导，直接参与以三家书店为核心的新出版业联合总处（简称新联总处）的各项活动。此间，在重庆和成都建立了新出版业联营书店，形成了新出版业的统一战线，给国民党的文化专制主义以沉重打击。

## 生活·读书·新知三联书店的诞生

1945年8月，日本侵略者无条件投降。那段时间沈静芷协助黄洛峰等领导的新联总处，积极参加重庆文化界废除《战时图书杂志原稿审查办法》的"拒检运动"，以及陪都各界政协协进会等民主运动。

有关三家书店的战后工作，黄洛峰等也作了统一部署。为了能够集中人力、物力有利于开展工作，重庆的三家书店的门市部重新作了调整，只保留民生路生活书店门市部地址，1945 年 10 月 22 日建立了生活书店、读书出版社、新知书店三联书店重庆分店。这是第二次公开用三联书店名义设立的分店，也是三家书店进一步联合和后来实行全面合并的先声。当年的六七月间，三家书店曾成立了"联合出版部"，以"人民出版社"名义于 10 月出版"人民丛刊"，有《毛泽东印象》、《新社会的新教师》、《解放区的民主生活》（后改名《光荣归于民主》）、《反对内战》等书籍。这时毛泽东正由延安到达重庆，和国民党当局进行和平谈判，这些书籍的出版，在当时的重庆和国统区产生很大影响。"联合出版部"随三家书店总管理处复员上海，恢复各自的业务后即宣告结束，三店除了继续留在重庆工作的少数干部，大多被派到新收复的大城市恢复或新建书店。原在广西贺县八步和广东连县的兄弟图书公司已于 1945 年 12 月 1 日进入广州设店，由曹健飞、吴仲任正副经理。同时在武汉设立了以欧阳章、马仲扬先后任经理的联营书店，1946 年 2 月在北平、长沙设立了谭允平、陈国钧先后任经理的朝华书店和邓晏如任经理的兄弟书店。上述书店中，长沙兄弟书店不久被查封，广州兄弟图书公司在 1946 年"五四"青年节遭到国民党一群暴徒的捣乱和破坏，公司同人遭毒打，财物被劫掠，但他们不屈于暴力，在 5 月 24 日《建国日报》刊登启事进行揭露，同时继续坚持营业，到 6 月 21 日终被国民党广州警备司令部查封。新收复的台湾省，则在 1947 年 2 月由曹健飞赴台北设立了新创造出版社，但在当年 11 月被迫停业。同年 6 月国民党政府在武汉、重庆等地疯狂进行大逮捕,武汉联营书店经理马仲扬和全体干部共六人,被国民党特务逮捕,毒打、辱骂、威胁、利诱之下,无一屈服。经地下党和同业营救,他们在被捕半个月后被释放。恢复自由的第二天,他们就照旧营业,直到解放。没隔儿天,三联书店重庆分店经理仲秋元被捕,经重庆市出版、发行两同业公会征得五十余家同业联名具保无效。仲秋元被长期关押在渣滓洞魔窟,受尽折磨,终不为屈。直到1949 年 3 月,形势有很大变化,在国共两党举行北平和谈前夜,由民盟在重庆的领导人鲜特生、范朴斋出面向国民党四川省政府主席张群提出交涉,才得以恢复自由。仲秋元被捕期间,重庆分店不顾白色恐怖的严重威胁,在副经理韦起应领导下,仍坚持营业,至同年 10 月间奉总管理处之命停业。朝华书店则一直坚持到北平解放。

1946 年,三家书店先后派出干部相继赴山东解放区的烟台和东北解放区的大连、哈尔滨等地设立光华书店,后来他们在胶东和东北各大城市设立了光华书店,在大连和哈尔滨编辑出版了不少新书。《资本论》和《鲁迅全集》也在哈尔滨重印。除了图书外,他们还办起了《学习生活》月刊,深受东北解放区读者的广泛欢迎。

上海是国际闻名的大都市,又是三家书店的发源之地,三家书店在知识界有广泛影响,仍保留着各自的名称。1946 年 2 月,沈静芷复员上海,在汤季宏、倪海曙等的协助下,在蒲石路(今长乐路)建立了据点。由于地处偏僻,接着于 1947 年 3 月在虹口四川北路桥堍设立了上海分店。这个时期出书也较系统,许涤新著《现代中国经济教程》、侯外庐等著《新哲学教程》、罗克汀著《自然科学讲话》等读物列入"新知丛书"出版，《尼赫鲁自传》《多列士自传》《斯大林传》《普式庚论》《拜伦传》等则列入"传记丛书"出版。还出版了一批学术论著，主要有侯外庐著《中国古代社会史》，侯外庐、杜守素(杜国庠)、纪玄冰(赵纪冰)等著《中国思想通史》，程浩(陈昌浩)著《近代世界史简编》，章怡(陈原)译《现代世界民主运动史纲》，陈琴著《日本帝国主义之复活》，王士菁著《鲁迅传》，以及哲学研究社编著《新哲学研究纲要》、历史研究社编《中国近代史研究纲要》和"新世纪文学译丛""社会科学小丛书"等。范文澜著《中国通史简编》也在这个时期出版。同时，1945年冬在广州仍由李易安任经理设立了实学书局。1946年2月，在广东台山设立华联图书公司。5月，在上海由黄洪年任经理设立了永年书局。同年，又在香港九龙由唐泽霖任经理设立了南洋书局，出版《巴士德传》《官僚资本论》《新民主主义经济》《四十八天》《红旗呼啦啦飘》《李家庄的变迁》等。随后，永年书局改由三家书店合营。

由于政治形势严峻，为保存干部力量，1947年11月，新知书店和生活书店决定撤销上海分店，成立办事处。新知书店上海办事处专营出版、批发、邮购以及处理上海分店未了事务，出版的书有"新认识丛书""国际形势丛书"等，这两套丛书篇幅短小精悍，但切中时弊，影响较大。同年冬，沈静芷撤退香港，并于次年4月设立香港分店。5月初，三家书店派出干部前赴华北解放区的石家庄，设立新中国书局。

1948年6月6日，周恩来电告中共香港工委的章汉夫转胡绳,转告三家书店转移解放区。这是三家书店第三阶段的联合,也就是实行全面合并,于 10 月 26 日在香港正式成立生活·读书·新知三联书店。由黄洛峰任管理委员会主席,徐伯昕任总经理,沈静芷任副总经理,万国钧、薛迪畅任协理,以便集中人力物力准备迎接全国解放。随后,1949 年初在北平王府井大街建立了新中国书局总管理处和北平分局。同年 8 月 15 日,华北、东北和山东解放区的光华书店和新中国书局仍统一改称生活·读书·新知三联书店。

1948 年 10 月 18 日,新知书店上海办事处和生活书店上海办事处、读书出版社上海分社以及《读书与出版》月刊同时宣告停业、停刊,在当天上海《大公报》头版刊出四条平列的启事,为迎接新的光荣任务,暂时向读者告别。

这里极其简略地记述了有关新知书店创业 14 年的一些史事。我所知道的情况十分有限,但是通过这些有限的事迹,还是可以看到我们的前辈为了祖国的独立富强和人民的民主自由,在出版战线上艰苦奋斗的事迹,特别是他们始终坚守以出版工作为传播和积累新文化的武器和工具的宗旨,永远值得后来者学习和继承。出版工作的根本性质决定它必须以社会效益为前提,同时兼顾经济效益,决不因追求经济效益而牺牲社会效益,这样才能保证出版工作能够健康地向前发展,在今天尤其应该如此。参加新知书店工作的前前后后有 230 余位干部,总共出版了约 500 种图书(这里且不谈生活书店和读书出版社的干部和出书情况),在社会上产生了较大影响。当年先后在书店工作的同志,有的在抗日战争时期或解放战争时期不幸牺牲了,也有的在艰苦的环境中病故了,现在健在的也都已进入了老年人的行列。当年出版的书刊,也大多成了研究者参考的历史资料。但是在中华民族面临生死存亡的紧急关头,他们没有忘记自己肩负的历史责任,始终奋斗不息,虽屡经挫折而从不退却,克服一切困难,克勤克俭办书店的历史使命感和敬业精神,在六七十年后改革开放新的历史时期,仍值得我们认真学习。

2006 年 1 月于北京

本文的写作,曾经得到王益、仲秋元、张朝同、岳中俊、曹健飞等老同志的帮助,谨致深切谢意。

——作者

俞筱尧,1947 年在上海参加新知书店。后曾任文物出版社副总编辑。

# 上海生活书店复业和接管出版业工作

方学武

我是昆山市石浦镇歇马桥人,生于 1917 年 2 月,12 岁时来上海做学徒,深知文化知识之重要,就利用晚上守夜的时间努力学习。1936 年 8 月,时年 19 岁时考入上海生活书店,同年参加了救国会,1939 年 2 月在重庆生活书店总管理处工作时参加了中国共产党。如今我已是进入耄耋之年的 82 岁的老人了。本文想对解放战争时期(1946—1949)上海生活书店和接管上海出版业等方面作一些追忆。

## 上海生活书店复业

生活书店创办人邹韬奋 1944 年 7 月 24 日病逝于上海。他在弥留时说:"生活书店还是要办下去!"

生活书店总经理徐伯昕谋划在抗战胜利后复业问题。当时留在上海的作家,大都生活困难,生活书店就与郑振铎、傅雷、罗稷南、董秋斯、平心等诸位商谈新著旧作的出版事宜,以预付稿费的方式签订约稿合同,一方面维持了作家们的生活,同时也为将来生活书店复业创造条件。

1945年8月,日本投降。上海地下党找到徐伯昕,要求立即恢复生活书店,并送来一百两黄金,作租房和赶印出版物的资金。

经积极准备,在今淮海中路重庆南路口有几间铺面房子可以顶租,上海生活书店于1945年10月初正式开张复业。曾被反动派摧残殆尽、原有56个分支店的生活书店,如今又在上海点燃了火炬!

今茂名南路顶租一幢三层楼房,作为编辑部、经理部、出版部,徐伯昕、胡绳、沈志远等领导人就在这里办公。出版了大量马列主义和毛泽东的著作,解放区的作品,以及再版了许多世界文学名著,很受读者欢迎。

根据党的分散、隐蔽的指示,上海生活书店复业之后,还考虑创办一个周刊和几家专业出版社。

(一)为了继承韬奋精神,决定创办由郑振铎主编的《民主》周刊,这"民主"两字的刊名题字,是汇集了韬奋的遗墨。编委有马叙伦、周建人、许广平、罗稷南、董秋斯、郑森禹、蒋天佐、艾寒松等人,与当时的《文萃》和《周报》齐名,在反内战和争民主的巨大浪潮中,这几个刊物都是舆论的前哨,成为关心时局、主张民主的广大读者的精神食粮。

民主周刊社1946年4月起由方学武任经理。由于形势不断恶化,《民主》出版至1946年10月,被反动派迫害停刊。

（二）创办华夏书店。经理是韩通庸，副经理是许觉民。这个书店的任务是出版解放区的书籍和生活书店不宜用自己名义出版的读物。当时生活书店印好的《论联合政府》就交给华夏书店采用隐蔽方法销行，此后陆续用中国出版社招牌出版的还有《新民主主义论》《论共产党员的修养》《整顿三风》《论文艺问题》（即《在延安文艺座谈会上的讲话》）等。

在内战全面爆发，中共代表团撤离上海之后，华夏书店已无法生存，也完成了历史使命，随即结束了。

（三）创立骆驼书店。经理是赵均，聘请楼适夷为顾问。出版了许多世界文学名著，如傅雷翻译的罗曼·罗兰的《约翰·克利斯朵夫》四卷，巴尔扎克的《高老头》等。这个出版社出书严肃认真，译者大多是名家，在读者中声誉很佳。

（四）创设致用书店。经理是孙明心。专事出版实用技术书，如应用文、珠算法、尺牍之类，都是很实用的图书。

（五）开办峨嵋出版社。经理是我。由沈钧儒在重庆出资创办，出版以鲁迅著作为主和有史料价值的文坛回忆录，尤以记述鲁迅往事为多。

（六）创立士林书店。经理是邱正衡。以出版社会科学、人文科学的基本知识读物为主，出版了20多种。

上海生活书店在中共代表团撤回延安之后，在上海无法继续经营，遂决定收歇。除《民主》周刊和华夏书店在白色恐怖下已不能生存而停业外，其余几家出版社都延续至上海解放。

## 我在上海的工作

我在担任民主周刊社经理之后，因《民主》被迫停刊，接着担任峨嵋出版社的经理。

1946 年 10 月，反动派进占张家口，宣布召开伪国民代表大会。此时，党组织交给我党的宣传读物——《国大竞选内幕》是揭露反动派独裁政治的一本小册子，要求迅速出版。我通过大沽路一家专事清排的小印刷厂，排好后送至成都路一家印刷厂付印，然后送交威海卫路陆荣记装订房装订成册，最后送到山东路五洲书报社发行。这本小册子不过五六天就成书出版了，都是我一个人经办。我对党组织说：万一失事，就只涉及我一个人。这本书在报摊广为发售，待反动派发觉查禁时都已售完了，反动派徒呼奈何！当然，在五洲书报社的书款也没有去收取，因为用的是假名假地址。这件事组织上表扬我做得漂亮，干净利落！

党组织又要我担任沈钧儒先生的秘书工作，任务是与各位民主人士联系，如商谈何日开会、会议的议题等。那时，我经常去张澜、黄炎培、马叙伦、陈叔通、史良等人家里联系，还代沈老送信至思南路周公馆。1947 年 10 月，民盟被迫解散，沈老决定去香港恢复民盟组织。11 月 30 日，我陪同他坐轮船安抵香港。1948 年 1 月，沈老在香港主持民盟一届三中全会，宣布恢复民盟总部，制定了和中国共产党密切合作，为彻底摧毁反动政府、建立新中国而奋斗的政治路线。

上海生活书店经理薛迪畅、职工陈正达1948年8月被反动派逮捕,先关押在黄浦分局,后移解至特刑庭。我们积极营救,由我以生活书店名义对外进行营救工作,找了许多人,也曾请客送礼,如国际文化服务社经理韩侍珩,作家书屋老板姚蓬子,救国公的史良、孙晓村等人,最后由中华职业教育社杨卫玉先生帮助,我与一位代理庭长联系,同意释放。我去福州路请光明书局王子澄和教育书店贺礼逊两位作保,然后去特刑庭陪同薛、陈两位出狱。他们出狱后,薛去香港生活书店,陈回家乡小住。

此时,上海白色恐怖极为严重,出版界许多单位被封,职工被逮捕,如《文萃》杂志被封,负责人陈子涛、骆何民、吴仁德被杀害;利群书报联合发行所被封,职工十多人全部被捕入狱。记得我去利群联系业务,进入楼下,多承房东的女儿轻声告我:"方先生,利群出事了,在楼上有坏人候着捉人,你快走。"感谢这位房东小姐,我得以脱险。还有富通印刷所被封事件,等等。我受上海地下党嘱咐,由地下党救济,向每位被捕职工的家属发放银元十元。我又以香港生活书店总经理徐伯昕的名义,关心职工的生活费发放,此事请光明书局经理王子澄先生办理。

为了迎接南京解放,上海三联书店秘密印刷了大量出版物,存在仓库里。组织上决定由我运送图书十大箱去南京,我请国际文化服务社写了证明,1949年3月火车运抵南京,通过下关,取出证明,宪兵就放行了。这批图书在南京解放后由新华书店取出供应读者。

## 接管上海出版业工作

1948 年 11 月，党组织同意我去华北解放区，我和妻子朱芙英做了商人打扮的长袍棉衣，准备坐船去山东石岛转石家庄。但不久，组织上告诉我，淮海战役胜利在望，决定让我不去华北解放区了，有重要任务。进入 1949 年，至上海解放，在这 5 个月的时间里，我的工作主要是在为接管上海出版业而做收集资料的事。

到 1949 年 1 月，淮海战役已经胜利结束。上级党组织决定在上海生活书店建立一个党小组，由许觉民、董顺华和我组成，许任党小组长，我还单线联系党员范用、孙洁人、吴复之，这个党小组由周天行领导。

党组织给我们的任务是：上海已面临解放，要开展搜集上海出版业中官僚资本企业的资料，同时要积极准备接管工作人员，以便在上海解放后立即进行接管。当时面临胜利的时刻，给我们这样重要的任务，大家都很兴奋，相互督促严守秘密工作守则，要求十分谨慎地开展工作。

我们联系了许多在政治上可靠的同志，一部分是党组织转移来的，大多是原三联书店工作过，以及与书店友好的同志，收集到官僚资本的出版、书店、杂志社、印刷厂的企业单位资料。我用薄纸小楷字抄正，放在皮鞋底层里送给周天行。在马路上时时警惕，远远看见不二不三的"抄靶子"一流人物，就迅速回避，或躲进大公司前门进后门出，以避免搜查。我们在许觉民家里开会，早上去就打麻将作掩护。觉民的妈妈有些奇怪：方先生怎么早上有空来打牌了？那时的工作，现在回想起来，既是紧张又很警惕，由于对敌斗争的信心和胜利在望，思想上极为舒畅。

为了查清上海出版业中的官僚资本情况，我商诸光明书局经理王子澄。我对他说，香港生活书店总经理徐伯昕来信要了解上海出版业的情况，请你邀约几位共同研究。就在光明书局楼上，邀约了姚蓬子（作家书屋）、贺礼逊（教育书店）、刘季康（广益书局），按照上海书业同业公会名录，共有150多家，我们逐一对出书情况、资本来源、负责人政治态度（政治背景）进行研究，分析出有官僚资本的出版企业30多家。上海解放后，由北平南下来上海接管出版业的徐伯昕认为我们提供的资料很有价值。

同时，与党组织单线联系的范用，通过一位姓王的关系，得知上海市城防司令部有位军官弃暗投明愿意向上海地下党组织提供上海市布防情报，这是极机密的事，我立即向上级报告，因为范用不懂军事，此事就由党组织直接与这位王某在江西路汉密顿大楼某室见面联系。上海解放后组织上告诉我，范用提供的这个重要情报，对解放上海起了作用，感谢这位王先生对解放上海作出了贡献。

我们党小组在面临解放之时，写了许多警告信给出版业中有官僚资本的企业，警告他们中国人民解放军以破竹之势进攻上海，不久即将解放，通知要把账册、档卷、器材妥为保管，为人民立功。许觉民、董顺华、范用和我分别投入邮筒寄出。

1949 年 5 月 27 日上海解放了,我们从地下被迫害地位站出来成为上海的主人,当时欢愉兴奋之情难以言表!隔天,我们即向上海市军管会新闻出版处报到,穿上黄军装,佩戴"人民解放军"符号,立即投入紧张而繁忙的接管工作。

军管会之下有文管会,由陈毅兼主任,范长江、夏衍任副主任。文管会之下有新闻出版处,周新武任处长,副处长是徐伯昕、祝志澄。我的任务是开列接管单位,填写军事代表、军事联络员和工作人员,经徐伯昕审核及报文管会夏衍批准后执行。6 月初,最先接管的是正中书局,由祝志澄任军事代表;其次是中国文化服务社,由王益任军事代表。之后,接管了胜利出版公司、独立出版社、拔提书店、时与潮社、中国印书馆、铁风出版社等,至 1949 年 9 月,接管工作基本完成,共接管了 30 多家官僚资本的企业。

对有少量官僚资本的企业,通过军管进行清理,如世界书局、大东书局和华夏图书公司等单位。

1950 年春上海市人民政府新闻出版处建立,我担任出版室副主任、主任,任务是审批登记期刊。主管对私营出版业的管理工作,兼理军管会新闻出版处在出版方面的一些未了的工作。我担任军事代表对儿童书局实行军管,对亚东图书馆勒令停业等。

至 1952 年夏,上海新闻出版处出版室并入华东军政委员会新闻出版局,我担任出版处副处长,仍然分管私营出版业的管理工作,接着开展对私改造、全行业公私合营的工作。

在写这篇回忆的时候,回想当年——已是 50 年前的事了,上海解放前后这段的工作,是最为紧张、最为欢愉的日日夜夜,是我一生中最值得纪念的日子!


方学武,1936 年在上海参加生活书店。后曾任上海译文出版社副社长。


原载《我与上海出版》;《联谊通讯》(北京)第 70 期,1999 年 12 月 20 日

# 回忆台北三联书店

莫玉林

　　台北三联（新创造出版社，下同）从 1947 年 2 月 1 日开业至 11 月结束，时间仅 10 个月，却对刚从日本帝国主义统治了五十年重归祖国，又处在国民党恐怖统治下的台湾人民传播进步思想和宣扬中华文化，具有重大意义。我在此成为三联的一员，并在工作中得到了锻炼，特别在思想方面有了不少进步和提高。

　　我是 1944 年底日军入侵广西，家乡（河池）沦陷后被迫离开师范，又与家人失掉联系被国民党军带到台湾的。在台北见到原学校教师黄荣灿（版画家，1951 年被国民党杀害），他叫我到他开的书店去卖书。书店的书全是日本人回国时带不了而寄售的日文旧书，好书少又难销，因为货主都走了，没人来结账，收入就全归书店所有。尽管如此，书店的生存仍很困难。后来经黄荣灿和三联书店总店黄洛峰联系，于 1947 年年初由三联总店派曹健飞、胡瑞仪同志来到台北筹办台北三联。

　　书店在台北桦山町，二层骑楼房，楼下的门市面积约 20 多平方米，为求顺利开业，利用了原"新创造出版社"招牌和现成的书架、书台等。书店由曹健飞任经理,胡瑞仪负责账务、门市,我被吸收为练习生,还有一个台籍小姑娘在门市工作,共四个人。黄荣灿是不参加工作的挂名"社长"。

几天后,从上海船运来100多包新书,健飞同志和我们一起撤去日文旧书,赶紧陈列新书和布置门市……我和台湾姑娘不懂业务,健飞、瑞仪就全面、细致地为我们讲解书店业务的基本知识和对我们的具体要求。经过几天的紧张准备,门市部面貌大为改观,新书琳琅满目。有好几种毛主席著作,如《新民主主义论》《论联合政府》等,以及三联本版和上海各出版社大量新书。文艺作品更吸引人,如鲁迅、茅盾、郭沫若、巴金等著名作家的作品都上了书架;外国文学名著如《复活》《钢铁是怎样炼成的》等真是名目繁多。还有语文学习、修养及其他实用书,进步刊物《文萃》《时代》,等等。

由于我们书店与商务、中华等书店清一色地出售本版书和教科书大不相同,那么多新书更是读者几乎前所未见的,因此2月1日刚一开张,就吸引了大量读者,小小的门市部挤得水泄不通,此后附近"法商学院"的学生课前课后都成群结队地来看书和买书。经常光顾的还有台大学生、教师、知识青年、工人、职员等各阶层的读者,门市每天几乎都是挤得满满的。

台湾重归祖国后,开始时台胞们都欣喜若狂,对外省来人比亲人还亲。但接着国民党大小官员像蝗虫一般地来"劫收",由于他们的疯狂劫掠和横行无忌,使台胞们再次陷入水深火热中,以致引起他们因失望而来的切齿痛恨。终于在2月28日因警察没收一老妇烟摊打伤人后逃走,反动政府又开枪打死为此抗议请愿的群众而爆发"二二八"起义事件。

反动派为了镇压人民的起义,从外省调动大量兵力自高雄、基隆登陆后挺进全岛,残酷地杀戮无辜的人民,一时间到处是受害人……起义被镇压下去后,反动军、警、宪又四处搜查,抓人;一些形色可疑、行动诡秘的人常来门市部乱翻,监视读者和我们,这极大地影响了我们的正常营业。

在恶劣的条件下,健飞同志想了各种办法发行图书和扩大书店的影响,如通过台大的许寿裳、李何林、雷石榆等教授介绍学生取书代为销售,邀请外地学校图书馆来选购图书以及争取开明书店破例经销外版书,这样,市区及高雄、台南、嘉义、台中就都有我们的代销点,等等。

即使这样,反动派对进步文化出版事业的压迫和控制越来越厉害,没收书刊。向宪兵提出要收据,不仅没有给,反而要我叫老板去司令部一趟,我问:"有什么事?"说是去谈一谈。后来健飞同志未去。此后虽未发生事故,但是危险信号已敲响。业务已难以开展,并有随时被查封的危险,而且也威胁着工作人员的人身安全,于是经总店同意于当年11月办理了书店的结束。

在台北三联工作的十个月,确定了我一生的道路。我已把自己的前途同书店联系起来,从此我再没有离开过书店工作,解放后回到北京,在三联总管理处领导下的北京分店工作。

回忆台北三联艰难日子,联想到在北京和同志们一起工作、生活的情景,真是感慨万千。当年共同工作的不少同志如今都已离退,而且相距遥远,难以聚首欢晤,唯有祝愿各老领导老同志身体康健,晚年生活幸福。

　　莫玉林,1947年在台北参加三联书店。后曾在南宁市新华书店工作。

原载《联谊通讯》(北京)第47期,1995年12月15日

华中／西南

# 汉口生活书店的回顾

*顾一凡口述　施励奋整理*

　　1935年初，我经华一鸣介绍，参加生活书店汉口特约所工作。由于业务逐渐扩大，1936年三四月间，总店派严长庆来汉口筹建汉口分店，我就随同特约所进入分店工作。分店店址在交通路41号，后搬到63号。经理为严长庆，会计薛天凤，工作人员有我和王云松、吴德迈、王玉忱、刘汉卿等人，以后又增加邵振华、鲁昌年、诸侃、陈云才、曾淦泉等，工友有袁润、钱家炳，门市及批发业务甚为兴旺，除销行上海运来本外版书外，也经销一些当地出版的外版杂志，其中有孔罗荪主编的《一般》周刊，抗战后改名为《战斗》，颇受读者欢迎。

　　1935年春夏之交，我还在特约所工作时，在当地认识了一些进步读者，因志趣相投，共同组织了一个读书会，参与者先后有何伟(中共地下党员)、黄心学、成庆生、张光年、孔罗荪、陈纪滢、李锐等十余人。1936年4月，武汉已成立学联、职救、文化界救国会等救亡团体。当时选送何伟为代表去上海参加5月举行的全国各界救国联合会成立大会，他被选为执行委员并担任武汉联合会的负责人。我当时除书店工作外,还参加联合会的救亡活动。1936年夏秋之间国民党下令解散武汉学联,形势顿现紧张,学联一位负责人来书店找我,让我保管一份油印品,说翌日来取,但届时没有来取。又过一天我在江汉路遇见迎面来一人叫我姓名,把我拉过马路边上,又来两人要我跟他们走。我被带到一旅馆里,他们直接到了书店,在我抽屉里找到了油印品,我就当场被捕,先入湖北绥靖公署,以后又被关入军人监狱,不准通讯和会见人。一个月后的判决书上说我"设立书店,笼络青年。贩卖反动书刊,秘密传送信件,显是共产党无疑",据此判我五年徒刑。我被捕后,书店不知我去向,我在狱中托另一人写信去书店透风,书店才派人来看我。

1937年"七七"事变和"八一三"抗战全面爆发后,我才取保被释。我回店后即去找何伟,将判决书交他并提入党要求,党组织根据我历来工作表现和此次狱中的表现,由何伟当介绍人,批准了我入党。

此时武汉已成为国民党地区政治文化中心,上海总店人员也陆续来汉,韬奋到后立即主持出版《抗战》,以后为《全民抗战》,金仲华主编《世界知识》,沈兹九编《妇女生活》,徐伯昕为经理,张仲实为书店总编辑,艾寒松为总务长。韬奋的政治活动频繁,为爱国青年作时事报告,会见国际友好人士如塔斯社罗果夫、美国记者史沫特莱等,更忙于国民参政会的参政员之间的活动。另一方面,他对书店业务与徐伯昕、张仲实等有所分工,他主要抓出版业务方向和联系广大的进步作家。他对书店职工十分关心和爱护,特别是政治思想上的进步是他最关注的,他经常请进步的知名人士来店作报告,1938年5月,他请来了周恩来作形势和抗战文化的报告。他还请了王明、博古作统一战线的政治报告。此外还请了杜重远、黄炎培、沈钧儒、王志莘等来作过报告。

总店迁汉前,分店曾在武汉大学内设立珞珈山支店,派我去负责了三个月。总店迁汉后,分店门市部直属总店营业部领导。原分店经理严长庆调长沙筹设分店,门市业务由我负责。门市是书店的一个窗口,不仅要接待读者,还有各方面人士云集武汉因事来店洽谈事宜。门市经营的书刊基本上都是进步的,除本版外,有新知、读书、新华日报社、扬子江出版社、文化生活出版社和开明书店、光明书局的出版物。读者中知名人士很多,常来的有冯玉祥、李公朴、邵力子、沈志远、邓初民等,八路军办事处购书最多,读者中有李克农、李涛、任泊生、陶铸、曾志、郭述申、钱瑛等。经常来店的还有凯丰。有一种刊物是国民党办的《民意》,正中书局经理叶朔中特来书店找韬奋,要求将刊物放在显著地位,当时韬奋为大局着想,陪他到门市部。事后,我们虽也把它放在重要位置,但读者不买,只是应付而已,卖不掉时我们就作废纸处理。

当时书店的党组织是上下分开的,上层为八路军办事处,长江局领导,下层为汉口区委领导。总店的艾寒松、张仲实等即属上层,总店其他科室和门市即属下层。在未成立支部前,我和邵公文等还曾在湖北省委领导下一起过组织生活;书店成立支部后,选我为支部书记,党员有诸侃、陈云才、张又新、许觉民、吴全衡、钱伯城等。支部活动主要是学习口头传达的党的文件,抗日救国十大纲领等宣传党的统一战线独立自主的政策,学习毛主席《论持久战》

《论新阶段》以及《共产党宣言》等。公开活动一般通过书店同人自治会，由艾寒松牵头。各种纪念日的群众性活动，特别是保卫大武汉的大游行中，书店全体都持旗整队参加。此外还为前线将士写慰问信、捐献书刊、慰问伤兵赠送书刊和文具用品等活动。书店有歌咏队，经常由江钟渊、罗颖教大家高唱抗战歌曲。墙报小组按期出墙报，以后扩展到油印刊物《我们的生活》。

日寇逼近武汉时，国民党政府机构迁重庆。书店在撤退期间，韬奋、徐伯昕等大部人员都迁去重庆，一部分去桂林，另一部分留守到最后，我属于留守的一批。一直到1938年武汉沦陷前的10月20日，书店仍照常营业，至22日撤退人员由严长衍带队撤至长沙。回顾汉口分店自特约所以来的四年半中，历尽战争的艰辛，也取得巨大的成就，最后完成了时代赋予的历史任务。

顾一凡，1935年在汉口参加生活书店。后曾在世界知识出版社工作。

施励奋，1935年在上海参加生活书店。后曾在科学出版社工作。

原载《联谊通讯》(北京)第53期，1996年12月15日

# 三个"小鬼"开店

## ——忆沅陵支店二三事

徐云尧

　　1938年，我才14岁，是汉口生活书店最小的一个。日本鬼子侵华，武汉撤退，长沙大火，常德遭轰炸，我在书店的关怀和爱护下，经长沙、常德撤退到沅陵支店。当时沅陵支店的经理是金伟民同志，另外有诸侃、葛阳生、王产元三位，还有一家姓王的人家，他们是从江苏常州逃难出来的农民，住在书店后面帮着打扫卫生和烧饭。1939年金伟民请假回上海一直未回，王产元离店另谋职业，这时沅陵支店只剩三个小鬼，诸侃17岁，是代经理，葛阳生16岁，我15岁，支撑着沅陵支店的进、销、存业务。

　　那时向重庆总管理处要求速派经理来，报告、电报打了不少，而总管理处一直没有答复，也没有派经理来。幸亏离沅陵较近的常德支店经理孙洁人同志和辰溪新知书店经理岳中俊同志他们常来沅陵，指导我们怎样工作，并关心我们的生活，更由于诸侃是一位地下党员，得到地方党的领导，三个小鬼在诸侃同志的带领下干得很起劲。

日本鬼子的飞机也轰炸沅陵，我们经常躲警报，账册和现金都随身携带。我们的来货都由重庆总处和桂林西南管理处发来，全是邮包，而邮局为了安全，由城里搬到郊区农村，离城有十来里路，那时请一个挑夫相当贵，诸侃就动员我们在休息日自己去挑。我们三人中谁也没挑过东西，挑十几二十多个邮包，路上不知要歇多少次，到家后三人的肩上都已红肿，感到火辣辣的痛，但情绪很高，因为我们完成了取包的任务，为店省下了挑费。

国民党对进步的和抗日的书刊查禁得很凶，有的是通知，有的是查禁书刊目录，为避免国民党找麻烦和减少不必要的损失，我们事先检查，先收起来，放到里屋。遇有人要买，得看认识的还是不认识的，认识的就从里屋包好卖给读者；不认识的得看看这人的样子，说话态度是像读者还是特务，然后决定卖还是告诉他没有这种书刊。这样做是不让特务抓到我们小辫子，大部分新到的查禁书刊都是这样卖出去的。

晚上七时关门后，我们参加业余歌咏队（地下党组织的），有中苏友协一致抗宣队和青年会的朋友，还有不少社会青年，大唱抗日歌曲，团结了青年，鼓舞了抗日的士气。

为了扩大抗日的宣传工作，一度成立了晨呼队，每天早上天还未亮，就有成千的人参加，我们三人也都参加了，高呼抗日口号，从街的东头一直喊到西头，嗓子都喊哑了，劲头还是十足。

为了避免国民党突然袭击，遭受意外损失，经热心朋友（实际是地下党）介绍，在沅江下游十几二十里左右的一个沿江村子里，找了两间房，作为我们的库房，同时把存书量大的查禁书也都放到那里。在沅陵支店被查封前夕,有读者告诉我们,国民党将要检查书店的库房,当天晚上我们就装好箱子,第二天天未亮就运到乡下库房。后来,国民党来检查时一本禁书也没有查到。

三个十五六七岁的小鬼,虽然把工作做了,还是感到很吃力,三人合计后,对重庆总管理处的来信一律不答复,有事向桂林西南管理处请示;每天销货的款子,不汇给重庆,也不能老存在我们手里,就汇给西南管理处。这样重庆总管理处对我们不放心了,会早日派新经理来。这是三个小鬼的天真想法,而我们也是这样做了。

国民党特务查库不久的一天晚上,书店正要关门,闯进来一批特务,要找我们的经理,诸侃挺身而出,承认自己就是经理,特务打了他一耳光,不相信诸侃就是经理,除葛阳生和我外,又问还有其他人吗?有一个老工友,特务认为那老工友一定是经理,马上把他找来。出来后一看,那工友是一个老农民,就不再追问,同时宣布查封书店,把诸侃抓走了。特务走后,葛和我商量怎么办,决定由葛去找熟人(找党)报告诸侃被抓,我看店门,经过地下党的努力,第二天诸侃被放回来了。

诸侃回店后,三人商量怎么办,一方面发电报向重庆总管理处报告,另外打电报给常德支店孙洁人同志,电文:"玲妹病故速来办理后事。"第三天孙洁人同志赶到沅陵,这时重庆总管理处派方学武同志也来到沅陵,他警惕性高,见书店已关门,不敢贸然进来,在书店门口的街上走了好几个来回,后来我们看见了,才把他请进来,这时辰溪新知书店经理岳中俊同志听说沅陵生活书店被封,也赶来了。后来大家说笑话,我们天天盼着总管理处派经理来,一直盼不来,现在书店被封了,方学武同志你也来了,你成了关门经理。不久葛阳生同志因是当地进店的,离店他往,剩下方学武、孙洁人、岳中俊、诸侃和我五人,照了一张相片留作纪念。孙洁人同志和岳中俊同志他们本身的工作繁忙,分别回到常德和辰溪,剩下三人押货到常德转衡阳生活书店报到。

听说金伟民、王产元和姓王老头三人在 1949 年前已去世,诸侃牺牲在新四军浙东支队,葛阳生同志后改名为葛敏,前两年去世,沅陵支店活着的就剩下两人,我和关门经理方学武同志。

徐云尧,1938 年在汉口参加生活书店。后曾在北京市新华书店工作。

原载《联谊通讯》(北京)第 49 期,1996 年 4 月 5 日

# 生活书店贵阳分店开业前后

邵公文

## 从武汉到贵阳

1938 年初，抗战形势大好，党的抗日民族统一战线政策深入人心，群众性的抗日救亡运动日益高涨，抗日宣传工作和革命文化工作蓬勃发展，全国一片热气腾腾的革命景象，真令人精神振奋。就在这样的形势下，为了适应全国各地广大读者需要，生活书店总店决定派出干部到一些大中城市开设分店。我和张子旼就被派到贵阳。

我们一行五人，我偕慧珠，张子旼同他的堂弟、外甥，于 1938 年 1 月 8 日离武汉，乘火车到长沙。当时长沙已有生活书店分店，经理是严长庆。因为等购车票，我们在分店住了几天，好不容易买到两张车票，我和慧珠先走。

我们从长沙出发，第一天到常德，第二天到沅陵，第三天到湘黔边的晃县。因为湖南公路局的汽车比贵州公路局的汽车多，几天前的旅客还滞留晃县，我们只好住下来，1 月 19 日才过河，搭上贵州公路局的车子。不料汽车开出镇远才几十里路，在一个名叫"鹅翅膀"的地方抛锚了，于是又住下，22日晚才平安抵达贵阳，前后走了九天。

我和慧珠生长在江南水乡的苏州，这次为了到抗战大后方开展文化宣传工作，生平第一次乘坐了一千多里的长途车。汽车在湖南境内行驶还比较平稳，进入贵州，绕行于崇山峻岭间，随时感到有翻车的危险。但沿途景色非常雄伟，当汽车爬上山脊，四围烟雾弥漫，十步之外就不辨人面，山巅、树干和周围的芦草都结成冰花，电线也披上银装，真是奇观，我们更加感到祖国大好河山的壮丽。

沿途城市较小，文化很不发达，我们在沅陵进城去转了一下，虽然也有一家书店，但生活书店出的书一本也没有。进入贵州的第一个县城是玉屏，更显穷僻，但这里出产全国闻名的玉屏箫，我们也买了一对。

我国是一个多民族的国家，过去在上海、苏州时根本没有这种体会，这次途经黄平，亲眼看到苗族同胞，很觉新奇，思想上才有了少数民族这个真切的概念。总之，这一段行程虽较艰苦，但是大开眼界。

当时湘黔公路不仅路不好走，治安情况也不大好，车祸较多，有时会碰上拦路抢劫者。说也侥幸，我和慧珠搭乘的那一班车，虽然晚到几天，总算平安无事。先我们一天开出的车，途中不幸翻车，比我们晚一天开出的，也就是张子斝乘坐的那一趟车，偏偏碰上土匪，衣物被抢光。张子斝到贵阳时，狼狈已极，临时买些御寒衣物过冬。

## 筹备开店

贵州长期遭受封建军阀、地主豪绅的压榨，1935 年红军长征过境，国民党乘机霸占了这块地盘。当时的贵阳，不论经济上或文化上都很落后，人民在重重剥削下，贫病交加，衣着破旧，脸有菜色，市面也较冷清。

此地气温较低，冬天都用木炭盆烤火。简单的就用洋铁皮做一个一二尺见方的盘，钉在木框上，讲究的则用大瓷缸。我们到达贵阳，正是数九寒天，住在旅馆也要大烤其火。

贵阳城区不大，最繁华的地方叫大十字，各种较大的商店、酒楼都开设在这一带。商务印书馆、中华书局、世界书局在贵阳有分馆、分局，也开设在这里，主要经营教科书，兼营文具。

我们先住在中华南路新开设的远东饭店。因我西装革履，名片上又是经理头衔，竟被待为上宾，这样也好，可以起一些掩护作用。

初到贵阳，人地生疏，但也认识一个朋友，就是曾经开过书店，后改营照相业的曾庆祥，他 1934 年去上海学摄影时见过面。离武汉时，孙起孟同志还写了一封介绍信给他的学生毛仁学。住定以后，就去找曾、毛二位，首先要求协助解决房子。经曾庆祥介绍，认识了他的大哥曾俊侯，不久就找到中华南路达德学校对面，"老不管"包子铺左邻的那个门面，房东是大十字一家绸缎铺的老板。佃房后，诸如房屋的修理、粉饰，做书架、书柜、招牌等，都是由热心的曾俊侯推荐泥瓦木工承担，筹备工作很顺利。

筹备期间，陆续收到从武汉总店寄出的大批新书，到邮局取书时，一场反法西斯统治的斗争就开始了。国民党有邮政检查制度，凡是邮件不论信件或印刷品，在投递之时，都要经过邮检部门——实际上是国民党特务机构进行检查。寄到书店的邮包，已经是经过邮检可以公开发行的书刊。但贵阳的邮检人员又把邮包中的马列主义经典著作和凯丰著的《抗日民族统一战线教程》等视为"禁书"，经据理力争，有的放行了，有的硬被没收。后来经过别人介绍，认识了邮局里具体管邮包的朋友。通过他的关系，邮包一到贵阳，就通知我们去提取，或者把新来的邮包混放在已经检查过的邮包堆里，避开邮检这一关。

房子修理到可以住的时候，我们从旅馆搬到店里，开始拆包整理。虽然还没开张，已有不少同志来书店串门，我们开始认识很多新朋友。

3月底，房屋装修得焕然一新，开张的头天晚上，我们连夜把书刊陈列好，又书写了广告，筹备工作宣告胜利完成。

## 轰动山城知识界的一天

1938年4月1日，贵阳生活书店正式开张。当时的书店门市都是开架售书，读者可以自由从书架或书台上取书翻阅选购。这种办法便于吸引读者。贵阳从来没有一下子来过这么多进步书刊，这一天，门市部十分拥挤，广大读者，尤其是青年学生，一进门就争购老师们早已推荐的著作。本来摆得整整齐齐的书架、书台，一下子就被抽得空空的，补充了一批又一批，购书的人并未稀少。书店的工作人员和来祝贺开张的知识界朋友们精神振奋，买书的读者也不时发出欢笑声。这种情景，不仅标志着书店生意兴隆，更主要的是标志着贵阳的抗日救亡运动高涨，人们如饥似渴地追求真理。

总结一天营业收入，达八百多元，平均一本书刊若以四角钱计算，共销出两千多册。按当时的贵阳来看，成绩可观。我们从武汉出发时，带了筹备费八百元，一天的收入就拿回来了，当晚给武汉总店去电报捷！

书店开张，一方面受到广大读者热烈欢迎，另一方面却遭到国民党反动派的嫉恨，接踵而来的就是不断地和他们进行斗争。他们扣不到邮包，竟到门市部来检查。一会儿说这种书不能出售，一会儿又说那种刊物不能发行。我们就据理力争，因为这些书刊都是政府当局审查通过的。但他们蛮不讲理，硬是查抄、没收了一些书刊，这不仅破坏了进步书刊的发行，而且造成我们经济上的损失。我们于是采取针锋相对的办法，实行书刊"内部发行"，某些进步书刊干脆不上书架，秘密售给熟悉的读者。国民党特务卑鄙到实行偷书，把偷去的书另外开个小书店，形式上是卖进步书刊，实际上是把买书人作为盯梢的对象。此外，他们还胁迫房东，用收回门面来压迫我们。真是无所不用其极。但抗战还在进行，分裂倒退的阴谋不断被揭露，他们一时还不敢撕下假面具。

## 店员们

生活书店总店正式派来贵阳的，只是我和张子旼。后来，张的堂弟张国祥也参加了书店工作,另由毛仁学、曾俊侯分别介绍凌毓俊、何祖钧、董咏华为店员,还有一个炊事员。我们七人,既要照顾好门市的营业,还要负担批发、邮购、会计、提货、仓库管理、总务等各种事务。门市营业时间较长,一天十几个小时,中午不休息,吃饭时轮流值班,经理也不例外。

这七个同志是一个融洽的集体。尽管工作紧张,但因生活书店一直有民主的传统,外面人有的叫我经理,有的叫我老板,店内一律是平等的同志关系,为避免引起一些不必要的麻烦,简称同事。

张子昄同志是一个老会计,精通业务,曾在上海总店总管全店账目。1938 年 11 月我离开贵阳后,先从昆明调毕子桂来任经理,后即由张子昄继任经理,1940 年 5 月离开生活书店。

凌毓俊同志是一个非常精干的青年干部,中共地下党员。他思想敏锐,作风朴实,工作能力强。来店后,除搞好书店的本职工作外,参加社会活动较多,曾与张益珊等同志主持贵阳民族解放先锋队的工作。他 1938 年 8 月 13 日被捕,1941 年英勇牺牲。

何祖钧同志来书店时,只是一个十多岁的男孩,工作学习都很努力,"民先事件"时也曾被捕,后由家长保释。

我离开贵阳后,先后在贵阳生活书店工作过的,还有熊蕴竹、吉伽夫(少甫)、沈百民、濮光达、沈炎林等同志。因此,我同熊蕴竹同志尽管是生活书店的老同事,却一直到"文化大革命"开始,她到北京向周总理汇报贵州的情况时,才同她见面,而这一次见面既是第一次,也是最后的一次,对于她在"文化大革命"中不幸含冤逝世,我深为悲痛!

## 社会科学座谈会

1938 年春,邓止戈同志从武汉来贵阳时,把我的党的组织关系转来了。在党的领导下,我除了搞书店工作外,还参加了一些别的活动,如参与组织贵阳战时社会科学座谈会。

因为卖书的关系,我认识不少新朋友。当我从报上看到武汉有社会科学座谈会这种组织时,便与蒋蔼如(仲仁)、王启霖、肖家驹、谢凡生等贵阳知识界的朋友,筹备成立贵阳战时社会科学座谈会。第一次会议在生活书店楼上召开,以后经常在白沙井王启霖同志家中开会。参加者主要是大中学校的老师,如梁园东、赵毓祥、田君亮、刘方岳、蒲定安、何战白等,还有农村合作委员会的傅君涛。约半月座谈一次,主要是讨论抗战形势,也学习一些《新华日报》社论及社会科学著作。由于青年学生们抗日救亡情绪高涨,原来的教科书已不能满足他们的求知欲,迫切要求了解抗战形势和存在的各种问题,如统一战线问题、战时经济问题、战时教育问题等。老师们也十分关心形势,并希望得到一个正确认识后便于指导学生,这就是社会科学座谈会产生和积极开展活动的背景。它与筑光、沙驼等进步团体互相配合,共同推动了贵阳的抗日救亡运动。

此外,因为我在上海搞过拉丁化新文字推广工作,所以,贵阳的吴同尘(之平)同志筹组新文字学会时,我也参加了活动。

## 告别贵阳

1938 年 11 月，生活书店总店调我到重庆总店去工作，我就同至今还常常怀念的贵阳告别了。我的组织关系转到贵州后，一直同邓止戈、陈英同志单线联系，还做了一些省工委布置的宣传工作。决定去重庆后，陈英告诉我，邓止戈隐蔽在桐梓县政府，要我途经那里时去找邓。贵阳去重庆的长途汽车要在桐梓过夜，当天下午汽车到达后，去县府找到邓止戈，向他汇报了贵阳的情况，他把一封材料交我带到重庆，找到八路军办事处廖似光，顺利接上关系，走上了新的工作岗位。

在贵阳我虽然只工作十来个月（后曾三次路过，均未停留），在我的一生中，却是值得怀念的。我结识了很多贵州同志，至今情深谊厚。1949 年后，我一直在北京工作，同在北京工作的许多贵州同志也经常联系。青年时代的革命情谊的确是可以永葆青春的。趁着写这篇回忆文章之机，向王启霖等革命先烈致以最崇高的革命敬礼！也向在贵州省各条战线上为四化而奋斗的老战友们致以亲切的问候！

邵公文，1931 年参加考入生活周刊社。后曾任出版总署发行局副局长兼国际书店总经理，中国外文出版发行事业负责人、顾问。

原载《联谊通讯》（北京）第 25 期，1992 年 4 月 20 日

# 读新书店在贵阳

戴琇虹　孙家林

读新书店是读书出版社和新知书店在贵阳联合经营的书店，从 1939 年 2 月开始营业到 1941 年 2 月国民党当局发动第二次反共高潮时被查封，前后历时两年。读新书店的正副经理初由沈静芷和孙家林担任，1940 年初，沈静芷奉命调桂林新知书店总店，改由孙家林和戴琇虹（女）担任。

## 在山城开辟宣传阵地

尽管国民党当局积极反共消极抗日，对八路军和新四军不断制造摩擦，但人民群众抗日救亡的滚滚洪流，激荡着贵阳山城，这对读新书店开展工作十分有利。

当时读新书店发行的刊物如《解放》《中国青年》和《中国妇女》等，都是在延安编辑，由新知书店总店以中国出版社的名义，在国民党统治区用原纸型重印出版。这些刊物的定期出版和发行，对国民党统治区的读者了解中国共产党的方针政策，了解陕甘宁边区的社会政治和人民生活情况，都大有帮助，受到广泛的欢迎。读新书店还发行读书出版社和新知书店出版的马恩列斯著作，如《共产党宣言》、《资本论》(郭大力、王亚南译)、《帝国主义论》、《论"左派"幼稚病》、《论反对派》、《马恩论中国》、《联共(布)党史简明教程》等书。毛泽东同志的《论持久战》等著作，也在读新书店公开发行。在一般政治理论读物中，最受读者欢迎的是艾思奇的《大众哲学》、胡绳的《辩证法唯物论入门》、薛暮桥的《经济学》和徐懋庸、何干之等集体编著的《社会科学基础教程》。这些政治理论读物十分畅销。《大众哲学》几乎成了进步人士和革命青年人手一册的必读书。《社会科学基础教程》原来是延安抗大的教材，是一部运用马克思主义观点编写的比较系统和通俗的政治理论读物。以上四本书虽不断再版，仍供不应求。当时新知书店编译出版了《从一个人看一个新世界(斯大林传)》,《动员纲领与动员法令》《抗战新歌集》等也都在读新书店发行。这些出版物，对宣传马克思主义理论和中国共产党的政治纲领以及团结抗日的政策，起了积极的作用。

读新书店还发行了《支部工作纲要》。这本书是根据党的指示，由新知书店出版的，它介绍了党的性质、纲领、任务、纪律和基层组织的工作等有关知识，为迫切要求进步、要求革命的读者指出了努力的方向和奋斗的目标。像这类书籍，读新书店都是秘密发行的。

## 读书会和慰问信

国民党当局迁都重庆以后，贵州的地位日显重要。读新书店设在贵阳市中心的中华南路,一座三层楼的建筑,一楼门市部,二楼办公室兼男宿舍,三楼女宿舍。门市备用的书库也设在三楼。书店的仓库在北门外的农村里。在读新书店对面,有生活书店贵阳分店和自力书店,附近还有私营的新亚书店和剧场等。国民党办的正中书局,也相距不远。读新书店和生活书店贵阳分店除了业务上由各自的总店负责以外,党对两家书店是两条线进行领导的,一条线是两店担任领导工作的党员,编为一个支部;一条线是一般干部中的党员,另编为一个支部。这两个支部先后由中共贵阳县委和中共贵州省工委直接领导。两店的业务虽然各自独立,但是对外的重要活动,特别是针对国民党当局采取的对策,是按照上级党的指示协调一致的。

读新书店和生活书店贵阳分店的设立,为贵州人民学习马克思主义和了解中国共产党的政策提供了有利的条件,给这个沉寂的山城带来了光明和希望。在当时的贵阳城,除了原来的贵阳高中、贵阳中学、清华中学、贵阳高级师范、贵阳女子师范、达德中学、毅成中学、贵阳女中、正谊中学等中学以外,还有先后迁来贵州遵义和福泉的大夏大学、湘雅医学院、交通大学、浙江大学等。这些学校的不少师生和当地的工人、店员团结在书店的周围,甚至国民党政权机关的职员,也有不少人常到书店来购买书刊。有的读者在学习中遇到了不能解决的问题,不断来书店向工作人员询问。他们如饥似渴地追求真理的热情,令人十分感动。面临这个新的情况,我们决定定期举办读书会,邀请他们参加。我们还指定专人负责学习辅导工作。读者提出的问题,先在书店的学习会上讨论研究，找到通俗易懂的答案，然后向读者讲解。这种读书会和辅导学习的方式，不但帮助读者解决了疑难问题，宣传了革命的道理，还帮助我们团结了更多的读者，加深了读者和书店之间的革命情谊。

在读新书店和生活书店贵阳分店的带动下，贵州省的毕节、遵义等许多县城，当地党的基层组织和进步人士，也纷纷筹设书店，发行进步书刊。他们发行的书刊基本上由生活书店贵阳分店和读新书店供应。读新书店还和《新华日报》贵阳分销处建立了紧密的工作关系，不少"禁书"多通过《新华日报》贵阳分销处的发行网输送给读者。

1939 年 7 月 7 日，中国共产党中央委员会动员全党和全国人民为克服国民党当局的投降反共逆流，争取时局好转，发表了《为抗战两周年纪念对时局宣言》，提出"坚持抗战、反对投降，坚持团结、反对分裂，坚持进步、反对倒退"的口号。读新书店响应党中央的号召，根据上级指示，决定组织读者举办一次向前方抗日将士写慰问信的活动。全店同志立即行动，在书店二楼布置了写慰问信的场所，周围墙上张贴着前方将士浴血抗战和人民群众支前活动的图片。长条桌是临时用几块床板搭成，桌上放着笔、墨、纸、砚等文具用品，尽管因陋就简，但是朴素大方。为了增强气氛，我们还在一楼门市部的广告牌上张贴一封致读者的公开信，白纸上用毛笔写着整整齐齐的红色大字：

敬爱的读者：

前方将士正在浴血抗战、英勇杀敌。为了把日本鬼子赶出中国去,维护中华民族的独立和生存,欢迎你们给前方将士写信致以亲切的慰问。愿意参加者可以到本店二楼书写,那里准备着现成的笔墨信纸和信封。写好的慰问信可以交给本店,由本店集中,负责转递到前线去。

这封公开信张贴以后,每天到书店二楼写慰问信的读者,从早到晚,络绎不绝。他们有附近工厂的工人,医院的职工和店员,也有从几十里外的郊区赶来的学校教师和学生,有白发苍苍的老人,也有中年人和年轻小伙子,社会各阶层的读者都有。许多工厂、学校还将成批的慰问信写好后推派代表送交书店,有的读者在书店营业时间以前,已经拿了写好的慰问信在书店门口等候。这次活动前后十天,征集到的慰问信达几千封之多,这在十几万人口的贵阳山城是空前的。

当时,贵阳县委又派筑光音乐会的尹克恂参加读新书店工作。筑光音乐本来是军阀杨森在抗战前建立的文娱团体,杨森离开贵州以后,已基本上停止活动。党利用这个合法组织,动员进步教师、学生、店员和工人参加进去,把它改造成党的外围组织。这个团体和群众有广泛的联系,是当时贵阳市最有影响的进步团体之一。除经常组织街头演唱、舞台演出外,还多次组织农村演出。尹克恂是这个组织的负责人之一,他参加读新书店工作对于加强书店和读者的联系有很大帮助。由于这个缘故,读新书店也有同志参加筑光音乐会的演出活动。

读新书店的上述活动,对激发读者的爱国热情、宣传党的团结抗战、反对投降分裂的方针,起了积极的作用,赢得社会舆论的好评。

## 查封、监禁和狱中斗争

紧接 1939 年 12 月第一次反共高潮之后,国民党当局在 1941 年 1 月又悍然发动了第二次反共高潮,制造了震惊中外的"皖南事变"。生活书店、读书出版社和新知书店的各地分支店除重庆一地外,都在这次反共高潮中先后被国民党当局非法查封。有的分支店门市部被暴徒捣毁,工作人员被殴打致伤,以致被非法拘捕,桂林的新知书店总店转入了地下。

1940 年 12 月,新知书店总店因国共关系紧张,已向各地分店布置紧急措施。读书出版社总社也从重庆派刘耀新专程到贵阳分店,传达党对书店今后工作的部署,要我们提高警惕,精简人员,疏散存书,并作好一切最坏的准备。根据党的指示,我们作出了下列决定:1. 已经决定撤离的同志立即撤离贵阳,将孙家林的爱人刘瑛正式调进书店工作;2. 以书店成立两周年名义,举办廉价售书月,尽可能将革命火种传播出去,有些"禁书"趁机通过熟悉的读者辗转输送到社会上去;3. 部分存书能够疏散的立即打包疏散。

1941 年初以来,国民党便衣特务经常来到书店门市部窥测。他们行径鬼祟,一望而知是何许人物。2 月 22 日凌晨一点多钟,一阵急促的敲门声把孙家林等同志惊醒,还没有等下楼,一帮宪兵和特务已经砸开门市部的侧门冲上楼来。他们自称是奉滇黔绥靖公署之命而来的。不由分说，读新书店当场被非法查封，孙家林等五位同志全部被非法拘捕。同一天，生活书店贵阳分店和经售进步书刊的私营自力书店也遭到同样的非法处置。

孙家林等同志当天被押解到贵阳市警察局，第二天一早又被押解到宪兵第七团。下午，蔡铣和王祖基两同志又被传去讯问，生活书店贵阳分店和自力书店被捕的同志也有几人被传讯。这些同志都是普通职工，受传讯后，多交保释放。孙家林、曹健飞、王祖基、刘瑛和生活书店贵阳分店经理周积涵、自力书店经理张志新被继续拘押。后来这几位同志又一起被押解到贵州省保安司令部。保安司令部看守所已经关满了政治犯，最后除孙家林、周积涵和张志新三位同志外，其余同志被陆续释放。当时书店虽被查封，工作人员全体被拘捕，但是党组织没有暴露，因此没有受到破坏。

深受读者爱护的读新书店和生活书店贵阳分店在一夜之间居然被同时查封，全体人员被拘捕，激起了广大读者的义愤。他们主动拍电报到重庆，向读书出版社总社报告事件的经过。读书出版社总经理黄洛峰得到消息，立即赶到贵阳进行营救。离开贵阳时，安排刘瑛代表读新书店以家属的名义留下来，照顾狱中同志。其他同志一律撤离贵阳。当时三店的处境十分困难，由于各地分支店全部被查封，经济上也损失巨大。刘瑛得到新亚书店经理谢家灵先生的帮助，暂时在该店当炊事员，便于传递消息，就近同狱中的同志保持联系。

黄洛峰同志回到重庆后，面对的形势是，国民党当局消极抗日，积极反共，遭到社会舆论强烈谴责。蒋介石假惺惺地邀请沈钧儒先生面商国事,黄洛峰趁这个机会,请沈老向蒋介石当面提出启封三家书店各地分店的问题,并特别就读新书店和贵阳生活书店被封事件进行质问。蒋介石面对各方面的压力,不得不表示同意释放孙家林等同志的要求。事后,沈老以蒋介石的名义给滇黔绥靖公署拍过电报,但国民党当局反共成性,惯于玩弄反革命两面手法,孙家林等同志仍旧未能获释。几年以后,黄洛峰曾将沈老同蒋介石交涉的经过情况告诉过孙家林。

孙家林等同志被关押在贵州省保安司令部看守所里,长期无人过问,案子就这样一直拖延着。半年以后,忽然由滇黔绥靖公署派军法官到了保安司令部。先传讯了周积涵,接着传出:"带孙家林!"于是孙家林由荷枪实弹的军人押着到了审讯室。审讯室正中坐着军法官,见到孙家林进去,劈头就问:"你是读新书店的孙家林吗?""你们读新书店卖过《资本论》《大众哲学》没有?"孙回答说:"卖过。"军法官又问:"这些书都是宣传共产党的,你们为什么要卖?"孙家林对这类"审问",早就胸有成竹,从容地回答说:"这些书经过中央图书杂志审查委员会审查批准的,出版许可证的号码都明明白白印在书上,我怎么知道不能卖?"孙家林理直气壮的答复,使这个军法官勃然大怒,说:"难道把你们抓错了么?"这次"审问"虽然气势汹汹,可是没有问出什么名堂。案子还是照旧拖延着。又隔了一年光景,大约在1942年夏天,孙家林又被带去"审问",这次出面的是滇黔绥靖公署一个姓宋的军法处长。孙家林一进门,这位军法处长向他说:"你们的案子搁很久了,照我的意思,早就把你们放了。可是你看。"他一边说一边把公文卷宗给孙家林看,孙家林看到上面写着马克思的《资本论》和艾思奇的《大众哲学》为"共匪"作宣传，按《危害民国紧急治罪法》应判处死刑。国民党贵州省党部主任委员黄宇人在旁边用墨笔写了"长期羁押"四字。这次"审讯"又没有结果。几个月以后，正逢中秋节，他们把孙家林等三位同志转押到战时青年训导团贵阳收容所。

滇黔绥靖公署审判人员的身份，是同狱的国民党的一个县长告诉孙家林的。这个县长是因贪污被拘押的。到了收容所后，行动比较自由一些，常常被派去搞点体力劳动，在收容所里也可以自由行动。收容所没有水，被关押的犯人既不能洗澡，也不能换洗衣服，有时就由收容所队长带领犯人整队去城外河边洗衣服和洗澡。有时炊事班出去买粮食和青菜，也利用犯人帮着去背粮食或担菜。孙家林利用这些条件，尽量同收容所里的人接近，以便观察动向，谋求对策。不到两个月时间，孙家林和收容所的人关系搞得很熟。有次从他们那里传出有可能释放的风声，刘瑛来探监，也告诉了类似的消息。之后，又等了半年之久，孙家林等同志仍旧没有获释的迹象。后来，同狱的那个县长偷偷地告诉孙家林说，你们的案子是黄宇人批的，黄宇人这时早已调重庆，但是省党部怕得罪他，又怕书店查封已经几年，所有资产早已由这帮家伙私下分掉，如无罪释放，这些资产难以处理。听到这些话，孙家林又联想起黄宇人写的"长期羁押"四字，知道释放已经没有希望，便同周积涵商量，寻找机会越狱逃跑。张志新是通过周积涵传话给他而同意的。这个想法也告诉了刘瑛，要她作好准备，及时配合。

## 越狱归队

按照孙家林、周积涵两人商定的越狱计划,刘瑛协助作了种种准备。首先她把凡是可以变卖的衣物都变卖折成现款。周积涵有架旧照相机,在当时是一件难得的贵重物品,当然更可以变卖。刘瑛虽然想尽一切办法,但要积攒几个人的旅费,谈何容易。在不得已的时候,只得向周围熟悉的同志筹集。为了便于逃离贵阳,她还特地向几位同志借来了服装,事先送交狱中的同志。经过一番努力和奔走,最后总算筹措了一笔勉强够四人的旅费。在作物资准备的同时,她弄清了通向桂林和昆明等地的公路去向,趁探监的机会一一告诉了狱中的同志。

1944年4月中旬的一个星期天,孙家林等同志利用在押人员整队出发到城外洗衣服的机会,终于逃脱了国民党反动派的魔掌,重见了光明。在越狱前的一天,孙家林用很随便的口气怂恿值星班长,去向中校中队长说,我们已经一个多月没有洗衣服,星期天该出去洗洗了。孙家林的提议,许多人都表示赞同。中队长只好同意。星期天一早,孙家林等同志穿好了刘瑛事先送去的服装,外面仍旧罩上收容所的制服,和通常一样在收容所中队长的带领下整队出发。在途中向中队长请假,说老婆就住在附近要去看望。中队长说:"快去,快回。"孙家林就这样离开了队伍,在麦地里脱下了收容所的囚服,转了几个弯,直奔事先约定的西门外三桥,刘瑛早已在那里等候。过了三桥关卡,搭上一辆过路的汽车,直奔昆明。周积涵和张志新也设法离开队伍，东出图云关，搭汽车去了桂林。收容所在星期天没有人办公，等国民党当局在星期一像疯狗一样派人四处追捕并下令通缉的时候，孙家林等四位同志早已远离贵川省境，安全脱险。

三个手无寸铁的在押犯，居然逃脱了战时青年训导团贵阳收容所——国民党关押政治犯的特务机关的虎口，让贵州省的国民党当局大为震怒。据事后获悉，由于发生了这一起事件，收容所上校所长被免了职，中校队长被关禁闭。

孙家林和刘瑛到了昆明以后，得到李公朴的帮助，暂时安置了工作，直到抗日战争胜利，接总社通知，才回到重庆。

## 不可忘却的纪念

读新书店以自己鲜明的战斗性和坚定的政治立场广泛团结了一批要求抗日和追求真理的读者。书店关心读者，读者爱护书店，书店和读者之间互相帮助、互相支持，建立了可贵的友谊。

当时贵阳二四妇女工厂女工金兰仙和刘佩昌对我们的阶级情谊，是难以用言语形容的。1941 年 2 月，读新书店被查封前夕，刘瑛从北门外的仓库调来书店担任炊事员。当时她已有两个女孩，大的五岁，小的三岁。不久读新书店被封，她和孙家林被捕，刘瑛一度在新亚书店当炊事员，后来在二四妇女工厂找到工作。金兰仙、刘佩昌和刘瑛在同一个车间做工。日子一久，对刘瑛的情况也有所闻。她们表示十分同情，在思想上、物质上、生活上给予种种关心和帮助。刘瑛为营救同志四处奔走，她们代为照顾孩子。当狱中同志释放无望，准备越狱的最后时刻，金兰仙将自己订婚的金戒指送给刘瑛变卖作为旅费。在越狱的前一天晚上，金兰仙的家离约定集合的地点较近，为了能够顺利实现越狱计划，把刘瑛接到她家去住。刘瑛的两个孩子，一时无法带走，金兰仙和刘佩昌表示由她们照顾。这两个孩子，在后来日军侵犯贵州、国民党机关纷纷潜逃之际，由中国福利会主办的重庆歌乐山幼儿园收容。经过党组织辗转访查，在1945年才在重庆找到下落。

孙家林等同志越狱以后，贵州国民党当局追查到了二四妇女工厂，调查了平时和刘瑛接近的人，逮捕了金兰仙和刘佩昌等五位无辜的女工。刘佩昌正要临产，这帮披着人皮的野兽也不肯轻易放过。她在国民党的牢房里生下了孩子。这些情况是1946年刘瑛调重庆工作路过贵阳，见到金兰仙时才知道的。

1939年12月到1941年2月，国民党当局接连发动两次反共高潮，读新书店工作不断受到国民党当局的阻挠和破坏。如国民党当局布置邮检所特务私拆书店与读者来往信件及扣押书刊邮包等。贵阳市邮局有几位邮递员是读新书店的读者，他们主动关照书店给读者写信和寄递邮件要谨慎。当时书店发行的书刊多是从重庆总社、桂林总店和香港等地寄来的。这些邮件到达贵阳汽车站时，由邮检所的特务先行拆封，将给读新书店和生活书店贵阳分店的邮件私自取走，然后再将邮袋封上，交给邮局。这几位邮递员将情况弄清楚以后，通知我们事先去公路上等候，在邮件到站时，帮助我们拆封，将我们的邮件取走，邮袋仍照原样封好，再去通知邮检所。等到邮检所的特务到站检查，一无所获，只能空手而回。我们还得到西南运输公司和中国红十字会的读者帮助，用他们的汽车为我们从重庆和桂林运来书刊。还有一位吴煜恒先生，当时在贵州省高等法院担任刑庭庭长，经常阅读进步书刊，国民党当局多次查抄"禁书"，他得到消息，总是事先通知书店，使我们能够早作准备。在读新书店最后疏散书籍时，还得到当地开明人士贺梓斋先生的热心帮助，把成包的书籍秘密地寄存在他东郊区住宅后院的牛棚顶上。

上述事实使我们深刻地体会到，办好革命的书店，一定要全心全意为人民服务，从而才能得到各界知名人士和人民群众的爱戴和支持。

1982 年 4 月 14 日

戴琇虹，1938 年在长沙参加新知书店。后曾任中国印刷器材公司副经理。

孙家林，1938 年参加读书出版社。后曾在中国印刷物资公司工作。

原载《三联贵阳联谊通讯》第 27 期，2002 年 6 月 18 日

# 贵阳进修书店概况

邓晏如

1941 年 1 月,国民党悍然发动第二次反共高潮,制造了震惊中外的"皖南事变"。从此各地生活书店、读书出版社、新知书店的分支店,除重庆分店外,都在这次反共高潮中先后被国民党当局非法查封,有的分支店的门市部被捣毁,有的分支店的工作人员被非法拘捕。面对这一严峻局面,三家书店根据毛主席"隐蔽精干,长期埋伏,积蓄力量,以待时机"的方针,采取多层次的纵深防御战术,配置第二线、第三线机构,坚持斗争,改头换面,挂上别的名称招牌。譬如:生活书店曾挂出"峨嵋出版社""士林书店""三户图书社"等十五家新招牌;读书出版社曾挂出"新光书店""明华书店""晨光书店"等十一家新招牌;新知书店曾挂出"远方书店""实学书店""华夏书店"等十家新招牌。在这艰苦的年代中,孙起孟(中华人民共和国成立后,历任政务院副秘书长,人事部副部长,1987 年任民主建国会中央主席,1988 年当选为第七届全国人大常委会副委员长,同年当选为民主建国会第五届中央主席)、毛仁学、饶博生、朱立淳、蒋仲仁、孙洁人等同志,于 1942 年 10 月在昆明成立进修出版教育社,并决定在贵阳创办进修书店。大约是 1942 年底,进修出版教育社确定傅作相同志任贵阳进修书店经理,并派毛仁学同志至贵阳协助筹备。为了适应当时的恶劣局势和扩大社会影响,孙起孟同志还通过黄齐生老先生(土若飞同志的舅父)的关系,聘请达德中学校长、中华职业教育社贵阳通讯处主任、贵阳中华职业补习学校校长曾俊侯(黄齐生的学生)同志任贵阳进修书店的名誉经理。当时,我在广西文化供应社、生活书店、新知书店三家联营的西南印刷厂工作。孙起孟同志、邵公文同志为进修书店物色熟悉业务的工作人员,邵与新知书店经理沈静芷(我的直接领导)同志商议,派我前去担任营业主任职务。我是中共党员,未带党组织的关系于 1943 年 1 月到达贵阳任职。首先在筹备工作方面,如办理营业执照、租赁店址和职工宿舍、招收工作人员、建立各项规章制度、设计制作书架和店堂中的柜台,以及陈列各种书刊等,付出一定的劳力。进修书店开始时在富水中路(距离小十字口北向约二百公尺)租一间门面营业,并在书店附近(相距一百公尺)租用唐老太婆的房间作职工宿舍。唐老太婆的女婿马守援是贵州省保安处的处长,为了对书店起些掩护作用,我们曾采取适当的方式与他交往。

贵阳进修书店于 1943 年 2 月正式开业。营业期间,孙起孟同志曾来贵阳视察和指导。先后在进修书店的工作人员,除作相和我外,还有朱庆洽、郭昭华、夏植园、丁宜君、周莲珍(周玲)、高玉华、赵兰琨、冉光之、童昌杰等九位同志。夏植园同志也是新知书店派到进修书店工作的。1943 年 7 月,我因重病回邵阳老家疗养,后在桂林进修书店办事处工作一段时间,年底仍回贵阳工作。

作相同志生活艰苦朴素,作风民主,待人热忱,脚踏实地,故在他的带领下,书店的全体同志紧密团结,不知疲劳地奋力工作,为书店的进展作出了应有的贡献。我们常去看望曾俊侯同志,向他请示汇报工作,除了表达尊重之情,还经常得到他的启发和赞誉。这里必须表扬两位同志:一是曾庆祥同志,他义务担任进修书店的宣传工作,凡是新到的书刊,都由他绘制宣传画,立于店门前,扩大销售影响;再就是胡朝荣同志,他是达德小学的教师,义务兼任进修书店的工作,他热心服务,贡献不小。

进修书店的业务逐渐开展后,便通过曾俊侯同志的关系在中华中路大十字口租用乐露春餐馆的门面(乐露春餐馆搬到楼上经营)扩大营业。这里店堂的面积四十多平方米,三面摆书架,厅堂摆书刊陈列台,厅堂后中上方,悬挂板刻红色的"行有余力,则以学文"八个大字。读者川流不息,门庭若市。

进修书店经销的书刊,大致来自四个方面:(一)进修出版教育社出版的书刊,如《写作进修课本》《统计实物进修课本》《最新政府会计进修课本》《实用商业学进修课本》《商业簿记进修课本》《高中进修国文选》《短篇英语背诵选》《算术题解手册》《职业青年之学习与修养》《生活的智慧》《社会基本知识》《中国民主之路》《进修月刊》等。(二)中华职业教育社出版编译的教育丛书,如《国讯》旬刊。(三)生活、读书、新知书店出版的一些内容比较严肃的实用书籍,如《社会科学基础教程》《战时国文教材》《金融工商界应用文》《英语分类词汇》《世界地理十六讲》《少年文艺》《谈天说地》《时间呀前进!《中国古代诗词选》《实用珠算教程》等。这些书有的是知识性的,是按照我党抗日救亡的观点编辑的,寓观点于知识性之中,使国民党无懈可击。这里举两个例子说明:1. 我们经销的《社会科学基础教程》是徐懋庸、何干之等同志集体编写的,是一本比较系统的通俗的政治理论读物,分章叙述了资本主义以前的社会、资本主义、资产阶级革命、资本主义总危机与革命斗争、社会主义革命、殖民地半殖民地国家的民族革命、农民问题和政党等。2. 我们经销的《中国古代诗词选》是一本古为今用,为现实斗争服务的书,其内容偏重反对外族入侵,扉页上印有宋朝民族英雄文天祥在《过零丁洋》诗中千古传诵的爱国主义壮烈诗句"人生自古谁无死,留取丹心照汗青",它表现了文天祥在敌人面前至死不屈、坚持民族气节的光辉品质。这在日寇入侵的民族危亡之际,实际上是宣传了我党坚持抗战、反对投降的政治主张。此类书籍激发了读者爱祖国反侵略的民族感情,为广大读者所喜爱和欢迎。(四)向其他同业进购书刊,原则是:"坚持抗战,反对投降,坚持团结,反对分裂,坚持进步,反对倒退。"也就是凡有利于"抗战、团结、进步"的书刊就进,反之就不进。像正中书局、中国文化服务社、青年书店、拔提书店出版的政治类的书刊多是反动的,我们一概不销售;商务印书馆、中华书局、世界书局出版的工具书和世界文学名著,以及开明书店、文化生活出版社出版的进步书刊,我们则敞开销售。

进修书店陈列的多是社会科学、文化教育、文艺小说、通俗读物和应用技术方面的书刊,因此,深受读者的喜爱和青睐,有的读者整天来书店看书甚至抄录,我们对此不但不加限制,反而给予方便。因为我们所追求的,是要使内容好的书刊与读者见面,尽多尽快地把它送到读者手中。为了竭诚为读者服务,我们常常把一些进步书刊隐蔽地卖给经常前来购买政治性书刊的读者,这样的读者,经过长期了解,大部分是可以信赖的。譬如,省财政厅督导李鳌、税务人员罗迅青、电信局话务员余家菊等不少读者,都是拥护中国共产党、坚持抗战、坚持进步的革命同志,向他们隐蔽地推销进步书刊,没有风险,他们也心领神会,愉快地购买。为了照顾经济困难的读者,书店还特设租书部,读者交少量押金,便可把自己喜爱的书刊借回去阅读,交回书刊时,押金全部退还。这样,租阅书刊的读者不少。由于我们经销的书刊种类繁多,工作认真负责,服务态度热忱,在供应精神食粮工作中尽了极大的努力,对促进贵阳文化事业的进步起了积极的作用。

这里还应特别指出,进修书店与党领导的新知书店的关系非常密切:(一)新知书店派两位熟悉业务的同志帮助进修书店开展工作;(二)新知书店长期向进修书店赊销大量书刊;(三)新知书店曾多方设法帮助进修书店桂林办事处租佃住房;(四)日寇向湘桂线进攻时,实学书店(新知书店)迁至贵阳,进修书店及时帮助在小十字口附近找到房屋照常营业;(五)新知书店编辑部负责人邵荃麟和他的夫人葛琴同志从桂林迁至贵阳时,进修书店安排他们在富水路职工宿舍居住;(六)桂林快沦陷时,上级决定让我请假去桂林、独山为新知书店抢运贵重书刊纸型和大批财物,进修书店对此毫不迟疑,大力给予支持。从以上情况可以明显看出,两店的关系非同一般,它们是进步文化事业患难与共的战斗伙伴。

　　1944 年 10 月底,我偕未婚妻周玲同志押送从桂林、独山为新知书店抢运至贵阳的大批物资去重庆工作。同年 12 月,日本侵略军先后窜扰三都、荔波、丹寨、独山等县。这时,贵州省政府下令省城紧急疏散,全市人民为即将来临的战火灾难,惶恐不安。各机关、行业、商店和城市居民,日夜忙于疏散,大多数人家关门闭户,热闹活跃的市场已变得死气沉沉,路上行人稀少,街头巷尾,冷冷清清。迫于这样的形势,进修出版教育社派胡毓忠同志来贵阳将进修书店撤至昆明。至此,奋战两年,为出版发行事业作出积极贡献而被广大读者所信赖的贵阳进修书店乃告结束。

　　邓晏如,1939 年在桂林参加新知书店。后曾任中共湖南省委统战部副部长、湖南省政协秘书长。

原载《联谊简讯》(贵阳)第 11 期,1997 年 9 月 8 日

# 纪念三店建立六十周年

唐登岷　岳世华　黄　坚　冯克昌

今年(1992 年)是生活、读书、新知三家书店建立 60 周年,我们怀着激动的心情,怀念过去,三家书店在那些艰难岁月中创建发展的光辉业绩,以及同人们所坚持的革命进步和艰苦创业的精神,至今使我们难以忘怀,也使我们曾经为之献过一份心力的人,感到光荣和自豪。

抗日战争爆发后,昆明成为西南大后方的重要城市。由于半壁山河沦入敌手,全国不少高等学府、新闻出版和教育文化团体先后迁到昆明,全国有名的书店也在昆明开办起来,成了战时西南的一个文化中心。

## 边城开拓

为了建立革命文化阵地,生活、读书、新知三家书店在 1938 年先后由上海、重庆派人到昆明开设分店。

1938 年二三月间,上海生活总店派杨义方、曹建章、毕子桂三人来到昆明筹办分店,通过读书的李小清、昆明中共党员杨青田的介绍,在华山南路租到三间铺面,于5月间正式营业。经理为杨义方,会计为曹建章,门市负责人为毕子桂。第一批进店的有刘嘉琨、杨玉昭等人,以后陆续增加到十多人。经理先后更换四次,第二任经理毕子桂,第三任经理孟汉臣,第四任经理薛迪畅。

1938年夏,黄洛峰委托回滇的李小清筹办读书出版社昆明分社。在黄洛峰、艾思奇、郑易里的同学和亲友杨青田、杨一波、刘惠之、冯素陶以及进步人士郑一斋、徐茂先等人的帮助下,也在华山南路90号租到两层楼的双间铺面,开办起读书分社。后来李调离,重庆又派郑权接任经理,工作人员先后有十余人。同年冬,新知书店总店经理徐雪寒派张朝同到昆明筹办分店,于1939年春也在华山南路租到单间门面、进深两间的门市部。3、4月后,张调香港,另调来诸宝懋接任经理。至此,三家书店在昆明市华山南路并肩开展业务,思想上、工作上互相配合支持,团结协作,同舟共济,患难与共,在西南高原上推广战时革命新文化。

## 山花烂漫

三家书店在昆明先后开业后,一扫昆明书业界的死气沉沉。进步文化的春风吹动滇城,呈现出山花烂漫的景象。那时三家书店书架书台上摆满了各种抗日救亡、革命进步的书刊。刊物有《群众》《全民抗战》《文艺阵地》《世界知识》《妇女生活》《中国农村》《文

学月报》《理论与现实》，等等；书籍更加丰富，有各种通俗读物，如
《大众哲学》、《大众政治经济学》、《思想方法论》、《新哲学人生观》、
《中国怎样降到半殖民地》、"青年自学丛书"，等等；还有鲁迅、茅
盾、郭沫若、韬奋等名人著作，高尔基等人的世界文学名著，以及马
克思主义经典著作，如《资本论》《共产党宣言》《帝国主义——资本
主义的最高阶段》……真是丰富多彩，琳琅满目。华山南路成了青
年学生和进步知识界人士的活动中心。

　　三家书店的同仁以辛勤的劳动和各种方法把业务向四方推
展。竭诚为读者服务是三家书店共同的信条，当读者需要的书刊
售缺时，便介绍内容相似的书刊或另想办法代为购到。工作难度
虽然很大，但大家都满腔热情地代办。这就逼着同仁们多读书，熟
悉书的内容，也丰富了自己的知识。有时读者所需超出书店业务
范围，也要热情接待，不厌其烦，满足读者要求。因而博得读者的
爱戴和信任，把书店看成他们的知心朋友，有什么不利的消息，都
来通风报信。如有一个国民党省党部的图书审查员，同情抗日进
步的文化活动，与生活书店的经理毕子桂交上朋友，一有风声，便
来告知。书店即可将禁书伪装或收藏起来。还有一个热心支持书
店的朋友，是昆明开运输公司的陈松茂，他和黄洛峰有交情，经常
不怕风险，为书店从重庆义务运书籍报刊到昆明，避免了邮局的检
查，帮了不少忙。

　　三家书店还积极开展邮购工作。这工作也是搞得蛮好的。读
者需要的书，都尽量满足，有时还为读者解答疑难问题，因此，通过
邮购与读者结为朋友的也不少。

书店还与昆明的图书馆（包括大专院校的）建立了经常的联系，主动将新书好书送上门让其选购，深得他们的欢迎。

为了扩大书店的业务范围，深入宣传抗日和进步文化，三家书店的同仁冒着危险到滇南等地区州县摆摊设点，满足偏僻地区读者的要求，扩大了影响，播下了新文化的种子。

三家书店同仁除总店派来少数几位经理骨干外，绝大多数都是在昆明物色进店的，一般都是倾向进步的有为青年，年仅 20 岁左右，进店以后待遇微薄也不计较，勤勤恳恳，任劳任怨地积极工作。有一段时间，日本飞机经常袭击昆明，天天要跑警报。天亮起来做饭，吃了饭就到郊外疏散，傍晚回来开门营业直到夜间，为读者服务，没有人喊苦喊累，读者也习以为常，晚上照样门庭若市。同仁们在精神上感到无比愉快，把书店当作自己的家，也是学习新文化的场所，高唱革命歌曲的自由天地。那时能够放声歌唱《延安颂》是非常快乐的。由于大家都是为了一个共同的目标，关系融洽友爱，互相关心，互相照顾，情同手足。有时三家同仁聚在一起游玩，就仿佛一个家庭整体，一支战斗队伍，肩负着人生最光荣的任务，因此感到生活非常痛快，物质条件差也毫不在意。

## 搏击风雨

国民党反动派把三家书店看成眼中钉、肉中刺，经常阻挠、破坏、扣留邮包、查禁没收书刊。三家书店的同仁合作采取各种办法同他们周旋斗争。在门市部营业员都学会机警地观察周围进出的人,国民党省党部同三家书店在一条街上相距很近,见到可疑的人进店就互打暗号、使眼色,将禁书隐蔽起来。有些根本不能摆出来的书,如《列宁文选》《列宁主义问题》之类,暗中出售给进步读者;有时还设廉价书台,将禁书夹杂其中,经读者翻购,混过检查。有一本齐同著的《新生代》,在昆明遭禁,就是用这种办法大量售出的。给读者寄去他们邮购的禁书,为避检扣,采取换封面和其他瞒过检查的办法,把书寄到读者手里,读者十分感激。三家书店书源来自沪、港、渝、蓉、陕、兰、桂等店,为了逃避检查,有时书籍不走邮寄,如前面提到的陈松茂,就主动帮忙运书,避免了邮局检查。对邮寄来的包裹,三家书店想方设法与检查员进行周旋斗争。当大量邮包寄到时,便增加去取邮包的人员,抢在检查人员之前,以快速行动,把邮包抢运回来。不少邮包先送他处收藏,以后再陆续拿到门市售卖。每次取邮如临战场一样,非常紧张,三家书店为此都在不同地方设下一些小仓库。

## 野火烧不尽

1941 年初,国民党反动派制造了骇人听闻的皖南事变,掀起了第二次反共高潮,特务到处抓人。他们把魔爪也伸向进步出版界。1941 年 2 月 21 日这个难忘的日子,昆明的三家书店同时被查封了。危难当头,同仁们义愤填膺,除经理留待与敌人交涉索回被封财产外,其他同仁大部疏散转移,变换形式继续斗争。

读书重庆总店得知昆明分店被查封后,为了保护革命财产,黄洛峰派地下党员岳世华装扮成商人来昆接管了除图书以外的财产。在光华街另开设了一金碧文具公司作掩护,秘密进行读书的业务活动。后又转移到大兴街开设酒店,成为地下党的一个秘密联络点。

为适应新形势的变化,三家书店总店在重庆联合组成三联书店。1946年下半年,三联派陈国钧到昆明建店,在党组织的领导下,与岳世华取得联系后,在华山西路租到一间房子作基地,开展发行业务。书刊从上海和重庆等地运来。1947年初重庆三联经理仲秋元又派冯克昌回到昆明,与陈国钧一起承担此项任务,以"茂文堂"为招牌开始营业。书架上公开摆着的是《三国》《水浒》《红楼梦》《古文观止》及珠算、尺牍一类的书籍,实际内部推销革命书刊。凡可以公开出售的书就拿到文明街夜市给摊贩去代销,革命性很强的书刊,如我党领导和直接出版的《文萃》《群众》等刊物则依靠地下党组织的成员大、中、专学校的学生,到学校去推销。

曾在三家书店工作过的同仁深受进步思想影响。有的虽然迫于形势离开了三家书店,但自己另开设书店,继承三家书店传统,传播进步文化种子。原生活的王若移、王若明两姐妹与她们的丈夫马扬生、沈茂山,在读书的原址开设起华侨书店,出售进步书刊。读书的王平,也在昆明福照街开了一家新民书店,售卖进步书刊。该店开设不到一年,国民党特务认为他是共产党,把他抓了关起来。他据理斗争,因为查无实据,不得不将他放出来。

革命进步文化的出版事业是扼杀不了的。原读书出版社创办人之一的李公朴先生,1942年又在昆明创办了北门书屋和北门出版社,出售和出版了许多进步书刊。李先生虽然后来被国民党反动派杀害了,但是进步的文化出版事业,一如原上劲草,野火是烧不尽的。

## 深切的怀念

在纪念三联书店 60 周年的时候,抚今追昔,革命的文化出版事业在社会主义制度下蓬勃发展。已经进入古稀之年的我们,享受着社会主义的幸福生活,无不感到欣慰,也不禁使我们缅怀那些已经过世的曾为三家书店的事业而奋斗的同仁和志士。

生活书店昆明分店经理毕子桂,是一位牺牲在岗位上的热情忠诚于革命事业的人。他精力充沛,思维敏捷,平易近人,与同事同甘共苦,常以"抗战、团结、进步"勉励大家,与同行关系搞得好,和不少读者建立了深厚的感情。他善于交际,积极主动与社会各界人士交往,为生活事业的开展建立了广泛的社会关系。他每天都抽出时间到门市站柜台,亲切接待读者,还为读者介绍新书内容,尽心竭力把革命书刊传播出去,把书店工作搞得十分出色。他患胃病经常抱病工作,1941 年 1 月,不幸又患上阑尾炎。因为日寇空袭,延误了医治时机,以致不治而逝,年方 24 岁。他的死使革命的文化出版事业失去一个得力的战士,同仁们对他的死都感到异常悲痛、惋惜。

他的遗体出殡安葬那天,不少读者远道赶来送别,说明他与读者建立了深厚的感情。他那种忠诚于革命文化事业,全心全意为人民服务的精神,永远值得我们学习。

40 年代,在重庆读书门市部工作的蒋绍先(仲明),原在云南丽江读书,积极参加救亡运动,后加入中国共产党,离家欲往延安参加革命,中途进入重庆读书出版社工作。他勤勤恳恳,不辞劳苦,热心为读者服务,机警地与特务作斗争。抗战胜利后,因身体多病,转移到昆明,投入了爱国民主运动,党组织派他下乡参加发动反国民党反动统治的武装斗争。1948 年 10 月,不幸被反革命两面派出卖,惨遭杀害。他是一个坚贞不屈的战士,在狱中墙壁上写下:"板荡识忠臣,日久知人心。"表现了他对革命事业的忠诚和坦荡的胸怀,最后英勇就义。

还有在读书成都分店工作过的却有模,也是在皖南事变后从成都转移到昆明的。他也是云南人,情况同蒋仲明差不多。后来参加了武装斗争,在滇南的一次战斗中英勇牺牲。

蒋、却两人虽然不是牺牲在文化出版战线上,但是他们都是受过三家书店革命思想的熏陶,他们承接着这种精神,投入了更高形式的斗争,直到献出宝贵的生命。他们牺牲时都还是不到 30 岁的青年,永远值得我们怀念和敬仰。

我们还不能忘记对读书的事业自始至终给予重大支持的郑一斋先生。他是读书创始人之一的郑易里的兄长,一位可敬的爱国民主人士。他热爱进步事业,读书出版社成立之初,他就在经济上给予支持,使读书的事业得以顺利开展。艾思奇、黄洛峰、郑易里决定请郭大力、王亚南翻译马克思的《资本论》,并由读书出版时,郑一斋先生毅然地承担了这笔巨大的出版经费,使这部影响深远的伟大马克思主义经典著作首次完整地呈现在中国读者面前。他还经常以购买新书的方式支持读书,如读书昆明分社收到第一批

《大众哲学》《哲学与生活》《新哲学大纲》等书时,他就各购买数十本分送学校和朋友,帮助解决读书昆明分社开业时遇到的困难。1941年皖南事变后,李公朴先生从重庆转移到昆明,郑一斋先生热情地接待,帮助解决困难。后又在经济上支持公朴先生在昆明开办北门书屋和北门出版社。当时昆明的进步文化人士如有困难,他也乐于帮助。不幸的是1942年在昆明街头被美军的吉普车撞伤逝世。当时,美军车扬长而去,国民党警方竟不予追究,郑先生亲属十分悲痛气愤。当时昆明民主进步人士满怀悲愤为他举行了盛大的追悼会。

在三店建立60周年之际,缅怀逝去的战友,他们为之奋斗的事业已经取得辉煌的胜利,并结出丰硕的成果,他们在地下有知,也会和我们一样感到欣慰、光荣和自豪。他们为革命献身的精神将与日月同辉。

唐登岷,1940年在昆明参加读书出版社。后曾在云南省工学院工作。

岳世华,1939年在重庆参加读书出版社。后曾在云南省电力工业局工作。

黄坚,1945年在重庆参加读书出版社。后曾在云南人民出版社工作。

原载《联谊通讯》(北京)第28期,1992年10月25日

# "昆明华侨书店"（1941年4月—1952年8月）

王若明　王若移　马扬生　许流波

"昆明华侨书店"的创办人,是一批对华侨有特殊感情及强烈的中华民族意识,积极参加抗日救国运动的爱国华侨青年和侨生。他们在回国后不约而同地改了名字。王淑芳（王若明）和王哲芳（王若移）两姊妹是暹京民生火柴厂女工,积极参加"工抗"各项抗日救国活动。许渠声（许流波）、杜俊坚（杜灿之）、吴乙平（吴平）都是在泰国积极参加抗日救国运动的爱国学生。马烈薪（马扬生）在泰参加"抗联"中心小组和"抗联"领导的"学抗"抗日救国工作,1939年因泰国政府亲日排华而回国到昆明。沈茂山（沈毅）是马来西亚爱国华侨机工,参加新加坡著名侨领陈嘉庚先生领导的"南洋华侨救国筹赈总会"组织的"南洋华侨机工回国服务团",也在1939年随团到昆明参加运送战争物资支援抗日前线。

到1941年,国民党反动派继桂林、贵阳之后,在昆明查封生活、读书、新知三家进步书店。在昆明生活书店薛迪畅经理沉着机智的事前和事后应变安排下,由他把启封存书交给我们,并得到中共地下党杨青田同志支持,我们在读书生活出版社原店址成立"华侨书店"并在1941年4月1日开门营业,秉承三家书店的革命优良传统,继续坚守传播进步文化据点。当时被反动派指为三家书店改头换面的化身。直到1949年12月云南起义,在那最艰难的岁月里,华侨书店经历了无数难以想象的历史风云,写下了丰富多彩的出版史一页。

## 离泰国到香港,再经越南到昆明

1939年8月23日,马烈薪、王淑芳、王哲芳离泰到香港。轮船启航后,当夜在湄南河口意外搁浅,数天后续航,8月底才到香港。他们找到一家收费较便宜的小旅店住下,刚好在旅店巧遇林莲芬,她告知广州已沦陷,大家都不能进去了。

由于广州沦陷后出现的新局势,当时香港,还有泰国等地华文报刊,宣传介绍祖国抗日战争大后方——云南、四川、贵州等省,政府有专门机构设立接待站和各类学校,欢迎海外侨胞回来投资及安插各地侨生回来升学。有些报刊还特别介绍昆明春城四季如春,因此南洋各地,特别是受泰国排华影响的侨生,经越南进入云南到昆明者特别多。淑芳姊妹和烈薪在香港等候约10天才领到中国护照和经越南签证,后乘船到海防,再乘火车到老街进入河口,于9月17日到达昆明。

稍后扬生因报考云南大学未被录取,改考云大注册组获取担

任招考股工作,该组主任张友铭教授关心下属,热情辅导扬生熟悉
业务。

1940 年初,若明和若移进入昆明生活书店当练习生。书店经
理毕了柱因病去世后,上级派薛迪畅接任经理。他同全店同事依
然白天跑警报到郊外躲避日机空袭,晚上回城开门营业。

## 在昆明出版《华侨生活》杂志

扬生决定要在昆明办《华侨生活》杂志,宣传华侨爱国爱侨,以
及在历史上支援孙中山先生革命和发动强大运动支援祖国抗日战
争的两大贡献。扬生找当时在昆明的同学庄明远和马镛商量,他
俩积极支持,决定庄明远为发行人,马镛为督印人,马扬生为主编,
成立《华侨生活》出版社。除自己写稿外,还请当时在昆明育侨中
学读书的许流波和吴乙平、杜俊坚、黄升发等同学写特约稿。创刊
号内容集中反映泰国亲日排华、严重打击泰国华侨抗日救国运动,
要求政府向泰国政府提出交涉,促使泰当局立即停止排华,保护华
侨合法权益,等等。

由于对销路完全没有把握,所以"创刊号"只印 1000 本。除
分批寄 200 本到泰国,请林中哲、许敦惠、黄金石分发转交有关
组织和同学,其余寄赠昆明和云南、四川、贵州及香港的图书馆、
报社、各有关团体。留下几百本,请昆明生活书店、读书生活出
版社、新知书店、进修出版社、金马书店等寄售。"创刊号"还特
别简介海外各地华侨生活动态,反映各阶层侨胞的爱国爱侨等

状况。

扬生特地将《华侨生活》创刊号送给昆明侨务局张客公局长请他题词,他写了"发扬华侨爱国精神",还说:看过你的杂志,知道你是泰国华侨,很熟悉侨情,准备请你来局协助我负责接待回国同胞和侨生。这个建议正合扬生的心愿,就马上答应了。数月后局长正式委任扬生为管理科长,负责审核华侨身份、补发证件,及审批华侨出入国等工作。

扬生经常去看望在昆明生活书店工作的王若明、王若移姊妹,并认识了该店的薛迪畅和董顺华、李亦芳(李伯纪)、严仁夫、冯克昌、刘嘉焜等同事,经常同他们一起跑警报,到郊外玩耍、谈心。1940年夏,王若移同马扬生结婚,全店同事特地在缅甸华侨林树策办的"华侨饭店"聚餐庆贺。

《华侨生活》创刊号出版后,陆续收到泰国林中哲、许敦惠、黄金石等来稿,都刊登在第二期,扬生写的《华侨问题》和《论日本南进政策及我们的对策》两本小册子,也摘要从第二期起刊登。不久《华侨问题》一书由重庆一家书局翻印编入"知识小丛书"。不料第二期出版后,接到昆明市政府通知:《华侨生活》要办理申请图书杂志登记手续,原稿要送省党部图书杂志审查处审查后才能刊登。只好照通知办了申请,但稿件送审被剔除删改太多,使第三期勉强出版,内容大为逊色。庄明远和马镛见到政府有关部门如此留难、挑剔,一气之下不干了,《华侨生活》停刊了。不少读者对当时唯一以华侨为中心内容的杂志被迫停刊,感到十分可惜。

## 昆明三家进步书店被封与"华侨书店"的建立

　　扬生和若桥结婚后，同昆明生活书店的同事们更加亲密，和薛迪畅经理更是互相了解，经常谈心。扬生敬佩他冷静沉着、谨慎思考、关心同事的领导作风。更难得的是他对时局的体察细微，及时考虑应变。1941 年 2 月，国民党反动派掀起第二次反共高潮，"皖南事变"之后，贵阳、桂林的生活、读书、新知书店，相继被国民党查封或被迫停业。迪畅经理早已作了应变准备。他找扬生商量，建议利用政府宣扬爱护华侨政策，找一些爱国华侨，以华侨名义开办书店，由生活书店暗中提供书刊，以便三家书店一朝被封，侨办书店就可坚守据点继续提供进步书刊为读者服务。扬生立即赞成并表示要用"华侨书店"为店名，即日开始筹备。

　　1941 年 2 月 21 日，国民党反动派查封了昆明生活、读书、新知三家进步书店。薛经理一面会同读书的郑权（树惠）经理、新知的诸宝懋经理合力四处奔走，设法争取启封书店存书，一面协助扬生夫妇和王若明大姊与姊夫沈毅抓紧筹组成立华侨书店。郑权经理即陪扬生到云南省教育厅找编审股杨青田主任。当时杨直接管理属于教育厅房产，位于华山南路 90 号由"读书"租用的铺面。郑告诉今后可向杨多多请教。扬生要求他将"读书"店址续租给我们开办华侨书店。杨主任表示看过《华侨生活》，知道我们是真正爱国华侨，所以答应一定把"读书"店址续租给我们。扬生表示非常感谢，当时并不知道他是中共云南地下党领导之一，后来侨店开门后经常同他有接触才知道。

店址确定后，爱国侨生许渠声、杜俊坚、吴乙平也进来参加筹组书店。直到 3 月 19 日被封存书、店址及书架橱柜等器具物品才得到发还。除读书生活出版社郑经理将全部查封存书及橱柜等器具物品作价和店址移交侨店，薛经理也将生活书店全部启封存书作价，及读者邮购服务账册和资料全部移交给侨店，并由生活会计李亦芳为侨店建立全部会计账册及店务管理制度。经决定由扬生任经理，王若明为门市部主任，并由扬生夫妇、王若明夫妇及许渠声、杜俊坚、吴乙平为侨店合伙创办人。在三家书店的领导和有关同志协助下，昆明华侨书店终于在 1941 年 4 月 1 日开门营业。广大读者莫不为此欢欣鼓舞。

开门之后，一连多日，门市部天天挤满读者，阅读书刊和选购心爱书籍。也同时见到一些看人不看书，四处东张西望，不断注视我店同事和读者的形迹可疑人物，那些人就是便衣特务。

## 长期遭受反动派摧残、打击

国民党反动派见到读者如此高兴庆祝华侨书店开门营业，马上四处散布谣言，威胁读者不要到三家被封书店改头换面开的侨店买书，以免遭到追究和处分。但许多读者反而不怕威胁，顶住逆流，纷纷到侨店来。

一连多天，门市营业额逐日增加，使侨店能分批将每日收入款项付还三家书店书款，安排三家书店经理和同事能够尽快先后离昆到贵阳、桂林、重庆等地。薛经理等同志到重庆、桂林后，又设法邮寄三家书店书刊及苏联出的中文版列宁、斯大林等著作给华侨书店。初期由沈茂芝到邮局还能顺利领取邮包回店，后来便衣特务发现有许多上述书籍在门市出售，就怀疑邮局有漏洞，随即到邮局检查，企图查扣侨店邮包。正好邮包组有地下党和进步职员，暗中把侨店邮包收藏起来，另约时间通知沈茂芝前往领取，使侨店能较长期地供应读者需要的书刊。另一方面，昆明侨务局长张客公1943年正式委任扬生为管理科长（国民党政府官员），顶住国民党反动派对侨店的打击和干扰。初期有点作用，后来逐渐失效。当时昆明警察局第二分局就在侨店附近，分局长李技正经常传扬生去谈话，威胁不要再卖违禁书刊，常常让扬生在看守所冷坐一两小时。有一次他传扬生去，威胁叫写保证不再贩卖共（匪）书刊，扬生回答说："我是爱国华侨，又是政府昆明侨务局科长，绝对不会做损害国家和政府的事。"往后每隔三四个月，就有这样一次遭遇。扬生向杨青田主任反映过上述情况。他认为扬生处理此事的态度很对，估计警察局暂时对扬生无可奈何。

杨主任从侨店开门后，一直坚持每月来店收租和我们交谈，关心同事的工作和侨店业务。张客公对《华侨生活》和华侨书店也一直是支持的。他曾再三写信请有关部门照顾华侨，批准《华侨生活》登记和放宽文稿审查尺度。但始终无结果。《华侨生活》由华侨书店继续出版两期就永远停刊了。

## 经营运输副业，解除经济困境

由于长期遭受反动派查扣邮包及在门市部随意没收书刊，侨店损失严重，经济周转十分困难，当时店中除扬生和沈毅两对夫妇及沈茂芝外，吴乙平、杜俊坚已先后去贵阳和重庆升学，还有许渠声、章楠、田荣生、李淑燕、傅维烈等在店中坚持工作。大家愿意领取微薄工资，过艰苦生活。后来看到有不少侨胞经滇缅公路出入缅甸做生意，颇有利可图！我们商量决定由过去参加南洋华侨机工服务团，回国开车往返滇缅公路运输战争物资的沈毅同志跑缅甸做生意。每次由昆明带进步书刊到缅甸仰光，交当地进步书局出售，所得收入再办货物及汽车轮胎等货回昆明出售，果然颇有利润，使侨店经济解困，得以继续营业。

## 苏驻华大使馆外交官员支援侨店

当时适逢西南联大俄文系衣家骥教授（东北人）经常来侨店购买俄文及苏联版书籍，同扬生和书店同事比较熟悉。有一天他表示愿意每星期安排时间来书店教扬生学习俄文。他的真情自荐，正合扬生的心愿。随后衣教授自备俄语教科书，每星期安排一至两小时来店授课。不到半年，扬生已能用粗浅俄语同他交谈，有一天，他陪扬生到巡津街商务酒店，介绍认识苏联亚洲影片公司总经理谢雅江斯基。谢经常由重庆来昆接洽影片和有关商务，每次都下榻商务酒店。双方见面热情交谈，他还听懂扬生学讲的俄语。他把带来重五六十公斤的苏联华文版的列宁、斯大林著作和苏共书籍交给侨店按原价出售。不到几天就被眼明手快的读者争先买完，等到便衣特务发觉时已太迟了。店里同事最乐意为熟悉的读者把好书留起来卖给他们。谢雅江斯基每一两个月就来昆明，每次都带大批书籍给侨店。谢是外交官员、享有外交豁免权，带来书籍可以不受检查交给侨店。书款由侨店交给昆明新华银行汇付谢。后来谢不来昆明，才转由苏联大使馆文化参赞谢米纳斯借经常到昆时带书给侨店，使我们经常有苏联版好书供应读者。半年后，谢米纳斯又转由苏大使馆武官皮罗夫经常到昆明时带书交给侨店。再过半年，又交苏使馆外交官员特米诺夫（名字已记不清楚）带书。直到后来侨店成立重庆办事处以后，苏大使馆才停止由外交官员带书给侨店。扬生当时因侨店业务，先后认识四位苏联使馆外交官员，虽然后同他们没有继续交往，但对苏联和苏联朋友有了进一步的感情和认识，并积极投入中苏友好活动，后来扬生曾被选为省市中苏友好协会理事。

## 成立重庆、桂林办事处，重庆办事处成为党的地下联络交通站

为了加强与渝、桂二地进步同业的联系，扩大和加强二地进步书刊的进货渠道，1943 年，侨店先后在重庆、桂林设立办事处。由华侨书店创办人之一的杜俊坚担负重庆办事处重任，他曾在重庆

新知书店工作,更驾轻就熟,有利于与三家书店联系,源源不断寄发进步书刊到昆明,使侨店能够满足读者需求,并为支援党领导的云南"边纵"革命队伍捐赠更多的进步书刊。当时办事处位于重庆民生路附近一间小杂货铺的楼上,房子简陋,楼梯在铺后,从一小巷拐弯进去才能登梯上楼。这简陋偏僻的楼房,正好成为"红岩"党组织许涤新、方卓芬夫妇两同志的地下联络站和交通站。杜主持侨店办事处,由泰国女侨生郭常洁任出纳员。他俩志同道合结为夫妻住在办事处,以侨店工作为掩护,担任许、方两位同志的联络、交通员。地下党员和朋友要见许、方的,经杜、郭联络安排后,带去"红岩",或由许、方来办事处会晤。经杜、郭联络站与许、方密会者,有张震、邱秉经、翁向东、庄世平、肖明、郭常昌夫妇等多位。

负责桂林办事处的沈毅同志,也是侨店创办人之一。他得到远方书店(新知书店的二线机构)曹健飞经理的全力支持帮助,工作得到顺利开展。桂林三户图书社也提供大批进步书刊,使侨店货源保持不断。为了大量满足读者需要,沈毅经常随车押运进步书刊到昆明,敢于冒途中国民党特务、军警检查、扣押、威胁、抓捕的危险而无所畏惧。沈毅同志还为侨店主持《创作月刊》在桂林的出版工作。该刊由张煌主编,得到茅盾、巴金、夏衍等进步作家的支持和写稿。后来因昆明侨店长期遭受国民党反动派的摧残、打击,损失惨重,以致无法继续支持《创作月刊》,只出了几期就停刊了。广大读者和许多作家朋友都感到惋惜。

后来由扬生泰国同学丁雁如负责桂林办事处,继续寄发书刊到昆明侨店。沈毅同志调回昆明,负责为侨店押运进步书刊到缅

甸仰光出售，再办汽车轮胎和货物回昆出售，获取利润、解决侨店
经济困境。之后，沈毅同志又听运输界朋友告知，昆明车辆监理所
可发给汽车特许通行证。汽车持有该证，穿行滇缅公路经贵州到
重庆、广西、广东等地，只需报关，不必受严格检查。经了解证实凡
商家或民间团体，有特殊需要，可经主管机关证明，发给车辆特许
通行证。当时扬生担任云南侨务处科长，征得张客公同意，函请昆
明车辆监理所发给华侨书店汽车特许通行证。之后，沈毅同志凭
该通行证为侨店押运汽车轮胎和物资经滇缅公路到贵州、广西、广
东等地出售，回程又从桂林装运进步书刊回昆，沿途报关，避免了
严密检查。当时有不少泰缅归侨热爱进步文化，从各方面尽力协
助侨店度过重重的经济难关。例如华侨司机黄锡平长期为侨店开
汽车装运汽车轮胎、货物及进步书刊，一直忠于职守、毫无怨言。
还有泰缅归侨刘慕隐、纪经桂、杨新之等协助沈毅从事多种经营，
都是为了帮助侨店摆脱困难。记得大约在 1942 年或 1943 年，纪
经桂、杨新之还协助扬生押运一批轮胎到广东曲江（即韶关），因市
场不景气，只好将全批轮胎交当地汽车材料行寄售。因等候收款，
在曲江逗留数月，扬生从此学会讲广州话。当时曾特地到曲江近
郊"黄田坝"探望 1938 年 3 月被泰国亲日排华政府驱逐出境的爱
国进步校长吴琳曼老师（扬生在启明学校的"世界语"老师）及其夫
人钟英大姐。还见到当年离泰在轮船上，吴老师抱在手上的长子
吴逢源，大家见面，畅谈往事，多么开心。后来他们全家经贵阳来
到昆明。扬生曾协助吴老师在昆明护国路开办书店，由华侨书店
提供大批进步书刊，双方业务关系密切。1946 年，吴老师到越南

参与领导革命斗争，不幸惨遭误杀，为革命壮烈牺牲。钟英大姐为继承丈夫革命壮志，带领逢源、奇源、秀源、洁源等儿女，参加"边纵"打游击，直到革命胜利，全省解放。

## 李公朴先生讲解重要时事，提高侨店同事政治思想认识

侨店从开门后就同当时进步书店"北门书屋"建立密切联系。双方互通有无，合力提供读者所需进步书刊。李公朴先生和北门书屋王健同志很关心侨店情况。当时侨店全体同事每一两星期有一次集会，让大家谈谈业务和学习时事文件。李公朴先生在百忙中仍坚持到侨店参加开会，为我们讲解重要时事，谈论青年问题，宣传争取民主斗争及解放区形势等，对提高我们的政治思想水平及加强我们同反动派斗争到底的信心非常有帮助。扬生和若移还时常到李先生家里吃饭谈心。此外生活、读书、新知三家书店的领导到昆明时，也都到侨店来看看，表示关心和鼓励。更重要的是，曹健飞、吉少甫、李易安等同志还给店员介绍解放区情况，或传达一些时局报告，看待侨店如同并肩作战的好友，大大提高我们坚持斗争的士气。

侨店在那最艰苦的岁月里并不是孤单作战。除了有广大读者作为后盾，全力支援外，还有不少资深、知名教授、学者和作家，从四面八方给予关心和支持，这就是侨店长期饱受反动派摧残、打击，仍然屹立生存的最重要因素。

## 出版期刊屡遭留难被迫停刊

当时有位云南青年作者曾式天（又名曾福），一直是二家书店和侨店的忠心读者。他找扬生商量，表示愿意拿出资金同扬生合编《集体创作》杂志，交给侨店负责出版发行。扬生对他的建议立即表示欢迎，并立即开始尝试两人合写一篇短剧发表在创刊号，采用 32 开小册子印 1000 本，由侨店出版，分发各书店寄售；读者反应平淡，两月后再出一期，仍无起色，却引起昆明师范学院楚图南教授和著名诗人雷石榆的关注。两位不约而同先后来侨店找扬生研究如何充实《集体创作》内容和做好该刊出版工作，决定该刊往后不要单纯刊登集体写作的文章，而应采用多样化的创作方式。开会后由楚图南用"高寒"的笔名写关于文学创作的文章，雷石榆写了论诗歌创作和几首诗，还有几篇西南联大师生用笔名写的稿。扬生把稿件送交图书审查处审查，意外获得通过。改为 16 开本的《集体创作》新一期（即第三期）终于出版了，该期除上述内容外，只有曾式天和扬生用受泰国排华大批回国升学侨生参加座谈会形式联笔写成的文章，读者反应不错。这是楚、雷和用笔名写稿的作家参与充实新一期内容的成果。随后把新二期稿件送审，有些稿件被删除，勉强出了。到新三期却被通知杂志未经批准登记，不接受审查原稿而当停刊，图南、石榆、式天等同志和扬生非常气愤。扬生后来建议由四人合力主编《文学评论》不定期杂志，继续争取应有的出版权利。大家都表示赞成，立即开始写稿和分头约请民主进步作家写稿,送交当时比较开明进步的"云南开智印刷公司"承印,出版后由侨店销售并分发各书店代售。同样很快售完。到出版第二期交书店出售时,被反动派发觉,通知禁止以后再出版。该刊还是遭到《集体创作》同样命运而被迫停刊。

两份杂志先后停刊,楚、雷、曾三位同我们感情更加深厚,彼此更加了解,成为良朋知己。他们常来探望店里的同事,我们也常免费提供他们需要的书刊。

## 华侨书店被查封,马扬生被捕入狱

反动派把侨店和扬生视作眼中钉,要除之而后快。同事、家属和许多朋友常常担心他的人身安全。

华侨书店在平常下班后,部分同事回家休息,只有扬生和沈毅两家和孩子分住在店里楼上,还有沈茂芝和田荣生两同事住在店里后楼。1947年10月31日深夜,我们都已入睡,突然有大批宪兵、警察和便衣特务,手持冲锋枪或手枪,大力敲门,冲入侨店,喝令我们不准动,任由他们在门市部和楼上、楼下到处搜查。幸好我们平时都把进步学习文件和进步作家高寒和雷石榆等写的许多篇文稿藏放在后楼的屋瓦里边,没有被查到。经过几小时翻查,带走一大批书刊和物品,在书店门外贴上大封条,宣布查封书店,把扬生戴上手铐,带走关押在昆明警备司令部。次日,昆明《中央日报》《云南日报》《正义报》和《朝报》等,用特大号字标题发表"共党要犯马扬生被捕"的新闻。尤其是《中央日报》（反动派的喉舌）更以大字号报道"共匪首犯"马扬生被捕的重要新闻。若移和姐姐、姐夫都把这些报纸收集起来，准备设法营救。关在警备部的第二天下午，扬生又被送到钱局街的"模范监狱"，一进牢房就见到金马书店的庄重、进修出版社的胡毓忠（胡育中），新民书店的王平也被关进来，才知道他们的书店也被反动派查封了。这是反动派继1941年查封昆明三家进步书店之后，又一次有计划的大规模摧残、打击革命进步文化的罪恶勾当。

在模范监狱关了许多天，马扬生和胡毓忠又被送到位于昆明郊外的"金马寺集中营"，营里连同扬生、毓忠共有十多人。大家见面互相介绍，才认识他（她）们是昆明邮局的陈天易（女）和叶滋及邮局另一位同事（已记不起他名字）。还有中学女生马丽军、顾云侠和其他男女师生。反动派交由多名警察负责严密监管，规定他们起居饮食作息时间，每天有一点时间，让他们在室外广场呼吸新鲜空气。

由于当时各方民主进步人士和广大爱国进步师生不断声援和示威游行，以及被捕人士的家属多方奔跑，设法营救，再加上我们家属和亲友找杨青田同志和云南侨务处从中设法争取无罪释放，所以在被关两个月后，扬生和胡毓忠及其他被捕人士先后得到请保在外候案而出狱。华侨书店则到1948年3月才得到启封。复业后继续销售进步书刊，仍然不断受到反动派查扣邮包、在门市干扰读者和随意查扣书刊，损失极大。

## "九九整肃"，大批民主进步人士被捕

1949年9月9日，国民党反动派在昆明伙同先前潜伏的特务，发动"九九整肃"事件，有计划的大规模逮捕政府机关、团体、报社、学校、文化艺术等各界的中共地下党员和民主进步人士达数百人，全部送到模范监狱。大部分被关在划定界限与四周普通监犯完全隔开的政治牢房，其中有《正义报》记者何锡科、严达夫和回族知名长老马伯庵等。另有杨青田、张天放、李群杰、万寿康、马扬生、赵延康及几位省参事，被反动派指为共党首要分子，一起关进"特刑监"。分住在三间小房，有一条小走廊，可以私下走动交谈，监门前有一块小草地，监外四周有多名宪警严密守卫监视。每天晚饭后在监视下，可在小草地散步。扬生和杨青田同志心照不宣，保持联系。监狱不供伙食，每天都由家属做好送来。扬生太太若移，天天约同青田、天放的太太一起在监外门口等候检查做好的饭菜后，再由卫兵送到监内给他们。

沈醉和徐远举等国民党反动派大特务头子到昆明成立所谓"法庭"，对扬生等进行联合审讯，决定要把关在"特刑监"的全部人士送到重庆枪决。当时省主席卢汉深明大义，发动云南知名长老李根源等和各方开明人士，联名请求当时代总统李宗仁准予将他们留在昆明重审。卢汉本人也坚持要把我们留下。因此沈醉等特务的阴谋未能得逞，扬生等才能免于死难。这些内幕是后来听杨青田、李群杰两同志告诉我们的。扬生在"九九事件"被捕后，当时

云南侨务处处长李伟中是中统特务，说扬生是"共匪分子"，立即开除扬生在该处的管理科长职务。李伟中是在"九九事件"前不久才接前任处长的职务。卢汉起义后，李伟中摇身一变，竟变成"起义人员"，扬生实在非常气愤。

## 捐赠"云南地图"和书刊，长期支援边纵

"九九事件"前一段时期，"云南边纵"革命队伍在朱家璧将军领导下，在各地游击战节节取得重大胜利。当年萧成义同志代表"边纵"来侨店洽商需要大批地图册和各种进步书刊，扬生立即答应无条件将侨店翻印、长期销售的《云南省分县详图》数百份和大批进步书刊捐赠，交给他带交"边纵"。随后他还时常来店取新到书刊。当时他的太太和年幼小孩在昆无人照顾，扬生安排由她每月来店领取生活费。萧同志对此表示感谢。

## 文教处交给华侨书店翻印各界学习书籍

1949年12月，省主席卢汉宣布起义，拥护中共，全省军民和各界民主进步人士莫不欢欣鼓舞。卢汉即时成立"云南省军政委员会"，发布安民文告，准备欢迎解放大军。华侨书店同事也是格外高兴，若移还自制一面五星红旗藏在米缸里，准备解放军进城时挂旗表示欢迎。军政会文教处何锡科和严达夫两同志带了《论人民民主专政》《论联合政府》《献给人民团体》等书版本，交给扬生由

侨店翻印出版。扬生立即接受了这个光荣任务,马上洽请几家印刷厂分头排版赶印。那几天,店里同事都忙于准备欢迎解放军和跑印刷厂。我们和家属住在复兴新村,扬生和沈毅正在日夜赶着校对印刷厂送来的排印稿。有一晚上突然有几个警察和便衣进来把扬生带到警察局,说有特务嫌疑,要逮捕审查,即把扬生关进看守所。扬生非常气愤,心里老是想:为什么反动派次次都是在侨店搞出版的时候进行破坏?若移和沈毅分头找杨青田、何锡科、严达夫等同志反映和求助。他们说可能有特务诬告、陷害,组织会尽快要他们释放扬生回来。不久军管会成立后,扬生即无罪释放回家。可惜上述几本学习书籍的印刷出版大受影响,最后还是印了出来。扬生继续担任侨店经理,并以归侨身份,与缅甸归侨陈实夫、李镜天,马来西亚归侨金天放等在中共云南统战部领导下筹组成立"昆明市归国华侨联合会",推选李镜天为主委,陈实夫、马扬生和金天放为副主委,各地归侨王则涵、刘国生、黄秀蓉等多人被选为委员。随后多次发动全体在昆归侨、侨眷参加抗美援朝大游行,捐献飞机大炮及大量物资和金钱支援前线。市侨联还组织归侨、侨眷参加学习座谈会,以便加强大家热爱祖国和团结互助,及提高文化知识水平。

## 出席北京全国出版会议,参加第一届国庆观礼

1950年9月,云南新闻出版处决定由扬生代表华侨书店和昆明书店出版业,和该处朱焜科长一起到北京出席全国出版会议。

途经重庆,得到西南文教部楚图南部长亲切接见。当时接见的还有贵阳和重庆、成都等地代表,楚部长给予诸多勉励和作重要指示。他还特别和扬生热情交谈。我们西南区代表准时到达北京出席全国出版会议,在会上听取国务院新闻出版总署胡愈之署长代表党和政府所作的"作好出版工作"的重要报告。之后分组学习体会报告内容和重要指示,与会代表互相交流各地书店出版业的经验和心得。当时连同出版会议共有八个全国性重要会议在北京召开,全体代表都获邀参加"十一"首届国庆节观礼。当天一早就有专车把我们送到天安门,安排我们在天安门城楼检阅台左边下面的上座观礼台。天安门左边上、下座和右边上、下座共有四个观礼台,全部安排八个全国性会议代表,全国各省市、自治区的观礼团,解放军英雄及生产劳动模范等。

国庆当天,毛主席、周总理、朱总司令等党和国家领导,在雄伟的天安门城楼,检阅首都百万军民首届国庆大游行。队伍严肃、整齐通过天安门广场,在观礼台的代表们热烈鼓掌欢迎。整个首都盛况空前。当天夜晚,全体观礼代表又获通知到中南海"怀仁堂"。当毛主席、周总理、朱总司令等党和国家领导来到主席台前,全体代表起立,热烈鼓掌致敬。当时扬生想到:我只是昆明书店出版业和华侨书店的小小代表,过去做了自己应该做的工作,居然能参加北京开会和得到党和国家领导接见,这是给予华侨书店的最高荣誉,我们将永远铭记在心中。周总理夫人邓颖超同志在百忙中分批接见各个会议部分代表,扬生同朱焜有缘参加接见。她热情同他们交谈昆明出版业和解放后云南的情况,勉励他们今后好好工作。

离京前，扬生到国务院宿舍探望李公朴先生的夫人和女儿，王健同志也在座。大家见面亲切交谈，非常高兴。随后经上海回昆，在上海特地去探望董顺华大姐和她丈夫汤大哥及小孩。大家谈起昆明生活等三家书店被封等往事，记忆犹新，她说："我很怀念若明、若移和华侨书店的同事们。"离上海到广州，扬生特地探望"实学书店"经理李易安同志和他爱人，感谢他过去对侨店的支持和帮助。李易安表示往后还要更加支持，其后就不断寄发大批进步书刊支持侨店。

回昆后，扬生在书店出版同业公会传达了全国出版会议"作好出版工作"的重要报告。在侨店又与同事通过学习努力加强为读者服务，以及侨店与云南新华书店互相配合的工作。

## 支持实行"全国书刊统一售价"政策

后来北京新华总店通知要实行"全国统一书刊售价"。新华经理张锡文同志在书业公会作了传达和解释，立即受到商务印书馆和中华书局的代表反对，指责到云南不加邮运费，极不合理。扬生则代表侨店表示支持统一售价。接着上海杂志公司的张鸿飞、光华书店的张世椿和金马书店的代表也表示支持。大家经过较长时间的讨论，通过实行统一书刊售价。会后各书店都调整了售价。

侨店因 1949 年前不断遭受反动派摧残严重亏损，其中也包括云南起义后翻印各界学习书籍低价出售未能全部收回成本等原因。当时有热心的归侨商家李镜天、刘国生、叶振中、张智源等借款资助共约2000多元；镜天还把他在南屏街高达四层楼的大面积铺面低租给侨店作总店，将华山南路的侨店改为分店，由金天放负责管理。两个门市继续营业，仍不能改善侨店经济困境。终于在1952年8月宣布结束，两个门市存下书刊和可搬动的营业器具及物品等全部移交给云南新华书店，作为应付新华书款。当时新华经理张锡文同志对侨店结束表示惋惜，并接纳侨店王若明、陈学博、周夔等同事转到新华工作。王若移转到云南省建工厅，沈毅转到水利局，金天放转回市侨联；扬生则经昆明市文教局批准，担任昆明侨民小学校长，并继续担任市侨联的副主委。

一切安排妥当，昆明华侨书店至此正式结束了。

## 后语

以上种种事实，充分说明由于薛迪畅同志应变建议，我们成功建立昆明华侨书店，从1949年前在国民党统治区白色恐怖笼罩下，继续坚守传播进步文化据点长达八年，一直得到中共地下党杨青田同志长期的支持和指导，忍受千辛万苦，顶住反动派的所有造谣、陷害、摧残、打击，千方百计设法解决反动派给华侨书店造成的经济困境，长期保持为云南广大读者提供大量进步书刊，还长期为支援朱家璧将军领导的"云南边纵"革命队伍，赠送大量所需进步书刊和当时急需的《云南省分县详图》数百份等。

昆明华侨书店艰苦斗争到1949年后长达11年，为云南革命文化增添了光辉的一页。

2002年5月,若明、若移、扬生已是80岁以上的老人,在三儿马灿俊沿途照顾下,由香港到北京、上海等地探望亲友和参观。感谢黄明大姐和女婿,及许流波和女婿到北京火车站,接我们住在中央党校宿舍黄明大姐家里。多年不见,亲切交谈,多么高兴。黄大姐像过去年轻的林莲芬(黄大姐在泰国的名字)一样的热情、活跃,欢聚相处亲如兄弟姐妹。次日到流波家探望久别半个世纪的章楠妹,见她身体安好,同大家紧握双手,流露她内心的无限喜悦。细谈往事更加高兴。随后流波陪同我们探望三联书店老前辈薛迪畅和曹健飞两位。薛同志虽已高龄,但精神奕奕,仍不服老,双耳稍聋,眼睛视力较差。扬生在他耳边说:"60多年前得到您的倡议帮助,我们才能办起书店,您应该是华侨书店的创始人。"他听后频频点头微笑说:"当时有你们坚守据点那么多年,也实在太辛苦了。"我们亲切交谈,非常开心。接着我们到楼下探望曹健飞同志,见到他身体健康,精神饱满,只是脚部走路不太方便。我们感谢他过去对华侨店长期的支持和帮助。曹年已80高龄,仍操心坚持做好三联老同志的服务工作,并一直主持《联谊通讯》的编辑和出版,从不间断,实在令人敬佩。我们和薛、曹两位同志亲切互祝健康长寿!随后多天,流波又陪我们探望胡育中、陈祥珍和庄江生等同志。

离京前欧阳惠同志在百忙中特地到流波家里探望我们,他年已84岁,身体健壮,精神焕发,谈笑风生。谈起60多年前在泰国他同扬生为争论进步文艺大众化问题,双方一连多天在报上发表长篇大论进行"笔战"，后来彼此成为文坛上的青年写作朋友。60多年后能在北京再见面，真是有缘。

我们离京南下，准备经南京、苏州、上海、杭州、广州等地回港。到上海时特地探望住在"闸北区老年教师公寓"的董顺华大姐和汤大哥伉俪。她热情安排我们一起住在公寓。让我们得以体验政府对长者的照顾及老年教师的幸福晚年生活。公寓是区政府办的，设备和管理都很好。每房间住1—2人，令住者感到舒适无比。公寓内环境卫生良好，饮食起居也很有规律。公寓主管刘院长和全体工作人员，对长者很关心照顾，充满爱心，使大家身心愉快，健康长寿！

我们同董大姐朝夕相处谈心，回忆细谈往事，真是开心，不断互相勉励。在公寓住了12天，同许多长者相处，体会和获益良多。该公寓真不愧为上海老年之家的典范。

到了广州，孙儿马狮、孙媳龙宇到车站接我们住在他俩家里。随后我们去探望郭常洁同志，由她陪同我们到医院探望久病在病房接受治疗的华侨书店创办人之一的杜灿之同志。他虽病重、长期卧床不起，但神志清醒，能同我们交谈。我们预祝他早日康复。

昆明华侨书店的最早支持和长期给予关心及指导者杨青田同志与侨店的倡议创办者薛迪畅同志，已先后不幸与世长辞。还有华侨书店的创办人沈毅和杜灿之两位同志，以及一直坚守岗位、忠心为读者服务的沈茂芝和金天放两位同志也不幸先后与我们永别了。

上述各位亲爱的同志们安息吧！我们抱着万分悲痛的心情，永远怀念你们！

王若明，1940年参加昆明生活书店，后曾在云南省电影发行公司工作。

王若移，1940年参加昆明生活书店。

原载《三联贵阳联谊通讯》第 42 期，2006 年 4 月 21 日

# 半年第一线的斗争生活

## ——记妇女生活出版社从成立到结束

胡耐秋

1939 年到 1940 年的两年，是国民党反动派对生活书店施加高压手段最为严重的时期。韬奋和伯昕同志，他们坚定地站立在反磨擦、反压制、反摧残的斗争的第一线，和国民党反动派之间，先是交涉、责询、理论，后来对方提无理的条件，妄想通过谈判威逼生活书店屈服。这只是梦想，生活书店始终坚持正义和真理，保全了革命出版事业的气节。

我原在生活书店总管理处担任编辑校对工作，在和国民党的斗争中并不需要我出头露面。可是从 1940 年 6 月开始，我被调到妇女生活出版社工作，面临第一线的斗争，有半年的时间。

由于沈兹九同志不愿受宋美龄和国民党的控制，不同意把《妇女生活》停刊，只编《妇女新运》，因而辞去了新生活妇女指导委员会文化事业组组长的职务，去到皖南新四军驻地工作。《妇女生活》交托给曹孟君和我负责继续出版，孟君任编辑，我任社长。没有几时，孟君因患伤寒症，刊物的事情大问题和她商量，至于具体的工作从编辑到出版,就义不容辞地由我承担起来。

我们负责的不仅是一个杂志,而是一个出版社。除了办杂志还要出书,原因是生活书店这时已采取了化整为零的政策,把可以独立的单位从生活书店分出去单独经营。那时《理论与现实》也是独立的。

妇女生活出版社除了孟君和我以外,还有何兆铃同志(狄超白的夫人)任校对,书店调来沈敢同志担任会计和发行。麻雀虽小,也得五脏俱全。

妇女生活出版社设在重庆枣子岚垭犹庄,是原来兹九的住处,也是《妇女生活》杂志的办公处。犹庄院内还有《时代青年》杂志社,是和救国会有关系的一个青年刊物。《妇女生活》和《时代青年》可以称得起是姊妹刊物。

犹庄不仅庄门敞开,还有一条路直通对面山坡的张家花园,来往行人不断。杂志有联系读者的传统。不久,就有一些陌生人来访问我们。看看我们的办公室,问问新成立的出版社的情况,这样的事情本来很平常。可是有一次我被告知:有一个不速之客是国民党顽固派特意派来我们这里的“调查员”。我未免吃了一惊。虽然没有给她摸去什么底细,但现象还是看去了一些。从此,我意识到,我当时的确处在反压制反迫害斗争的第一线。

好在我在这件事发生之前,一接受任务,就主动请求邓颖超同志约见我,向她请示,要她多给予指点和支持。所以我虽然初次上阵,心里还比较踏实。

再就是我感到妇女生活出版社要能坚持和发展,不能只靠少数的人在斗争,必须组织一定的骨干力量并且还要得到社会上的关怀和支持。在救国会方面,我找了史良、刘清扬、胡子婴、韩幽桐几位大姐,向她们征求办刊办社的意见。她们的意见有不一致的,我还要做一些协调工作,求得内部力量的团结。

在这期间,我还接待了安娥、草明、陈学昭等同志,得到了她们热情亲切的鼓励。

新生活妇女指导委员会联络委员会(史良主持)召集各妇女团体和单位开会汇报研讨工作时,我都去参加,乘机宣传《妇女生活》杂志的出版情况,引起大家的重视,让大家知道我们是踏踏实实在工作的,以获得更多人的同情和支持。

最基本的斗争是把我们的工作做好。出杂志出书,都是为了坚持和扩大妇女界的抗日团结,宣传妇女问题的理论与实际。1940年7月到12月,为时半年,《妇女生活》杂志出了六期。还出了两本书,一本是萧红的《回忆鲁迅先生》,是新书稿第一次出版;一本是沈志远的《妇女社会科学常识读本》,1936年在上海出版,这次重排重印。

当时的出版条件是很艰苦的,印纸都是土纸,印刷是在重庆南岸弹子石一家印刷厂。每次杂志送印,都要渡江后乘坐滑竿才能到印刷厂。记得有一期杂志送印,恰恰我感冒发烧,勉强支撑着坐了滑竿到印刷厂,完成了工作。平时因人手太少,工作显得忙碌,除了吃饭睡觉,很少有休息的时候。工作虽然辛苦,想到这是一种斗争,心里就觉得甘甜了。

将近年底,重庆的形势越来越黑暗,国民党反动派掀起第二次反共高潮，国民党特务机关开始捕人。妇女慰劳总会重庆分会的工作人员周健和《时代青年》的郑代巩被捕后，关在川东师范国民党中央调查统计局的防空洞里。事情已经闹到眼皮底下了，看起来《妇女生活》杂志和出版社也难以为继了。12 月份那一期杂志，恰恰是从上海创刊以来的第 100 号，就决定以 100 号作为一个圆满结束。出版社也就一起结束了。

时间很短，只有半年。可是这半年是我们争取来的。没有这半年的工作和斗争，就会使反动派高兴。他们会说《妇女生活》果然停刊了，圈套和高压竟然得逞了。当然在文化战线上，在整个反独裁专制的斗争中，妇女生活出版社的斗争，只是一个小小的战役。

那一阵，只是我一个人住在犹庄，生活书店的同事们都替我提心吊胆，他们派人在白天帮我清理好东西，搬回生活书店总管理处。我的名字已经被列入黑名单。

几天之后，我远走香港，又去迎接新的战斗了。


胡耐秋，1937 年在上海参加生活书店。后曾任中华全国妇联书记处书记。


原载《联谊通讯》（北京）第 28 期，1992 年 10 月 25 日

# 小出版社的大影响

刘　川

## 突然的造访

记得那是 1942 年深秋的一个下午,我正在重庆民生路读书生活出版社门市部值班售货,我的一位老大哥朋友沈硕甫和作家刘盛亚突然来找我,说有事要帮忙。沈硕甫当时是"中华剧艺社"的总务科长,一年前的夏天我们一起在重庆南岸苦竹林乡下的"中艺"宿舍里,共同度过整整一个夏天躲日本飞机"疲劳轰炸"的生活。那时候,我们还不知道他是个地下党员,只觉得他为人诚恳,任劳任怨,很受我们大家敬重。刘盛亚先生虽只见过一面,但我已读过他以"S. Y"名字发表的揭露纳粹德国生活内幕的长篇小说《卐字旗下》。我们读书生活出版社门市部的书架上,就有这本小说在销售。

两位长者来访,我自然高兴。向门市部另两位值班同志打过招呼后,便随着他俩出门,拐弯到临江路一家甜食店里落座。我一边喝着"醪糟汤圆",一边听沈硕甫讲他找我帮什么忙。

"我来不是找你回剧社演戏"，沈硕甫满脸堆笑地说："找你老弟，是要请你帮忙我们推销书。我们最近凑了点资金，办了个出版社，开始出书……"

我大为诧异，心想：你一个搞剧团演戏的，怎么莫名其妙地突然搞起出版社出书来了？可没等我发问，他就猜到我心思似地说："你老弟也清楚，我对出书、办书店这行一窍不通，从没接触过，也没一个熟识的朋友，所以找到你老弟！"

我立刻反诘他："既是这样，你干戏干得好好的，干嘛要凑热闹忽然想起办出版社来？"

我这一诘问，立即引得沈、刘两人热情洋溢地把办这个出版社的动机、目的、背景和人事情况，向我作了坦诚的介绍。他们讲的好些背景情况，都是我所不知也没想到过的。从他们的介绍里，我才明白：他们既不是凑热闹赶浪头办出版社，更不是挂羊头卖狗肉借办出版社之名赚钱发财，而是隐含着在思想文化战线上进行一场斗争的目的而建立这么个文化据点的。这使我感动、佩服，立即产生了一股愿为他们效力的劲头和决心。

据沈、刘两人的介绍：蒋介石反动政府自败退西南、困守重庆"陪都"以来，由于物价飞涨，物资匮乏，文化出版界赖以生存的纸张供应奇缺，许多出版商家都轻易不愿赔钱出版书刊，对革命进步书刊，更是避之唯恐不及。皖南事变后，反动政府政治迫害加剧，稍有革命进步倾向的书刊，不是被扣就是被禁，一段时间中，除国民党官办的几家书店尚可出书营业外，其他书店出版社都内外交困，陷于绝境，真正成了个万马齐喑、生机灭绝的死气沉沉的局面。

出版社不出书,意味着作家的书稿无人问津,意味着靠稿费养家糊口的作家生活陷于困境。一般的作家不说,就连我们尊之为"革命文艺旗手"的大作家郭沫若先生,竟也因为出书困难稿费断绝,生活陷于困境。据说,一段时间中,竟连郭先生每天吃一个鸡蛋都维持不了。知道这些情况后,据沈硕甫说,是周先生(周恩来同志)首先热情倡议,并得到"文委"和好些文化文艺界人士的支持,决定集资创办一家以出版郭沫若著作为主的、自己的出版社——群益出版社。由于出版社是"自己的",就可以不被反动政府的高压迫害所吓倒,冒点风险争取尽量多出书、出好书,为革命文化事业建立一块新阵地。由于出版社是"自己的",郭先生和所有在"群益"出书的作者,都可不受那些唯利是图的出版商的中间盘剥,按合约及时得到应得的稿费酬金。

至于出版社的资金,沈硕甫说:郭先生没钱,只能以书稿为主,代资金投入,是周恩来筹集了最大的一笔钱(后来我听说实际上这是"文委"赞助的一笔钱,以冯乃超、阳翰笙两位的名义投资入股)。另外,就是刘盛亚和郭先生的侄儿郭培谦投入了一些资金和房屋。一家小小的出版社,就这样办了起来。人事上的安排是:郭先生任董事长,沈硕甫任发行经理(沈不久去世,由郭培谦接任),刘盛亚任总编辑。到沈、刘来找我时,出版社已印出了两本书:一本是郭先生的历史剧《虎符》,另一本就是刘盛亚的长篇小说新作《夜雾》。当时,这本小说正在我们"读生"门市部热销。

那么,沈、刘两人来找我的具体目的是什么呢?原来,这出版社虽有董事长、经理、总编等一套"上层建筑",并出了书,但下面还缺少一套能实际操作的生产营销机构——特别紧迫的是发行机构,一个或几个能把印出的书分发推销给本市和外地的书店、门市部销售,并与之建立长期业务往来的人。否则,印出的书再好,也只能堆在库房里。

由于沈硕甫的时间、精力主要在忙剧团,出版社日常无人坐守,所以当沈硕甫引我从临江路旁小街下到坡底"西来寺 20 号"院内群益出版社那一间半老旧房子时,我看见的是铁将军把门,以及开门进去堆在地板上的高高几摞书捆——正是他说的《虎符》和《夜雾》。按说,这是两本好销的书,推销并不困难,但因出版社无人搞发行,沈硕甫只找到"新华日报门市部"一位同志帮忙推销。那位同志虽热情帮忙,但"新华日报门市部"是尽人皆知的共产党机构,许多书店、门市部都不敢跟它有业务往来,他能推销到的,也就是生活、读书、新知几家革命进步的大书店而已。这样,几大摞读者盼望的好书,就只能窝在库房里,"养在深闺人未识"。

至此,我已完全明白沈、刘两人找我帮忙什么——就是利用我在"读生"的业务关系,帮"群益"推销书,并介绍"群益"跟那些书店挂钩、建立业务关系。正巧,我那时在"读生"分工的,就是干"发行"与"进货"工作。"读生"当时因政治上的高压,自己出书很少,以进货销售别人出版的书刊为主,所以业务联系比较广泛。这样,我在征得"读生"负责人同意后,就利用"读生"的业务网,把"群益"的书又发出了一批去。原来,有郭沫若大名的书都较好销,书店也乐意销,就是不知道这些书已出版,更不知道出版它们的,是个不知名的"群益出版社"。

## 走进"群益"

1943年秋,我因参加"中电剧团"巡回演出,离开了"读生","赋闲"在重庆。我当时一心想上延安或去解放区,但苦无机会。一次,在偶然的朋友聚会中,我认识了重庆"诗家社"的青年诗人屈楚,并得知他在群益出版社工作,是负责组稿出版书刊的"副总编辑"。这使我大为惊喜,想不到告别年余的"群益",如今不仅健在,还有所发展。

带着强烈的好奇心,我就随屈楚去重睹了西来寺20号的那一间半老旧房和破杂院。士别三日,刮目相看。分别一年,我觉得"群益"已有些变了样子,大房间里,已有三位长住办公的工作人员,除屈楚外,还有一位搞发行的林一青和女会计李慧同志。样书案上,已摆出多种以郭沫若历史剧作为主的新书,还有刚开始出版发行的《中原》杂志。屈楚告诉我,由于这些新书刊的出版发行,"群益"已在重庆和整个大后方的出版界和读者群中有了相当的影响,也受到文化界的重视。但在发行工作上,仍缺少得力人手。于是,屈楚和郭培谦、刘盛亚商量后,就来积极动员我正式加入群益工作。他向我保证说:"你想去解放区,我们并不阻拦,什么时候你找好关系,走就走,走不了,就留在群益工作如何?"我当时既不愿待在剧团,又无别的出路可走,就答应正式进群益工作。

我那时年轻腿快,不怕爬坡跑路。一进群益,就把"跑发行"的担子从林一青手里接过来。举凡给各书店发书、上邮局寄外埠商家书刊、月底挨户算账收货款等跑腿活儿，都由我一手操办。不久，林一青离去，女会计李慧也辞职，我又兼管会计。在屈楚赶时间忙不过来时，还帮他校对一些书稿。

这段时间的群益，出版方针已经很明确，出书也渐上轨道。两三年间，不但出版了郭老的系列历史剧《屈原》《虎符》《孔雀胆》《南冠草》《棠棣之花》，以及影响很大的历史、理论著作《屈原研究》《青铜时代》《十批判书》等，他早期翻译的《少年维特之烦恼》及《茵梦湖》等小说，也重新排印了出来。除郭老外，一些当代名家的作品也出版了不少。如阳翰笙的《天国春秋》《草莽英雄》、陈白尘的《岁寒图》《升官图》《悬崖之恋》、夏衍的《水乡吟》，以及沙汀的小说集《兽道》、丁易的小说集《雏莺》、碧野的长篇小说《风砂之恋》等。由于这些书大多出自当时第一流作家之手，有些书更是密切结合当时政治斗争形势需要，有的剧本几乎是抢在舞台演出的同时赶印出版，所以这些书大都畅销。像《天国春秋》等，差不多是印刷厂刚送来，不几天就发售一空。群益这个不起眼的小小出版社，此时虽不敢夸口说"声名鹊起"，但据参加"出版业同业公会"负责人茶会的郭培谦经理说，这时候他才渐渐感到别的经理、老板们开始对群益"刮目相看"了！

这段时期群益的出版活动中，有两个给我留下深刻印象的事件，也许可算是两个小高潮。第一件事是出版《中原》杂志。前面说过，自皖南事变后，国民党采取文化高压政策以来，除国民党的官办杂志和共产党的一份仅允许在重庆新华日报门市部发售的

《群众》半月刊外,其他凡有点进步色彩的政治、思想、文化、文艺刊物等,都先后被查禁。1941年的整个大后方,几乎无刊物出版、无杂志阅读。这时,可能是在周恩来同志号召"冲开一个沉闷缺口"精神的鼓舞下,郭老和留在重庆的一些著名作家,就倡议创办这么一个学术性很强的大型杂志《中原》来冲破缺口。正因此,杂志尚未出版,外界已经纷纷扬扬,传说议论。究其原因,一来是大后方久已见不到这样的刊物杂志;二来是郭老主编,影响不凡。果然,创刊号头条文章,乔冠华以乔木笔名写的《方生未死之间》,一发表就引起震动。这篇文章以犀利的文笔,提出在黑暗政治高压下,人民群众的愤怒、苦恼、绝望和渴望光明、追求解放的斗争愿望,这在当时的大后方,可说是起了振聋发聩的作用。其他许多名家的文章,也是好多读者久已期盼而看不到的。一时间,人们争相传阅、述说《中原》。第一期出版不久,即告售罄,不得不再版重印一部分,以应市场读者需求。杂志再版,在我的经历里这还是第一次碰到。

记得第二期的《中原》也同样引人注目,原因是这一期的头条文章,发表的是闻一多先生的一篇文章《屈原问题》。一般读者都知道,郭老是研究屈原的专家,在舞台上推出屈原形象之前,早就在群益出版了被认为很有权威性的《屈原研究》一书。郭老很推崇屈原,认为屈原是位有远见卓识、热爱祖国的大政治家,是伟大的爱国诗人。而闻一多先生却在文章中提出屈原是楚怀王"弄臣"的新见解。他指出《离骚》中的许多怨怼之词,就是"失宠"后的情绪流露。闻先生的这个新观点,几乎和郭老的观点针锋相对。记得当时屈楚和刘盛亚他们都议论说，这事肯定会让郭老为难。闻先生也是海内学术大家，他的"投稿"，《中原》发不发表？不发，是对闻先生不尊重，发了，郭老会怎么样？……结果，出乎大家意料的是，郭老看过稿子后，立即拍板决定，此稿不但要发，而且要发在《中原》第二期的首篇，以示对不同意见的尊重。郭老的这种"学术民主精神"，令我们深为叹服，至今此事仍长留在我的记忆之中。

果然，第二期《中原》竟因屈原这桩"公案"，引起了读者和学术界的广泛关注，刊物销路也稳定上升。不少外地、边远地区读者，亦纷纷来信邮购或要求长期订阅。可惜我们那时经营制度不健全，"游击作风"严重，刊物已出版两期，竟无吸收长期订户的安排，致使许多外地读者，只闻《中原》之名，难睹《中原》之貌，可说是一件憾事。但《中原》从此就站定了足跟，影响不断扩大。直到后来政治形势恶化，出版社资金周转困难，《中原》才在出到第二卷时，被迫停刊。

第二件事，就是出版著名的《十批判书》。据说，这部沉甸甸的史学著作，是郭老在多年思考酝酿之后，才利用当时那段遭国民党政府软禁、生活上相对安定的时期，写出这部堪与《青铜时代》媲美的重要历史著作的。据说，在写这部书之前，郭老就曾在天官府家中院子里，以崭新的观点，对一些学生、友人定期讲解《论语》《墨子》等先秦诸子思想课，每周一次，一时传为美谈。郭老在讲课中阐发的那些观点、立论，很多就写在后来的《十批判书》里。

《十批判书》虽是一本史学著作，但它的许多思想批判的锋芒，却是"影射"时政、指向反动思想文化堡垒的，正像郭老那些轰动整个大后方的《屈原》一类的历史剧一样。故而成书前,以单篇形式陆续发表在新华日报社出版的《群众》杂志上时,在文化界和读者群中就引起了相当普遍的反响。记得当时也像《中原》出版时那样,书尚未出,"预约"订购的读者已纷至沓来。这在当时萎靡不振的出版界,是少有的现象。屈楚、郭培谦两人更把出版此书和《青铜时代》视为出版社大事。屈楚每隔一两日即去天官府郭老家一趟,那时大家情绪特别高涨,连我这原本"三心二意"的跑发行的工作人员,也为群益的业务发展感到高兴,觉得群益的前途,似乎大有希望。

## 危机与转机

就在群益业务日渐发展,声誉、影响日渐扩大之时,它的一些先天不足的弱点,也日益明显地暴露出来。除了资金不足、周转困难这一大问题外,没有树立适应当时市场运作的经营观念,没有一套健全的内部经营管理机制,也是阻碍发展的大问题。对内,我们当时实行的是"供给制",除雇的一位烧饭工和专业会计有固定月薪外,从经理郭培谦到刘盛亚、屈楚,到我,是没有月薪的。每月只发给一点洗澡、理发费和少量零用钱。有时如气候变化,实在需要添点衣服,就当着大家的面说清楚,由郭培谦经理点头,从保险柜里拿出点钱来支付。说到这保险柜也很滑稽,掌握它的钥匙的自然应是经理郭培谦,但除郭而外,我身上也有钥匙一把,原因是我有时收货款回来要放支票进去,而郭培谦经理又不是天天来,来也一般只坐一个上午,所以不能靠他管保险柜。另外,如我有事不在,保险柜钥匙还可随时交托别人。这在今天想来,简直有些不可思议,但在当时群益,情况就是如此。

记得有一年冬天,重庆特别冷。屈楚和我,还有烧饭工友,身上的"老棉袄"都不行了,而出版社一时要支出几件棉袄钱,又是一笔相当吃力的开支。怎么能省下这笔钱? 大家想了很多办法,最后,还是郭培谦跑到郭老的"文化工作委员会"弄了两件国民党兵的军装棉袄,送给我们过冬。屈楚脾气倔,坚决不肯穿那"臭老虎皮",自己找朋友借钱,凑着买了件棉衣。我听人出主意,拿去染了颜色,改了改,就靠它过冬。只有烧饭工友老周,原封原样地穿着它到底。

工作制度上,我们那时可说是"家庭式营业制"和"游击作风"。因我和屈楚等基本成员都住在出版社,故不存在严格的上下班制和固定的营业时间。我们凭着自觉的责任感,随时有事随时干。一般是出书发货和月底收货款时大忙一段,平时没什么大事,也可以锁了门上街外出,有时同行客户来联系业务,竟遇上铁将军把门,因而错失了做一笔业务的机会,大家也不以为怪。

在出版书刊的对外营销上,我们那时更是"只管政治账,不算经济账",从没有"成本核算"这一说。我们当时想的是,只要把书刊不断印出来,推销出去,就算成功。因为我们相信,这些书刊都是射向蒋介石反动政权的一发发炮弹,打出去就是胜利,哪管它赚不赚钱或者赚多赚少,至于出版社以后究竟怎么发展、机构怎么健全,除郭老作品外,还可以出哪些作品,近期、中期、远期,要发展到什么规模……不但我这个只管跑腿的具体工作人员没想过，连经理郭培谦、总编刘盛亚，好像也从没想过。在我的记忆里，无论是正常商谈业务，还是平时谈天说地，我都从未从他们口中听到谈这类问题。

这种半家庭、半游击式的散漫经营作风，倒使群益起了个意想不到的作用，那就是它成了文艺界朋友的临时聚会场所，以及困难时落脚应急的"救急所"。这是我至今想来，仍觉得很有趣的一件事。

原来，因为出书、办杂志，群益自然同不少作家艺术家有交往。而刘盛亚和屈楚，一个是小说家，一个是诗人戏剧家，两人都慷慨好客，是那种"交友半天下"的人，因而两人都有一批常来走动的文艺界朋友。此外，大力支援群益的新华日报社同志、八路军办事处同志也是群益的常客。因此，群益虽然偏促在临江门和民生路大街旁的山洼洼底，毕竟大范围上还算城中心，因而在星期天、节假日，这里就成了文化界朋友来往聚会的方便场所。

我印象深刻的人物之一，就是《新华日报》的于刚同志。这位戴着深度近视眼镜的组织活动家，曾不止一次地来到出版社，与屈楚等聊天，谈论当时的国际国内形势，介绍解放区斗争情况，鼓舞我们坚守住群益这块阵地，做好工作。

另一个留下印象的，则是刘盛亚拉来聊天的、个子高高的乔冠华。因他俩曾一起留学德国，是同学，所以很亲切随和。那天，刘盛亚特地买了一包花生米、一瓶白干招待乔。因出版社座椅不够，他俩就对坐在写字桌的两头，谈天说地，笑声不绝，也不顾忌我在旁边听到他们的谈话。

来出版社较多的还有"办事处"的女同志张剑虹,她是公开的《新华日报》女记者,所以行动比较自由。她主要联系屈楚和屈楚的一些诗人朋友。她每次来,总要带给我们一些"内部书刊"、斗争信息,讲一些解放区鼓舞人心的战斗业绩,直到 1944 年春天她调回延安才断了联系。

另一种情况,是一些作家们求职或路过重庆,因经济困窘,住不起旅馆,就来群益"落脚"。如诗人巴牧、鲁迅研究专家林辰等,当时都是以去外地教书为业,每学期要改聘一次,故而冬夏两季,他们必来群益。此外,如屈楚的老师、文艺理论家丁易,剧作家陈白尘,都曾在滞留重庆时,在群益住过一段时间。后来,白尘老师与熊佛西老创办"现代戏剧学会"和"新中国剧社"的活动,也都是在群益筹备完成的。

最令我难忘的是《风砂之恋》作者碧野夫妇,在一个大冷天的傍晚,忽然带着个只有两三岁大的女儿从外地来投奔群益。可我们只有一间半办公室和库房,实在腾不出给他们一家三口搭铺睡觉的地方。不得已,还是屈楚最后想出了个借库房外过道临时搭铺的办法,解了燃眉之急。记得那时还是冬末春初,早晨寒风嗖嗖,里院的住户们早起外出买菜,都要擦他们床铺而过,我们看着很不过意,但碧野同志对能安顿他们下来已颇满意,他说,这总比流落街头好得多啊!

综上所述,群益这一时期无论在出版业务、对外影响,以及和作家关系上都有所进步,表面看情况不错。然而,资金匮乏、经营管理不上轨道这两大危机仍在发展，严重点说，简直有些威胁到群益的生存！当时的情况是：出版社必须不断出新书，才能有流动资金收入。但收入的资金，除应付日常开支外，往往不够付印刷厂纸张账款和作家版税。而不出书，则财源断绝，出版社就开不了门、揭不开锅。因而这段时间，群益欠印刷厂印费、纸张费和作家版税就成了常事——当时欠版税最多的就是郭老。记得有一次我们粗粗匡算过：如果要还清欠郭老的全部版税，出版社就必须把当时所有资金及能变卖的资产全部卖掉——那就是群益关门。

当然，群益不会关门。就在这"方生未死之间"的关键时刻，随着政治形势的变化，随着吉少甫同志的到来，群益又在历史转折的关口上，重新获得了发展前进的新的生机！

## 重获生机

从 1945 年起，随着世界反法西斯战争的节节胜利，以重庆为中心的大后方民主运动逐渐兴起，各种政治势力的活动也汹涌澎湃起来。站在思想文化斗争第一线的文化事业，逐渐引起人们的关注。小小的群益出版社也在此时受到一些政治势力的青睐。

如前所述，一方面是群益因几年来出书的水平和质量在社会上赢得了一定的声望和影响，另一方面因郭老是董事长的关系，群益不免引人注目。那时的郭老已是民主运动中的一员主将，是不久后参加政治协商的政协委员。这样的政治分量，自然微妙地影响到群益。开始，我们是听到一些政治活动家要来群益投资；后来，就真的有投资者的代表来到群益，使群益开始出现变化。

传说要来的投资者中，张群和"青年民主同盟"是我记忆很深的。先是传说，张群为表示民主进步，也为了拉郭老关系，有意向群益投资。有两天，我们甚至接到通知，打扫一下卫生，整理一下书刊，工作人员都等在办公室，以便接待张群"参观"。当时，我们心里打的算盘是：你张群投资，我们欢迎，我们当时缺的就是资金。不是吗，《中原》因买不起纸张停刊，《十批判书》因解决不了纸张印刷费迟迟印不出来。但出什么书的大权，一定要掌握在"我们"手里，如果投资者横加干涉，我们就"罢工"抵制，躺倒不干，让你一本书也出不来。

刮了几天风，张群并没来，投资也就没了下文。其后真来投了些资金的，据说是胡克林、冯克熙领导的"青年民主同盟"。记得冯克熙还来出版社坐过班，当过短短一段时间的经理，不久就退出不来了。我们后来分析"青盟"当时可能是出于政治需要派了冯来掌握出版社，而冯本身也不是搞出版的行家，并不精通这一行的经营管理之道，所以对群益存在的危机，也谈不上消解。何况，他是"青盟"的主要负责人之一，许多事情要他回去处理，不可能长留群益，匆匆来去，也是势所必然。

真正给群益带来根本性变化、使群益走上新发展阶段的，是1945年夏秋间吉少甫的到来。他来是中共中央南方局文委的安排。但我们当时只知道他是"徐冰介绍"，而且是从"新知书店"来的出版内行。我和屈楚就私下议论：此人可能像沈硕甫一样，是个地下党。但自始至终，我们都心照不宣，没有揭开过这层纱幕。

吉少甫同志(我们后来都亲切地称他"老吉")的到来,可说是使群益面貌一新。濒临关张的一个小企业,就此开始重获生机。作为一个新阶段的开始,群益从此才向规范化的企业经营方向迈进了一大步,开始走上正轨。所以,老吉一到来,群益的"改革"也就开始。只不过他没有叫叫嚷嚷,而是默默地带头做起,慢慢影响带动我们。

如前所述,我们向来已经习惯了群益工作上的自由化——没有严格的上、下班工作时间观念。业务忙时可开夜车,业务少时可锁门上街"喝茶"。老吉却从第一天上班工作起,就准八点左右到出版社,中饭后略事休息,又从两点工作到五点多,才下班回家。如外出跑印刷厂或去郭老家,就要预先告知我们一下,到星期天才正常休息。这同我们的"自由散漫",形成了鲜明的对比。但他从来未对我们这种工作生活作风进行过批评或嘲讽,而是对我们和来群益的各方朋友,都热诚相待、热情接近。换言之,他不讲空道理,只是以实实在在的带头行动,影响着我们,使我们在不知不觉中对他产生了尊重、理解和亲近感。几年后,我参加部队入了党,才懂得这就是共产党员默默无声地以实际行动在起着团结、影响、教育群众的作用,是看来简单,但做到位很不容易的一种优秀品质。

老吉的刻苦工作精神,也是令我久久难忘的。记得他刚来出版社不久的一天,忽然抱着刚会走路的儿子小安来上班。他要埋头清理账目,小安却哭着要爸爸抱。老吉见劝哄不住,竟把孩子放在旁边桌上任他哭叫,自己埋头工作不理睬。直到手里工作告一段落，才抱孩子出门，买了块糖哄住孩子。事后始知，他想托复员回上海的亲友，先把孩子带回上海老家，而他爱人罗萍同志尚在外地未赶回重庆，故要他带几天孩子。我们当时少不更事，只是看着孩子哭，不知道怎样想办法哄哄孩子，帮帮他的忙，至今想来，仍觉歉疚。

老吉上任后，就全力抓几件大事：对内，首先是健全机构、明确分工，增加必要的工作人员，改变过去一两个人一把抓的混乱局面。他让我专管会计，并协助出版校对书稿。新增加何予思同志管书刊发行。他除和屈楚共同负责组稿、编审、出版书刊外，还要奔走吸纳投资、对外联系及总管出版社事务。我记得工作人员每月发固定薪金的制度，也是他来后才正式建立实行的。

其次，为解决群益的生存和发展危机，老吉狠抓了两件大事：增资和规划整个出版业务。增资的具体情况如何，我不清楚，只听说还是"文委"以冯乃超、阳翰笙的名义又注入一笔资金，使群益得以继续运转，《十批判书》等一批新书，才得以印制出来。在出版业务的规划上，除了继续推出郭老的几部重要学术著作外，他还制定了出版《郭沫若全集》的规划。要求从这时起，凡郭老的著作，在开本大小、编排样式、字型字号等方面，都有统一的设计和体例。同时，他还计划出版一套以马克思主义思想观点著述的"艺术理论"丛书，和翻译的艺术理论名著。他的这些设想，我们当时都很赞赏。可惜，因为政治形势急剧变化，这些设想，直到群益东迁上海后才部分实现。以后则随着全国的解放，老吉本身工作任务的变化，这些规划，自然就成为历史了。

## 上海两年

"八一五"日本无条件投降后,重庆和平民主运动高涨,其广泛的影响日益发展扩大。反动政府一面"假和谈",一方面在思想文化战线上加紧摧残镇压,反映在群益身上的感受则是出书难和销售难。出书难是官方审查日益严格,对书稿刁难日甚。销售难是出了书发行不出去。重庆本地的商家书店,大多借口卖不出去,不肯进货或代卖;发往外埠商家,或者被邮局扣押,或者被当地检查机关没收。最后只剩下重庆市内新华日报门市部及生活、新知、读书等几家书店还能代销代卖。这样,当然就是要把群益这样的革命进步出版社困死憋死。就在这紧急关头,蒋介石政府作出了复员"还都"的决定。中共代表团和民主人士纷纷复员东下,郭老亦将去上海。老吉奉命将群益迁往上海继续出书,以摆脱困境。

记得是在一个阴沉沉的秋日,老吉终于带着群益最主要的一笔资产——几十副书籍纸型去了上海。剩下在重庆的一些书柜、办公家具及少量存书,则由我和屈楚"留守"。说留守,实际就是"关门"。因为那少量存书,已无人购买,书柜家具连那一间半房子,都退给了原来的主人郭培谦。在西来寺20号活动了好几年的群益出版社,也就此告终。

就在群益停业这段时间,"文委"何其芳、阳翰笙同志找到屈楚和他在省立剧校时的同学周特生,要求他们留在重庆组织一个戏剧团体,"抢占"因大批影剧人复员东下空出来的这块西南重要戏剧阵地。于是,在陈白尘老师的主持下,以原省立剧校同学为主,先后成立了"现代戏剧学会"和"新中国剧社"。我和屈楚也就全力投入了剧社工作,先后参加了《升官图》《春》《秋》《牛郎织女》《茶花女》等几台大戏的演出,直到1947年反动派"六一"大逮捕,屈楚、周特生两位剧社领导人被捕关入渣滓洞,剧社被查封为止。这期间我们和群益只有名义上的关系,没有任何实际工作的联系了。

重庆风声鹤唳,我立足不住,只好暂回老家成都,避居姐姐家。但成都闭塞,无适当工作可干,我重又萌发了找关系"去解放区"的念头。于是想起了上海群益和老吉。我去了封信后,老吉立即给我回信说,如果没有别的好去处,还是先到上海群益来,这里业务在发展,也正需要人。很快,他就给我寄来路费。关切之情,令我十分感动。

这年的八九月间,我顺利到达上海来到山阴路恒丰里一套石库门洋房底层的上海群益。出版社建立时间虽只一年多,但在老吉的精心运作下,上海群益无论在业务发展上还是管理经营上,都比重庆群益上了一个大台阶。记得这时的群益,除老吉外,另外还有两位管发行书刊的同事,其中一位吴菊生,是最后坚持到我离上海,群益又一次关门,他才离去的。我到后即接替了原来的会计并协助老吉搞校对工作。

老吉一到上海,就率先把带来纸型的一批郭老历史剧著作和《十批判书》等史学著作再版,尔后,就按他将要出版《沫若全集》的设想,陆续排印了郭老的一批译著和新作。而最值得一提的,是

《浮士德》的出版。

在上海群益两年多的出版工作中,我印象最深刻的,就是千方百计使这部世界名著全译本出版。就像重庆时期出版《中原》和《十批判书》一样,《浮士德》也是书未出就引起文艺界和读者群的热情关注,形成了一个新的高潮。人们都知道,歌德是郭老很推崇的一位大作家,他的代表作《浮士德》尤其得到郭老的赞赏。早年,郭老就曾开始做《浮士德》的译介工作,后因从事革命活动被搁置下来。直到这时才译完全书。老吉以极大的热情,为这部名著的出版奔走。他在书的装帧设计、选材用料上都十分考究。比如,他要求全书用道林纸精印,而我们当时手里连白报纸都没有。没有纸不是可以到市场上随时买吗? 不行,我们手里没钱——说到底,困扰上海群益的,当时仍然是资金不足,缺钱。

眼看《浮士德》在印刷厂排版、打纸型、浇铅版……一切准备就绪,就等纸张一到上机器付型了,但是纸张却迟迟没到来。那些天,老吉成天东奔西走,忙着借纸张借钱,可总是不能落实。真是天无绝人之路,老吉忽然想起,郭老在重庆时,认识一位苏联大使馆的汉学家费德林,而苏联大使馆在上海办有一家《时代日报》,有的是纸。于是,老吉拿着郭老的一张字条找费帮忙,费立即写了一封给《时代日报》社的借纸信,一百令道林纸就迅速到手。不但印完了全译本《浮士德》,连《浮士德百三十图》也印了出来。这两部书在出版前,已有不少预订,出版后,更是畅销,而且很有影响,为此,大家都好一阵兴奋。

这段时间的上海群益,除继续编排郭老新作,向"全集"方向迈进外,还出版了一套很有分量的艺术理论丛书,如《新美学》《中国美术史》《艺术哲学》《俾加索传》《我的音乐生活》等,很受读者好评。这一时期,没有负专责的"编辑",老吉就把编辑出版的重担一肩挑了起来。我除完成自己的会计本职外,也只能帮他做做新书的校对工作而已。

群益此时业务虽在不断发展,但有个老问题仍和重庆时期一样,欠了郭老大笔版税,如要还清,群益就得停产关门。这种情况对靠稿费为生的郭老家庭,自然产生不小影响。有一段时间,我记得郭老就以"鬻字"的方式,增加一些收入,以补贴家用。此时,群益就是"鬻字"的联系点,老吉交代我具体经办这件事。但因郭老定价不高,加之其时国共和谈破裂,人心惶惶,订购者不多,所以鬻字的收入也有限,难以解决大问题。有时候,郭老家连临时购买生活必需品的费用都紧张,于立群同志就打电话来请出版社代买,费用抵消在郭老版税中。每当此时,我们都为出版社的欠账愧疚,但又无可奈何。

为了淡化群益这块已引起敌人注意的招牌,老吉与海燕书店谈成合作方案,以"群海发行所"的名义,于1948年春天将出版社迁移到四川路武昌路口一家百货商场楼上,以便更接近市中心区,方便业务发展。然而,这样的日子并不长久,随着解放战争的进展,蒋管区学生、工人运动的风起云涌、经济的崩溃,反动派在加紧政治上的镇压控制的同时,文化战线上的控制扼杀也必然加紧。群益这时又面对书卖不出去、货发不出去、邮寄书刊被扣被没收、出版审查更严酷的局面。从这年夏天起,整个业务就逐渐陷于停顿。重庆群益后期的遭遇，又再现于上海群益的当时。

随着政局的变化，为了对付反动派的镇压迫害，民主人士纷纷南去香港，准备转道北上东北解放区。在地下党的安排下，郭老也在这时去了香港。为了保证安全，我记得是郭老先行，于立群同志和全家随后才去。

说起郭老去香港，我至今还记得一个有趣的小细节，就是走的那天，是老吉先购好船票。他搀着郭老上船，我和出版社另一位好像叫小陈的同志，运送几个箱子去行李舱。在过关检查时，两个检查员觉得这几箱东西有问题，因为一张船票带五六只大木箱就不对劲；再看箱子里的东西，有的是字画，有的是古董器物；还有就是几摞没穿过的成套学生装、中山装（后来才知道，郭家孩子多，香港物价比上海贵，于立群同志就多买了些孩子穿的衣服带去），两个检查员立马拉下脸来，说有"走私"嫌疑，几箱行李不能放行，还要查清楚是什么人的行李。我当时急得头上冒汗，生怕他们查出来要露馅。因为郭老的走，是保密的，老吉买船票，用的也是郭老平时不用的"鼎堂"这个"号"。一般人不会知道郭鼎堂就是郭老，但要真查出来引起官方注意，事情就麻烦了，可能郭老这班船就走不成，更可能以后郭老的安全都要成问题。我急切地向两人解释：这郭先生是大学教授，爱好书画文物，因家里孩子多，所以多带了些衣物……两个检查员根本不听我说话，只顾对几箱衣物乱捣乱翻。正紧张时，一个检查员忽然惊叫了一声："这是什么？"我低头一看，吓得差点没背过去，原来他在箱子底层翻出了一张白崇禧赠郭老的戎装照片。上面的题款是："沫若厅长吾兄惠存。弟白崇禧赠。"

照片上的白崇禧手抚军刀,面带微笑,一副亲切和善的样子。检查员拿起照片就惊喜地叫:"哦,这是郭沫若的行李!郭沫若的行李!"但在第二声叫过后,他突然看着我说:"快!把箱子关上!"说着就先关上他面前的箱子,并用彩色粉笔飞快画了个"已检无误"的记号。几个箱子都画好记号后,他对仍在发愣的我说:"喂,别忘了告诉郭先生,他的箱子是我放行的!"

我连连称谢。但当时只忙着搬送箱子,来不及问他名字,连姓什么都不知道,所以也没法告诉郭老,事隔多年,我对此事仍然感到有点小小的歉疚和遗憾。

## 告别群益

郭老去港后,上海形势日益紧张。上海群益(此时已化名"群海发行所")不仅业务上已无发展可能,连企业的存亡、人员的安全——首先是经理吉少甫的安全,都成了我们常常挂心的问题。从重庆到上海,他这几年追随郭老,出郭老的书、办郭老的书店,我们都相信他渐渐惹人注目地"红"了起来。他的安全令人担心。我们都不愿再看见有屈楚被捕入渣滓洞那样的事情发生。幸好,大约文委领导也意识到了危险,在郭老去港后不久,就通知老吉携带群益资财再次大转移——这次不是向东,而是向南,转移去了香港。在香港,老吉迅速建立了群益分社,新推出了一批来自解放区的文艺作品《王贵与李香香》《李有才板话》等。直到1949年人民解放军渡江前不久,他才返回上海,为重建胜利后的群益做准备工作。

老吉去港后，我就成了上海群益的"留守大员"——我这次的留守任务很简单：就是遣散人员、办理结束。但此时，我已有了自己的小算盘——跟华中区党委的江南工委同志接上了头，决定尽快办好结束工作，即去解放区。我把要走的决定写信报告老吉后，他并不留我，只是来信告诉我最后处理群益资财的意见：尽量把能变卖的物资变成钱款存银行。最后把账本、存款和只剩下几十只书柜和几张办公桌的店堂门钥匙，交给他委托来接收的人——这人非别人，乃是我早在重庆时就见过的新知书店的老同志曹健飞。我一看曹健飞在惶惶不可终日的上海还那么从容地来来去去，估计他也一定是位地下党同志。我放心地把钥匙、账本等物全交给了他。老曹也不多问我去哪里，只说了声"一路平安！"就握手匆匆告别。就在当天下午，我最后一次拉上"群海发行所"的店门，与几位同行者同去十六铺码头，登船上南通，走上了去苏北参军的道路。从此，也就最终结束了我在群益的工作和生活。

上海解放后不久，我曾去上海北四川路看劫后重建的新的群益出版社——这时的它，早已不再是只有两间破旧楼房的"发行所"，而是变成一个有编辑部、经销部、门市部的气象一新的大书店。这时的老吉，好像已另有重任，似乎只兼了个挂名的经理。幸运地从渣滓洞脱险来到上海的屈楚，重又当了编辑部主任；我的另一位老友，也是群益老朋友的宋心屏，似乎也任了财务主管一类职务。连为我们烧了两年饭的王妈，也回来继续搞伙食。总之，气象一新，令人振奋。想到群益从"西来寺 20 号"一间半破房，到这时的北四川路大楼，真是像中国革命一样：曲曲折折、艰难险阻，好不容易才走到这胜利的一步。在这些年中，群益以它微薄的人力财力艰苦奋斗，出版发行了那么多好书、名著，对革命思想文化的传播，对革命文艺的推广发扬，以及对中华文化的保留传承，应该说都作出了重要的贡献！在此，除了我们敬仰的郭老外，我也深切怀念那些故去的和健在的、为群益的发展成长无私奉献和付出过辛苦劳动的沈硕甫、郭培谦、刘盛亚、屈楚和吉少甫同志，没有他们的劳动和奉献，群益就走不到胜利、解放的那一天！

历史不应该忘记他们，在我们这些活着的人的心里，应该永远怀念着他们！

刘川，1941 年在重庆参加读书出版社。后曾任南京军区政治部文化部专业作家。

原载《三联贵联联谊通讯》第 43 期，2006 年 6 月 12 日

# 重庆三联书店战斗生活的回忆

蔺宗祥

## 进店前后

　　1944 年 8 月,我受时局的影响,不安于学校的读书生活,一心向往早日参加革命工作,得到我在巴县民兴中学读书时的老师王松(地下党员,作家)、黎湛(笔名丁冬,漫画家)的帮助,通过重庆文化界人士盛舜同志的介绍,参加了重庆生活书店工作。抗战胜利后,国内形势巨变,为了迎接新的斗争任务,重庆生活书店、读书出版社、新知书店于 1945 年 11 月 20 日正式合并为重庆三联书店,我仍继续在此工作。我刚到生活书店工作不几天就收到在《新华日报》工作的表姐蒋立茵托报社同志给我捎来一张简短的纸条:"宗祥同志:当我知道你和我们一起走上革命道路的时候,心里真有说不出的高兴,特向你表示衷心的祝贺!"这是我一生中第一次被称"同志",心情十分激动,也有几分自豪感。

　　我一进书店,见到经理与工作人员都一律平等,同事之间亲如手足,感到格外亲切、新鲜,简直是到了另一个天地。使我至今难以忘怀的是，我一个刚从农村进入城市的穷孩子，衣服穿得十分单薄，迪公（经理薛迪畅，同事们都尊称他"迪公"）便送我一条草绿色的裤子；不久，杨和同志又送我一件皮夹克，解决了我的御寒问题。当我回家把这事告诉父母时，他们都很感动，对我到书店工作也放心了，并嘱咐我一定要在书店好好工作。

## 业务培训

按照生活书店的老规矩，凡是新进书店工作的人员，都要经过一段时间的业务培训，以提高思想觉悟和业务技能。这是搞好书店工作的重要前提。我进书店时，由于时局紧张，新进店工作的同事不多，但业务培训工作仍然没有放松。业务培训的主要教材是韬奋同志的《事业管理与职业修养》。主要负责培训工作的是经理迪公、方学武和赵德林（又名曹筠）等同志。首先是让我们了解生活书店的斗争历史和光荣传统，突出讲明"竭诚为读者服务"是我们办店的宗旨，其次是业务知识的培训。记得迪公还亲自为我们讲授"四角号码"。当时我在书店是年纪最小的，同事们都叫我"小蔺"。迪公对我提问时，在黑板上板书"文章"二字，要我说出这两个字的四角号码。我作了准确的回答，迪公当场给予表扬和鼓励，解除了我对学习的紧张心理，增强了我学习的信心。有关出版方面的知识由方学武、赵德林等同志负责讲授。一般业务学习由老同事采取带徒弟的方式，边工作边学习。我能在短期内基本适应书店工作的需要，完全是书店领导和老同事热心教导的结果，至今仍给我留下深刻的印象。

## 门市工作

我一进书店就在门市部工作。白天打扫清洁卫生,整理书架书台,推销书刊;晚上就在书台上打铺睡觉,看守门市部。每天工作时间从早上开门到晚上关门,午饭也是轮换着吃,生活虽比较艰苦,但精神上却是愉快的。我对门市部工作重要性和艰苦性的认识是经历了逐步深化的过程的。门市部是直接和读者发生联系的地方,它不仅是一个发行革命书刊的阵地,而且还是一个和国民党特务进行斗争的战场。那时要做一名合格的门市部工作人员,在业务上最低的要求是熟悉书籍,当读者要买一本什么样的书,我们需尽快把书递到读者手中,并介绍其内容。当读者不满意时,又要根据读者的要求,介绍适合他阅读的其他书籍。当读者买到了一本他所需要的书刊满意而去的时候,我们心里也感到莫大的愉快。熟悉书籍的办法就是有空就翻阅每本书的内容摘要和序言,有重点地读一些书,这样既了解了书的内容,又提高了自己。对搞书店工作来说,读书也是一种学习,而且是重要的业务学习。对于一些科技和外文书籍,由于我进店时只有初中文化水平,读不懂,就向老同事请教。总之,只有对书籍十分熟悉,才谈得上热忱主动地去为读者服务。根据不同读者的爱好和需要,有针对性地介绍书籍,特别是千方百计地把革命进步的书刊介绍给读者,才能起到宣传革命的作用。其次还要做好保护读者的工作。像《新民主主义论》

《论联合政府》《整风文献》等秘密发行的书籍,如不做好保护读者的工作,被特务发现,读者就有被关监和杀头的危险,书店也暴露了目标。我们一般的做法是和读者配合。先由读者选上一本无明显政治色彩的书刊,乘无人注意的时候把这书刊往秘密发行的书上一盖,迅速包好交给读者。我店同事们这项工作都是做得很稳妥出色的,从未发生过读者因买书而出问题的。由于同事们警惕性高,只要特务一走进门,我们就能很快发现,并严密监视着他们的行动,防止他们破坏和捣乱。我还记得曾经有个穿着讲究的“读者”常来门市部看书,走时都买一本《北方文艺》而去。但我多次注意观察,发现他表面上装着看书的样子,实际上却在暗中盯视读者,我一下就判断他是一个特务。一次当他又买一本《北方文艺》时,装着很亲切的样子对我说:“《北方文艺》这个刊物编得太好了,我非常喜欢。这个刊物是从哪里来的?”我回答说:“是邮局寄来的。”由于他几次来店没有捞到什么,以后就不来了。这种事在我们书店门市部可以说是经常发生的,这就要求我们必须随时保持高度的警惕。

还有一件我至今记忆犹新的事,抗日战争胜利后,一向同情和支持我国人民解放事业,受到中国人民喜爱和尊敬的加拿大著名和平战士文幼章博士,却遭到国民党反动派的迫害和诽谤,被迫离开他的第二故乡四川回国。他离开重庆前的一天来到书店,指着外文版《马恩选集》对我说:“请把这书给我看看。”我把书给了他,告诉了他书价。他说:“这样便宜呀!”我说:“这是莫斯科出版的。”他又告诉我说:“国民党攻击我是苏联间谍,把我驱逐出境,我要走

了。买本书在船上看看。"我关心地对他说："你看这样的书不怕特
务找你的麻烦吗？"他说："不要紧，国民党特务是些不学无术的草
包，他们不懂外文，看我又是一个高鼻子洋人，他们是不会理睬我
的。"文幼章博士在这样险恶的环境中，不顾个人安危，仍然那样勤
奋地学习革命理论的精神，深深地教育和启发了我。

## 邮购工作

1946 年春，我就在王天觉同志指导下开始搞邮购工作。邮购
工作是我们书店深受读者欢迎的一项很有特色的服务项目。邮购
读者上千户，经常往来的也有好几百户。我们邮寄书刊，一般都不
用书店名义，而是用重庆民生路 73 号，这是为了避免国民党特务
检查扣留书刊和保护读者安全的办法。由于邮购工作深受读者的
信任，有的读者连订婚、结婚时买东西也委托我们帮忙代办。我非
常缺乏这方面的知识，为了办好这个事，往往要请几个有经验的同
事和朋友当参谋，代买的东西一般读者都很满意。有的事后还专
门写信来表示感谢。

## 社会活动

我们书店的领导和同事，还积极参加社会活动。1946 年在重
庆召开政治协商会议，我们书店的总经理黄洛峰同志担任了陪都
文艺、教育、出版等各界组成的政协促进会的理事和陪都各界庆祝

政协成功大会筹备会的秘书长。他组织领导同事们积极投身到民主爱国斗争中去。我们同事多次到沧白纪念堂等地布置会场,参加会议并做中央首长和民主人士的外围保卫工作。我们听过王若飞、董必武、邓初民、罗隆基等人的演讲。会议当中,国民党特务经常捣乱,扔石头、断电源,有时还大打出手。一次在沧白堂听王若飞等的演讲,刚开始,下面的特务就起哄提问:"王若飞先生,你们共产党不是口口声声说讲民主吗?那么请问王先生,你们的《新华日报》现在重庆出版发行,那么为什么我们的《中央日报》就不能在延安出版发行呢?"他们这一别有用心的提问,使大家非常气愤。但对特务提出这个问题如何答复才能说服听众呢?从我个人当时的心情来说,是有几分担心的。但王若飞同志却从容自若地回答说:"国民党中央曾经向我们提出过到延安办《中央日报》的事,我们表示欢迎。同时我们提出几个问题请他们考虑:1. 出版发行报纸是要有读者的,延安的群众是不是喜欢看《中央日报》? 2. 延安纸张缺乏,我们建议他们到延安去自己造纸,造纸原料我们可以协助解决。同时我们还提出保证报社工作人员的安全。以后,国民党中央方面就没有再提这个事了。好在当时代表国民党中央和我们交涉的邵力子先生今天也在座,这个情况他是完全清楚的。"王若飞同志的回答使真相大白。邵力子先生坐在一旁没有开腔。这时我们才松了一口气,从内心钦佩王若飞同志真不愧是我们党久经锻炼善于应变的革命家。

1946 年 2 月 20 日,重庆各民主党派和各人民团体为庆祝政协成功,在较场口举行各界参加的万人庆祝大会,黄洛峰同志负责大会筹备工作，书店的其他几个负责同志也分别担任大会的交通、宣传和保卫工作。我们书店参加大会的队伍最先进入会场，站在主席台的最前面参加会议和做保卫工作。大会执行主席李公朴刚宣布大会开始时，几十个暴徒就蹿上主席台，大打出手，当场有郭沫若、李公朴、施复亮等几十人被打受伤，李公朴头部被铁棒打成重伤，血流满地，住进市民医院，同事们还专门去慰问了他。"较场口事件"发生后，国民党封锁消息，我们巧妙地采用到各处邮筒投寄各种信封的办法，把事件真相向全国各地进行了揭露，搞得国民党反动派十分狼狈。

## 离店前后

1947 年 5 月 31 日深夜，重庆国民党反动派精心策划了"六一"事件，大肆逮捕共产党人、民主人士，革命的工人、教师和学生。我们书店经理仲秋元同志被捕，先是被关押在警备司令部。他的爱人何理立和书店同事多次前去探望、送东西，并多方设法营救，但仍无结果。不久就被关进"中美合作所"。秋元同志被捕后，韦起应同志继续领导我们坚持战斗。国民党特务放出消息，还要继续抓人。在这种严重压力下，为了保存力量，书店同事相继转移，我因是本地人，韦起应同志决定我暂时回家隐蔽。不久书店也被迫关门了。我回乡隐蔽了一段时间，由于看不到革命书刊、听不到革命消息，心里闷得慌，就悄悄地去到城里，在精神堡垒（解放后的解放碑）旁边找到了在书店搞编辑工作的同事王觉，我就在王觉同志和余时亮同志领导下,参加了地下党。继续从事地下革命工作,直到重庆解放。


　　蔺宗祥,1944 年在重庆参加生活书店。后曾在重庆巴南区委党史办工作。

原载《联谊通讯》(北京)第 7 期,1989 年 5 月 15 日

# 重庆"六一大逮捕"之后

韦起应

抗日战争胜利结束后，为了迎接新的斗争形势，重庆生活书店、读书出版社、新知书店大部分人员复员上海，留下的人员，于1945年11月成立了三联书店，继续坚持工作。我是在1945年7、8月间参加重庆读书出版社工作的。三店合并时，杨和、石泉安、吉健生、陈青聆、黄坚等同志和我留了下来，三联书店成立后，由原来生活书店的仲秋元同志担任经理。三店的同志成为一家，在党的领导下，团结合作，同心协力，在广大读者、同业和各界人士的大力支持下坚持革命出版发行事业，与国民党反动派的种种残酷压迫作斗争，克服各种困难，继续把进步书刊发行到广大读者手中。

1946年6月底，国民党反动派在美帝国主义支持下，发动了对解放区的全面进攻。1947年2月底赶走中共代表团及新华日报馆，为反抗暴政，1947年5月，全国普遍开展反饥饿、反内战、反迫害的学生爱国民主运动，国民党反动派则进行疯狂的镇压。南京"五二〇事件"后，于5月31日深夜在重庆市出动了大批军警，逮捕了一大批参与爱国民主运动的共产党员、教师学生、民主人士及新闻界、出版界等各方面人士,其中有我店经理仲秋元同志,这就是有名的"六一大逮捕"。仲被捕前,由于斗争形势发展的需要,上海三联书店总管理处已决定调他离开重庆,由我接替他的工作,担任副经理。当时我来书店工作还不到两年,年仅23岁,缺乏斗争经验,本来力不胜任,但考虑到既然革命工作需要,就应将工作担当起来,和同志们一道,边做边学,尽力把工作做好。仲秋元同志被捕后,我经过和店里的杨和、何理立(仲秋元同志的爱人,后因工作需要离店,经亲友介绍去胜利电影院工作)、王天党等同志商量研究确定,一方面积极开展营救工作,另一方面坚持阵地,照常开门营业,并报总管理处负责人黄洛峰同志征得同意。有关营救工作由我和何理立、杨和三人经常磋商,分头进行,她通过社会关系,我通过重庆市书业联谊会,实际上是个"三人小组",何理立同志是党员,和地下党市委领导人有联系,根据党的指示进行工作。

自从1947年2月国民党特务捣毁重庆新华日报馆营业处和民主报社后,全市发行进步书刊的书店经常受到特务的骚扰,5月31日晚书业界与仲秋元同时被捕的有沪光书局经理陈青聆和文声书局经理汪声潮。他们被捕后,国民党通过一些御用小报来散布各种谣言,大造舆论,对进步人士进行恐吓和攻击,如当时他们通过军统特务办的《新华时报》造谣、攻击三联书店和仲秋元同志,开始说仲是"共匪落网",不久又说三联书店是民盟的宣传机构,为民盟做宣传,攻击国民党,仲秋元是民盟负责人之一,民盟是非法组织,应予取缔等等(大意如此)。以后造谣、攻击逐步升级,扬言还要继续捕人,加强镇压。

营救工作首先是通过重庆市书业联谊会进行的,该联谊会系由重庆市出版业和重庆市图书文具业两个同业公会中的主要成员组成。当时仲秋元是两个公会的理事又是重庆市书业联谊会的总干事。我首先和参加联谊会的一部分书店负责人(其中有光明书局经理章桂、开明书局经理王诗维、联营书店经理张鸿钧等)商量保释仲秋元等人,他们一听说仲等被捕,都很愤慨,认为应该立即向重庆市政府和重庆警备司令部要求保释,并主动提出分头到各书店和出版社去征求签名。在他们征求签名过程中,各书店和出版社负责人对国民党反动派的暴行也都表示极大的愤慨,在保释呈文上签名盖章,要求无条件释放的有五十多家书店和出版社。6月底陈青聆、汪声潮两人被释放之后。重庆警备司令部在报上公布仲秋元是"共匪",并捏造仲是"中共对外关系委员会委员""为中共宣传售卖共产党书报""与吴玉章、于刚往来密切""与中共驻渝机关有经济往来"等四项罪状,当时局势已发展到国民党即将公布"戡乱令"的前夕。7月中我还陪同两个公会的理事长王民心、张毓黎带着保释的呈文亲自到重庆警备司令部的监牢去慰问仲秋元同志,在当时白色恐怖严重的情况下,大家仍愿意保释一个"共匪",是难能可贵的。这反映人心所向,也充分说明我党的民主统一战线政策的巨大力量。除了通过重庆市书业联谊会进行营救工作外,我们还通过各种社会关系进行工作,在这方面何理立同志在地下党的领导和支持下,做了大量的工作。由于当时被捕人的面很广,在营救过程中,我们注意和有关方面联系,互通讯息,协同动作,各界人士也先后向重庆警备司令部提出要求无条件释放人,在报纸上发表消息,造成社会舆论上对国民党反动派的压力。敌人在狱中对仲秋元同志采取种种威逼利诱的手段,但他始终坚持斗争,没有向敌人屈服,保持了一个共产党员的高贵品质,给予全店同志精神上很大的鼓舞。

仲秋元同志被捕后,在敌人种种压迫威胁之下,随时都会发生继续捕人的情况,全店同志没有退缩,在党的关怀和领导下,更加振奋革命精神,团结一致,坚持战斗,以加倍的努力继续出版发行宣传马列主义基础知识和引导广大群众正确认识当前国内外斗争形势的读物、青年修养读物、进步文艺作品以及宣传爱国民主运动的刊物,如《民主生活》《文萃丛刊》等。敌人把我们看作眼中钉,经常派特务来书店监视我们和读者的行动,白天我们在门市营业,特务也在店堂值班,我们都认出这些坏蛋。读者来购买进步书刊时,为了保护读者,我们就设法挡住特务的视线,不让他们看到。为了扩大发行,除了做好门市工作外,继续深入开展吸收杂志订户和邮购工作,通过邮寄的方式将进步书刊源源不绝地送到广大读者手中。我们的同志外出工作时也往往被特务跟踪盯梢,如当时担任出纳工作的杨和同志到银行存、提款就曾被特务盯梢,他不得不绕道避开。为了保护书店的财产,防止敌人的破坏,我们白天、晚上都派有同志值班,大家都勇于把这工作担当起来。我们仍继续加强和同业联系,向他们宣传推荐新到书刊和原有存书,批发给他们,通过他们供应给广大的读者。

在此期间我们还完成了博古同志编译的《辩证唯物论与历史唯物论》一书(共四卷)的排字打纸型的工作。在那样艰难的环境中,我们坚持继续把纸型打出来运去上海印刷。

当时除了用三联书店的招牌坚持工作外,为了扩大在西南地区的发行,同时也准备一旦三联不能继续营业时,有其他书店能继续坚持下去,仲秋元同志被捕前已作了应变准备,在1946年5月至1947年2月这一段时间先后开办了三家二线书店:

1. 重庆沪光书局(后改名为文华书局)。先后由陈青聆、郭家祺同志负责。

2. 成都蓉康书局。由卢寄萍同志负责。

3. 昆明茂文堂书店。由陈国钧同志负责。

这三家书店以出版发行各种知识性、实用性的读物为主。1947年5月底陈青聆同志被捕后,沪光书局的同志坚持工作,6月底,陈青聆同志获释,于1947年秋被迫离渝后,即由郭家祺同志负责,并将沪光书局改名为文华书局,郭奉调离渝后,由陈青聆同志的弟弟陈一平继续坚持。

此外,为了防备重庆三联书店遭到敌人进一步破坏,外面能有人照应,经济上也能接应上,并尽快地恢复业务,我们派吉健生同志在重庆新生市场内租一个铺位搞副业,当时是做布匹生意,经过吉健生同志一番努力和一些友人的帮助,也赚了一些钱,对书店结束前后的工作和经济方面有一定的帮助。

1947年7月至9月,人民解放军转入全国规模的反攻,斗争的形势日益激烈,国民党反动派为了垂死挣扎,妄图维持他们摇摇欲坠的反动政权,对国民党统治区的人民进一步采取疯狂的血腥镇压,对各民主党派强行禁止活动。1947年10月,国民党政府发布"戡乱令",设立特种刑事法庭,并宣布民主同盟是非法组织,下令解散。上海三联书店总管理处从全局考虑,为集中力量迎接解放后的新局面,决定将重庆三联书店结束。我接到总管理处的来电后,和书店的同志商量研究,根据总管理处的意见,结合当地实际情况,对结束书店业务作了如下安排:

一、人员安排方面,有些同志可马上安排的如杨和、石泉安等同志分别调往上海、香港工作,吉健生同志暂留在重庆新生市场继续搞一段副业再调去汉口联营书店;有些同志一时不好安排而有家可回的,就暂时回家,如蔺宗祥、黄坚、全鸿生等分别暂回四川巴东、云南等地老家,黄坚后因工作需要调香港,朱德安原属暂回成都家乡的,后经新知书店的同志介绍到湖北解放区江汉军区工作。

二、书店的房屋、财产(包括图书)的处理。当时重庆三联书店的店堂、家具和存书,经商得光明书局经理章桂的同意,转让给他们。

三、重庆三联书店决定于1947年10月停止营业。三个二线书店继续坚持营业,以后根据形势发展,再由总管理处研究决定。他们坚持的时间比三联长一些,昆明的茂文堂书店坚持到1947年年底,重庆文华书局坚持到1948年夏,成都蓉康书局坚持到1949年4月。他们都是在总管理处为迎接新局面将他们调离时才结束的。

1947年10月上旬,在我们停止营业清理书籍的过程中,国民党宪兵队对我店进行了突击检查,但由于我们平时早有了准备,他们没有查到什么东西,悻悻而去。接着,又派了一些特务来门市抢书,为了保护书店的财产,大家都挺身而出,坚决加以制止,但由于他们来的人多,还是抢走不少,由此,可见国民党反动派卑鄙的行径。

在党的领导下,由于同志们的共同努力,广大读者、同业和各界人士的大力支持,我们书店的业务结束工作得以顺利地进行,人员都安全转移,财产也损失不大。到1947年11月中旬基本完成。11月下旬我到香港,向三联书店总管理处负责人黄洛峰同志汇报重庆三联书店的业务结束工作,后即留在香港读书出版社工作。

仲秋元同志直到1949年3月31日国共两党北平和谈前夕,经民盟出面营救才获释。


韦起应,1945年在重庆参加读书出版社。后曾在广东省新华书店工作。

原载《联谊通讯》(北京)第33期,1993年8月25日

# 即从巴峡穿巫峡，直下武汉又沪汉

## ——汉口联营书店坚持四年斗争纪实

金思明

抗日战争胜利后，在重庆的生活书店、读书出版社、新知书店根据形势的变化，部署抽调了部分人员返回收复区的上海、汉口等地区建立和恢复出版发行机构。

## 三峡壮怀

1945 年 10 月初部署行动开始，首批东下的人员中有生活书店的孙明心夫妇和友人贺礼逊，有读书出版社的欧阳章、刘耀新、金思明、杨光仪，以及作家书屋的杨子涛、生活书店贺尚华之女贺雅茜等十多人。我们乘坐一艘大木船运了一批内用牛皮纸，外套大蒲草包捆扎的五百余包图书，每包重约七八十斤。欧阳章、杨光仪、杨子涛在汉口开办联营书店，其他人员去上海恢复或建立原有书店和出版机构。

当船航行至巫山西峡口、白帝城附近的夔门关时，波涛汹涌，惊险万状，特别江风大、漩涡深、暗礁多，船夫竭力摇橹、掌舵、呼着号子，齐心协力，聚精会神，以熟练精湛操作技术，经过千回百转的大漩涡与深藏江中的暗流和礁石，我们才顺利绕过了诗人杜甫《夔州歌》上说的"白帝高为三峡镇，瞿塘险过百牢关"的夔门这座"鬼门关"（船夫语）。

夔门关在修葛洲坝工程中未炸掉前是瞿塘峡巍然耸立川江中的山嶂，打老远看去它严严实实遮掩着前方，好似长江至此已无路了，但一经绕过恰又豁然开朗，前路极广给人以柳暗花明之快，对人生倍增信心与勇气。我们第一次享受祖国如此多娇的壮丽山河怎不感慨万端，憧憬和渴望着未来呢？

接着，船行巫山十二峰下的巫峡及江面宽阔的西陵峡，一路欣赏着仙女峰的英姿和云蒸霞蔚的雾色天光。眺望了屈原的故乡，秭归的礁石，兵书宝剑峡的险峻，泄滩的急流和"群山万壑赴荆门，生长明妃尚有村"的王昭君诞生地的香溪。我们历经二十余天的航程，这木船终于安然抵达九省通衢的汉口了。

## 创业武汉

船停靠在汉江码头上，卸下运载的书包。欧阳章、杨光仪、杨子涛三人是来创办汉口联营书店的。胜利后初到收复区的汉口，这座被日寇蹂躏达七年之久的城市已疮痍累累，面目全非，加之我们初来乍到，人地两疏，一时也难找到合适的安身之所，真是创业艰辛，举步维艰。没有钱，连生活也难以维持，靠摆地摊卖书的钱仅能勉强维持基本生活，而迅速开业更为困难。欧阳章整天四处奔忙，千方百计找关系，多次登门拜访国民党湖北省政府省长和汉口市市政府官员；并通过地下党领导文化界党的负责人邵荃麟及《大刚报》党的负责人王淮冰等各种渠道的疏通，最后由省政府将接收的敌伪交通路 21 号楼房的底层门面拨给汉口联营书店作门市部，结束了在街头摆地摊卖书的局面，于 1946 年春才正式开门营业。开门那天渴望革命书刊的广大读者，特别是青年知识分子和工人、学生像大旱望云霓似的迫切，蜂拥而至，购买各类进步图书。也有国民党和三青团的特务混进读者群中，根本不买书，是察看我们到了什么书，接触哪些人，盯梢读者买了什么革命图书等。汉口联营书店经销马列主义著作和进步书刊，比如《马克思恩格斯及马克思主义》《列宁文选》《联共(布)党史》《新民主主义论》《论联合政府》；文学方面有高尔基、鲁迅、郭沫若等人的著作，还有《群众》和《文萃》等杂志刊物。通过发行这些书刊，不仅传播了马列主义，而且在群众中特别是青年学生中建立了一些联系。

这个书店的另一特点是客人多。所谓客人，主要是接待和转移了不少我们党各方面同志：一为军调小组的中共人员；二为从中原军区突围的原三店的汪晓光、朱启新等同志；三为中共昆明办事处人员。比如彭少彭同志等三人，被国民党特务武装"押送"途经汉口，彭少彭同志机智地甩掉了特务，以购买地图为名来到联营书店求援。他要求设法发一消息寄往香港，公布于报端，我们照办后，这几位同志终于安然到达解放区，避免了在途中遭受特务暗害的危险。

这条被称文化街的汉口交通路，有十多家书店。有官办的正中书局、中国文化服务社、建国书店，有民营的开明书店、中华书局、上海杂志公司，以及出版胡风主编的《七月》杂志，唐性天开办的华中图书公司等。在销售上却唯有联营书店火爆，门庭若市，读者拥挤。其他书店就相形见绌，而官办的就更冷冷清清，门可罗雀。这就引起了敌人的注意，他们时刻都想把它除掉。

1946年"五一"节时，敌人打算洗劫联营书店。由于欧阳章作了应变对策，暴徒们才没有出动。而欧阳章已被列上"黑名单"，事前欧阳章给沪社万国钧用暗语写了一封信，大意是姨父（指国钧同志）我患了重病，急需外出就医等语。万国钧、吉少甫同志都见了这封信，当时我也在场，大家都明白是怎么回事，于是欧阳章被迫出走上海读书出版社，汉口由马仲扬同志接任联营书店经理。

## 被捕与改组风波

到了1947年的"六一"惨案，一连全副武装的军、警、宪、特包围武汉大学学生宿舍，打死学生3名，重伤2人，轻伤16人。被捕教授5人，学生14人，工友3人。此暴行震撼了全国，立即引起全国人民的愤怒和同情。上海学联为抗议武汉"六一"惨案及各地被捕事件，发表了宣言，号召各校总罢课一天，并追悼死难烈士。在敌人逮捕武大师生的同时，当晚深夜敌人也不能容忍联营书店的存在，使它遭到空前规模的洗劫。书店被封不说，其人员马仲扬、王人林、尤开元、李翰荣（即李行方）、宋禾和我六人被警察、特务、宪兵牢牢捆绑押上囚车，关在江汉路宪兵第三团密封的囚室。经过多次审讯，又转押警备司令部稽查处监狱、军人监狱的集中营，但马仲扬等始终说自己是生意人绝无他图。因当时感觉风紧后马列著作和毛主席著作早已收藏起来，不在门市公开摆设，未被他们抄获。只有一本《新民主主义论》被特务发现来问罪时，马仲扬申辩作了有力的反驳道："此书是和谈签定，国共两党合作后政府特许出版的书，不信请看书背印有'图书审查证'，为什么能在重庆公开出版，却不能在汉口正常销售？"特务们看了无可奈何，但他们仍不罢休，不予放松，依然严刑拷打，疲劳审讯（即轮番审讯，不准受审者休息，使其思维混乱）。

经过半个多月的监狱内外曲折的斗争，黄洛峰和地下党通过各种渠道营救，由书业界十家书店联名具保，汉口书业公会负责人大东书店经理王龙章出面奔走，多方交涉，我们六人才被保释出来。

"一事功成终不易，创业艰辛磨难多"，汉口联营书店更是命途多舛。敌人迫害刚脱险，萧墙内乱又降临。我们六人出狱后，正积极准备开门营业时，书店被查封期间，联营书店中少数股东被反动势力吓怕了，传言要改组联营书店的协议；经营方针要改变，不再经营马列著作、毛泽东著作，人员要调离，经理要换人等。我们出狱当天，苏克尘同志就讲了具体营救情况，也谈到某些人的冷淡退缩以及地下党对此事明确态度。当马仲扬登门向某大股东说第二天必须开业时，却得到书店改组、辞退人员的回应。马将真实情况向黄洛峰同志报告后，方得到平息的处理。为此，上海三店领导派孙明心同志以联营书店总经理身份并代表三店领导和总管理处来汉处理此事。他住在汉口联营书店集体宿舍，与我们同住一个房间。每天清晨起得很早，洗脸刮完胡子就出门，很晚才回宿舍，他每天奔忙于同业之间，向各参股同业进行说服，经过十多天的努力，终于平息了改组风波。这中间马仲扬同志参与其事，据理力争，起到积极作用。此后，汉口联营书店就由中共地下党汉口市委直接领导，凡暴露身份人员，一律调出转移，欧阳章、程白相、谢速航等都是这样转移离店的。"六一"之后的人员调动，要求更加严密。孙明心回沪不久，人员仍有所变动，被捕六人中离开和调走了三人。第一个是宋禾，被捕时在他床铺下箱子里藏有一张"延安鲁艺"招生广告，审讯中特务狠狠地打了他三棍棒，腿部受重伤，行走困难，他离店到重庆进步朋友处隐身，解放后在新华社工作。第二个调离店的是尤开元，他去了上海新知书店。他会俄文，常去汉口苏联领事馆购进莫斯科出版的中文图书，早被特务盯梢，被捕后他机动灵敏临时改名换姓"张彬强"，蒙混过去未被审讯挨打，可是马仲扬为掩护他而遭到毒打。第三个调走的是王人林，他是六人中年纪较大的，没有暴露身份，特务没有特别盯住他，他被洛峰派去上海搞副业，住在联营书店门市部，负责看守门市。随后武汉联营书店调来了刘起白和吉健生两同志。马仲扬仍为经理，李翰荣仍在门市，我仍搞会计工作。

## 折返沪汉与黎明前夕

1948年解放战争已进入反攻阶段，"三大战役"即将开始。7

月,汉口警备司令部"黑名单"中有马仲扬名字,地下党通知他暂去上海读社以静观汉口反动派的行动,在此前夕我先调往上海读书出版社,仍搞批发、送书、结账、收款等工作。1947 年 9 月,黄洛峰、徐伯昕、沈静芷三店领导人去了香港。但万国钧、范用、丁仙宝、欧阳章、汪晓光、欧建新等读社一些老同志仍在上海坚持出版阵地,继续出版革命图书。直到 1948 年 10 月 17 日,《大公报》广告刊登生活书店、读书出版社、新知书店宣告结束,迁往香港。我和张钟麟(张仁坚)同志于 10 月 17 日当晚乘沪杭火车去杭州,再乘浙赣路火车去株洲,他去了云南昆明,我又回到汉口的联营书店。我在上海工作四个多月,回武汉是因政治形势变化才调的。我回汉口联营书店后仍做会计工作。

1949 年 3 月,武汉警备司令部特务到联营书店抓胡良平同志,说胡是危险分子,要经理交出他。吉健生同志很机智,迅急去门市部告诉正在上班的胡良平,良平即去积庆里联营书店宿舍,我提醒他立即改装再走,以免特务认出。我把一件米黄色中山装上衣送他换上,他从后面宿舍窗子爬下去穿过一条狭窄下水道巷子离了汉口。

其后从内部又获悉,反动派又准备逮捕马仲扬等。所幸马认识国民党通讯兵部队一个军官,是他的同乡,此人很重乡土情谊,同时对联营书店处境也很同情。他对马说:"你住我这里(国民党通讯独立兵营),有我在,你放心,别人问起,你是我的客人,会平安无事的。"就这样又算化险为夷,顺利躲过解放前夕武汉一次次捕人的磨难。

1949年5月，汉口解放前夕，形势极度紧张，当局狗急跳墙滥抓滥杀。为了平安度过这段黎明前最黑暗最阴寒的时期，坚守好这块几经磨难、来之不易的宣传阵地，我们研究采取了应变灵活策略，以麻痹敌人的耳目，比如进了《叫与潮》《西风》等软性书刊为掩护，终于以欢乐的激情、欣慰的心情迎来了人民胜利的曙光和大武汉的解放！

1999年6月1日

金思明，1940年在重庆参加读书出版社。后曾在甘肃省新华书店工作。

原载《联谊通讯》(北京)，第68期，1999年7月5日

# 我参加联营书店的一段回忆

黄建泉

　　1945 年底,我经同乡同学周去非(又名曾其林)介绍进了成都联营书店。当时的经理倪子明要我写一篇简单的自传。我读过两年私塾,便半文半白地诌了一页纸的自传,他看后点头笑了,并问我是否会打算盘。我说除法不会,加、乘法可以。就这样,开始了我的书店生涯,从此与书店结下不解之缘。

　　联营书店先后在重庆、汉口设立,后期又在广州建店,总管理处在上海。当时的负责人是万国钧、孙明心。联营分店是由"新出版业"的 36 家书店组成的联合体,当时店堂正中,列出了这 36 家书店的名称,依次排列的是"生活书店""读书生活出版社""新知书店""文聿""文风""文化生活""光明""作家""国讯""上海杂志公司"等,经营的主要是这 36 家的出版物。

　　联营书店坐落在成都祠堂街啸(孝)天大楼下,左侧与背后,是国民党的一个警察分局,街的斜对面是官办的正中书局,联营书店便在这样的环境里从事革命文化宣传活动。平日去联营书店的读者,一般都是进步知识分子和青年学生,成天络绎不绝,节假日书店更是门庭若市，而正中书局外表壮观亮堂，反而冷冷清清。

联营书店是"新出版业"经营的图书，记得政治、经济、哲学方面的有华岗、艾思奇、范文澜、侯外庐、翦伯赞、许涤新、孙冶方、沈志远、胡绳和日本河上肇等人的著述，以及王亚南、郭大力合译《资本论》等。文学译著方面的有《钢铁是怎样炼成的》（梅益译），高尔基的《母》（夏衍译）和《童年》《在人间》《我的大学》自传体三部曲，郭沫若的《童年时代》《反正前后》《创造十年》（作家书屋版）和他的几部历史剧；艾青的《火把》《向太阳》、袁水拍的《马凡陀的山歌》、茅盾的《腐蚀》、鲁迅的译文和杂文、邹韬奋的《萍踪寄语》《经历》、普希金的《欧根·奥妮金》、涅克拉索夫的《严寒通红的鼻子》《在俄罗斯谁能快乐而自由》、马雅可夫斯基的政治诗等。

联营书店经营的进步革命书刊，像革命的星火，影响了大批追求进步的知识分子和青年学生。

联营书店还参加了很多社会文化活动。记得纪念人民音乐家冼星海诞辰，联营书店与有关团体积极配合，开展宣传活动，由冯文开设计编辑出版《人民音乐家冼星海》专辑。联营书店的进步革命活动引起了国民党反动当局的注意，当时中央军校一位教俄文的教官就曾暗示书店要小心，常有特务来捣乱和盯梢，要多加注意。祠堂街不远就是将军街，那里就是特务机关秘密逮捕关押进步文化人的地方。

那时我年龄小是练习生，每天要邮发投递大批的信件和邮包。书店的同仁有十二三人，工作时井然有序，业余时又特别活跃，早晨还结伴去少城公园（今人民公园）打"板球羽"，有的散步或打拳。

打烊后回到牌坊巷的宿舍都专心读书学习,我受到影响也喜欢看书。书店还组织学习邹韬奋的《事业管理与职业修养》,作为提高素养与敬业精神的准则。

书店还发行《世界知识》(金仲华主编)、《时与文》、《民主周刊》等进步革命刊物,学联的《学生报》也代为发行,还独家发行方然主编的《呼吸》文学杂志。白色恐怖日益严重,经理倪子明由组织秘密转移,离开了成都。

1947年12月上旬,国民党反动当局凶相毕露,将继任经理邓晋浩、会计张子光、门市部主任张载分别秘密逮捕,书店被迫歇业,"顶盘"给光明书局。我在光明书局时间不长,于1948年4月离开成都,辗转到了重庆联营书店。1949年11月30日,重庆山城解放了。1950年元月,我参加了重庆三联书店。

黄建泉,1945年在成都参加联营书店,1950年在重庆参加三联书店。后曾在贵州省新华书店工作。

原载《联谊简讯》(贵阳)第11期,1997年9月8日

# 1949年后建立长沙三联书店的回忆

杨文屏

1948年10月，生活书店、读书出版社、新知书店在香港合并成立三联书店。为迎接全国解放，更好地发展革命文化事业，三联书店决定在全国部分大中城市开设分店，湖南长沙是筹建的分店之一。

1949年4月初，三联书店派我和刘容光、濮光达三人从香港经广州先期抵达长沙。当时主要任务：一是到长沙熟悉和联络一些必要的社会关系，作好居住隐蔽，准备书源；二是使书店能在长沙解放后迅速开业。我们三人到长沙后，以香港同胞经商名义得熟人介绍在长沙南门外租赁两间房屋，又通过中共地下党员王礼中弄到湘乡县政府发放的身份证，这样便安顿下来。

长沙市当时约有40万人口，文化较发达，全市书店不下30余家，有商务印书馆、中华书局、开明书店、上海杂志公司等在长沙的分支机构，有进步书店，也有地下党办的智源书店，还有国民党开办的正中书局、中国文化服务社等。在国民党统治下，文化窒息，进步的文化精神食粮极其贫乏。

到长沙后,开店准备工作中最难办的是书源问题。当时长沙面临解放,粤汉路运输中断。我们在离香港前,曾得到湘籍作家蒋牧良介绍,要我们到长沙智源书店找萧崇毅帮助。于是我们即去拜访萧经理(大家叫他萧老板),与他商量在解放后在长沙开设三联书店分店问题。萧老板深表支持,实则是地下党组织作后盾。萧指派该店毛拔林、毛济群两位同志(地下党员)承担到车站办提货等事宜。香港运书到长沙分了几批,约有 400 多大包,每到一批,即由两位毛同志凭运单到火车站提取。那时候虽然长沙处在解放前夕,但国民党宪兵、特务密布,气氛十分紧张。有时刚提货就有特务盘问,开始他们用手摸摸、刺刀插插就放行了。后来越临近解放,局势越险恶,宪兵、特务检查更严。有次从车站提货出来后,被宪兵拦住,几个特务硬要将书包打开检查,当时两位同志很着急,因没有装书清单,不知包里装的是什么书,万一查出问题就不好办。忙说书店是做生意的,包里是书,不会有违禁品(指武器、军火等),好说歹说特务都不依,后来想到国民党士兵都是些草包,一般的书他们不一定看得出名堂来,打开几包看看说不定可以蒙混过关的,就壮着胆子让他们打开几包看,他们要当兵的用刺刀在麻袋上划开口子,抽出几本书,左看右看,见是《经济学大纲》书等,没有"共产党""毛泽东"字样,似乎没有什么问题。便吼说"走!快走"。于是,毛拔林同志就催促拉板车的工人将书包飞快拉走了,事后想起这真是侥幸得很哩。以后像这样托运、收藏图书有好几次。我们把收到的图书隐藏在韭菜园圣经学院舞台的下面,这些都得到智源书店同志真诚的帮助。

　　1949 年 4 月,解放军横渡长江,解放南京、武汉,大军直逼湖南,我们处在隐居状态,心里充满焦灼等待天明。当时香港三联的同志正从各种渠道奔赴解放区,从香港来长沙的韦起应、严伟民等二同志拟经武汉转赴别的解放区,于是我和他们一同从长沙到岳阳乘船去了武汉,找了汉口联营书店的马仲扬和卢寄萍。这次聚会大家心里异常高兴。听说长沙和平解放在即,中共中央华中局组成南下工作团,要到长沙去。新华书店已确定李崇钦、赵诚、田裕昆等同志去长沙组建湖南新华书店,我当即与他们联系上了,通过马仲扬介绍去华中局见到了熊复同志。我汇报了北京三联书店派我去筹建长沙三联书店的工作意向,当即由他写了介绍信,要我到长沙后向湖南省委宣传部周小舟请示工作。就此我与新华书店的同志们随同南下工作团,随解放军向长沙进发。8 月 5 日长沙和平解放,我回长沙后立即投入紧张的建店筹备工作中。

　　在长沙经请示周小舟部长,介绍我去文教接管委员会将国民党办的中国文化服务社接收过来,在原址上设三联书店门市部。8 月 27 日,三联书店长沙分店临时营业部正式与长沙读者见面,因门面狭窄,不久在蔡锷北路徐姓商人处租赁到一处二层的大铺面,底层作门市,楼上作办公用房,赶在 10 月 1 日国庆那天搬迁新址,隆重开业。省委黄克诚书记、周小舟部长亲临书店祝贺并作指示。同志们连日来辛勤工作,喜气洋洋,以崭新的面貌接待广大读者。店堂正面树立毛主席、朱总司令巨幅油画像,横街挂起标语,门前两侧红旗招展,店堂内新书柜、新书架上陈列各种新书,每日打开店门,读者十分踊跃,看书的、购书的摩肩接踵,他们迫切需要革命理论、革命书刊的读书热情可想而知。香港印刷的毛主席著作《论人民民主专政》《新民主主义论》等书供不应求,三联书店在上海、香港印刷出版的各类图书也甚受读者欢迎,读者争相购书的场面令人感动。当时我们工作人员只有十几个人,没有什么具体分工,有事大家都上,经常是忙到晚上九点关门,由于白天销售繁忙,应接不暇,钞票无法清点,便用竹篾箩装钱,待晚上打烊后才清点。打扫店堂,整理书架,尽管已夜深,大家情绪高昂,丝毫也不感觉疲倦。

每当我回想起这 40 多年前的桩桩往事,我心中总是不能平静。当时究竟是什么精神鼓舞我们敢于冒着生命危险在黎明前的黑暗中去筹建书店? 又是什么力量支撑我们在解放后不计个人得失去忘命工作呢? 答案只有一个,这就是党教导的"全心全意地为人民服务"这个根本宗旨。

杨文屏,1936 年在上海参加生活书店。后曾在重庆市新华书店工作。

原载《联谊通讯》(北京)第 45 期,1995 年 8 月 10 日

华南

# 在曲江的片段回忆

毛　丰

抗日战争初期，我在长沙生活书店工作。湘北大会战时，日军尚未过新墙河，距长沙还有三百多华里，当局就命令紧急疏散撤离。书店按上级指示迁到广东曲江（现称韶关市）。当时广州已沦陷，曲江就成为广东省的战时省会，成了广东省的政治、军事、经济、文化的中心。

曲江店的经理是严长庆同志。书店设在最热闹的风度中路，找的一间后半部已被日机炸毁的房子，但前半部的店堂还好，原店主人早已不知去向了。房子的后边直到河边曾是国民党一个早期的小型简易军用飞机场，周围全是铁丝网（解放后辟为公园）。我们因陋就简，做了几个木书架钉在两边墙壁上，两张长方书台放在店堂中央，将书架、书台及店堂内外全漆成黑色，用白色写上"生活书店"标准字，取黑白分明之意。将长沙撤退时运来的书刊摆上书架和书台，不择吉日，不请任何达官显贵，不放鞭炮，没有什么张扬就开业了。开业那天，读者爆满，挤得店堂内水泄不通，全体工作人员兴高采烈，忙得连中饭也没有顾得吃。

当时,日军飞机经常出动骚扰,特别是在天气晴朗的日子,时常发出防空警报,市民们听到警报就手提细软跑到郊外防空,商店也暂时关门停业。只有夜晚和阴雨天比较平静,但晚上因电力不足,电灯半明半暗,只好加用煤油灯或汽灯,商店营业和办公都感到不便。但书店业务并未因此受很大影响,读者仍然是络绎不绝。

国民党当局设了一个图书杂志审查委员会,通知规定所有书刊在出售之前一律要先送审,经他们审查认可后才能出售,否则,后果自负。送审的事由我负责,我就经常把运到的书刊每种拿出一本送去待审,过几天后再取回。审查老爷们认为书刊中某句话有问题,就用毛笔蘸上红墨水或黑墨汁涂去,我把书刊取回来就模仿他们的做法用毛笔将原来的墨水稀释,使读者能看清原文,而且更加醒目,引人注意。这也是一种巧妙的斗争方法。书店每有比较好的显眼的书刊,数量又不多时,我就不公开摆出来销售,而是收起来,待相知的读者来就悄悄地推荐给他们。这样做使他们感到书店对他们很关心和信任,总是又高兴又感激的。这并非领导或别人教我这样做,完全是自发的,也从未告诉过任何人,觉得这样做是为革命,是"竭诚为读者服务",是自己应尽的职责。

生活书店的存在,对国民党反动派来说是一件很头痛的事,他们为了抵消生活书店的影响,在生活书店对面,由第七战区政治部出面,开了一家"动员书店",企图和我们争夺读者。这个书店开业后真是门可罗雀、无人光顾,而生活书店却是门庭若市,顾客盈门。他们斗不过我们,便恼羞成怒,使出其惯用的手段。一天晚上,警特破门而入,封门、抓人、抄店,连职工私人的书信都被收去,凡在店里居住的人全被逮捕。审问我时,我坚持说自己是个烧饭的,什么事情也不知道,第二天被释放回店。经理严长庆同志当晚因公外出未被抓到,次日回店立即到处奔走营救被捕的同志。第一步先救人出来,第二步要求启封。他打听到原十九路军总参谋长将光鼐将军当时在曲江,当年"一•二八"淞沪抗战时,上海生活书店曾发动全市民众捐献财物支援十九路军抗日的一段历史,蒋不会没有耳闻。为此,通过蒋光鼐将军出面与当局交涉,生活书店曲江支店终于得到了启封。生活书店被查封后又得到启封的事情在蒋管区是没有先例的。启封后不久,又遭日机投弹命中炸毁了,我就去了桂林生活书店。

毛丰,1939 年在长沙参加生活书店。后曾在连县电影发行公司工作。

原载《联谊通讯》(北京)第 9 期,1989 年 10 月 15 日

# 回忆生活书店桂林分店

卞祖纪　邵公文

　　生活书店桂林分店成立于 1938 年 3 月 15 日,由于得到广州、武汉、重庆、上海兄弟店不断供应货源,我们店是图书品种较多、期刊到得较快的一家,加上门市布置新颖、新书陈列醒目、图书分类井井有条、服务态度也好,因此受到好评。当地的机关、团体、大中院校大多数是我们长期固定供应户,文化教育界人士、省府公务人员也都是我们的常客。《救亡日报》的周钢鸣同志有段时期几乎每晚必来,或选购,或翻阅,我们店确实是便于了解全国出版动态的好地方。著名哲学家李达同志当时是广西大学教授,他要把他的著作《社会学大纲》作为教材,我们通过上海分店以最快的速度运到,及时赶上教学,李达同志备加赞誉我们的服务态度。每逢星期日,我们店则是广西大学、桂林高中等同学的密集之地,他们专心致志选购图书的动人情景,至今犹历历在目。后来武汉、广州沦陷,人流涌向桂林,我们店更是顾客盈门,络绎不绝。我们不但门市业务经久不衰,邮购业务也相应发展迅速,到 1940 年底,邮购读者达八千户左右。

我们门市工作有这样的成绩与负责门市的毕子芳同志（现名毕克理）的辛勤工作息息相关。毕子芳同志是我们在上海一起工作的同事，也是最初一同调来的。他在上海时就搞门市业务，对门市有丰富的经验。当初，分店在筹备阶段，橱窗如何设计、书柜如何安装、书台的尺寸大小，他都尽心竭力去安排，因为他是行家，我们都听从他的意见。后来，果然达到预期的既美观又实用的效果。分店最初的工作人员连同炊事员、工友同志在内共8人，每日工作12小时（早8点到晚8点），星期日也照常。搞财务、邮购的同志把本职工作做完，就参加门市售书，大家不怕苦不怕累，任劳任怨。这种情况持续将近一年，直到湘桂铁路通车，武汉、广州沦陷，桂林人口骤增，我们才陆续增加人员，改为轮休制。

在发行业务上，我们店还致力于推荐小学课本。1938年，生活教育社编辑的《战时读本》及张宗麟主编的《抗战建国读本》共十余册，先后在武汉出版，都以宣传中国共产党、八路军、统一战线、抗战建国为主要内容。我们得到广西教育厅督学唐现之同志的帮助，得以在教育厅通过，通令全省采用为小学补充教材，我们还去阳朔、平乐、钟山、贺县一带和县教育科进行联系。这两套课本在桂林重印两次，收到进行抗战教育的政治效果。

抗战前，广西各县经营书业的很少，很多县没有一家书店，为了弥补发行网点不足的问题，我们得到教育厅庞敦志同志的协助，委托全县、兴安、灵川、宜山、怀集等县的中学代销书刊。

我们还为发行党报做了些工作。分店成立不久，《新华日报》在武汉创刊，我们主动提出承担代销任务，成为党报在广西唯一的发行点,贴出大幅征订广告,引人注目。当时订户遍及全省,团体和个人均有订阅,报纸随来随送,外地的当日寄出,从不积压,日销三百多份。此后,武汉沦陷,《新华日报》在桂林设立营业处,负责人张尔华同志曾陪同我们去八路军办事处会见李克农同志。这次会见对我们和我们全店的同志都是巨大的鼓舞。

这期间,我们还得到郭沫若、范长江两位同志的大力支持。1938 年冬,我店总管理处通知,全国分店义卖一天,将所得书款全部捐献前方抗战将士。桂林分店也遵照办理,郭沫若同志特地亲笔在义卖的五十本《生活手册》卷首题词,范长江同志为我们介绍了四川某机关驻桂办事处以义卖的名义捐献一笔数目不小的款项。义卖之日,全店张灯结彩,盛况空前。

出版方面,1938 年冬,胡愈之同志从长沙来到桂林,随后诸度凝同志为在桂林设立西南区管理处也调来桂林。当时生活书店分支店遍及全国大中城市,重庆总管理处鉴于桂林有较好的印刷条件和丰富的纸张来源,决定在桂林设立西南区管理处,主要任务是重印重庆出版的新书,发往东南、西南各店,既可缩短出书和运输时间,又可减轻重庆造货压力。西南区管理处由诸度凝同志负责。

胡愈老是我们书店的老领导,他刚到桂林时与我们同住一个宿舍,关心我们的工作、生活,还要我们编组学习。他当时很忙,除筹划《国民公论》的出版外,还过问国际新闻社的工作和积极筹备开办文化供应社,经常到学校、团体作时事报告。《国民公论》由胡愈老主编,创刊号于 1938 年初出版,同时在桂林、重庆、香港三地印刷、发行,在当时是一本有影响的政论性刊物。这时期还出版了由胡愈老编辑的一套政论性丛书和一些单行本。周扬同志在延安主编的《文艺战线》也由重庆总管理处寄来原稿在桂林排印，并在桂林、重庆同时印刷出版，当时西南区管理处出的新书不多，主要任务是重印重庆出版的书。

在发行和出版方面，我们的工作不但有党的关怀与文化界前辈的勉励和支持，而且还得到社会上许多青年读者的协助，如中国航空公司桂林办事处的朋友，为韬奋、徐伯昕、黄洛峰同志1941年初被迫从重庆先后来桂林飞去香港提供了方便；邮局的同志也给予很多帮助；还有警察局北江分局局长在当时住房困难的情况下，在东江路为我们租到一幢三层楼房，解决了宿舍问题。张志让、张铁生、沈叔羊等同志都在那里住过。得道多助，这是一点不错的。

经过1939年到1940年蒋介石执行消极抗日、积极反共的反动政策，前方搞军事摩擦，国统区强化文化统治，生活书店被认为是共产党的外围，在大后方首当其冲。早在1938年10月就在反共摩擦最敏感的西安对生活书店开刀，先是查抄并把经理抓去，罪名是"售卖禁书"，其时因武汉失守不久，国民党反动派还不敢冒破坏抗战文化的大不韪，经过斗争，被捕的经理被释放了——这是生活书店被迫害的第一个信号。果然不到半年，从1939年的4月7日，接连被查封分店达11处之多，逮捕8人。在这样严重的迫害之下，生活书店遇到了极大的困难，经济上损失很大。于是，生活书店总管理处决定实行新的方针，也就是增出新书，紧缩开支，营业采用责任制，以此扭转亏损，达到"保全事业，减少牺牲"的目的。为此收缩了一些分支店，并加强几个重点地区。桂林是西南地区主要出版发行点，要大力予以加强。我(邵公文，下同)就是在这样的情势下于 1940 年秋天从重庆调到桂林来负责生活书店分店的。

当时桂林的政治情况比重庆等地略好些，加上纸张供应、印刷条件等都比较好，开展文化出版工作相当活跃，因此有"文化城"之称。生活书店桂林分店是西南地区的一个中心，除设有门市部外，还有印刷出版——包括用纸型再版重庆、上海出版的图书和在当地收稿出版新书。印刷出版的图书西面供黔、滇，东南面供湘、粤、赣等省的分店和批发给各地同行。为了预先防止被国民党反动派的进一步摧毁，生活书店根据党的指示，决定开辟第二线的发行机构，例如同冯玉祥将军合作，把原由冯玉祥将军主办的三户图书社、三户印刷厂合作经营，生活书店派了较熟悉业务的汪允安负责三户印刷厂、贺尚华负责三户图书社，对外面都说是冯玉祥将军派来的。贺尚华原来在陕西分店工作，来桂林时的一身打扮，加上他身材高大，颇有西北军出身的派头。桂林分店被迫停业后其主要业务就由三户来承担。

我到桂林后，先把总管理处决定的方针向全店同志作了传达，并分析了当时的形势和如何具体贯彻这一方针的措施。主要是把分店办得更精干些，健全了各项制度和加强了组织纪律性，严格要求大家随时准备应对可能发生的突变。由于全店思想比较一致，工作还较顺利。同时也加强了同各方面的联络工作，如同广西地方上进步力量建设研究会的陈劭先、陈此生先生等建立了联系(后来邹韬奋从重庆出走到桂林后就住在陈此生先生那里，并经过他设法买到了飞机票)；也同当地出版界、书店同业加强了联系，一方面互通声气，另一方面也在业务上互相配合。

　　我到桂林还不到四个月，霹雳一声，震惊世界的皖南事变发生了，这是国民党反动派发动的又一次反共高潮。蒋介石除在军事上向新四军进攻外，同时在国统区发动了新的白色恐怖，我们几家书店首当其冲，不可避免又遭国民党反动派的毒手。由于广西的李、白那时还没有死心塌地跟随蒋介石走"投降、分裂、倒退"的死路，我们党的统一战线政策的影响和各方进步力量比较大，所以皖南事变时，李、白的态度没有何应钦那么顽固。反映到对待进步文化事业，虽然也执行了国民党中央的反动政策，但还是留了一些余地。所以生活书店等几家书店，广西当局没有直接采取查封捕人的手段，而是勒令书店自动停业，并容许做些转移的准备。

　　我们在接到勒令停业的通知以后，在广西当局的默许之下，进行了三天廉价销售，使那些革命图书尽多尽快发行出去，散布到广大读者中去。同时也利用这次廉价销售筹集一些资金，以备开创新的事业和遣散部分职工之用。不料在廉价倾销的最后一天晚上将要收歇之前，一些宪兵特务借口秩序太乱——实际上他们是乘门市读者众多而店员照顾不过来的时候，明抢暗偷去了很多书，书店店员当然要去制止，于是他们就蛮不讲理地竟然动手打人并抓去陈文江等四个同志。到第二天我们到桂林市警备司令部交涉，由于社会舆论的指责，这样愚蠢的做法又同广西当局的原意——让几家书店自动停业完事——不符，主管此事的警备司令不得不假惺惺地连呼"这是误会，这是误会"，立即把四个同志释放了，这场斗争也就此告一段落。这里还有一个小插曲：那天晚上，他们去书店门市抓人发生混乱时，自己拍了一些照片，事后对我们说这拍照的费用没法报销，又把照片给我们，钱要我们出，我就答允了。这事后来邹韬奋在《抗战以来》一书中对我进行了批评。

生活书店桂林分店被迫停业后，因为三户图书社已经建立，因此我们把生活书店的业务，包括存货等很快就转给三户，各项业务继续经营。新的三户图书社经过很短一段时间的筹备，又以全新的姿态同广大的广西读者见面了。除三户图书社外，生活书店还在桂林建立以出版外国古典文艺作品中译本为主要业务的学艺出版社。后来重庆方面生活书店同潘序伦合资经营的立信会计图书用品社也在桂林建立了分社，出版会计图书。总之，根据当时形势和中央"隐蔽精干"的政策，生活书店采取了分散经营的办法，并采用各种名义的招牌，以便在国民党反动派统治下继续坚持斗争，所以生活书店桂林分店虽然结束了，但是生活书店这一革命出版事业仍然存在，而且还在发展。太平洋战争爆发，香港沦陷，大批进步文化人又到桂林，桂林文化城发出了新的光辉，三户等单位也作出新的努力。任何革命出版事业在广大读者的支持和党的领导之下，只要有不屈不挠坚持不懈的奋斗精神，就一定会取得胜利！

卞祖纪，1936 年参加生活书店。后曾在人民文学出版社工作。

邵公文，1931 年参加生活周刊社，后曾任中国图书发行公司总经理、出版总署发行局副局长兼国际书店总经理。

原载《联谊通讯》（北京）第 26 期，1992 年 6 月 20 日

# 抗日战争时期的桂林三户图书社

李伯纪　吴　仲　陈　平

　　桂林三户图书社原名三户图书印刷社,由爱国人士冯玉祥将军所创办。1941 年 1 月,国民党反动派凶相毕露,勒令桂林生活书店停业。为应对这样的局面,生活书店领导根据党的"隐蔽精干,长期埋伏,积蓄力量,以待时机"的方针,采取与各方面合作或单独建立二三线出版发行机构的措施。经过在重庆的生活书店总管理处主席沈钧儒偕作家茅盾同冯玉祥将军商定:双方合作经营,由生活书店即向桂林观音山的三户图书印刷社投资,并在桂林市中北路增设一家三户图书社,专营图书的发行工作,搞发行业务的图书社和搞印刷业务的印刷社分别管理。三户图书社由生活书店派贺尚华任经理,后又增派李伯纪、杨文屏为副经理,派汪允安为印刷社负责人。

　　三户图书社成立后,继承生活书店作风,以经销生活书店另外经营的几个出版社(学艺出版社、文学编译社、耕耘出版社、远东图书公司、立信会计图书用品社)的图书及桂林各进步出版社的图书杂志为主,同时开展出版业务,广泛联系进步读者、作家和出版界,因而业务蓬勃发展。于是又引起国民党反动派的注意,于 1942 年6 月以莫须有的罪名遭到封闭,经生活书店争取,冯玉祥和李济深共同出面交涉才获解封。封闭期间,生活书店在桂林的领导(先是从香港撤出的徐伯昕同志,后来他去华东,由程浩飞同志接替)决定在三户图书社抽调干部和资金另成立"学艺出版社"(负责人赵德林)和"文学编译社"(负责人李伯纪),前者主要重版生活书店出版的图书,后者出版如胡风主编的"世界文学译丛"等新书。

三户图书社解封后,业务发展更快,图书发行范围除广东、广西、湖南、江西一些未沦陷地区外,还发展到昆明、成都、贵阳等地。1944 年湘桂大撤退前,先后派贺尚华和副经理杨文屏率领李秀珠、刘容光、洪文开、刘建初、汤家文分别到成都、昆明、贵阳准备设点。抽调吴宪俊(吴仲)、殷劭等代表生活书店与新知书店、读书出版社合作,赴广西贺县、广东连县开设兄弟图书公司。副经理李伯纪及吴敏、陈平、冯廷雄、蒋明、胡吟龙等留守桂林,继续营业,直至桂林失陷。留守人员由生活书店程浩飞、方学武安排,分别撤至贵阳、重庆、昆明和广西敌后。在三户图书社工作的同志,有的继续从事革命的图书出版发行工作,有的转到重庆《新华日报》,有的去了桂西、粤中、苏北游击区投入敌后武装斗争。三户图书社至此也就完成了它的历史任务。

三户图书社在桂林同国民党反动派反共反人民的文化政策作斗争,主要在以下三个方面:

一、反图书审查的斗争

国民党反动当局为限制、迫害言论出版的自由而设立图书审查处，它规定凡在本地出版或经售外地出版的图书均须送当地有关机构审查，以此来限制、禁止革命出版物和一切进步书刊在国民党统治地区流通。三户图书社和三家革命出版社（即读书出版社、新知书店、生活书店）及其分支机构，则采取送审、缓送审、不送审三种不同斗争方法相对抗。

二、支持和协助爱国的、进步的作家从事创作、翻译、编辑活动

1942 至 1944 年，文艺方面和社会科学方面的作家云集桂林。他们绝大多数是爱国的，不赞成或反对国民党的消极抗日、积极反共的政策，他们把著作交给三户图书社出版，或把他们自筹资金出版的书籍稿件交给三户图书社经销发行。凡是爱国的作家，三户图书社都大力支持，三年中三户出版了两个期刊和一些译著的单行本。

三、广泛联系读者群众和同业，积极开展邮购和批发业务

这是邹韬奋、徐伯昕等同志长年经营生活书店积累下来的好作风、好经验。三户图书社很注意继承和发扬它，定期把桂林出版的进步书刊目录，通过各种途径散发到全国各地（主要是国统区）的读者和书店。更多的是读者本人经常和三户图书社书信往来，他们除了委托代购书刊外，也委托代购其他文化、生活用品或代办某些事情，彼此之间建立起一种友谊，而不是单纯图书买卖的关系。他们经常有一笔邮购书刊费存放在三户图书社。可以说三户图书社是为他们办的，没有他们的支持，也就没有三户图书社。三户除了原来生活书店和冯玉祥将军的投资和必要时向银行贷款

外,就是靠各地读者预付的这笔邮购款及各地书店(多为进步的民办书店)的支持。只要是桂林三户图书社的书,他们都是乐于经销的。记得在桂林大疏散时,三户派人把书运到广东西江一带,在风声鹤唳中,好几个书店都把书买了下来,以此支持三户,而三户出版的书籍也确实是读者群众所需要的。

李伯纪,1939 年参加生活书店。后曾在广东省民族事务委员会工作。

吴仲,1942 年参加桂林三户图书社工作。后曾任新华书店华南总分店经理,曾在广东省政协工作。

陈平,1942 年在成都参加联营书店。后曾在广东省外文书店工作。

原载《联谊通讯》(北京)第 24 期,1992 年 2 月 20 日

# 桂林秦记西南印刷厂二三事

诸宝懋

去年(1995)4月和6月，沈静芷同志、戴琇虹同志先后去世，值此一周年之际，谨以本文表示对他们深深的哀思。他们两位为西南印刷厂付出了极大的心血和汗水，静芷同志以其精心的管理和经营，把西南印刷厂办成了一个颇具规模的、在桂林颇有声誉的印刷厂，这是很不容易的。西南印刷厂对当时大后方的进步出版事业作出的贡献，也是使人难以忘却的。我怀念静芷同志，也怀念西南印刷厂。

下面简述西南印刷厂的几件事。

## 艰苦创业

西南厂生产部门设置排字房、机印房和铸字房，共有干部七八人，工人三十多人，以后陆续增加到四十余人。

西南厂设备不多，开业时只有大小印刷机二台，铸字、制型、浇版工具及老五号铜模一副。以后又增添了对开机、四开机、圆盘机共五台,以及铸字机、浇版机、新五号铜模等。

那时铜模有缺字,如果缺的这个字需用量少,那就请人刻;如果需用量大,就只好向同业借铜模来浇铸。标题用的铅字不很全,有时杂志等着印,只好想办法对付。一是用不同的字体代替;二是用相近字号的字代替;三是用四个小号字组成一个方块代替一个大号字;四是用两个铅字,一个磨去左边,一个磨去右边,把保留下来的两个半边拼成一个字,或者一个磨去上半边,一个磨去下半边,拼成一个字。在当时出版的刊物上,常常会出现这类奇异的字。

那时,桂林发电能力有限,电费贵。我们没有力量装动力电,大小印刷机都用人力来转动,有的用手摇,有的用脚蹬,十分辛苦。摇对开机的工人,两个人一班,一人摇一人歇,累得汗流浃背。

后来,我们同一位装订作坊老板合作,在厂内建立了"三民制本所",使排、印、装成龙配套。

西南厂的设备,有的是使用多年的"老爷"机器,但由于工厂管理比较完善,工人素质比较高,因而产品质量比较稳定。经过几年惨淡经营,成为桂林文化城中设备较完全,具有较高印制质量的中等印刷企业,在桂林出版界颇有声誉,在印刷业中也有一定的地位,被推举为桂林市印刷业同业公会的理事。

## 文化城的重要印刷基地

西南厂除承印生活书店、读书出版社、新知书店所属的二、三线书店和文化供应社的书外,经常有来往的其他出版社还有 20 余家,几乎包括了桂林的主要出版社。

桂林是抗战时期我国大后方著名的文化城,许多文化人聚集在桂林,进步的出版机构也陆续建立,图书杂志大量出版。西南厂承印过的杂志有《中国农村》《中国工业》《国际新闻通讯》《广西妇女》《国民公论》《青年生活》《野草》《自由中国》《文化杂志》等。我们承印的书籍和杂志,大多是宣传革命理论、宣传抗日救亡以及传播文化知识的,对大后方进步文化事业的发展,发挥了积极作用。

## 秘密印刷毛泽东著作

1942 年初冬,西南厂奉中共桂林统战委员会之命,秘密印过毛主席的《在延安文艺座谈会上的讲话》。那时候在桂林,不能公开出版、印刷、发行毛泽东著作,所以到印刷那天,用"经理请看湘剧"的名义,把全厂职工都带到戏院去看戏,只留下少数几个地下党员和可靠的骨干,秘密突击这个任务。为了抢时间,采用流水作业办法,一边拣字,一边校毛校,一边拼版,一边看校样;校样改好版,随即打样,全部清样打完,马上装订成册,一共装了 50 本。全部工作才用四个多小时。等看戏的工友回厂时,赶任务的人早回宿舍了。排好的版已拆掉,铅字倒进回炉铅字的木桶内,其他如打样纸等也都收拾干净,不留痕迹。第二天,负责和西南厂单线联系的孙同志来厂把书取走,表示赞许,并再三叮嘱要"坚壁清野",不能有一点疏忽。除此之外,西南厂还奉命印制过党的其他秘密文件。

## 职工的劳保福利待遇和业余生活

　　西南厂虽然在国民党统治区,但是在党的领导下经营的,所以对于加强劳动纪律,保障职工的劳保福利待遇等都很注意。经反复酝酿,制订了《秦记西南印刷厂同人服务规约》,共 39 条。对工时、假日、劳保、福利、医疗、奖惩等都作了较为合情合理的规定。其中规定星期日休息半天,春节休息 6 天,劳动节、抗建日、国庆日、端阳节、中秋节各休息一天,这在当时的同行业中是少见的。特别要提一提的是,规定女职工给产假 40 天,新婚职工给婚假 6 天,这在其他工厂是不大可能的。这个规约受到全厂职工的支持,出现了团结、和谐、舒畅的气氛,充分调动了生产积极性。

　　为提高工人的文化水平,业余时间厂里还有读报、读书、语文和英语等自学组织。参加歌咏小组学唱抗战歌曲的更为踊跃。通过这些活动,增长了职工的文化知识,活跃了生活,激发了关心政治和学习技术的兴趣。

## 疏散去桂东和《广西日报》(昭平版)

　　1944 年夏,日军进犯湘桂,我们被迫分批撤退。部分器材先运到桂东平乐县城,后来战局迫近平乐,又转运到了县属长滩乡。因桂林当局控制了所有船只,部分器材无法运走,只得就地埋藏。抗战胜利后,派人前去查看,已荡然无存。

运出桂林的器材,因陈劭先、张锡昌、千家驹、莫乃群等筹划出版《广西日报》(昭平版),便租给报社使用。1945 年初,日寇进犯昭平,报社迁到县属黄姚镇,在更为艰苦的条件下坚持继续出报。报纸每期发行二四千份,对推动桂东粤北地区人民的抗日热情起了很大作用。

1945 年 8 月,日本无条件投降,《广西日报》(昭平版)也在 9 月 30 日宣布终报。随之迁移桂林,并入广西日报社。西南厂的器材作价转让给了报社,西南厂也就此完成了历史任务。

诸宝懋,1939 年参加新知书店。后曾在人民出版社工作。

原载《联谊通讯》(北京)第 49 期,1996 年 4 月 5 日

# 难忘风雨中的桂林读社

熊岳柏

我在1940年春由读书出版社香港分社调到桂林分社，和我同到桂林的还有龚国莹同志。

1940年的桂林，和全国各地一样，正笼罩在国民党反动派反共的阴霾中。国民党反动派的气焰在当地很嚣张，特别是对生活、读书、新知三家书店更视若眼中钉，三店出版的图书要先"送审"，稍不如其意就被无理没收。门市则经常有便衣特工出没，像"耗子"一样眯着眼睛在书架上、书台上到处乱翻，总想找出些什么，好回去报功领赏。在这种"山雨欲来风满楼"的险恶形势下，我们仍坚持在岗位上，每天照常开门营业，一直和国民党反动派周旋下去，不到万不得已，我们是决不后退半步的！

桂林读社是刘麈同志当家长，家庭成员有张汉卿、罗宇澄（罗萍）、杨熙（杨光仪）、倪子明、唐棠（当时叫唐雪仪）、彭涵明、李克金、云白川同志等十多人。除家长和李克金的年岁稍长一些外，其余同志都是年轻人，一个个生龙活虎干劲十足。大伙在工作上配合得很好，李克金搞出版、跑印刷所，家长亲自编核书稿，我和其他同志搞营业(包括批发、邮购、门市等)。门市上除固定有人外,内部工作的同志也轮流上门市当班,星期天则内部工作暂停,人员全部上门市。

读社门市部在桂林桂西路 17 号。这条桂西路可以说是桂林当时的文化一条街,书店大都设在这条街。我们也做同业批发,和同业们的关系搞得都很好,特别是利用业务和一些进步的同业团结得很好。

反动派对我们种种刁难,我们则"针锋相对",采取一些"安全措施"。例如,桂社当时还担负一些总社交办的出版任务,有的书稿要"送审"时我们就保留一两份底稿,即便没收了一份,也不致让作者受到损失。我们也曾经对个别书稿采取这种办法,把稿件"改头换面",另换一个标题或书名,文章内容也适当改动一下再"送审",有时就这么"瞒天过海",仍然达到了出版的目的。

对付来门市"寻事"的特务,我们也有办法:如果某些书估计会成为他们的"目标",我们就放在书桌的底下,只介绍给可靠的读者购买。为了把宣传党的政策的小册子很快发行到读者手中,我们甚至将封面扯掉,每本书页也撕开成两三个无头无尾的东西,就这么杂乱地混堆在一起,再用张纸写上"大廉价,破损图书,三至五折",知情的读者都围上去大挑大选的,把撕开的书页找齐,如获至宝似的欣喜着付款买去。这样处理很受读者欢迎,有些读者伸出大拇指说:"这个办法好,要得!"特别是星期天,一些青年学生都来了,有的一次就买去好几本,他们都是有进步思想的青年,对我们发行的"好书"如饥似渴地争相购买,售价打了折扣,也适应了他们的购买水平,所以一到星期天,我们便生意兴隆,门市上挤满了读者。虽然我们这样处理,在"好书"身上赚不到什么钱,但总比被没收去的好,更主要的还是我们终于将这些"好书"发行到了广大的读者手中,扩大了这些书的政治影响,说句行话就是"传播了马克思列宁主义和毛泽东思想"!在这个斗争中,我们是胜利者。

当时的桂林,每天都要拉好几次空袭警报,日本鬼子的飞机,对这座山水甲天下的城市也不放过。有时我们早上正要下门板开门营业,警报就拉响了,我们迅即又将刚卸下来的门板赶紧上上去,开始跑警报,跑到城外山洞里去(店里仍留下一人"看家")。只等警报一解除,我们就像田径运动员一样起跑,你追我赶地"回家",气也不喘一口就先忙着把门板又卸下来开始营业了。有时还没做上几个钟头的生意,警报又拉响了,我们又得跑警报,警报一解除,再赶回来营业。我们认为这也是在坚持对敌(日本鬼子)斗争,鬼子不让我们在"大后方"安居乐业,我们就是要安居,更要乐业。在这个斗争中,我们仍然是胜利者。

生活方面,我们也搞得很不错。平时大伙团结友爱,真如一个大家庭的兄弟姐妹一般,从来没有发生过吵嘴骂架的事。每到周六晚上,我们就过周末晚会。先由家长谈了一周"家事",然后大家争着发言谈各自一周来的工作和生活,展开同志式的批评与自我批评。在这个节目上,大伙都很虚心,从来没有"面红耳赤"。接着我们开始学习有关政治思想方面的读物或传达业务文件,读报(我们对国民党的报纸上的某些新闻是从反面来看的),座谈讨论时事,发言很踊跃。还有一个最令我们欢乐的文娱节目摆在最后,唱歌、说笑话、猜谜语……，有时用纸条写上节目，搓成小纸团撒在桌面上，每人拾一个，谁拾到就得按这个纸条上写的节目表演，如果为难，也可请别人帮你一把，替你表演，但你自己仍得拿出一个节目来。每个周末我们就这样玩得很有乐趣。

读社门市部对面开了一家卖马肉米粉的店，我们有时就"划鬼脚"，在一张纸上画上好几条线，然后在某条线下写上"请客吃马肉"，再把纸脚覆盖起，参加的人每人自选一条线，并在线头上写上自己的名或姓，然后"亮底"，谁的姓名下面写有"请客吃马肉"就成为东道主，我们便一股劲地拉着他过马路去吃马肉米粉啦。桂林的马肉米粉吃起来别有一番风味，一个个像酒杯般的小碗里盛着几片马肉，你吃上十碗也吃不饱的，但却津津有味，其味无穷，令你不忍离去，吃了还想吃呢！

终于这么一天降临了！1941 年初，国民党反动派悍然发动了震惊中外的"皖南事变"，与此同时，反动派在全国各地查封生活、读书、新知三店的分支机构（有的被勒令停业），查抄存书，逮捕工作人员。读社和新知在贵阳联合经营的读新书店，于 2 月初被查封，全部人员被拘捕（虽然以后一半人员被营救出狱，但经理孙家林一直被关押到 1944 年才越狱逃出）。接着，桂林生活书店被勒令限期自行停业。在停业前，生活书店举行"三天大廉价"，读者人山人海，店堂挤得水泄不通，卖出了大批革命书刊。勒令生活停业，当然也是对读社、新知的警告。我们两家就主动贴出"整理内部，暂停营业"的通告。读社在一个僻静的小巷里租了几间房子，存书和人员都撤到这里，一方面继续向熟识的读者售书，一方面准备安排人员到别处开店。这时,家长刘麞交给我一个重要任务,就是让我带着书店所存纸型、账册和重要文件档案先走一步。我就将这些重要东西分别包好,外用蒲包捆牢,打扮成一般商货模样,交火车托运到广州湾(今湛江市),然后从海上转运香港再运上海,我也同车随行并赴港,这是我离开香港去桂林后又第二次再到香港。

以上虽然已是如烟的往事了,但数十年后的今天回顾起来,仍能说明一个大道理:反动派反人民,违背真理,虽然疯狂一时,但其日子终不会长久,它终于失了人心,丢了天下!再看今日红旗漫卷,国强民富,香港回归了祖国怀抱,澳门也不久回归,最终解决台湾问题的时候也将迟早到来。

祖国统一在望,举国欢腾有日!

为贺三联成立65周年,写在香港回归之后第六天

熊岳柏,1939年参加读书出版社。后曾在贵州省图书馆工作。

原载《联谊通讯》(北京)第63期,1998年8月10日

# 回忆桂林建业文具公司

## ——怀念刘耀新同志

石泉安

三联书店是党的出版发行事业,在抗日战争前后,直到解放前夕,长期在国民党反动统治区,运用非法斗争和合法斗争相结合的手法,出版马列主义、毛泽东著作,传播革命种子,宣传救国道理和党的方针政策。屡遭反动派残酷迫害,扣书、封店、捉人坐牢,其中一些同志为革命出版事业,献出了宝贵生命。

1941年皖南事变后,反动派更加对革命出版发行工作进行迫害。黄洛峰、徐伯昕、沈静芷三店负责人,根据周恩来同志的指示精神,三店务必采取一、二、三线部署应变措施,搞些副业,以副业补主,在另一条战线上为党的文化事业作出贡献;同时,也保存锻炼了很多人才和干部。三店都抽出干部搞副业,据不完全统计,三店开设的贸易行(百货纱布)达11家,印刷厂6家,文具公司4家,还有造纸厂和桐油、烟叶、食品店,等等。地区遍及上海、桂林、重庆、万县、大连、昆明、广东、香港等地。

搞副业也造就一批善经营的干部,如陈其襄、张锡荣、顾一凡、张又新、张汉卿、郑树惠、刘耀新、王人林、唐泽霖、曹健飞、刘建华等一大批三联老同志。搞副业也是很惊险的,很严酷的。读社的张汉卿同志,就是做副业时,于 1947 年在宁波被国民党逮捕,杀害于狱中的。直到解放前夕,健飞、泽霖同志还常往来东北解放区与香港之间,雇佣大洋船跑单帮,以历经艰难险阻的斗争,光荣地完成任务而出了名的。记得 1948 年上半年在香港,东北运来一大批黄豆,老曹就拉我去帮他过磅称黄豆,一干就好几天,当然,远不止做黄豆一项生意,也运去很多更重要的物资,支援人民解放战争,这些同志功不可没。

洛峰同志,大家都亲切地称他为黄老板。1942 年春,抽调重庆刘耀新、成都陆家瑞和金思明,还有杨和同一位姓伍的广东人,开设桂林建业文具公司。

我是在桂林进建业文具公司做练习生的。1939 年在桂林参加读社工作的唐棠,她丈夫杨新同志,当时在湘桂铁路任采购员。杨新认识我哥哥石辟澜。我是由越狱逃跑出来的诗人薛汕(辟澜战友)化了妆,将我带到桂林的,当时年纪小,又没文化,生活都成问题,刚好建业文具公司要人,通过唐棠、杨新同志介绍进了建业文具公司。

在我记忆中,建业文具公司开始没有单独门面,是在热闹的市中心,中山北路的大公拍卖行占半边铺面。大公拍卖行是一位广西籍姓丘的退伍军人的,卖真空管、旧的通讯器材,不知何故,姓丘的给当局抓去几天,放出来后,还高兴地燃放鞭炮庆祝一番。建业文具公司后来才在附近租到单独的铺面。

建业文具公司新址，正对面是"大众电影院"。它的背后是独秀峰，当时没有高楼，空袭警报器就装在这座石头山上。

当时建业文具公司卖的文具中，进口商品不少，如较为精密的计算尺、绘图仪器等都是舶来品，连复写纸也有法国高乐牌，铅笔是法国施德楼和维纳斯美女牌，蘸水笔尖是美国的968、988，还有进口的地球牌墨水。也有些国产风筝牌蜡纸、蜘蛛牌墨水，等等。当时，我离开潮州不久，蜘蛛二字用潮州音读，引起大家的欢笑。

解放前的社会，上有大贪，下有小贪。顾客要买文具，讨价还价，要开发票时，写上的金额由顾客自己另写，这在当时商场已是公开的秘密。

文具公司有个小仓库，当时敌机常来轰炸，市区不安全，仓库设在漓江那边，观音山下施家园。好些知名作家、画家居住这一带，四川名作家艾芜住楼下，二楼有个较大的房间是仓库。艾芜同志与读书出版社交往历史很长，他为人忠厚，在我印象中一直是个"乡巴佬"。早在1938年，他在湖南农村，洛峰同志就将《群众》周刊长期赠寄他。1944年他逃难到柳州，一家六口，无以为生，范用同志在逃难紧急之际，设法送他一笔钱。刘耀新经理同他更是老乡加老友。我经常跑仓库提货，要经过当时的中正桥，当时是木结构桥，解放后筑成水泥大桥，更名为解放桥，路过七星岩边就到了施家园。

黄洛峰同志是很关心文具公司的。他赴港路过桂林时，逗留几天，住在公司楼上，问这问那。当时我才十几岁，是个无知的练习生，就觉得很奇怪，哪来个有趣的客人。耀新等兄对他很尊重又很礼貌,每天早晨要我买较好的早点给这位客人就餐。没几天,他就走了。后来我到了重庆、香港,年纪稍大也懂事些,才知道他是读书出版社的创办人黄洛峰同志。

敌机来空袭时,我们多数疏散到附近的老人山(岩),有次来不及,在附近小山洞躲着,敌机飞得很低,在离洞口几公尺地方,投了枚炸弹,只听到"沙沙"的可怕刺耳声,接着一声巨响,我给震晕了。醒来时,炸死炸伤好几十人,呼天喊地,哭声、救命声,响成一片。耀新同志处于较近洞口,一只脚近膝盖处中了一小块弹片,临时集中好几条手帕,紧紧扎住,还是止不了血,马上送进郊区一家医院,治疗好几天才出院,这是我又一次目睹日本侵略者犯下的血债。过后,见到路边那个弹坑,直径只有 50 公分大,只有十几公分深,看来是个小型炸弹,但威力可不小。

80 年代初,重庆出版部门曾组织离休老干部前往福建旅游,刘耀新、卢寄萍同志都参加了。路过广州时,我们高兴地见到了面,耀新同志离休前落实政策,享受离休老红军待遇。那次,我陪耀新到中共省委找廖似光大姐(前任省委组织部长),大姐外出不遇,耀新留下条子,当天下午廖大姐即来耀新住处回访。曾听说耀新 30 年代在上海共青团任刻印蜡版工作,当时与廖大姐一道工作,因长期累月地刻蜡纸,致使刘老板的头是侧向右边的。做一行,熟一行,党叫干啥就干啥,他的工作精神很值得我们学习。

刘老板对我是很关心的,知道我读书少,有机会,让我到近郊的两江儿童教养院,再读一两个学期,以提高文化水平。休息时,他带我到漓江边的旅游棚教我游泳,他游泳水平一般,但他想到个好办法，先观察姿势游得正确的怎样游，呼吸、手脚动作怎样配合，然后再来指点我怎么个游，很有耐心地教我。当时，我已能在江中游好几百公尺。后来我到重庆、香港，直到解放后定居广州，都没有间断过这项水上健身运动。离休后近几年，我还参加广州市的冬泳会，有组织地重返桂林漂泳漓江22公里，到福建连城县湖泊里游二千公尺，参加好些分年龄的游泳比赛，都得到冠军等好成绩，现在有这样的体质，都与刘老板教会我游泳基本功是分不开的。

文具公司的结业，是黄老板有新的部署，因为要和重庆《新华日报》合作筹建文华造纸厂，耀新、家瑞、思明三位同志均调该厂工作，文具公司于1943年10月间，顶给了一对从香港回来的下江人夫妇，那位男士还会唱《再会吧！香港》等进步歌曲，像个知识分子。

耀新兄很负责任，将我安排到三户图书社工作。当时读社在桂林还有另一块牌子，叫新光书店，没有门市，专搞出版，范用、丁仙宝两人主持这个单位。我们常来常往，范用兄见我年纪小，格外关心我，同我们往来多的还有洪遒和进步剧团的尤梅、石山等同志。

洛峰、耀新两位前辈，两位老领导都先后走了，他们一心一意为革命，流血流汗在所不惜，服从工作需要，忘我的工作精神，从不计较个人名利，关心和团结同仁，这些可贵的品质，值得后人学习和赞颂。

1970年初，我外调重庆，曾到出版社找耀新，回答是："到学习班去了。"

　　1997年4月下旬,我到云贵川重庆旅游时,由潘敬中同志陪同,曾看望耀新同志。当时,他已是84岁高龄,显得有点苍老了。当时拍了些照片,可惜给冲洗坏了。没想到那次见面后的9月4日,他就与世长辞了,又痛失一位教育我、关心培养我成长的老领导、好领导。

　　写的毕竟是57年前的事,当时年幼,知道的不多,错误在所难免。恳请建业的家瑞和范用等老同志予以补订。

　　石泉安,1942年在桂林参加读书出版社。后曾在广州文物商店工作。

原载《联谊简讯》(贵阳)第 19 期,2000 年 2 月 20 日

# 黄宝珣大姐与耕耘出版社

王仿子

　　时光流逝,以九十高龄谢世的黄宝珣,离别我们已经七个春秋了。说起当年,生活书店的小青年都得叫她一声大姐。因为她在生活书店孕育时期,《生活》周刊只有两个半人的时候就走进"生活"了。韬奋先生说起当年的情形道:"自十五年至十七年(1926年到1928年),这一年间是由二个半人勉力办着(注:指《生活》周刊),自十七年十月,黄宝珣女士是加入的第一个人。"从那时起,黄宝珣成为韬奋处理读者来信的一名助手。

　　生活书店在《生活》周刊时期就是以"鞠躬尽瘁的服务精神,在千百万读者好友心坎中播下种子"。韬奋说:"做编辑最快乐的一件事就是看读者来信,尽自己的心力,替读者解决或商讨种种问题。""最盛的时候,有四位同事专门担任拆信与抄写的事情。"读者中有要求代购书报杂志的,也有委托"买鞋子、买衣料……夫人肚子大了,再三细问哪一家产科医院好",等等(以上引号内文字均见韬奋著《生活史话》)。于是,非得有一位热心肠的女同事去奔波不可,黄宝珣的热心肠正好派了用场。

抗战全面爆发,生活书店从上海撤到武汉,再到重庆,黄宝珣一直在韬奋身边做秘书工作,任经理室秘书,兼文书科科长。直到皖南事变,各地的生活书店被国民党反动派一一摧残封闭,邹韬奋愤而出走香港,书店同人大量疏散,黄宝珣亦不得不另谋生路,到了香港。1941 年底香港沦陷,经东江抗日人民游击队营救,黄宝珣和韬奋夫人沈粹缜一起到了东江游击区。当时,国民党反动政府风闻大批文化人进入东江,派两个师的兵力包围游击区,切断通向曲江、桂林的道路。黄宝珣在东江等待两个多月,才有机会与旅港剧人团一起离开东江。她向韬奋告别时,韬奋叮咛道:"在桂林有不少书店的同事,他们有的合作办出版社,有的摆书摊,你可以和他们合作,继续宣传进步文化。"

黄宝珣到桂林后,牢记韬奋的叮咛,赤手空拳办起一个耕耘出版社。后来她回忆起这件事情说:"我到了桂林,一贫如洗。但我在生活书店工作十四年,受到韬奋同志长期的教诲,一心记住要宣传进步文化的教导,同时有在生活书店当编辑的茅盾、沈志远和同乡柳亚老的建议和鼓励,我于 1942 年冬一个人办起耕耘出版社。"黄宝珣请郭沫若题写了耕耘出版社的社名。

在过去,把只有一个人的出版社叫作"皮包书店"。因为请不起伙计,租不起房子,把整个出版工作装进一个皮包里,挟着皮包东奔西走,所以叫"皮包书店"。这样的"皮包书店"大都带有投机性,出的书留不下来。耕耘出版社可不一般,黄宝珣决心继承生活书店的传统,在稿件取舍方面得到茅盾、沈志远、胡绳的帮助,所以耕耘出版社出版的书到全国解放以后,还有重印的价值。在购纸、印刷、发行方面,到处都有生活的同事为她出力,她连一个皮包都不用,就把耕耘出版社办得像模像样。

耕耘出版社出版的第一本书是《古代史》,第二本书是《中国社会史诸问题》。沈志远送稿子的时候告诉黄宝珣,作者吕振羽在延安,所以她在送审原稿时,把作者改名"吕正宇"。可是,国民党图书杂志审查委员会的嗅觉很灵敏,不仅通不过,连原稿都被扣留没收。幸好,她的同乡柳亚子在桂林,那个审查机构的头头爱好旧诗词,要向柳亚子请教。柳亚子把黄宝珣叫去,当面跟这名审查官说:"这位黄女士想做点事情,办了一个小出版社,送审的稿件被你们扣留了。如果不让出版,也应该把原稿退回,以便退给作者。"审查官当时就记下书名,第二天黄宝珣取回书稿,发现每页上都盖了"审查通过"的印章。于是,索性恢复吕振羽的署名,一版就印了三千册。一部已经被枪毙的书稿,因为柳亚老的面子复活了,柳亚老又把自己的《怀旧集》交给耕耘出版社出版。

我和黄宝珣见面较晚。1943年夏,我离开东江人民抗日游击队,抵达桂林时,曾经在生活书店桂林分店共事的同人一个也见不着了。幸好在路上碰见陈正为,他是当年和我一起由东江游击队的小鬼带领离开九龙,进入游击区。后来又和我,还有冯景耀(生活书店)、陈秉佳(《救亡日报》)四个人一起参加游击队。如今在桂林相见,当然很高兴。经过陈正为,我又见到了黄宝珣、程浩飞、赵筠、贺尚华、汪允安等一批过去没有见过的生活同人。黄宝珣比我年长几岁,是我的前辈,又以热心肠而闻名,她像老大姐那样关心我的生活和工作,使我感受到亲切和温暖。

黄宝珣经过两年的艰苦奋斗,在桂林出版了十多本书,初具规模。可恶的是日本帝国主义向湘桂的疯狂进攻,黄宝珣把存书抢运到火车站,在火车站等待五日五夜,最后只身逃往重庆,又是一贫如洗。黄炎培、杨卫玉的再次相助,使她获得贷款,重振旗鼓,在闹哄哄的重庆出版界,以坚持出版进步书籍为特色而占有一席之地。

黄宝珣原籍江苏省吴江县,是南社诗人、国民党元老柳亚子的小同乡。柳亚老对于这位独立奋斗的同乡女性,一直给予关注和爱护。1945 年 8 月 28 日,毛泽东、周恩来、王若飞抵达重庆,毛主席在与蒋介石谈判的间隙约见柳亚子。柳亚子于 8 月 30 日带着黄宝珣到曾家岩见毛主席和周副主席。周恩来在得知耕耘出版社的情形后,鼓励黄宝珣要"坚持下去"。1949 年以后,毛主席在 1950 年再次约见柳亚子,柳亚老再次想到他的小同乡。这一次,他接受黄宝珣的委托,带着黄宝珣参加"第一届全国出版会议"得到的《第一届全国出版会议纪念册》,请毛主席和周总理题词。主席题了"又工作,又学习",总理题的是"为努力于人民出版事业,望百尺竿头,更进一步"。重庆的接见,北京的题词,成为黄宝珣一生中最最值得纪念的荣耀和光辉的一页。

耕耘出版社创建于桂林,在日军炮火下撤到重庆,日本投降后回到上海,全国解放后结束于北京。由于从始到终有胡绳、沈志远、茅盾协助把关,出版了许多进步的优良读物。如吕振羽著《中国社会史诸问题》《中国社会史纲》、胡绳著《思想方法和读书方法》、沈志远著《近代辩证法史》、许涤新著《最近经济思想的批判》、杨培新著《中国经济动向》、吴清友编著《苏联科学建设》、林耀华著

《从猿到人的研究》、柳亚子著《怀旧集》、张天翼等著《论阿 Q》、谢冰莹著《在日本狱中》，等等。编入"耕耘文丛"的有茅盾等著《青年与文艺》、胡风等著《论诗短札》、臧克家著《冬天》、葛琴著《磨坊》、穆木天等译《春之颂》、柳尤埠译《阿莱凯姆短篇集》，等等。

在当年，出版这样的书是要冒一点风险的。胡绳有一次向她推荐一部书稿时，问她："你怕吗?"她说："不怕。"她当然不是不知道有风险。她从重庆一到上海，就把她三个从 13 岁到 19 岁的女儿委托生活书店同事黄慧珠带去山东解放区，她决心无牵无挂地投身进步出版业。

她从八路军驻渝办事处张晓梅手里接过一本福尔曼著《中国解放区见闻》的译稿，她抢在国民党接收大员一到上海就忙于掠夺"五子登科"（金子、票子、房子、车子、女子），尚未顾及文化统制的时候，抢印了几千册。1949 年后她回顾这段历史说："在反动派统治下，出版这些进步图书也要冒风险的。我学生活书店的隐蔽手法，或者改换作者的名字送审，躲过国民党图书杂志审查委员会的控制，或者等候时机，利用抗战胜利国共谈判时短暂缓和的间隙。到上海，在地下党的印刷厂的帮助下，突击出版《中国解放区见闻》，受到广大读者的欢迎。"

黄宝珣并不满足于有啥出啥。她在谢冰莹帮助下，从桂林开始策划组稿，到重庆才有成果的《女作家自传选集》，就是一个富有创意的例子。其中收有子冈的《自愧与自勉》、安娥的《我怎样离开的母亲》、白薇的《跳关记》、林北丽（林庚白夫人）的《二十七年的旅程》、彭慧的《简单的自传》、赵清阁的《也算自传》、谢冰莹的《平凡的半生》等。何香凝也接到她的约稿邀请，以诗一首回报，手迹被耕耘出版社印在这本书的扉页上：

> 耕耘出版社函命余追述奋斗成功经过，抚今追昔，不愿多述，忍痛奉题拙诗以报命。
>
> 历史再虚谈，愧看先烈血，国破又民饥，羞在人间列。
>
> 何香凝题于　桂林（印）
> 三十三年六月

黄宝珣十分重视书的装帧和文学作品的插图，艾明之的《饥饿的时候》收入九个短篇，有丁聪的五幅和朱今的四幅插图。耕耘出版社注重出书质量，出版的社会科学著作和文学作品，多数能一印再印。更重要是黄宝珣在生活书店、读书出版社、新知书店等进步出版业横遭反动政府摧残扼杀之际，为进步出版物提供了一个出版机会。

新中国成立，黄宝珣想起 1941 年在香港韬奋对她说的"暂时另谋工作，度过困难时期之后，还可以回来"。她觉得耕耘出版社已完成了历史任务，没有存在的必要了。她到北京找徐伯昕，说了她想把耕耘出版社归并到生活·读书·新知三联书店，重回三联书店工作的主意，得到徐伯昕的支持。

耕耘出版社没有专门的工作场所，黄宝珣到哪里，出版社就在哪里。有过一次例外，她从桂林逃难到重庆，经黄炎培、杨卫玉介绍向中央信托局贷款，虽然有两位老先生的担保，信托局还是要派人调查出版社的经营规模。幸而有生活同事仲秋元的帮助,连夜把他房间里的床铺拆掉,搬进一张办公桌,又写了"耕耘出版社"几个大字贴在门口,一夜间把一间卧室变成一间耕耘出版社办公室。另一位生活同事沈日民,连夜给耕耘出版社编制了一份资产负债表,把这一回的调查应付过去。全国解放,黄宝珣到北京,耕耘出版社也就在北京了。1950 年 9 月,出版总署召开"第一届全国出版会议",黄宝珣作为北京地区 17 名私营出版业代表之一被邀请出席。她与张元济、舒新城、章锡琛、金长佑、李小峰、严幼芝、华问渠等一起编入出版组第一小组,一起讨论出版总署署长胡愈之在大会上的报告《论人民出版事业及其发展方向》,为提交大会通过的《第一届全国出版会议五项决议案》各抒己见。黄宝珣在这次会上见到许多三联书店的老同事,更增强了她重回三联书店的信心。

出版总署很快批准黄宝珣的申请。黄宝珣与三联书店总经理,也是她在生活的同事邵公文商定:全部存货交给三联,销售所得归还耕耘向银行的贷款;全部纸型、版权无偿交给三联书店。有结余人民币 2000 元,黄宝珣把它捐献给抗美援朝购买飞机大炮。黄宝珣本人到三联书店和商务、中华等五家联合建立的中国图书发行公司任供应科科长。1953 年,中图公司奉命并入新华书店,黄宝珣改任新华书店北京发行所业务办公室副主任。

黄宝珣到北京之后,我和她见面的机会比较多了。那时候生活书店的同事在北京的很不少,我和许觉民、陈正为等相约到她的前京畿道新居,祝贺乔迁之喜。她还像大姐姐那样招待我们。以后,虽然各人忙各人的工作,但在邹师母(韬奋夫人沈粹缜)来到北京,或有其他老同事从上海来京,就是一些老同事聚会的机会。这种在国民党的高压下共同战斗而形成的凝聚力,不被某些人理解,因此1963年文化部整风期间,被个别人当作宗派活动来批判。"文化大革命"期间,生活书店、读书出版社、新知书店被污蔑为"黑店"。黄宝珣个体劳动支撑起一个小小的出版社,被扣上"资本家"的帽子,扫地出门,遣返原籍。

幸而,历史是公正的。"四人帮"覆灭,黄宝珣得到平反,重新获得北京市的户口,被安排在版本图书馆工作。她几次把她申请入党的材料、有关革命工龄的材料,复写(当时还少有复印机)一份给我,因为我是可以为她的历史作证的生活书店同人中的一个。到1989年,经过多年追求,她以83岁高龄实现了参加中国共产党的夙愿。

黄宝珣离开学校,跨进生活周刊社开始,在韬奋先生领导下全心全意为读者服务;在国民党反动政府逼迫下不得不离开生活书店,创办耕耘出版社;再到耕耘出版社并入三联书店,参加新华书店工作。终其一生,没有离开过向广大读者群众输送进步的革命的精神文化食粮的工作,她对中国共产党党员的光荣称号受之无愧。

王仿子,1939年在衡阳参加生活书店。后曾任文物出版社社长、中国出版工作者协会副主席。

原载《三联贵阳联谊通讯》第32期,2003年11月8日

# 回忆生活书店广州分店

苏锦龄

  生活书店广州分店是 1937 年 2 月成立的，1938 年 8 月因日寇南侵形势危急而结束，只办了一年半的时间。我是当年该店工作人员，现将我所了解的从筹建、成立、结束和撤退的一些经过，写点粗浅的店史资料，供大家参考，倘有错漏，希望熟悉情况的老战友们给予指正。

  孙明心、孟尚锦两同志于 1937 年元月由上海生活书店总店派到广州，负责筹建生活书店广州分店事宜。他们首先按计划在永汉北路（即现在的北京北路）文化、商业中心区物色店址，但无法找到。后来遵照总店指示和得到开明书店、北新书局庄子良、徐少楼两先生的大力帮助，找到吴涵真先生磋商，请他把儿童书局的店铺盘给生活书店设立分店，今后该局出版的书刊除由生活书店总经销外，现有的全部图书、货架、家私和工作人员移交生活书店接收管理，安排工作。孙明心等同志按上述设想拜访吴涵真先生，与他磋商，他赞扬邹韬奋先生创办生活书店，出版进步书刊和马列主义经典著作，为革命文化事业作出了重大贡献。因此，承他热情帮

助,同意照办。生活书店终于在 1937 年 2 月将设在永汉北路 150
号(现改为北京路 224 号,位于白沙居巷口右侧第二间的四层楼
房,现为劳动鞋帽商店)的儿童书局重新更换招牌,办妥申领营业
执照等手续,正式宣告成立生活书店广州分店。(宿舍在书店斜对
面 166 号五楼,新门牌 287 号,现为越海商店。上述两处楼房现仍
保留原貌。)管理机构分设出版、发行、门市、批发、邮购、推广宣传、
财务等共 10 个部门。当时书店工作人员有孙明心、孟尚锦、赵晓
恩、赵鼎懋、苏尹铨、苏锡麟、陆凤祥、陆石水、冯景耀、冯成就、冯益
滔、区醒汉、陈树南、莫志恒、瞿悦明、濮光达、洪俊涛、包士俊、金世
桢、王绍阳、卢锦泉、吴元章、谭春簌、许三新、许季良同志总计 25
名。另有炊事员、邮购员各 1 名,都是浙江省人,姓名忘记待查。

　　我店全体职工发扬自力更生、艰苦奋斗精神,坚持勤俭节约办
书店,在党的关怀领导下,在总店的协助与支持下,克服经济难关,
始能分期顺利支付接办儿童书局应偿付的图书货款、财物等开支。
在开展扩大发行业务方面,除营业外,还兼担任出版、采购纸张等
工作。经过出版科认真努力和有关部门协助配合,按计划完成总
店再版的《青年自学丛书》《读者信箱汇集》和《抗战》《世界知识》等
书刊的出版任务,且及时调拨运往香港、重庆、桂林等分店,同时供
应我店发行。当时发行上海总店出版的书刊有《救亡手册》《战时
读本》《萍踪寄语》《高尔基》《经历》《文艺阵地》等,和总经销儿童书
局出版的进步少年儿童优秀读物。通过门市、批发、邮购与委托同
业代销等方式,扩大我店发行网,因而本版书刊畅销广州地区,并
立足广东,面向华南和香港等地。图书发行取得较好的营业效益,

深受读者、作者、同业们的欢迎和好评。

孙明心经理领导主持书店工作以来，办事认真，勤劳实干，生活朴素，密切联系职工，以身作则，模范带领全体职工，遵守书店规章制度，搞好出版、发行、推广宣传和人事等部门工作，如工资福利、考勤奖罚等条例，都有明确规定。重视抓好职工保健、食堂、宿舍等工作，宿舍配有铁床、电风扇、日常用品等设备，发夏冬季制服各两套，医疗药费全部报销等。由于福利制度的优越，加上我店在经济上是个自力更生的合作社性质的经济实体，由全体职工以劳动所得共同投资，以发展革命出版事业为宗旨，因而每个工作人员都是书店的主人，所以他们真正做到爱店如家，主动把书店工作当作自己的事业来做，充分发挥工作积极性，不断提高业务和政治水平。队伍素质高，使书店取得了较好的社会效益和经济效益。发行工作中的门市工作和邮购工作也具有生活书店自己的特色：

1. 门市部工作。门市是书店的窗口。我们遵照邹韬奋先生的倡导，以"竭诚为读者服务的精神，对去门市部买书或不买书的读者都是一样的热情接待"作为做好工作的准则，因此，每个职工上班站柜台时，坚持穿着制服，整齐清洁，并将圆形古铜色的生活书店证章佩戴在自己的胸前。这枚证章是"生活精神"的象征，给我们智慧和团结友爱的教益，对推动大家以实际行动认真贯彻有礼貌、诚恳、周到、负责、热情接待读者的要求，起了促进作用。

在书店门前高高悬挂了霓虹灯管的"生活书店广州分店"招牌。门市陈列着的最吸引读者选购的图书，书刊品种齐全，分类陈列，每周调整更换新书，部分开架，方便翻阅，门市整齐清洁，像图书馆一样。我们注意加强推广宣传工作,赠送图书目录,便利读者购书。我们还经常阅读新书介绍,本外版图书目录,大家勤奋学习,更好了解图书内容简介、序言、前言,记熟书名、作者、出版单位,向读者推荐好书,和读者亲切交朋友,并能圆满解答读者提出的各种疑难问题。读者不买书仅翻阅的同样热情接待。门市工作从售书、开发票、收款到找回款、包扎等,做到迅速、准确、妥当。倘有大批购书,则免费送货上门,或代办运输、代交邮局寄出。如中山大学要生活版张仲实译《政治经济学讲话》80本,汕头市图书馆等单位购《鲁迅全集》《世界文库》等书一大批,都能迅速打包和装木箱,分别快速送到学校和交船寄运。从而赢得了广大读者、学校、机关团体单位的信赖,使他们感到满意。

门市营业时间读者源源不断前来买书,其中马列、鲁迅、韬奋等著作,"青年自学丛书"、《抗战》、《世界知识》等书刊是畅销书,深受读者欢迎。每逢星期日,中大、军校、广雅等院校师生前来购书特别踊跃,连过道都挤满人,以致无法行走,生意十分兴旺。当时本市同业计有读书、新知、商务、中华、世界、民智、开明等书店50多家,新华、救亡、民国、越华、国华等日报社10多家,我店营业额居全行业的第五名。由于我店门市工作具有自己的特色,深受读者赞扬和同业的好评,曾被广大读者亲切地誉为"读者之家"。实践证明,"竭诚为读者服务"精神的优良传统,至今仍有现实意义,值得当前书店、出版社、其他行业门市工作人员与文化、新闻、出版工作者认真学习、继承、发扬和借鉴。

2. 邮购科工作。邮购工作在图书发行中也和门市同样重要。

邮购科的业务方针是"努力为社会服务,竭诚谋读者便利,为读者推荐优秀读物",这项工作从邮寄图书目录到各地,直至收到读者来款和函件,从拆信、登记、入账、开户编写卡片、配书,到开发票、邮寄、复函等,要经过10多道工序,业务手续比较繁琐复杂。我们根据实际需要,建立了一套完善的"邮购工作制度",使邮购工作像流水线作业,有条不紊地进行,做到服务周到、办事迅速、信用卓著,受到读者来信的赞扬。邮购科在1937年冬曾收到梅县陈仲明等读者来信,称他们将款30元汇寄别家书店购书,总是长期无书寄下,且未见有复函说明原因等情况。当时去调查了解情况,发现有些同业确实是有骗钱行为,使读者吃亏上当。我们的邮购工作信用好,办事认真负责、迅速周到,赢得了广大读者的信赖,因此,邮购从原来的500户发展到4000多户,营业收入和户数居同行业首位,被评为先进邮购科。

各地读者寄款来买书刊,因图书不齐或暂售缺等原因,需要等候货到再寄。所以邮购业务一般是有款结存的,充分利用这笔款可以节约贷款利息,加速书店的流动资金周转。遇有读者委托购其他商品,如文具、百货、药品等,我们也照办不误,邮购科还有一个工作,就是定期将本店、读书、新知、开明书店出版图书目录、新书广告印件,赠送并分别邮寄本省、广西各地学校和图书馆,以及机关团体单位,以供读者选购,这样,也收到很好的效果。例如1938年春,梧州广西大学有6位学生联名来函并附有购书单,询问有无书供应,需要多少钱等。我们采用灵活方式处埋,解决他们急需,按照书单,将《萍踪寄语》《大众哲学》等书配齐,送交邮局挂号寄出,并通知他们收到书后将款汇还。半个月后收到汇来购书款,他们并来信向我科表示衷心的感谢。这样的情况很多,不再一一列举。总之,邮购工作取得成绩,主要依靠全体同仁努力和有关部门配合并认真贯彻邮购业务方针。

1937年"七七"卢沟桥事变发生后,因战火逐步蔓延,特别是"八一三"事变后,上海总店的处境十分艰难险恶,由于交通、邮路阻塞等实际情况,所以上海总店的出版工作随着形势恶化,有计划逐步撤到广州来。当时广州纸张供应,大部分是进口优质纸,价格合理,货源充足,且出版、印刷、发行、交通运输等条件比重庆、桂林好得多。遵照总店批示,广州分店兼承担出版、发行、印刷各种图书任务,工作繁重,时间紧迫,要保证完成计划,主要依靠我们发扬"生活精神",坚持刻苦实干,克服困难,夜以继日忘我劳动工作,终于按计划提前完成任务,获得总店的赞扬。

3. 运输工作。广州寄往全国各地分支店图书因有部分地区未能畅通,且广州邮局奉令停止收寄重庆、昆明、兰州等分店邮包。因此,只得将能寄的地方,分别由火车、轮船、汽车运往华南、中南、华东各分店收。为了解决邮包收寄问题,我们在1938年元月派人前往本省和湖北、福建省各地进行调查了解联系通邮情况,后来承蒙福州市邮局负责人热心帮助,同意收寄重庆、昆明等分店邮包。书店当即研究制订有效运输方法,遵照总店指示,将发寄各地书籍,集中人力,全部配齐书打成邮包后装大木箱,抢时间迅速寄往香港,由水路经汕头市等地运往福州市。当时孙明心经理委派苏锡麟、许三新两同志随货前往办理,在福州设立临时邮寄转运站,负责图书提运保管,送交邮局将邮包分别寄往重庆、昆明、西安等分店,做到全部安全寄达,没有发生事故遭受损失,这是值得欣慰的。

我党提出的抗日民族统一战线的政策,成为文化出版界和一切爱国人士的行动纲领。1937年秋季,在中共广东区委的领导下,广州地区中大、岭南、襄勤、广雅、知用等30多间大中学校组织约有3万学生,举行要求全国人民团结起来,共同参加抗日救国的集会大游行。我店积极热烈响应这个号召,孙明心经理为领队、负责带领全体职工,每个人手持纸制的标语小旗,参加学生队伍集会后,走上街头大巡行示威,高呼口号:打倒日本帝国主义!全国人民团结起来,参加抗日救国运动,争取胜利!书店当时还参加由八路军驻广州办事处发动的支援抗战献金活动,全体职工都尽力捐输献金,表明了广州生活书店全体同仁政治觉悟高,立场坚定,坚持走抗日救国的道路。

抗日战火波及华南后,1938年8月初,遵照重庆生活书店总管理处徐伯昕总经理指示,孙明心、孟尚锦等同志调到重庆总处工作。苏尹铨、苏锡麟等同志调到柳州,负责筹建开设柳州分店。区醒汉、许三新等同志调到南宁,负责筹建开设南宁分店。1938年夏,赵鼎懋、包士俊等同志调到香港分店工作。当时我们带着图书和行李财物撤离广州,由水路搭船,途经肇庆、梧州、桂平等地,途中经历许多艰险辗转一个月之久,才安全抵达柳州,全体工作人员6名与图书等物幸未遭受损失。我们全体职工坚持团结合作,发扬艰苦奋斗、勤俭办店精神,在筹建书店过程中,承蒙柳州区民团指挥部政治部领导人和强华、福记书局负责人等的亲切关怀和支持帮助,终于在市中心区培新路 34 号(现改为立新路),找到适当铺位、宿舍和仓库,按章签订租约,并申请领取营业执照。我们还根据经济能力作了简单的装修布置,制造招牌、书架等必要用具,装修完成后,我们择定于 9 月 20 日宣告生活书店柳州分店开业,得到当地党政军和学生军、文教科领导人,强华等书局负责人亲临书店祝贺。由于马列、鲁迅、韬奋等著作和抗日进步书刊品种多,备货齐全,供应充裕,开架分类陈列,方便读者选购,所以开业第一天,《救亡手册》《论持久战》《战时读本》《大众哲学》等畅销书都被许多读者成批抢购,造成供不应求,对推动柳州地区宣传抗日校园运动作出应有贡献。

我们在柳州分店的工作中同样坚持邹韬奋先生倡导的"竭诚为读者服务"精神,作为我们做好工作的准则,坚持热情、诚恳、周到、快捷、有礼貌地接待读者,深得读者好评。我们在地下党的领导和重庆总管理处的正确指示和支持下,图书、杂志发行量普遍增加,超过预期数字,取得较好的社会效益和经济效益。

本文在修改补充过程中,得到方学武、赵鼎懋(即赵乐山)、吴仲、李伯纪、苏锡麟、区醒汉、冯成就等同志给予指导和协助,我表示衷心的感谢。

苏锦龄,1937 年在广州参加生活书店。后曾在广州金笔厂工作。

原载《联谊通讯》(北京)第 39 期,1994 年 9 月 10 日

# 在台山的流动供应

赵乐山

　　1938年下半年,广州遭日本侵略军飞机的不断轰炸。生活书店广州分店决定疏散部分员工到香港去创办生活书店香港分店,我是其中的一个。不久,香港生活书店决定派周遇春和我等四人到广东的台山一带开展图书流动供应。我们四个平均年龄不到二十岁的小青年带了一百多包图书,从香港到长洲,在长洲雇了一艘出海的海船漂海到了广东的广海上岸,被当地的缉私队扣押搜查了一天,几经交涉才获释放。我们就在广海雇请了几十名挑夫,沿着公路步行几十公里到达台山县城。一到台山县城,很快得到各界人士的支持和欢迎。我们就在台山县城租赁了一间十多平方米的店铺房子,既借又做地搭了几个十分简陋的书架和书台,在门口骑楼的二条大柱刷上石灰,用红漆写上"生活书店四邑流动供应处",算是我们的招牌。不到三天就开门营业了。其间,我们还带了图书到开平、公益埠、赤勘等地流动供应。当地的一些知识界人士,尤其是一些教师和学生,像见到了亲人一样地欢迎我们,热情地支持和帮助我们。不少学生义务地帮我们拆包上书架,帮我们卖书。我们也激动地热情地向他们介绍各类图书，向他们介绍当前图书出版情况，向他们介绍广州、香港两地的读者买书、读书的情况。不仅十多个平方米的小门市人来人往十分热闹，连整条小街也热闹起来了。有的读者天天来，有的读者一天来几次，来买书，来看书，来看望我们。读者忘记了回去，我们也忘记了休息。其中有三件事值得一提：

一件是有几个爱好打排球的青年学生，三番四次地邀请我们到他们家里去做客。有一次我们去了，他们热情地拿出水果、糖果、糕饼请我们吃，七嘴八舌地讲他们的学校生活和课余活动，讲他们喜欢看的书，拿出他们参加打球比赛的奖旗和奖品，拿出他们参加音乐比赛的奖旗和奖品给我们看。有的即兴地拿起了吉他，给我们弹奏乐曲。有的家在近郊农村，强拉我们到他们的农村家里去做客，还问我们需要帮什么、缺什么。还经常三五个、两三个地来帮我们卖书，使我们十分感动。

另一件是一位教师经常来看书，拿出纸笔来抄写，来了就不愿走。后来了解，主要是他没有余钱买书。在他的行动感动下，我替他想了一个办法，叫他在我们晚上关门休息时来借，第二天早上开门前来归还，不要损坏就行了。他十分感动，为此长达两个月之久。

还有一件是有一个少校军衔的国民党军官，是兵站的教官，他几乎每天来看书，上午来、下午来，一来就是两个小时以上地站着看（当时我们十分简陋连一张椅子也没有）。慢慢大家熟悉了，知道他喜欢看政治书、文艺理论书，特别是与抗战有关的书，也了解他对政府、对当前的形势有自己的看法。大家思想接近，互相谈话也多了，他也讲出了知心话，他说："有些书我只能到你们店里看，不能买回去。你们真好，能带这么多好书来卖。"话中之意一想了然。就是这么短短在台山三个月的相交，我们成了几十年兄弟般的朋友了。他现在已经八十多岁，一个儿子是工程师，女儿和女婿都是大学的教授，至今我和他仍经常互通信息。

不久，日本侵略军发动太平洋战争，香港生活书店通知我们不要回香港，要我们连人带书到桂林生活书店报到，我们到达桂林时正是 1940 年底。

赵乐山，1938 年在广州参加生活书店。后曾在广东省惠阳地区文化局工作。

原载《联谊通讯》(北京)第 3 期，1988 年 10 月 15 日

# 在香港的十个月

胡耐秋

1940年10月，国民党反动派掀起第二次反共高潮。1941年1月7日发生"皖南事变"，进步文化力量也同时受到迫害。

1941年2月，生活书店又有成都、贵阳、昆明、桂林、曲江五个分店被封。在不到两年时间内，五十多个分支店除少数因战事自动停业外，大多数被国民党反动派封闭，仅留下重庆一店。

韬奋痛心于国民党反动派的破坏团结抗战，摧残进步文化，于2月25日愤然离开重庆，3月5日到达香港。他到港后即着手开辟舆论文化阵地。此时，重庆、桂林等地有一批文化界人士，也因抗议国民党反动派的专制横暴、消极抗日，陆续来到香港。

生活书店同人在韬奋到港以后，前后来港的有徐伯昕、邵公文、程浩飞、陈正为、曹吾、冯景耀、李伯纪、殷国秀、丁洁如、涂敬恒和我，等等。我因离开重庆较早，到港后即负责筹设书店的事务，先租定香港湾仔凤凰台一层房屋为办公室及宿舍，7月搬至九龙金巴利道诺士弗台一层房屋，较香港原来的宽敞干净。

过了九个多月，12月7日，日本偷袭美国珍珠港，挑起太平洋战争。12 月 25 日香港沦陷。1942 年 1 月 9 日,韬奋前往东江抗日游击根据地,再转赴苏北及上海。书店同人也前后离港。

1941 年,韬奋和徐伯昕率领书店部分同人在港工作了十个月,进行了下列一些工作:

一、首先考虑筹办一种周刊,作为舆论阵地。可是,香港办刊物要有"港绅"出面登记,并担任督印人,才能准许出版。正在为此事踌躇,恰好 4 月中旬徐伯昕到港,间接找到一位名叫曹克安的,他的父亲是"港绅",他们已登记好一个刊物,正在物色编辑人。听说韬奋要办刊物,他对韬奋有一定的了解,真是喜出望外。就决定把登记好的刊物交给韬奋办,他只担任督印,不过问刊物内容。经过准备,这个刊物很快就在 5 月 17 日出版。

刊物的名字就叫《大众生活》,作为 1935 年底在上海出版的《大众生活》在香港的复刊。第一期称新一号。韬奋担任主编。编委共七人,他们是千家驹、金仲华、茅盾、夏衍、乔木(乔冠华)、胡绳及韬奋。程浩飞担任助编。另有人担任经理工作,办公处设雪厂街太子行 2 楼 122 号。

韬奋在新一号复刊辞中说:"……现在,摆在全国人民面前的紧急问题,就是如何使分裂的危机根本消灭,巩固团结统一,建立民主政治,由而使抗战坚持到底,以达到最后胜利。""我们不愿讳疾忌医,对进步的,有利于民族前途的一切设施固极愿尽其鼓吹宣扬之力,但对于退步的,有害于民族前途的现象,我们也不能默尔无言。"这就是《大众生活》香港版的立场和态度。该刊出版后,受到香港、澳门、华南诸省以及南洋各地读者热烈的欢迎。

《大众生活》港版出至 12 月 6 日,已出版 30 号,即因战争爆发而停刊。

徐伯昕协助《大众生活》出版后,即考虑发行网的开辟和建立。他和读书出版社的负责人黄洛峰商量,两家合办一个书店叫光夏书店,总经售两家出版的图书,实际上是两家共同的门市部。光夏书店由两家合派干部共同经营,生活派的是冯景耀。徐伯昕在工作上给予大力的指导和援助。

光夏书店于 5 月底开业,至 11 月底半年中间经售生活书店出版的图书约五六十种,多数是各地分店的存书,少数是在香港的重版书,因为当时没有来得及出新书。茅盾写的小说《腐蚀》在《大众生活》新 20 号上已连载完毕,未及出版单行本,太平洋战争即爆发。

光夏书店开业后,又筹备出版一种杂文和小品文的文艺杂志,名叫《笔谈》。由茅盾主编,曹吾协助编辑。9 月 1 日出版第一号,是双周刊,共出了 6 期。

以上两刊一店,是生活和读书同人 1941 年在香港直接经营的最主要的出版发行工作。

为免受政治上的牵连,《大众生活》由时代书店总经售。时代书店是东北人周鲸文开设的。《笔谈》由星群书店总经售。星群书店是由几个生活书店离店职工经营,得到金仲华的支持。重庆出版的综合性文艺刊物《文艺阵地》月刊寄到香港由光夏书店总经售。出版发行和经售的关系分得一清二楚。

二、除了直接经营的两刊一店外,还有同其他单位合作的工作。

韬奋在《大众生活》筹备出版之前,即应《华商报》负责人范长江的约请,将抗战期间的亲身经历,写一长篇文章,在《华商报》上连载,题目是《抗战以来》。从《华商报》4 月 8 日创刊日开始登载,至 6 月 30 日登完,共登了 84 天,写了近十万字。《抗战以来》揭露了国民党反动派的假团结真分裂,假抗战真反共,假民主真独裁,对国家政治的改革和抗战建国的前途表达了真诚的希望。

《抗战以来》在《华商报》登载完毕后,即由该报出版部印成单行本,发往南洋各地销售。"七七"抗战四周年,凡订阅《大众生活》一年的即赠送作者签名的《抗战以来》一册。此书的发行使海内外广大读者了解中国政治的真实情况。

韬奋初到香港时,住在金仲华家里。家眷于 6 月间到港,才租定九龙尖沙咀弥敦道成立单独寓所。金仲华当时任香港《星岛日报》主笔,业余主编《世界知识》杂志。1940 年掀起第二次反共高潮时,《世界知识》已从生活书店分出独立出版,在港交星群书店总经售。

5、6 月间,在徐伯昕的推动下,生活书店和中华职业教育社合作成立的国讯书店设立香港分店,在香港汇丰银行大楼 3 楼 223 号办公。邵公文、殷国秀参加该店的工作。

10 月 10 日出版《国讯》旬刊香港版新一号,由俞颂华主编。该刊标榜"无党派的立场,无政治的作用,为青年研究出路,为社会商榷问题"。《国讯》旬刊由光夏书店总经售。

三、1941 年的香港,是内地的文化界人士为抗议国民党反动

派的消极抗战、积极反共而逃奔的集中地,除了上面提到的一些由
生活和读书同人经办的文化事业和文化机构而外,还办了其他一
些文化事业和机构。

新闻事业方面:范长江、胡愈之在桂林创办的国际新闻社,这
时已迁来香港,总社和原来的香港分社合并。乔冠华、胡一声等人
创办一个中国新闻社,专门向海外华文报纸发新闻稿。中国民主
同盟由梁漱溟、萨空了等在港创办《光明报》,由俞颂华主编。

期刊和丛书方面:有张铁生主编供青年阅读的《青年知识》周
刊,有由救国会出版于毅夫主编的《救国丛刊》,还有宋庆龄主办的
《保卫中国大同盟》英文半月刊。新知书店与文化供应社合办的南
洋图书公司,印行我党在延安和重庆出版的《解放》和《群众》杂志,
并经销上海的图书。

戏剧和教育方面:有留港剧人演出团,他们演出过《雾重庆》
《北京人》《马门教授》诸剧。学校教育方面有刘清扬办的立华女子
中学校。

以上的新闻出版戏剧教育等的设施,汇集起来成为一个进步
的文化大花园,一个面对日本帝国主义和国民党反动派的文化阵
地。在这个阵地中,生活书店的在港人员虽然人数不多,但确是一
支活跃的力量。

生活书店在香港时期,却没有建成一个完整的领导管理机构,
根据当时的情况分析,大约有以下的一些原因:1.出版的生产工作
一时难以开展。已出版的图书的纸型都分散在重庆、桂林、上海几
个地方一时不能运港。2.经济短绌。重庆总管理处结束后疏散人

员需大笔开支,在重庆和桂林办了一些合作机构需要投资,虽个别的分店结束后有款汇港(如桂林分店),但光夏开业也需要资金。

3. 人员不齐。在港人员虽有 12 人,但不能完全集中在一起工作。

4. 时间短促。多数人员到港时已是 5、6 月,到 11 月仅半年时间,为急于照顾眼前紧急的工作,未能考虑本身机构问题。当时在港的邹韬奋、徐伯昕、邵公文、胡耐秋,都是 1940 年推定的理事、人事、监察联席委员会的常务委员,还有胡绳也是常务委员,他当时参加党的机关工作,他们都没有顾上提出成立领导管理机构的问题。

那时最困难的是经济问题。来源少而且香港用的是港币,在几个月中间一时没有港币收入,以致韬奋不得不向《华商报》预支稿费维持家庭开支,直到有了《大众生活》的编辑费才宽松一些。

当时同人们是如何生活的呢?男同事住的是大通间,用木棍支撑的帆布床,像沙丁鱼那样并排着。女同事住的是过道隔成的小间。大家一起吃简单的饮食。据陈正为回忆,有了一定的港币收入以后,凡是在店外参加工作的同人都把薪金收入交店,再由会计拟定单位基数,按原来国币薪金的多少折算成港币发给各人,不用说是很低的。这样的薪金也有韬奋一份。

1949 年后,少数人中间有传言,说生活书店积存有港币一万元。经询问后,这一万元港币是原生活书店香港分店在被迫结束时盘给星群书店图书和设备折算的钱数。积存一万港币是一种讹传。

先住在香港凤凰台,后来住在九龙诺士弗台的同人,像是一个

搞革命文化工作的群体,生活很清苦,可是每一个人都没有怨言,
对国家前途既有信心,而且有光荣的自豪感。他们已不是一般的
工资劳动者,而确实是一群从事革命文化出版工作的革命者,说明
他们是经得住考验的。


胡耐秋,1937 年在上海参加生活书店。后曾任全国妇联书记
处书记。

原载《联谊通讯》(北京)第 30 期,1993 年 2 月 25 日

# 献给三联书店在港成立50年的一份薄礼

## ——香港回归一周年有感

熊岳柏

　　香港回归已经一周年了,今日的香港,早已不是往日的香港了,当然更不是 20 世纪 30 年代那个时候的香港。可是,30 年代曾在香港生活和工作过的我,回忆起来,仍然免不了会有一些零零碎碎的不可磨灭的东西在脑子里回荡。虽然已是五十多年前的事情了,而那时的我只是一个 18 岁的青年人,而现在的我已是一个 77 岁的衰老头子。我想,这些零碎的回忆,总还是有点意义的吧?

　　1939 年 7 月,我到香港第一感觉就是:这是一个在政治上受到英帝国主义者统治了近百年的地方;在经济上是一个表面繁荣的畸形社会;在生活方面,是一个富有者更富有,贫穷者更贫穷的所谓上层社会的乐园,下层社会的苦难之地。在这里,各国银行林立,金融机构遍布,高楼大厦尽是大商场、大酒店,舞厅、夜总会灯红酒绿,通宵达旦,妓院、赌场布满大街小巷,山顶道上建满了大亨们各式各样的别墅,浅水湾的海滨游泳场,停满了小汽车,海面上大小游艇穿梭往来,过海的渡轮,上层坐着洋人和高等华人,下层挤满了肩挑背扛的劳动人民,德辅道上电车叮当叮当地驶过,皇后大道上人来人往,川流不息……这就是挤满着 180 万人口的香港啊。

晚上,我也曾到处去走走看看夜市。有些不三不四的人围在一起不知看什么,我也走近去看看,原来是有人摆地摊,卖什么"大力丸",吹说什么吃了"关火""管用",真是无聊。海边大道上有好些打扮得像"妖精"似的"咸水妹"在那里拉客,拉着外国水兵搂着不放,中国妓女则活动在灯光暗淡的角落里。赌场门口有人在大声叫喊你进去发大财,舞厅、夜总会和酒吧间里座无虚席……这就是当时香港的夜市。

待在这样的生活环境里,不管它是黑是白还是灰,我始终没有忘记自己来香港是干什么的,我牢牢地记着一句话:"出污泥而不染!"

我们和新知书店合伙租下香港摆花街 36 号三楼一间写字间,一起的还有《西风》杂志社和新中国书局。我们在写字间里安放下四个写字台和四把椅子,我和新知的张朝同兄对台子坐;过道骑楼左边一间小厕所,后面一间小厨房,我们合伙请了一位阿姨做饭。晚上,我们打开帆布床就睡在各自的写字台边,这些,就是我们工作和生活的小小天地了。

虽然工作和居住的条件很挤,可是我们在这里却工作得干劲很大,生活得也很愉快,我们就像是一家人一样相处得非常和睦,特别是我和张朝同如同兄弟一般,工作时我俩面对面,吃饭睡觉也在一起。到了星期天晚上,老张还找我一同去生活书店门市部楼上听乔木(乔冠华)讲解国际时事,这对我来说,受益匪浅。

每次上海发来经香港转运分发内地各处分社门市部的书一到港,我们就要大忙一阵,拿着提货单到码头上仓库去把整大箱的书提出来,再用牛于拉到摆花街,雇两个"苦力",一个扛一个帮着把整箱书搬上三楼。当"苦力"们费力扛着大木箱一步一步上楼时,我这个小秀才站在楼上写字间房门口只能看着望着,心里却在想着:这些香港的劳动人民也为我们的事业出了汗水作了贡献的啊。

把大木箱里装的搬出来立即清点后,即按各种书到货的数量分配好给内地各分社门市部的数量,港社自己也留下一些在当地发行。然后就动手打成一个个小邮包,找来经常为我们拉车送包去邮局的"阿王",把邮包捆上他的手拉车,于中午香港邮局上午下班和下午上班之间的"黄金时间"(这是对我们投寄邮运最有利的时间)赶紧拉到邮局,那里早有我们已经熟识了的"内线人物"帮忙把邮包塞进邮袋,立即封上火漆,这样就逃避了香港邮局洋大人的检查,平安无事地交运了。当然,要给这些"内线人物"一些好处,有时给些钱,有时就带些书去送给他们看。但仍应肯定,他们仍然是爱国的中国人!

那个时候我们只知道工作呀工作,从来就没有什么上班时间和下班时间,工作来了就紧张地忙干一阵,干的时候不知道累,干完之后才感到累,但由于我们又设法运送给了内地各分社一批书,心里却是甜甜的;那时我们也从来不知道什么加班费,书来多了,吃了晚饭我们仍然继续打邮包,以便能早日将邮包寄往内地。思想上,我们只认为自己是在干革命,是在为我们的出版发行事业作贡献,因此有一种光荣的自豪感而已!这种甜甜的安慰感和光荣的自豪感不止我一个有,与我同甘苦的还有小广佬龚国莹和小同志郑王民(郑易里的侄子),他俩是我的左右手,也和我一样有此同感!

当时我们在港没有自己的门市部,书来了,要在港发行,就只得求人家有门市部的了。生活书店在港有门市部,我拿着样本书去找邵公文,但他们要的数量仍有限,我便跑遍香港九龙的其他有门市部的大小书店。有些书店还好,多多少少要了一些,但也有见了我们的书就害怕的,他们拿着我们的书随便翻了翻,便冷冷淡淡地说了一句"不要",我说"多少要一些吧?"他只好朝我看了一眼说:"这些书我们不能卖呀,这些都是共产党的书!"我也曾到九龙的一些学校去,那些老师们却很高兴地买上几本。也有人摸到我们写字间来买书的,但毕竟不是多数。南洋各地有华侨写信汇款来买书,来信均写得很热情,说他们在当地买不到"好书",要求我们主动为他们选择书寄去,看了这些来信,我心中很不是滋味!我们的发行工作做得还不够好,邮购工作也未开展到海外去,就是50年后的今天,我仍然这样认为。

《中国青年》(延安版)的纸型航寄到港(当时是由我社在港发行),我又得忙一阵子了,要交给"可靠"的印刷所承印,印出后继续跑遍港九大小书店,同书一样,有的书店多少要一些,有的一本也不要。我又去找一些小书报摊,每个书报摊上放一些寄售,再拿去九龙的一些学校,老师们对《中国青年》倒是很欢迎的,到底是中国的爱国的知识分子。

日本鬼子军占领广州时，我们有好几大箱《资本论》还存放在广州码头仓库里来不及运出，我到香港后，曾"奉命"去广州，想设法将这一大批宝书给救出来。但我奔走的结果，终于无法完成使命。我想，我既然到了广州，也不能虚此一行，至少也要到仓库去亲眼看一看这批书是否还平安无事地存放在仓库里，以便今后再想办法。我便去了仓库。路上遇到日本军人持枪在大街上站岗，任何行人往他面前过去，必须向他低头弯腰敬大礼！我老远看见，真有些气愤！怎么办呢？我只得绕道而行，借用董永的一句话："大路不走走小路。"为此，我绕了好些小街小巷才到了仓库，找到仓库管理人员，是一位上年纪的老师傅，我向他说明了来意，我说，我今天来不提货，我只想进仓库去看一看我的货，请他给我方便。那位老师傅很好，领着我进去一直走到好几只大木箱面前，我请他给了我一根铁撬棍，我把箱子盖撬开，亲眼看到了精装本的《资本论》一部部排列整齐地躺在大木箱内，当时我的心情好激动啊！我是在敌人占领下的广州亲眼看到了这些闪光的宝书的人！我从内心里喊了一声："马克思主义万岁！"并下定决心：我们一定要把这批宝书早日给救出来。这时，那位老师傅看着我又小心谨慎地把箱子盖盖上，又用铁撬棍将箱盖敲紧。我试探性地问老师傅："老师傅，你有没有办法帮我将我这批货运出广州去？"老师傅看了我一眼，然后说："小兄弟，不瞒你说，如果是别的东西，花点钱，还是可以想想办法的，只是你的这批货……"他停了一下，又叹了一口气说："没办法啦，你也知道，现在是小东洋在这里管事啦。"

我了解到有一些走私贩子，经常用大木船装载一些货物从这里驶去"沙鱼涌",然后将货物运往惠阳(惠州)等地转运内地。我想,这倒是一个好办法,我们的书也可以跟着他们"走走私"嘛,虽然要冒大风险,要避开香港当局的水上巡逻缉私艇,还要在出港后溜过东洋鬼子在海上的封锁线,但我认为冒冒这样的风险还是值得的,大不了在港内被抓住把书没收了事,在海上送掉我这条小命,当个烈士罢了。毛主席教导过"越是困难的地方越是要去"嘛,我鼓足勇气去和那些走私贩子打上了交道,便把预先打成一个个蒲草席包的我的"私货"于夜深码头行人稀少之际,用车子拉去装上了大木船。我也跟着下了船,那些走私贩子轻轻地划着船桨,摇着大橹,若无其事地溜出了港口,来到了海上。这时海面上波涛平静,黑压压的一片,蓝色,好清静啊,可是我的心口却仍压着一块大石磨,叫人紧张得透不过气来,就怕日本鬼子兵船上的探照灯突然一下子射过来,那就完蛋啦!

　　总算马克思在天有灵,一路平安地在天快透亮之前到达了"沙鱼涌",这个以往从来没听说过的一个小港滩,船一靠岸,岸上早已围上来一些"扁担客",他们争着把你的货挑上肩就走,也不问这些货主人是谁。一直到天大亮了,这些"扁担客"才停下来歇歇脚,他们这时才告诉我,只等天一亮,鬼子的飞机就要来"沙鱼涌"轰炸,所以要在天还未大亮之前赶紧把货挑走。货运抵客栈,"扁担客"们把货卸下,擦了擦脸上肩上的汗水,拿到了劳动的钱。当天晚上,客栈里来了一些扛大枪的兵大爷,说是来检查行商,抓私货、拿汉奸的,客栈伙计一见他们来了,就知道按老规矩办事,忙来向我要了一些钱拿去打发了他们;他们一句话也没有来盘问,扛着大枪就走啦。第二天一大早,我又跟着那些"扁担客"挑着我的"私货"上路了,就这样一路上经惠阳老隆到达了韶关(曲江),见到了张汉卿,把运来的"私货"移交给了他。小张问我:"你此行不害怕吗?"找说:"怕什么呀?"他笑着说:"一路上,国民党可以把你当汉奸,也可以把你当共产党,都可以把你枪毙了的。"他又说:"书要是给查出来了大不了没收,我们还可以再造,要是把你的小脑袋给敲碎了,你就完蛋啦!"说到这里,小张望着我哈哈大笑,我呢,也望着他哈哈大笑,我只说了一句:"完蛋就完蛋!"我想这也是"初生之犊不畏虎"吧?

　　熊岳柏,1939 年参加读书出版社。后曾在贵州省图书馆工作。

原载《联谊通讯》(北京)第 64 期,1998 年 10 月 20 日

# 难忘的回忆

陈毅行

1946 年 2 月春节过后,李易安、余颖(咏茜)同志带领我和陈宝彝由广州到台山县城,租到县前路 48 号,开办了华联图书公司,由余颖主持工作。华联的建立,在当地读者中反响强烈。先是余颖为广大中学生预订的一批教学用书按期如数供应,取得良好的信誉。再就是在 40 多平方米的门市内,全部书刊开架,任凭读者选购,为当地前所未有,得到广大读者的欢迎。店堂中常挂出世界名人(主要是苏联著名作家画像)文化气氛很浓,课后业余,读者拥挤非常。

为扩大影响,主动服务,3 月间李易安同志和我到台山县城周围的公益、荻海、开平、长沙等地各中学流动供应书刊时,一位教师激动地说:"在抗日战争时期生活书店来过,现在才盼到你们来啦!"长师校长方惠民亲临书摊并主动向师生推荐介绍书刊。9 月间我又和余萍同志到荻海、长沙、开侨中学等地流动供应,和读者联系更为广泛。我们隔月编印书目,向附近各中学和文化团体散发,同时开展邮购业务,也同样得到读者的欢迎和支持。

读者喜爱"华联",反动派却借故制造事端。5月的一个傍晚，一名国民党军官把书架上的《霜叶红似二月花》《震撼世界的十日》等几本书，气势汹汹地甩到坐在售书柜前的李易安同志面前，大声吼叫："你们竟敢卖禁书!"李易安同志当即指出这些书都是"注册"过的。但那人还蛮横地要"没收"。李易安同志即严肃地诘问："政协(指旧政协)决议的言论、出版自由算不算数?"同时读者也对他加以指责，他见众怒难犯，才狼狈而去。

过了不久，"华联"的房主(是个公务员)以租约非他亲订为借口，向法院提出毁约，但后来经过"华联"据理力争，法院只好判以酌补顶费而了结。

此外，还曾在一个夜里门市部突然被水淹了，发现后，余萍、陈宝彝、余荣煊、黄苏等同志奋不顾身地将书转运到安全地方，但也损失了不少书刊，这显然是敌人的蓄意破坏。至于邮件的失落，使"华联"和读者遭到经济损失，并企图破坏"华联"和读者之间关系的手法，那更是国民党反动派地方当局的家常便饭了。

到了年终，国民党反动派地方当局索性去掉伪装，以"时有奸人出入"为罪名，公然封闭了"华联"，逮捕了当时在店工作的余萍和余荣煊(后经保释)，还威胁说："经理余颖在逃。"其实李易安和余颖同志正在广州忙着实学书局的工作。国民党反动派地方当局以为他们这样做便可以除掉"华联"，其实不然。当年在台山县政府的一位公务员曾说，感谢书上的道理，使他们明白了世事的是非，决心改行去办学。解放后一位当年台山中学的同学说："那时学校一个老师说去'华联'看书会中'邪'，结果同学们再也不听他的话了。"这都说明当年的读者对"华联"有着清楚的认识，至今也没有忘记它。

40 多年过去了，有些事情至今仍深印在我的脑海里。

记得我到店不久，李易安同志看到我用的一床蚊帐很破烂，便给了我一床新的。我原以为是公家借给我用的，后来才知道是他用自己的工资为我买的。至今想到这事，我还感动不已。

我和宝彝同志等开始都不懂书店业务，李易安同志便从账目管理到书刊包扎，一一言传身教，不厌其烦，他还鼓励我们多读书、明事理。

读了革命的书刊，才明白中国共产党领导下的武装力量，才是打败日本侵略者的主力。国民党的宣传是歪曲了事实真相的。宣传是革命的重要战线，书店是宣传的重要阵地。这是我在书店工作开始得到的一点初步认识。

一次，李易安同志和我流动供应乘船回店的路上，船到码头，船员突然说，书不是行李，要检查，补运费。李易安同志果断地让我立即将所有的两大包书带上岸，找人先挑走，他留下来理论，结果他被推推搡搡地伤了手。事后他说："要紧的是保住书刊和你的安全，我受点伤不要紧。"

前面讲过的那个要没收图书的国民党军官，李易安同志与之辩论，我真担心会吃亏。后来他笑着说："这种人外强中干，用政协的条文来敲他，他是反驳不了的。"李易安同志的这番话使我明白了有理、有利、有节的斗争的道理。

　　当年书店对我的启蒙,李易安同志对事业负责和保护同志的言传身教,激励我在以后的岁月里不断奋力向前。

　　陈毅行,1946年参加新知书店。后曾在武汉市锅炉厂工作。

原载《联谊通讯》(北京)第21期,1991年8月15日

# 鲜为人知的香港持恒函授学校

郑　新

　　香港持恒函授学校是 1947 年下半年，大批著名文化人再次先后聚集香港，由生活书店在极其艰难的条件下创办的一个二线教育机构。这所学校是生活书店为培养青年人才的一个重大措施。这所学校为提高海内外广大知识青年，特别是为提高国民党统治区的有志青年的思想、政治、文化水平，为迎接人民解放事业做了大量工作，取得了积极效果。这所学校由于设在香港而服务对象又侧重在香港境外的国家和地区，且时间较短，从开办到停办，历时一年，因而鲜为人知。这所学校历史虽然较短，但为民族解放事业作出的贡献和影响却是很大的，在历史上留下了闪光的一页，在生活书店的店史上，写下了令人难忘的篇章。

　　我是 1947 年 10 月，经邹师母沈粹缜的推荐，进入"持恒"，担任刻写蜡板、油印讲义工作的，我和学校员工一起全身心、忘我地投入到学校艰苦而又紧张的工作和战斗中，得到了磨炼和成长。"持恒"工作一年，时间虽短，却在我生命和历史上刻下了深深的痕印，是我战斗成长历程中不可跨越的一个重要阶段。

一

　　持恒函授学校的创办人是徐伯昕同志，"持恒"由徐伯昕、胡绳、孙起孟、沈志远、胡耐秋（伯昕夫人）等 5 人组成校务委员会，徐伯昕担任校委会主席，孙起孟担任校长，程浩飞任教务主任，胡耐秋任教务副主任。后来，耐秋大姐因工作过于紧张劳累，身体累坏了，她的工作一度由温知新（温崇实）接替。当时学校的员工很少，只有温知新、小陈和我，还有一位记不起名字的大姐担任炊事工作。

　　特别令人怀念和敬佩的是徐伯昕同志，为"持恒"，他倾注了全部的心血，筹借开办费、租赁校舍、聘请教师、订计划、登广告，事无巨细，件件都落在他的身上。当时，伯昕同志身为生活书店的负责人，领导工作的担子极为繁重，兼顾"持恒"学校就更为繁忙了。

　　校长孙起孟作为一校之长，全面主管学校的管理工作，贯彻校委会确定的办校宗旨，有关校务重要事项，常与校委成员联系磋商，民主办校，分工合作。起孟同志对教师的任用和教学计划的制定、课程的安排，做了大量工作，尤其对学校教职员工们的工作和生活，无微不至地关怀，工作做得很细，付出了大量心血，对"持恒"的贡献也是很大的。

　　因为为自学青年服务是韬奋遗志，学校名称原来打算取名"韬奋函授学校"，后来考虑这个名字太响，为了便于国统区青年参加学习，因而定名为"持恒函授学校"，寓"坚持求真，精进不懈"之意。

## 二

"持恒"分为"专修部"和"中学部"两个部分。"专修部"设"哲学概论""社会科学概论""经济学原理""文学作品选读与习作""中国通史""现代国际关系""中国经济问题""会计学"等课程,分别由胡绳、曹伯韩、沈志远、邵荃麟、葛琴、宋云彬、张铁生、狄超白、鲍锦逵等著名学者专家任教。"中学部"设国文、英文、数学、常识课,分别由孟超、吴全衡、戴依南、徐舜英、方翀、吴立民等一流教师任课。

当时还没有电化设备,服务对象不得不限于具有基础知识的青年,课程也不得不限于可以用通讯教学的科目。

"持恒"的各科教材,均由学校自编,不同于一般的课本。哲学、社会科学、国际关系都密切结合社会生活中的现实问题,讲唯物辩证法,讲国内外形势,讲经济问题;文学作品,选读"左翼"作家和解放区的作品;英文教材选用的是西蒙诺夫的《俄罗斯问题》。除自编讲义外,还曾附寄中共中央的《土地法大纲》、毛泽东的《新民主主义论》《在延安文艺座谈会上的讲话》,以及《群众》《解放区小说选》等书刊,引导青年阅读革命书刊,传播马克思主义和毛泽东思想。学校提倡学习结合实际,提出学习的目的不仅在于认识世界,而且要改造世界。

"持恒"的任课教师根据一周内的教学内容编发《学习指导》,提示要点,布置作业,学员参照《学习指导》进行学习,通讯研究,按时交寄作业,经教师批改后发还。仅通讯一项,教师就不知付出了多少心血。那些作业也是很有特色,丰富多彩,有的是教师规定的,有的是学员自拟的,但都能结合现实生活,如有的学员交来同房东打官司的状纸,有的学员交来对"美援"的看法。

"持恒"除函授外,还为港九的学员举办讲座,请郭沫若、胡愈之、乔木、邓初民等著名专家学者主讲。

## 三

"持恒"学员的学习也是很有特色的,不同于一般学校的学生。有些贫苦青年,为了求知和减轻学费负担,自发结社读书,名曰"学习合作",一人报名参加学习,几个人同读一份讲义。记得沈志直、张醒钟、张维屏等几位学员,以"求知学社"名义作为团体学员参加学习,每次收到讲义和书刊,刻写蜡纸,手工翻印,共同学习,犹如沙漠中盼来一泓清水,他们如饥似渴地学习专业知识,在学习中接触和接受了共产党的理论和主张。"求知学社"从几个人同读一份讲义发展到300余人参加学习。

"持恒"的学员分布较广,北起中国沈阳,南至新加坡、马来西亚,东抵中国台湾,西及川黔以及美国、加拿大等地。学员人数,凭我个人记忆,根据我刻印讲义的份数推算,平时1000人以上,最多时达到2700余人。学员与学校来往书信多达6000余封。"持恒"的学员,后来有的参加了三联书店,有的参加了新中国的文化事业,作出了贡献。

## 四

"持恒"任务重，人手少，无论是教学和总务方面的工作都是十分繁重而紧张的，从伯昕同志、起孟校长到像我这样的小青年，都全力投入工作。我的任务是刻印讲义，我对工作的繁重是深有体会的。全校共开设十多门课程，十多位教师同时编写教材和辅导材料，因而刻印讲义的工作量也相应增大，时间要求又十分紧迫，刻印质量要求很高，印数又多，而这项繁重而又艰巨的任务，有时虽有其他同志帮忙，甚至学校领导同志亲自动手，但主要任务落在我和小陈两人的身上。如今回忆起来，当时那种忘我的工作精神和完成任务的质量及速度，真是难以想象，许多细节和种种动人的情景，现已模糊不清，但那在深夜完成任务后的喜悦和振奋，至今难忘。

我由于曾在东江纵队的前进报社和港九大队做过刻写蜡板和油印工作，在业务和技术上有一定基础，这对于我基本上能胜任"持恒"刻印讲义的工作起了很大作用。同时，在"持恒"一年，是我青年时期在思想政治上进步较快的一年。我在刻写讲义之时，从中也学习了马列主义和毛泽东思想，这对我提高政治理论和思想觉悟帮助很大。

## 五

"持恒"一年，在我印象中最深刻的是一种至高无上的团结精神。领导与员工打成一片，同甘共苦，突击任务不分彼此，大家一起干。印象最深刻的是伯昕夫人胡耐秋大姐，她的身影到处可见。大家突击分发邮寄讲义时，她会突然出现在大家身边；紧张油印讲义时，觉得工作顺手井井有序了，蓦地回头见她笑盈盈地不知什么时候出现在你的身后。"持恒"使大家都感到了革命大家庭的温暖。耐秋大姐后来由于工作过于劳累，病倒了，当她病情稍有好转就又坚持上班。像耐秋大姐这样的全国妇女界的重要知名人士，却和我们这些小青年，不分彼此，平等地相处战斗在一起，使我们很感动。

在"持恒"，自觉地加班加点，夜以继日地忘我工作是常事，而报酬却很低。伯昕同志不在学校支取分文，为减轻学校经济负担，胡耐秋、程浩飞同志两人工作，各支半薪。"持恒"的内部管理和工作、生活环境完全同生活书店一样，员工在校就餐，每人每月只交伙食费港币 15 元，在学校住宿，免交房租和水电费，类似供给制，条件虽然很艰苦，但大家感到有一种巨大的凝聚力，那凝聚力就是为民族解放和共产主义的信念，就是竭诚为群众服务的精神，就是韬奋精神的继承和发扬。

# 六

"持恒"还表现在同志爱。学校领导十分关心员工，经常不约而同地在工余饭后，到附近公园散步，有说有笑，友爱相处，生活中充满了情趣。记得有一次仲夏休假日，孙校长偕夫人和女儿同员工共度过假日,生活书店香港分店的职工蓝真、潘敬中等也参加了这次活动,一起畅游浅水湾天然游泳场,并拍照留念。至今我仍留存了一张情趣盎然的照片:起孟先生的天真活泼的小女儿,伏在沙滩海边,两条小腿拍打着海水,学着游泳;沙滩上,魁梧的孙校长,弯着腰,眯着眼,俯视着浪花点点中拍水嬉戏的小女儿,笑得合不拢嘴,手里拿着大葵扇,像赶小鸭子下水似的。遗憾的是拍照的人只照下了孙校长,却把海中的小姑娘留在画面之外,结果只见"赶鸭人",却不见了"小鸭子"。

# 七

令人遗憾的是,"持恒"开学不到半年,因国币贬值亏损累累。师生爱校如家,开展爱校助学,量力捐助,然而,竭尽绵薄,挡不住国币暴跳的狂流,到了 1948 年 8 月,港币 1000 元的申汇,等于国币 20 万元,经济上实在无法维持。在政治上,国民党政府对香港寄到内地的讲义、书刊严格检查,学生被警告、被传讯、被拘留的事不断发生,无法坚持继续学习。在这样的情况下,"持恒"不得不于1948 年 10 月作出了停办的决定。

"持恒"停办后,学校把我暂时安排到国际新闻社香港分社工作。国新社是范长江等人在桂林创办的,后来在香港等地设立了分社。香港分社的负责人孟秋江、陆诒根据我的专长分配我担任《每日电讯新闻快稿》的刻印工作。香港分社的主要任务之一就是每天通过电台,将从世界各国通讯社收集来的新闻资料汇编成《每日电讯新闻快稿》,印发各有关电台和报社选用。"快稿"要求一个"快"字,各个环节、时间要求都十分严格,要求迅速、及时、准确,特别是重要新闻,那真是争分夺秒,丝毫马虎懈怠不得。任务是十分紧张而繁重的,但工作也是愉快的,有意义的。我在国新社香港分社工作不到半年,香港分社就根据党的决定内迁了。我被调到刚成立的香港三联书店总管理处工作,在我的战斗生活中,又揭开了新的一页,开始了我长达30余年的书店生涯。

郑新,1947年在香港参加持恒函授学校。后曾在贵州省新华书店工作。

原载《联谊简讯》(贵阳)第 4 期,1995 年 10 月 20 日

# 广州兄弟图书公司的建立和惨遭捣毁、封闭

吴　仲

抗日战争胜利前后,在广西八步、粤北连县、广州设立的兄弟图书公司,是在国民党统治区最早建立的三联书店。

1945 年 8 月 20 日左右,重庆三联书店总管理处黄洛峰同志来信,要我们结束八步、连县的兄弟图书公司,立即前往广州,在广州设立兄弟图书公司,由曹健飞同志任经理,我任副经理。

我们到了广州,租赁现在的中山四路 328 号为门市部,仓库和宿舍在西湖路口,不久就收到重庆和上海发来的一批批新书。1945 年 12 月 1 日广州兄弟图书公司开幕了。当时书店工作人员有曹健飞、吴仲、华昌泗、沈汇、董顺华、唐棠、文之冈、李梅甫、朱获、殷劭,以后还调入了来自桂林的谢国贤、陆一清。由于经售和总经销的图书、期刊品种多,门市部读者很多,经常水泄不通。

广州国民党开始向兄弟图书公司下手了。1946 年 5 月 3 日

下午,一个在广州行营政治部工作的朋友悄悄告诉我:"国民党特务准备在明天来破坏你们书店。"曹健飞和我作了充分准备。5月4日是"五四"青年节,照旧开门营业。上午10时许,一个我认识的叫宋业女的读者,气呼呼地告诉我:"那边财政厅前的《华商报》《正报》联合分销处门市部已经被捣毁了。你们注意!"我当即看见前方有一伙身穿灰白上衣、蓝裤的大汉,手拿铁斧、手枪跑步向"兄弟"扑来。顿时,几十个暴徒在我们已关闭的铁闸外乱蹦乱叫,几次冲击,都被我们抵抗住。特务们大声吼嚣:"你们再抵抗,我们就开枪了。"铁闸被一个大的木桩撞出一个大洞,领头钻进来一个暴徒右手持手枪,左手指着我们大骂:"你们这批共产党胆敢在广州宣传赤化!"随后一个个暴徒闯了进来,乱打人,撕毁图书,华昌泗头部被打伤,我的手被打伤,一位来不及离去的读者也被暴徒用手枪击伤。暴徒肆虐、抢劫了一个小时,才呼啸而去,计被劫走现金323万元,不仅内部被捣毁面目全非,门前中山四路满地皆是被抛掷被撕破的书刊碎纸,还一直延伸到大东门、仑边路南段。好心的读者从马路上捡回书籍送还我们。也收到中山大学、广雅中学等学校的同学和不署名的读者一封封匆匆写就的热情慰问信。

5月5日,门市部虽然伤痕累累,招牌被砸破,新书广告被撕毁,书架被破坏,工作人员头裹纱布,像往常一样开门为读者服务。实际是无声的抗议,暴行现场的展览。读者来得更多,都以同情和赞许的目光慰问着我们。

为了进一步揭露反动当局摧残进步文化事业的罪行,我们用广告形式在第七战区主办的《建国日报》第一版刊登了以特号宋体字为标题的《重要启事》,向社会公开揭露反动派捣毁"兄弟"的经过,要求军政当局彻底查究肇事者,赔偿损失,并保证暴行不再重演,人民的民主自由不容肆意践踏。

6月5日,距"五四"事件刚满一个月,下午4时,我们正在营业,突然遭到一群国民党特务的洗劫。他们由身穿黑胶绸便装、西装、中山装或穿军装而不戴帽的杂色人等组成,一面派人把守门口,一面将门市的书刊全部抛进他们开来的货车。我们据理要他们讲没收书刊的原因,要他们写收条,结果在保安司令部的政治部里,被大骂:"宣传赤化,还要写收条,去你妈的!"随后许多特务上来把文之冈、朱明两同志边打边推出保安司令部门外。由于门市部的书刊文具被洗劫一空,无法营业。6月21日反动派继续实行其扼杀"兄弟"计划,封闭"兄弟"不准在广州复业,还要没收"兄弟"全部资产。军统的一个特务头子黄珍吾还扬言:"抓到曹健飞要立即就地枪毙。"就在6月21日这一天,在广州有13家文化出版机构被查封。

广州兄弟图书公司虽然被国民党反动派用暴力扼杀了,存在时间并不长,但它在读者中的影响是反动派无法抹煞的。杜甫在一首诗中写:"尔曹身与名俱灭,不废江河万古流。"历史已经证明了这一真理。

注:此文原名《抗战胜利前后的兄弟图书公司》,内容较广,文字较长。为侧重于广州兄弟图书公司的建立和被捣毁、封闭的过

程,(《联谊通讯》)编者擅将原文删节摘抄。


吴仲,1942年参加桂林二广图书社工作。后曾任新华书店华南总分店经理,曾在广东省政协工作。

原载《联谊通讯》(北京)第 39 期,1994 年 9 月 10 日

# 四十年前的一件大事

王仿子

　　1948 年是生活书店、读书出版社、新知书店发展史上有重要意义的一年。这年的 10 月，三家书店在香港联合建立生活·读书·新知三联书店，为我国革命出版史谱写了新的一页。

　　1948 年也是中国革命战争取得胜利的有决定意义的一年。翻开革命战争史大事年表，是年 3 月，人民解放军先是在西北战场，然后在全线转入进攻，为纪念国际五一劳动节，中共中央发布的口号中首次响亮地提出"打到南京去，活捉蒋介石！"；9 月取得辽沈战役的胜利，11 月淮海战役，12 月平津战役节节胜利，奠定了解放全中国的胜利基础。在这样的形势下，三家书店面临一个迎接全国解放，深入解放区建立出版基地的任务。三家书店的领导人徐伯昕、黄洛峰和沈静芷同志在中共地下党领导下及时作出决策，决定合并机构，建立三联书店，把大批干部转移到解放区，开创新局面。

　　为办理三家书店的合并工作，每家有大量的清产核资及其他结束工作要突击完成，为此，决定每家组成一个临时的工作班子。

生活书店参加的有我和程浩飞、陈正为等。由黄洛峰同志主持开过一次会，商讨合并工作中处理书稿、存书、财务结算等问题。有关书店方针、人事安排等重大问题，由邵荃麟、胡绳、徐伯昕、黄洛峰、沈静芷五人商定。

到 10 月筹备工作完成。在皇后大道中 54 号二楼生活书店的门市部（这是当时三家书店唯一能容纳数十个人的比较宽敞的地方）开联欢会，宣告新机构的成立。会场挂着胡绳、邵荃麟、黄洛峰、徐伯昕的题词。胡绳写的是："团结第一。为新出版业的发展，为新文化的成长，为新中国的创造而团结。"邵荃麟写的是"团结就是力量！"黄洛峰写道："历史又翻新，团结如一人，事事皆民主，处处为人民。"徐伯昕写："三联的正式成立，是新中国人民大众文化发扬的起点，我们要以全力来巩固它。"正中墙壁上挂着"团结就是力量"六个大字的横幅。胡绳、徐伯昕、黄洛峰、沈静芷分别讲了话，勉励大家同心同德，努力工作，迎接全国胜利。会上还宣布了三联书店总管理处和区管理处负责人名单。参加这次会议的有三家书店在港同人四十来人。会议结束时，全体同人合影留念，三家书店同人也分别照了相。

这次会其实也是出征前的誓师会，每个人都怀着渴望奔赴解放区大干一场的激情。回想起从 1939 年开始，三家书店在国民党统治区的数十处分支机构，在白色恐怖下一一遭受搜查、封闭，职工被驱逐、拘捕的情景，又想到即将在"解放区的天是明朗的天"的新生活的土地上开辟一处又一处的出版发行基地，其心情的激动，斗志的昂扬是不难想象的了。

会后，在徐伯昕同志的周密安排下，先是倪子明、汪静波、蔡学昌、王高嵩等奔赴华北解放区，接着我和沈静芷、华昌泗同志等经海路到达东北解放区。以后，程浩飞、陈正为、何理立、潘敬中、汪允安等也分批离港。有的潜返上海，迎接上海的解放。迫于当时当地的环境，每批人员离境时都是极端秘密的，连一些平时很熟的朋友都不知道。1949 年 4 月，三联书店总管理处迁到北京。

按照邹韬奋、胡愈之亲手制订的章程，生活书店原本是一个合作社性质的组织。参加书店的新职工工作满半年之后，如继续聘用，要从工资中每月抽出一小部分作为入股股金，交给书店。在清理生活书店资财时，徐伯昕同志一一征求在港同人的意见，大家一致意见是私人股份全部归公，只是要求留出一部分资金，作为全国解放后建立"韬奋图书馆"的基金（后来图书馆没有建立，在上海建立了韬奋纪念馆）。

当时徐伯昕同志还计划建立一个新机构——新中国图书公司，把出版发行铺到南洋群岛，让这一带的华侨经常听到祖国的声音，接触到中华民族的优秀文化。已经拟定了章程，并且着手在香港和南洋各地募集资金。不知什么缘故，后来改变了这个主意。

当年在香港留守的三联书店（现名三联书店〈香港〉有限公司）经历了 40 个春秋，茁壮成长了，在发展港澳地区的文化出版事业，弘扬中华民族文化，增进海内外的文化交流方面作出重大贡献。在北京保留有一个三联书店的出版机构，上海也新建立了三联书店，虽然出版了许许多多好书，但是三家书店的另一个优势——颇有特色的销售图书的门市部不见了，作为三联书店的一个老人，总觉得好像缺少了一点什么,有一种失落感。在和许多老一代的读书人谈到买书的经历时,难免要怀念当年"竭诚为读者服务"的工作精神。

1988.9.24

王仿子,1939 年在衡阳参加生活书店。后曾任文物出版社社长,中国出版工作社协会副主席。

原载《联谊通讯》(北京)第 4 期,1988 年 12 月 15 日

# 从香港三联书店到广州三联书店回忆片段

韦起应

　　1947 年 12 月 25 日，毛泽东同志发表了《目前形势和我们的任务》这个著名报告，宣告中国人民革命已到达一个伟大的转折点，蒋介石反革命势力已走向覆灭的道路。1948 年秋，全国胜利已经在望，从国统区先后转移到香港的生活书店、新知书店、读书出版社三家书店根据党中央的指示，着手全面合并为三联书店，以适应将领导机构和主要干部、纸型物资等转移到解放区，迎接全国解放，在香港成立三联书店总管理处后并同时成立香港三联书店。当时香港三联书店的经理是张明西同志，杨明同志负责同人会工作，我则由香港读书出版社转入香港三联书店负责门市工作。合并后三家同志团结一致，协同工作，为革命的文化事业贡献出自己的力量。为了解放后在南方的大城市广州建立三联书店的需要，在干部配备和货源组织方面做了一系列的准备工作。

　　首先在干部配备方面，曾于 1949 年 4 月吸收了一批干部，计有彭可涛、张燕喜、潘敬中、黄宝璋、黄碧玲、陈琪、庞国万等同志。1949 年 6 月又吸收了一批。对吸收来的新同志，进行短期的业务培训，每天半天上班，半天上课，我记得主要是学习邹韬奋同志著的《事业管理与职业修养》一书，先抓学习有关店史，以及事业管理和职业修养的问题。通过学习，大家初步认识到我们从事的工作是一项革命的文化事业，加强了事业心和工作责任心。再抓学习业务，主要是学习一些基本业务知识，如门市、进货、批发和出版等基本知识，以及练基本功的操作技术，如打算盘，打书包，开发票，门市图书的分类、陈列布置和熟悉重要图书的主要内容等。后来这两批人员一部分留在香港工作，1949 年后都已成为三联书店或相关单位的业务骨干和负责人；一部分人于 1949 年 11 月到广州参加三联书店建店工作。

在组织书源方面，1948 年下半年开始，三联书店在上海、香港等地加紧出版工作，并且将印出的书分散到湖南长沙、广州等地。当时我曾参加过一部分联系、安排工作。广州由李易安（当时李易安负责实学书局工作，该店系新知书店的三线书店，主要出版一些实用、工具书）、毛丰（当时姓名为毛羽鸿，地下中共党员，在广州文化供应社工作，和三联书店有密切联系）两同志分别存放并负责转运，湖南长沙则由杨文屏、刘容光夫妇和濮光达同志（他们原是生活书店的同志，派驻长沙）负责存放。有一次香港三联书店托水客（即跑单帮的人）由香港带一批进步书刊到广州西湖路给毛丰同志，在火车上被国民党军警查出，军警追问收件人地址，跑单帮的供出毛丰的地址，军警马上派人到广州逮捕毛丰同志，幸亏跑单帮的人将毛丰所住的楼层讲错（原住二楼，讲错为三楼），国民党军警到二楼叫门，刚好由毛丰开门，由于毛丰机警应付，指上三楼，结果没抓到人,毛丰夫妇当晚离开广州逃避到香港。

1949年上半年,设在香港的三联书店总管理处负责人黄洛峰同志派我和蓝真同志由香港带一副东北大连版的《毛泽东选集》(全一卷)的纸型来广州,准备广州解放后在国内印刷发行。当时全国胜利在望,国民党反动政府已面临崩溃,国民党的伪总统府已迁至广州,因此广州军警对出入境人员检查很严,一不小心,就会发生问题。我俩为了使纸型安全到达,事先和广州海关中一些读者朋友(其中有一些是中共地下党员)联系,取得他们的支持,约定时间,请他们前来广州海关斜对面的码头来接船。船到的当天,由于在海关工作前来接应的朋友因事来迟了,眼看着绝大部分旅客都已离船上岸,仍不见来接应的人,蓝真同志和我心中都着急,怕误了事(当时蓝真同志在船舷边注意观察码头上来的人,我则在码头上的闸口处注视着蓝真同志)。正在千钧一发之际,海关的朋友及时赶到了!他扮作接客的模样,我和他一道上船,只见他穿着一身笔挺的海关制服,大步跨上轮船后从蓝真手中接过纸型一同上岸,出闸时,他还用半开玩笑的口气指着腋下的《毛泽东选集》纸型对在闸口当班的海关检查人员(他们俩是在海关中同一个缉私部门工作的老同事)说:"里面藏的是私货,要不要检查呀?"守闸口的关员对他微笑着说:"Pass!"(意即可通行)。就这样,一副《毛泽东选集》的纸型戏剧性地过了关。我和蓝真同志在岸上从关员手中接回纸型后直奔原定的住地隐蔽下来。

1949年4、5月间,三联书店总管理处决定由香港迁往北平,大批人员也陆续转往北平。同年7月,三联书店领导上为了了解新解放区图书发行业务如何开展，并组织一批书源，迎接广州解放后在广州建立三联书店，派我和彭可涛、严伟民等三人由香港经广州坐火车去湖南长沙，找到生活书店派驻长沙的杨文屏同志，和他商量决定由杨陪同我们经岳阳去武汉。彭可涛则暂留长沙。那天晚上12时左右我们坐火车抵达岳阳，刚住下旅店，我们坐的火车才通过不久的岳阳大铁桥已被国民党反动派炸毁。国民党军队从岳阳城撤出，岳阳已成军事上的真空地带。当晚杨文屏和当地有关部门接上头，租了一只小艇，第二天早上我们就乘船经洞庭湖进入解放区，隔天早上我们的船已驶到武汉。我们上岸到联营书店找到熟人，见到马仲扬、刘起白、卢寄萍、吉健生、金思明等老同志，在该店稍事休息就转乘船沿长江直下上海。到上海后在当地三联书店学习新解放区业务一个多月。当时书店的领导人是王泰雷、许觉民、毕青等同志，他们热情地帮助我们，向我们详细地介绍了新解放区的图书业务，在图书货源上也给予大力支持。我在9月间回到湖南长沙，当时长沙已和平解放，长沙三联书店已建立，由杨文屏同志担任经理。解放大军继续从长沙南下，势如破竹，广州解放指日可待了！为了使广州解放后广大干部、群众迅速得到革命书刊，我们和杨文屏同志请示了当地军管会，取得他们的支持，从部队中抽出一部军车，并派一个解放军老班长黄照随车护送我和彭可涛同志，让我们跟随南下部队，由湖南长沙经湘东醴陵、江西到粤赣交界的大庾岭下的广东省南雄县城，再经韶关市南下广州。解放军部队打到哪里，我们的车子就跟到哪里，那时国民党反动派的军队兵败如山倒，沿途社会秩序非常混乱，有些地方土匪四处骚扰百姓。有一次我们的汽车开到湘东醴陵城外的荒野山岗地段上，天已黄昏，前后没有军车，半路上跳出七八个土匪，要我们停车。幸亏司机和护车的身经百战的解放军老班长智勇双全，不为土匪的嚣张气焰所惧，镇定地分析情况，经过短暂的商量后，决定开足马力冲过去，那些土匪见吓不倒我们，赶紧四面散开。我们走过的这条路，年久失修，很久没有通车，很多桥梁和道路已毁坏了，解放军战士逢山修路，遇水搭桥，克服各种困难向前进。还有一次我们的汽车在江西和广东交界的大庾岭高山地上行驶，由于有些路基已被洪水冲击塌方，路面太窄，有一个车轮已驶出路基外面，下面就是悬崖峭壁下的深谷，情况非常危急，幸亏司机同志机智，想出一个办法，将车子开足马力后一跃而起，及时驶回到路基上，免去一场事故的发生。经历了一个多月的辗转，我们于11月上旬终于将这批图书及时运送到广州市，赶上广州解放后不久建立广州三联书店的需要。

广州是1949年10月14日解放的，广州解放后的第二天，三联书店香港分店经理张朝同同志和香港三联书店的蓝真、石泉安、潘宝洪等同志由香港骑着自行车蹬了一百多公里到广州筹备建立广州三联书店。接着香港派出第二批同志坐火车来广州参加建店工作，其中有唐棠、张燕喜、彭可兆、黄宝璋、潘敬中、黄克文、庞国万等同志。李易安和余咏茜同志是由天津三联书店调来广州的。吴超同志是随军南下到广州的。李易安同志和吴超同志一方面负责广州三联书店的筹建工作，另一方面还参加广州市军管会的工作，吴仲、吴超同志领导与香港新民主出版社的一批干部接管了国民党反动派文化企业正中书局、中国文化服务社、怀远书局和青年印刷厂、怀远印刷厂等单位。广州三联书店成立后,李易安同志担任经理,吴超同志担任副经理。建店后不久,吴超同志调去大连,我担任副经理。当时在汉民北路231号(即现在北京路广州市新华书店科技门市斜对面)开办一个门市,另外在现在北京路北京茶楼斜对面租了一层二楼作办公室。货源方面,有解放前在香港、上海等地运回广州储备的一部分,又有北京运来的一部分,加上我和彭可涛同志由上海、长沙运回的一批书也及时赶到了,同志们在短短的一个月内夜以继日地紧张筹备张罗,广州三联书店于1949年11月15日正式开幕营业了。开幕当天,前来购书的读者十分踊跃,挤满了整个店堂,很多新书很快销售一空。说明新解放区广大人民群众如饥似渴地迫切需要革命的精神食粮,内容有党的方针政策、马列主义理论、优秀文艺作品、文化科学知识等。特别受欢迎的书有《整风文献》和《新民主主义论》《论联合政府》《论人民民主专政》等一批毛主席著作,文艺著作有在香港印的"北方文丛"中的《王贵与李香香》《暴风骤雨》和国内印的苏联翻译小说《钢铁是怎样炼成的》《青年近卫军》等。当读者买到他们喜爱的书刊后,都怀着喜悦的心情离开书店。看到这些情景,书店的同志虽然从早上6点多钟干到晚上11点多钟,整天劳碌连工间休息、午睡都得自动放弃了,天天累得非常疲倦,但精神上感到很愉快。开幕后,在重大的节日发行一批重要的图书时,读者更为踊跃,大家都主动延迟下班,特别是有些负责收款的女同志,很晚才能回家,其实当时广州刚解放不久,社会治安秩序还不大好。为了扩大发行,扩大影响,除了做好门市和同业批发外,我们在市区(包括市郊)派专人到各大学开展流动供应。此外,1950 年 8 月我们组织了两个外地流动供应队,一队到海南岛,由陈刚华和王耀枢同志两人前往,流动供应工作坚持了一年。另一队到广西南宁,由区汉滔、李海涛、龙琦三位同志前去,搞了四五个月。其中,到海南岛的一队,第一次乘坐原来用来运油的小船去,运去 80 多麻包的书,在海上经 7 天时间才到达海口,到海口后在当地新华书店海南分店经理王怡亭大力协助下,在现在海口市中山路新华书店门市的位置中辟出二三十平方作为三联书店海南流动供应站,开展临时门市的业务和流动供应工作。我们除供应海口市读者外,还深入到附近琼山等 7 个县进行流动供应,很受读者欢迎。第一批运去的 80 多包书很快就销光,以后又陆续运去多次。随着业务的开展,我们感到原有人员不足,1949 年 11 月开始,陆续吸收了 50 多个新同志参加书店工作。

1951 年 9 月,由于形势发展的需要,上级领导决定将全国各地三联书店与中华书局、商务印书馆、开明书店、联营书店五家合并成立中国图书发行公司,于是,领导上调我到湖南长沙负责当地中国图书发行公司的工作。

韦起应,1945 年在重庆参加读书出版社。后曾在广东省新华书店工作。

原载《联谊通讯》(北京)第 56 期,1997 年 6 月 5 日

# 回忆三联书店广西供应组

区汉滔

1950年2月广西解放不久，三联广州分店决定到广西设立临时供应组，任务是以南宁为驻地，开展书刊批发业务，同时到邻近几个县进行流动服务，以扩大业务联系和三联书店的影响。一天李易安经理找我和李凯涛、张运晶、区顺四人谈话，他说组织决定派我们前往，并叫我和李凯涛两人负责。我们听后都非常高兴，虽然当时我们都是参加工作不久，也只有十几二十岁且未出过远门的青年，但大家工作热情很高，没有半点畏难情绪，愉快地接受了任务。接着，李易安对我们讲述了他和余咏茜、韦起应等老同志过去在国统区、敌占区受国民党反动派、敌伪迫害的恶劣环境中如何历尽艰险，不畏强暴，坚持传播进步书刊的斗争经历，又说现在广西解放了，环境已大大不同了，这次去会得到各方面的支持，广大读者也正渴望得到马列主义和进步的精神食粮，我们这次开展供应工作具备了很有利的条件，勉励我们努力完成这次任务。听了李易安过去的斗争经历和谆谆教导，我们深受教育，大家表示一定要努力完成这次任务。

接着,我们便紧张地进行出发前的准备工作,首先是选好要运去的书籍。据说广西刚解放,群众和学校图书馆等都急需马列主义社会科学,特别是哲学初级读物,以及受群众喜爱的中外文艺图书,我们选择了 100 多种图书和有关宣传资料分装了 40 多个大木箱,准备待运。二是做好出发前的准备。当时从广州到南宁交通还不甚方便,没有直达的车、船,要由梧州转驳,因此决定由我和张运晶两人打前站,先到梧州,再到南宁进行筹备。行前我们通过业务关系,联系到梧州市的文化服务社和南宁春秋书店的责任人,请他们到时给予协助,他们乐意地答应了。

我和张运晶在 3 月初的一天晚上由广州乘船于隔天早上到达梧州,就住在文化服务社。梧州市位于广西的东端,距广州100 多里水路,历来商业和文化都比较发达,解放后,当地的同业已与我们广州分店有业务联系。我们到达的当天就拜访了新华书店的负责人,介绍了我们这次到广西南宁等地开展流动供应服务的情况。他们都感到有我们共同传播马列主义,有助于及时供应群众急需的精神食粮,表示高兴并给我们方便和帮助。在书店刚好遇到梧州日报社的一位记者,我们便托他在报社刊登《学习》杂志的宣传广告,并请他为我们这次到广西建立供应站发一新闻消息,他答应了。隔天报纸登载了这段消息,扩大了我们店的影响。我们还走访了各同业,把带去的书目和宣传资料分发他们,借此机会加强联系。我们到梧州后,了解到已有不定期的轮船由梧州开往南宁,便打电报请李凯涛、区顺把书运到梧州,再候船期转运到南宁。过了两天,李凯涛他们已到,书先寄放在码头仓库,我们商定还是我与张运晶先出发到南宁。

广西解放后,南宁虽然是自治区的首府,但各县之间多是山岭丘陵,河道浅窄。梧州到南宁、南宁到附近各县的交通还不很方便,同时由于历史原因,残留的国民党兵和土匪,对沿途来往的车、船进行抢劫、骚扰,杀人越货的事时有发生。我们也经历过惊险,我和张运晶从梧州到贵县,逆江西上,短短百多公里的路程,就很不安全。我们乘的是小轮船,为了抵挡劫匪的子弹,船的两旁都装上了钢板,上船后船长就叮嘱我们,如听到枪声要迅速转移到舱底。我们一夜忐忑不安。深夜1时左右,我在朦胧的睡意中听到了清脆的一声枪响,大家迅速下到舱底,轮船即加大了马力,在两岸排枪扫射中冲过了这段险区,后来发现在我隔铺的枕头被打穿了一个大洞,大家都庆幸没有出事。中午船到贵县,我们走访了新华书店和几家同业,留下一些宣传资料和书目请他们今后加强联系。

第二天坐汽车到达南宁后,我们即找到春秋书店。该店上下对我们的到来都热情接待,春秋书店的经理(好像叫杨铁如)是具有进步思想的民主人士,解放前就出售进步书刊,解放后也与广州分店有联系,他们在该店的二楼安排我们住下。接着我们拜访了市新华书店,该店经理对我们到南宁开设供应组表示大力支持,这使我们这些初出茅庐为革命的发行事业去"闯天下"的青年人得到很大的鼓舞。考虑到李凯涛、区顺两位同志和40多箱书已在梧州等候,因此到南宁后的首要任务是寻找铺址,以便及早把书籍运来,并能与李凯涛等四人共同筹备开业。刚巧我们看到复兴路有一间铺面贴出了出租的告示,这个店铺面不大但有二楼三楼,正合我们不设门市但可存放图书和办公的理想。我们找到这位房东,谈妥后签订了半年的租赁协议,随即打电报到梧州,请李凯涛、区顺同志如有直航南宁的轮船就把书籍启运,一面请人把店铺破烂的楼梯简单地装修一下。为了节省开支,我们只购了三张办公桌、三把椅子、四副睡板及简单的炊具,利用从广州运书来的木箱作书架,继承了过去老同志那种艰苦创业的优良传统。不几日,李凯涛同志来电说书籍即可运来了,我们得到了春秋书店一位店员的帮助,找到南宁市的搬运工会,以最优惠的工钱为我们搬运这批图书,节省了不少运费。我们四人会集后就积极筹备开业了,其间同样得到了春秋书店和新华书店的大力支持,春秋书店的美工同志为我们设计书写了"三联书店广西供应组"的招牌,设计印制准备举行招待会的请柬。为了扩大宣传,我们到《广西日报》,请他们登载《学习》杂志的征订广告,并提交了我们预先拟好的"三联书店到广西设立供应组及开展流动服务"的新闻稿,请报社为我们发消息,得到《广西日报》的支持。第二天消息和广告都登载了。办妥了营业执照后于3月中广西供应组就开张对外办理批发业务。我们还邀请了省委宣传部、新华书店和全市许多同业的经理在民生路的一间饭店举行招待酒会。我首先在会上讲话,感谢各位的支持并讲了我们供应组的任务,会上气氛热烈,大家都很高兴。

由于我们在南宁只办理批发和流动服务,故招牌挂出后也只半开门,但不少读者都跑来想购书,要求我们开门营业,后来得到广州分店同意，在门口零售《学习》杂志，办理集体购书；对来要求购书的读者，我们则介绍他们到其他书店选购，不少同业也积极向我们进货，有些书如《大众哲学》、"青年自学丛书"、《俄语读本》等畅销书，供不应求，我们多次同广州要货，并由北京直寄我们，满足了读者的需要。

开展流动服务、扩大三联书店的影响也是我们这次工作的重点。我们先到南宁各学校和机关团体进行流动服务，根据对象选择有重点的图书上门供应，并把有关宣传资料和书目发给他们，这次买不到的书，请他们和广州分店联系邮购。单位对我们的到来都表示欢迎，不少干部和学生都到我们的书摊选购他们心爱的图书，有些单位的图书馆干脆把我们带去的书每种购买一本。为了扩大书刊的宣传，我们选择了《被开垦的处女地》这本书的宣传资料，送广西人民广播电台，要求电台在"文化节目"中向听众介绍，后经电台安排由我在电台的直播室向听众作了广播，收到了一定效果。

五六月间，我们四人分成两组，我与张运晶，李凯涛与区顺，分别出发到武鸣、田东、百色等县进行流动服务。我与张运晶首先出发到田东、百色两地，当时南宁还没有客车开出，我们联系到粮食局有运粮车到田东，就顺搭他们的货车前往，我们带去四大包书刊，人就坐在大米包上，在200多公里的山路上颠簸前进。出发前，我们也听到这段山路很不安全，土匪会出没进行抢劫。真的，当我们中午路过一段叫鹧鸪坳的山路时，猛然看到路旁一摊血渍和散落的衣物，我们都不约而同地惊叫出事了，据群众反映说是上午有三部货车被劫,还打伤了两个押运员。我和张运晶都穿了制服戴了八角解放帽,为了安全起见,好心的司机叫我们脱掉,当时我们虽有些紧张,但认为险情已过,也就泰然处之,继续前进。下午,到达田东县。第二天上午,我们就扛上两大包书籍分别到机关、学校主动上门服务,由于广西刚解放,且交通不便,群众需要的进步书刊一时难以买到,我们这次送书上门,大家都很高兴,单位和群众都踊跃选购。下午,我们还在住宿的招待所门口设档出售图书,带去的书销售了近半。第二天上午,我们又坐上了顺路货车直达百色,百色是邓小平同志领导"百色起义"的老区,从广州出发前,李易安同志向我们介绍了百色的革命历史,是我们计划这次要去的地方。我们为向老区人民传播马列主义感到光荣和喜悦。在百色,我们就住在新华书店,他们对我们的到来表示高兴和支持,在我们到了各学校进行流动服务后还协助我们在他们店门口摆开书档,就地销售,供应群众喜爱的图书。李凯涛、区顺同志也到离南宁数十公里的武鸣县进行流动服务,也取得了良好的效果。同年 10 月底接广州分店通知,广西供应组结束,返回广州。

在广西虽然只有短短的半年时间,但我们四人团结友爱,积极工作,主动承担任务,不避艰辛险阻,发扬三联书店"竭诚为读者服务"的优良传统,传播进步书刊,受到广大读者的欢迎,增进了与文化、教育部门的联系,扩大了三联书店的影响。这次任务的胜利完成,是得到了老同志的教育鼓励,凭借我们刚参加工作那一股革命热情所取得的。这次经历也锻炼了我们,在革命的旅程迈出了可喜的一步。

我在书店工作时间不长,1954 年支援重工业调洛阳拖拉机厂工作,后又辗转南北,于 1976 年才调回广州工作。但 40 多年前这段难忘的经历,还深深印在我脑海里。回忆起当年那紧张愉快的战斗生活和同志间的革命友谊更倍感亲切,现在参加每年的联谊活动时,闲话当年,感到莫大欣慰。

区汉滔,1949 年在广州参加三联书店。后曾在工商银行广州西北支行工作。

原载《联谊通讯》(北京)第 24 期,1992 年 2 月 20 日

# 广州三联人支援福州等地发行工作的回忆

蓝　坚

1951 年秋天,广州三联书店牵头,联合中华、商务、开明、联营书店(局),组建了中国图书发行公司广州分公司,由北京总公司领导。当时总公司认为广州分公司较有实力,要求抽调部分骨干力量支援福州、长沙、南宁等地的分公司工作。因此,广州分公司决定以广州三联人为主体,派出若干工作组支援这几个分公司。

我义不容辞地接受了这个任务,被派往福州分公司工作。一起前往的除了我是三联人外,还有彭可兆(三联)、谢舒流(三联)、龙炳强(开明)、黎耀堂(中华)等人,由彭可兆带队,于 1952 年春天进驻福州分公司。

我们到达福州后,受到中图福州分公司领导和全体员工的热烈欢迎。由于福州过去没有三联和开明、联营,福州分公司只是由中华和商务合并,厦门的中华、商务的人员也统一安排,有一部分调来福州分公司。当时福州分公司是经理应伦(中华)、副经理谢舒流和龙炳强、黎耀堂四人分别在业务、管理部门担任一定的职务。当我们进入工作状态后,感觉经营、管理环境都比较差。首先是管理工作杂乱无章,有些是无章可循,而已定的不少制度和规定是有章不循,账目混乱,货账不符非常突出。经营状况更糟,处于亏损状况。由于没有强有力的带头人,员工之间闹不团结,分为两人阵垒,你中华,我商务,互不通气,各顾各的,领导难以统一指挥,"死水一潭",没有生气,很多业务处于停顿状态,更谈不上竭诚为读者服务。

我们进店后,首先从整顿思想入手,改变员工保守落后、沉闷消极的精神面貌,解决互不服气、互不"买账"、互不合作和钩心斗角的局面,大力提倡发展图书发行业务,提出学习韬奋精神,实施竭诚为读者服务的准则。经过相当时间的整顿,建立起领导核心,各方面业务得到发展,员工的精神面貌大为改观,大家都振作起来,为公司的业务发展提合理化建议。不到一年时间,福州分公司的图书发行业务得到很大的发展,各项业务都上轨道,并取得显著的效益,受到上级部门的赞扬和嘉奖,为并入新华书店打下良好的基础。

我当时负责机关团体的直销和流动供应服务,在1954年的劳动竞赛中,我获得全省优秀图书发行工作者的称号,被全省图书发行系统推荐赴庐山风景区新华书店总店休养所休养两周,参观游览了庐山的名胜古迹,这是我人生中难忘的一大乐事。

我们进入福州分公司开展工作后,很注意改变"死气沉沉"的环境,把广州三联的作风带到了福州。当我们放下行李后,打算通过开展体育、文娱活动来促进中、商两家员工的团结,消除隔阂,效果异常明显。我们带头利用后座空地建小型篮球场,组织了篮球队、羽毛球队、游泳队。尤其是每周末，利用店堂开展交谊舞文娱晚会，这对于解放初期的福州市来说，是一件新鲜的玩意，很多过路的市民在门外听播放的广东轻音乐(唱片是我们带去的)或在门缝观看我们的舞姿，分公司的员工来参加晚会的人数也逐步扩大，真是演了一场又一场破天荒的娱乐晚会。以后福州市的机关团体都效仿举办交谊舞的文娱活动，掀起了福州市跳舞健身活动的热潮。

通过我们精心策划和努力带头开展一连串的体育文娱活动，福州分公司的员工对话多了，理解多了，合作也多了，感情融洽了，工作起劲了，身体壮健了，对福州分公司1953年后的各项业务有很大的推动和促进，可以说出现了面貌改变、蒸蒸日上的崭新局面。尤其在为读者服务方面去掉"买卖"作风，逐步实现竭诚、彻底为读者服务的精神，在门市零售、流动供应、邮购服务和直销供应上，都能深入、细致、认真和妥善处理读者意见，满足读者的需求，受到读者的好评和赞扬。

1954年夏季，根据国家出版局的部署，在广州建立海外出版发行战线后方办事机构——中华商务广州办事处。为此，从中图广州公司抽调部分三联人组建起来，并逐渐从福州、长沙等地调回派出的广州三联人来充实中商办事处。调往福州的三名广州三联人，彭可兆、谢舒流和我，也分别在1956年和1957年夏季调回中商广州办事处。

由于海外出版发行业务的需要，彭可兆和谢舒流先后派往香港出版部门工作。彭可兆创建了香港集古斋有限公司，任董事总经理,专营字画和古旧书籍,一心一意扑在弘扬中华文化、开拓艺术品市场上,成为"集古斋"的斋主,字画的鉴评家。退休后,现仍担任顾问。谢舒流在中华商务联合印制总公司和中华书局服务多年,担任了领导职务,后来进入唱片经营行业,创建了百利唱片有限公司,从事音像出版,经多年来的经营,获得显著业绩,退休后仍担任该公司的董事和制作总监的职务。彭可兆、谢舒流两位广州三联人在海外出版发行事业几十年如一日,默默耕耘在文化、艺术、出版的田野上,直至退休,为海外出版事业作出了很大的贡献。龙炳强和黎耀堂几十年来坚持在图书发行战线上工作,他们已在福州落户,生儿育女,奋斗一生。龙炳强后期担任福州市新华书店副总经理,黎耀堂也担任货仓的负责人,他们已退休,现在福州家中享着天伦之乐。

　　蓝坚,1951 年在广州参加三联书店。后曾在广州中华商务贸易公司工作。

原载《联谊简讯》(贵阳)第 17 期,1999 年 8 月 20 日

# 1949 年后香港三联书店历史的一个轮廓

萧　滋

## 前面几句话

　　1951 年秋,中国国际书店(现在的中国国际图书贸易总公司和中国图书进出口公司的前身)派我到香港工作,我 1986 年退休,在香港工作 35 年。我在香港工作过的单位有新民主出版社(1951—1958)、和平书店(1958—1964)和三联书店(1964—1986),在三联工作 22 年。[①]

　　全国解放前的香港三联历史已有不少前辈撰写回忆文章,解放后的历史还是空白。曹健飞兄一再要我写一些东西,因我只亲历中间一段时间,只能凭记忆写一些。要完整地写出香港三联书店的历史,需要拥有详尽的资料,更需要当时的工作人员共同来回忆和撰写,我这里只是提供一个轮廓;全凭记忆,失实之处,望香港

---

[①] 编者注:据萧滋文集《出版　艺术　人生》(香港三联书店,2017 年),萧滋 1963 年出任香港三联书店副经理。

三联的同事们指出和补充。

我认为全国解放后的香港三联书店历史,可分为三个阶段。

## 第一阶段:1949—1964

1949 年后,一度云集香港的三联负责人和各级干部纷纷回到内地参加新华、三联及其他出版机构的建店工作,香港三联剩下的都是年轻人,蓝真经理算是年纪最大了,也只不过二十五六岁光景。香港三联的业务也从以出版为主转到发行内地出版书刊为主。那时与三联性质相似的还有新民主出版社,由于两店业务相似,规模相当,难免出现竞争,后来不断调整分工,一个时期分版进货和发行,后来改为新民主统管内地书刊发行和港台海外图书进口,三联着重开拓出版工作。1958 年和平书店成立,又从新民主分出中国外文书刊发行和港台海外图书进口业务。1964 年最后定型为:三联统管香港的出版工作和内地中文书刊的发行;新民主专管港台海外图书进口;和平书店专管中国外文书刊发行。三联在人们的心目中成为中共在香港的出版领导机构。事实上,三联、新民主、和平、中华、商务等机构都由唐泽霖为首的一个机构领导,这个机构不公开对外,也就是后来的三联·中华·商务香港总管理处和联合出版集团的前身。

在这一阶段,从业务到人事变动,我认为重要的有如下几点:

1. 二联没有自置物业,业主迫迁就得搬家,因此搬家是经常的。50 年代初,办公是在中环利源东街的一个二楼,门市是在大道中54号2楼,面积都仅数百英尺(相当于数十平方米),而且房屋破烂不堪。后来集中到威灵顿街9—10号,楼上办公、楼下门市、地库货仓,但是好景不长,业主又收回房屋。这个时期三联只管出版,就搬到大道中中和行办公。

2. 三联干部都是小伙子、小姑娘。除蓝真外,我记得主要骨干有杜文灿、吕舜如、谭学文、陈铭新、陈琪、黄士芬、蓝惠子、王桂鸿、刘振翼、张秋萍、陈树云等,更年轻一些的则有李祖泽、冯文庄、陈树荣、赖国权、黎少芸等。我从新民主看三联,觉得这是一支过硬的队伍,真是干劲十足、团结友爱,经常加班加点,黑天白日的,毫无怨言,干完后又集体搞文娱活动。一些老同事话当年,至今仍津津乐道他们在货仓加班的情景,蓝真一面收拾麻绳,一面讲革命故事,干完了又如何到外面宵夜,又如何就在货仓睡到天亮。虽然新民主也有同样的革命传统,比较起来,三联确是优胜一些,成熟一些,我想这与三联的悠久历史有关。新民主1946年才成立,三联在当时已有20年左右的历史,邹韬奋、徐伯昕、李公朴、黄洛峰等前辈的教导代代相传,这真是一股无形的力量。

3. 三联开始面向海外和港澳出版图书。三联于50年代中就恢复出版业务了,60年代初又专责出版工作。虽然三联本身所出图书都是政治小册子之类,但挑选了一部分干部先后成立万里书店和新雅文化事业公司(与印尼华侨杨云麟合作),以港台海外读者为对象出版实用书和儿童书,我认为对香港整个出版业有深远的影响,更是香港左派机构在全国解放后恢复出版工作的正式开始,为香港左派机构培养了一批出版干部,三联从发行部分抽调出来搞出版的计有陈琪、李祖泽、黄士芬、陈树云、刘振翼等人。

## 第二阶段：1964—1978

那时内地正是"文化大革命"十年，香港也经历了"反英抗暴斗争"（1967—1969）。"反英抗暴斗争"是"文化大革命"的副产品，只不过转移斗争对象，不斗内部当权派，改斗港英而已。正因如此，香港左派阵营内部显得相对平稳和团结。

我就在香港三联进入第二阶段的开始时调到三联工作，这个时候三联不但统管出版，而且统管内地中文书刊的发行工作。我曾于1964年初协助蓝真兄担任过一些出版工作，之后就一直分管发行。那时蓝真兄除主持三联方面工作外，还要协助唐泽霖兄处理出版线的其他工作，开始他还过问发行，后来就逐渐放权让我去做了。这时三联的发行已搬到中环威灵顿街28号，四层楼高，每层面积约700英尺（相当于70平方米），楼上办公，楼下门市，工作人员以原新民主职工为多，因为新民主、三联刚合并，而内地中文书刊原来是新民主发行的。这个期间三联的发行业务受到内地运动的冲击甚大，内地的出版管制越来越紧，出版物越来越少，加以出口也越来越严，可以出口的书刊更少了，即便出口了，还经常接到停售通知。"文化大革命"开始后，出版物更只剩文件小册子、毛主席著作、革命宣传画和《红旗》《人民日报》《人民画报》等几种刊物了，估计这几年每年平均品种只不过数十百种，但每种册数惊人。书店职工也受到"文化大革命"的影响，除经常的学习和讲用会外,天天早请示,晚汇报,读语录,唱样板戏,甚至天天听,只听中央广播电台的广播节目。书店职工还投入"反英抗暴斗争"中,经常上街游行抗议,到工会、农村串连,为此被港英当局逮捕投狱的达数十人之多(指整个出版线)。当然,香港究竟不同内地,不但没有内斗,而且时间也短,1969 年"反英抗暴斗争"就结束了。经过后来的学习和总结,我们逐步认识到此时此地搞"反英抗暴斗争"是错误的,香港不是立即解放、回归祖国的问题,而是维持现状,长期利用,作为我国对外活动的桥梁。我们才比较了解新中国成立以来,周总理、陈毅、廖承志等领导人多次对香港工作指示的精神。

但是这时内地的"文化大革命"尚未结束,我们的认识只能停留在如何利用香港作为跳板、桥梁,对外宣传马列主义、毛泽东思想,宣传"文化大革命"、宣传世界革命,扩大国际反帝反修的统一战线。我们仍以主要的精力抓文件社论的发行、毛主席著作的发行以及《人民画报》《人民日报》《红旗》发行。一有中央文件和两报一刊社论发表,出版部门从新华社拿到简讯稿立即到印刷厂边排边校,校完立即印刷装订,发行部门也昼夜准备好发行工作,待印刷完毕正好第二天早晨,就赶紧分发出去,速度几乎与香港大公、文汇等报同步,个别重要文件曾达到发行十万册的纪录。报刊方面,我们着重抓《人民画报》的发行,并以此作为做群众工作的手段,最高纪录也达到每期十万份,香港的订户,凡左派工会、学校由他们自己分发外,个别订户都由书店的职工逐户派发,我们这些负责人一样背上可放五六十册《人民画报》的帆布袋到香港、九龙,以至新界派发,那时电梯还不普及,经常背上数十斤的布袋爬七八层楼的楼梯。我们也看到光是《人民画报》、文件社论、毛主席著作已不能满足读者的需要（指左派读者），我曾想尽办法争取当时的"出版口"国际书店、新华书店等放宽出口限制、尽可能多出口一些书，虽然困难重重，还算略有成效。此外，三联的出版部（由黄士芬负责）也成立朝阳出版社，并以朝阳、南粤等名义出版斯诺、韩素英、史沫特莱等写作的图书和重印《青春之歌》《林海雪原》等，还由黄士芬主编综合性的青年刊物《新知识》，但这些都是属于革命进步书刊性质，似乎没有一本中性的，中性的图书都由万里、新雅出版，商务、中华也在这个时期开始出版一些书。

这个时期我们仍生活在狭小的圈子里，虽然没有像内地那样搞批判和斗争，也是天天学习，并不时办学习班，还开始到香港的农村劳动锻炼，帮助农民插秧割禾，并为农民表演革命歌舞。新职工进店也要先办学习班，然后分配工作，这个时期几乎没有统战，只有群众。统战对象只有少数紧跟我们的爱国老板，以及保钓运动期间美国等地知识分子开设的书店，他们都找到三联要求供应图书，我们的统战范围大致如此。

70 年代前期，位居蓝真之上的唐泽霖和张丰顺先后调回内地或调离出版线，蓝真开始主持工作，并成立三联·中华·商务香港总管理处公开对外。我大概在这一期间开始正式全面主持三联工作，此时"文化大革命"已接近尾声。我主持三联直至 1978 年，大致做了几件事：

1. 统一三联书店：三联的机构在"文化大革命"期间给打乱了，三联的邮购部归新民主代管，三联的出版逐渐变成以朝阳为主,变成朝阳代出三联的书刊(实际主要是文件)。为了所谓"备战","文化大革命"前后在九龙成立的"半岛图书公司"成为三联经销的书刊在九龙和新界的代理,三联的业务范围只限制香港岛和海外。我认为四分五裂的三联是不可能发挥作用的,在领导的支持下,在这个期间完成了统一工作,使三联成为一家综合性的出版、发行和零售服务机构。这个期间三联分配到三联现址的门市部和办公室。

2. 争取内地书刊出口的正常化:"文化大革命"之前内地书刊出口不同时期有不同的限制,时松时紧,但还算正常,每年总有数千种书刊出口。"文化大革命"期间一落千丈,除毛主席著作、政策文件的出口大放绿灯,其他书刊出口审批甚严,无章可循,似乎连"出版口"也无权批准书刊出口。为了争取内地书刊出口的正常化,我曾多次向中央和地方出版当局奔走呼吁,并请上级领导包括新华社给予支持,经过数年的努力,最后总算逐步解决,后来的出口比"文化大革命"之前还宽。由于三联可以供应的内地图书品种(特别是地方版)比国际书店还要多,加上我们主动开拓海外业务,欧美、东南亚等地以左派为主的书店订购内地中文书刊较多地集中到香港三联。

3. 逐步将三联的工作重点转移到出版:"文化大革命"后期,商务、中华、万里、新雅等都恢复或加强中性图书的出版了,但三联和朝阳仍停留在出版政治小册子和政治色彩浓厚的历史、文学和传记之类读物,这样是无法扩大读者面的。三联接管朝阳后,开始改变出版方向,不但要出版一些政治性读物,也要出版一些介绍中华文化和一般知识的读物，由于当时三联尚不具备组织香港和海外稿件的力量，因此先从翻译"文化大革命"前内地比较适合香港市场的图书。这是三联工作重点转移到出版的开始。

4. 改变三联形象，把三联重新包装：三联过去一直被外界视为中共在香港的出版代表机构，广大知识分子望而生畏，不敢接近。为了改变在同业和读者中的形象，把三联重新梳妆打扮，除上面提到的扩大内地出口品种和扩大非政治性读物的出版外，还趁门市部搬迁到域多利皇后街现址的机会，改变左派书店传统式的陈设，安装冷气，使用收银机（过去都被认为是资产阶级的），扩大图书品种，大大增加香港外版书。此外，通过出版组稿，门市开幕，特别是香港三联成立三十周年（1978）等活动，广泛与各界知识分子接触，大大提高三联在香港及海外的知名度，三联的形象逐渐为中外同业和广大知识界所接受，甚至右派也开始敢于和我们接触。

## 第三阶段：1978 年以后

这时候邓小平同志的改革开放路线已得到全国一致的支持，对香港工作的要求也不再是过去所提的支持内地"文化大革命"，支持国际反帝反修。我逐渐地明白香港的出版工作应着重传扬中华文化，进行对外文化交流，只有这样才能扩大团结面，争取更多的各地华人和外国人大力支持我们的建设事业。三联的出版方面，我认为不应光是出版内地著作，出版港澳、台湾和海外华人的著作，还应出版英文图书和大型画册以进入国际市场，力争逐步达到年出书一百种的目标。发行方面,我认为应保持三联的中国中文书刊香港总代理的地位,但一定要做好内地中文书刊的供销工作,使读者满意,同业满意,也使内地出版社和发行机构满意。为此,不但想方设法扩大港澳和海外发行网,还曾主办和协办上海书展和中国书展等大型展览活动,均获得相当的成功。为了开拓业务,我们一面广招社会人才,并积极进行内部培训,个别职工还分别派到英、美、日和内地进修。

在贯彻执行改革开放精神的过程中,我始终认为文化出版工作应以社会效益为主,经济效益当然应该重视,但不能只顾眼前利益而忘了根本,不能以赚钱多少来评定经济效益。我是这样认识,也是这样去实践的,但是困难重重,因为改革开放的结果,必然把经济效益特别是利润指标放在首位,而且非要立竿见影不可。此外,我认为我们的机构管理和业务无论如何改革开放,仍应发扬前人传承下来的爱国爱店、艰苦奋斗、团结友爱等传统精神,而改革开放的结果又大大冲击这种传统精神的继承和发扬。1986 年我正好 60 岁,已届退休之年,这些只有留待后来者去努力解决了。

萧滋,1963 年出任香港三联书店副经理,1979—1986 年任总经理。

原载《联谊通讯》(北京)第 38 期,1994 年 7 月 10 日

西北 / 东北 / 华北

# 延安光华书店

李　文

　　去年(1996年)10月《联谊通讯》52期,为纪念光华书店50周年出了专辑。今年借纪念三店65周年之际,我撰写这篇《延安光华书店》是为纪念1937年革命圣地延安,在党的领导下建立的第一家光华书店,这家书店是通过上海地下党,动员生活书店邵公文和读书出版社张季良(曾在生活书店工作过),秘密到延安参加筹备建立的。书店成立不到两年,以发扬韬奋精神,竭诚为读者服务,深受延安党政军机关、学校广大干部、群众欢迎,为传播革命进步文化作出贡献。本文是根据邵公文《从学徒到总经理》一文中的一段与张季良的信件等材料整理而成的。

　　1936年"双十二"西安事变,由于党的正确政策,中共代表周恩来、叶剑英等的努力,得以和平解决,国内形势有了新的转变。迫使蒋介石停止内战,一致抗日,达成第二次国共合作的局面。张学良于1937年初让出肤施(延安),中共中央从保安迁往延安,成立陕甘宁边区政府,工农红军改为十八集团军(八路军),在西安七贤庄设立十八集团军办事处。

中共中央经过一年来二万五千里长征，艰苦奋战，从江西吉安胜利到达陕北，最缺乏的是文化食粮，毛主席要周恩来、叶剑英在西安购买一批书籍报刊。那时西安进步书刊极少，又委托边区银行行长曹菊如向上海生活书店采购各种书刊，因需要数量较大，生活书店也很重视，交由批发科承办，科长邵公文曾与曹菊如在业务上通过信。那时国民党政府在延安还设有邮局，大批书刊经由邮局寄发。

中共中央很重视出版发行工作，党中央迁往延安后，立即成立了党报委员会，由张闻天负责，廖承志为秘书长，将《红色中华报》（油印于1937年9月改为铅印）于1939年2月改为《新中华报》。党报委员会设有资料科（后改为出版科），发行科主要是出版发行报刊。4月24日《解放》周刊（后改为半月刊）创刊号出版，为了向全国发刊，创刊号上印有延安新华书局发行（后改为延安新华书店发行），但仍由发行科办理，人员很少，对外发行忙不过来。《解放》周刊由印刷厂打纸型运往汉口、广州、重庆、香港印刷发行。

当时延安党政军机关学校不断扩大，干部群众工作学习迫切需要大量文化食粮。中宣部秘书长朱光、边区银行行长曹菊如、青委会冯文彬负责筹备，在延安建立光华书店。由中共东南局文委在上海物色两位对图书刊物发行有经验的可靠人才，地下党组织通过上海铸丰搪瓷厂党员王尧山找到生活书店邵公文，因邵公文在1931年9月考入生活书店以前，也在铸丰搪瓷厂任职，与王尧山是同事，王对邵很了解，王尧山经常到生活书店看望邵公文，并经常给邵公文阅读一些党的油印宣传材料，如1935年中共"八一宣言"等。1937年5月，王尧山来到蒲石路312号同事集体宿舍，邵公文患肺病刚好正在休养，王告诉他延安要创办一个书店需要人，问邵是否愿去延安，邵公文早已向往革命圣地延安，就欣然应允前往。王尧山说还可以多去一人，邵就找平日了解较深的张季良，张也愉快地答应愿去。那时上海去延安的人极少，在进步书业界他们俩可以说是最早秘密去延安的，因此向各自单位领导请病假和事假，行动是很保密的。

几天后，王尧山介绍任柏生来找邵公文，具体联系去延安的事宜，邵公文介绍张季良和他见面。又一天，任柏生与邵公文同去会见才从延安来上海的冯雪峰，他是中共上海办事处副主任，商谈了去延安的问题，领取了去延安的路费，还同任柏生约定了出发日期和会面的地点。邵公文与张季良忙着为延安光华书店选购大批生活、读书、新知和其他书店出版社的进步书刊，均由生活书店批发科包装成数百个邮包交邮局寄往延安，然后按照约定时期与任柏生在去西安的火车上会面，三人乘西安八路军办事处运粮的卡车去延安。任柏生陪同他们俩去中宣部见了朱光，朱光告诉他们正在筹备的光华书店是由中宣部、边区银行和青委会三个单位合办的，由朱光、曹菊如、冯文彬代表各自单位参加筹备工作，青委在2月办的青年书店并入光华书店，光华书店由任柏生具体负责。他们请邵公文、张季良在合作社吃了晚饭表示欢迎，交谈书店筹备工作。邵公文、张季良刚到延安住在交际处招待所，他们在城里转过几次，没有看到有任何书店，筹备中的光华书店门市部的房子就在凤凰山下边区银行旁边。不久，他们就搬到光华书店去住了。

邵公文、张季良第一次见到伟大领袖毛主席,是在南大街天主教堂改的礼堂观看文艺节目时,主持人是廖承志(注:可能是他导演,党报委员会工作人员排练的《阿Q正传》),那时没有对号入座,来的早就坐在前面;不多久,毛主席、朱总司令等领导同志都来了。邵公文、张季良和毛主席、朱总司令坐得很近,毛主席非常随便地和大家打招呼,十分亲切。第二次见到毛主席是在"七七"事变之后,延安南门外宝塔山下广场召开抗日救亡群众大会,毛主席作了动员报告。这是他们第一次听到毛主席的讲演。

邵、张两人到延安之初,上海发出的书还未运到,工作不多;他们就要求去抗大旁听,组织上考虑他们可能还要出去工作,没有同意。他们就利用时间自己学习。那时延安中央印刷厂已逐渐建成,出版一些马列主义理论书籍。他们向领导要了几本新出版的列宁著的《两个策略》《"左"派幼稚病》等阅读。不久邮局来通知,上海寄出的邮包运到了,马上去邮局领回来拆开邮包。因为书店门市部的房子还没有装修好书架,门市部还不能开张。但是书店到了新书的消息很快就传开了,同志们纷纷前来买书,有许多中央领导同志也来书店挑选。记得徐向前同志就选购了一大批书刊。因为过去国民党的封锁,进步书刊极少运到陕北边区来。现在突然有了这么多书刊,真如久旱逢甘雨,极受大家的欢迎,几百个邮包的书籍不几天的就被选购走了大半。光华书店筹备组负责人决定尽快再从上海采购一批书来,因邵公文原在生活书店负责批发工作,就派他回上海去再选购大批新书速寄延安。

邵公文于7月底从延安出发到西安,即乘火车回到上海,仍住在蒲石路312号,只说是从家乡养好病回来,他销假上班。立即着手为延安选购了一大批书刊打好邮包交邮局寄发。邵公文回上海后,王尧山又来找他,告诉他去延安前,曾提出要求加入中国共产党,经组织同意批准,9月15日在312号二楼举行入党宣誓仪式。

不久任柏生也从延安来上海,又交给他一份光华书店需要进货的书单。但是"八一三"日军疯狂进攻上海,全面抗战爆发,邮局停止收寄大宗邮件,生活书店等都忙于内迁,因此无法再往延安寄发邮件。邵公文忙于生活书店内迁到武汉,后又被分配到贵阳设立分店,就无法再去延安。

延安光华书店在邵公文、任柏生离开延安后由张季良任经理。原在上海读书出版社工作过的李自强(高玉林),"七七"事变前到延安抗大学习,结业后,李在光华书店短期帮助工作,不久他就参加西北战地服务团去前方了。

光华书店正式开业,大约是在8月中旬上海第二批书刊寄到以后。光华书店的正式开业在延安是一件大事,中央各级党政军机关学校的负责同志,如中宣部凯丰、朱光,还有洛甫、博古、徐特立、王若飞、潘汉年、冯文彬、廖承志、徐冰、成仿吾、肖劲光等领导同志及干部群众都到书店看书祝贺,询问书籍来源及营业情况。尤其是廖承志、徐冰两人,他们是负责编辑《解放》周刊的,就住在凤凰山三间窑洞式的房屋里,是毛主席办公地点的前院。廖、徐两人经常来书店看书、闲谈,并要张季良把《解放》周刊放在书店门市部出售,开始是到他住所去取,后有一段时间《解放》周刊编好的稿子,要张季良把稿子送到清凉山万佛洞中央印刷厂交给祝志澄厂长付印。张季良与祝厂长也熟了,从此《解放》周刊就从印刷厂取,并将解放出版社出版的书籍,如《中国问题指南》《抗日民族统一战线指南》《抗日游击战争问题》《两个策略》《"左派"幼稚病》《政治经济学》等书,在朱光指示下,祝厂长批条,经常拿到光华书店销售。当时自印的书籍有的没有定价,按书页数多少,2角至5角不等。出售后,书款交银行账户。

1937年"七七"事变到1938年10月汉口失守前,全面抗战形势大发展,国内外进步青年大批向往去革命圣地延安学习和去前方抗日。进步书刊,总是供不应求,光华书店极大部分是销售国统区进步书店出版的书刊,开业前由上海生活书店寄发大批书籍和刊物。1938年初,西安已建立生活书店分店,张锡荣任经理,张季良去西安找张锡荣批发十多箱书籍,由八路军办事处运输车运回延安。1938年夏,武汉沦陷前,延安邮局邮寄书籍已经很困难,张季良又不辞辛劳去武汉生活书店进了一大批书籍和文具运回延安。在战争年代,国民党沿途设关卡检查,重重阻挠,交通运输极为困难,千辛万苦将书籍运到延安,还总是不能满足需要。幸而延安中央印刷厂建设不断扩大,印刷能力不断增强,党中央有计划地出版马、恩、列、斯和毛主席著作以及政治学习书籍,供给边区和敌后各根据地干部学习,并供应国统区销售。光华书店也积极推销延安出版的书籍,直接去清凉山印刷厂取书或由他们发给光华书店销售。

1938年10月,广州、武汉相继失守,日寇侵华政策上对付国民党采取诱降政策,而对敌后抗日根据地进行残酷扫荡,实行"三光政策"。国民党反动派消极抗战,对敌妥协投降,积极反共反人民,在国统区实行法西斯独裁统治,对进步团体、进步文化事业进行打击摧残,查禁进步书刊,查封书店、出版社,对陕甘宁边区重重封锁,对抗日根据地制造摩擦。日寇派大批飞机于 1938 年 10 月 28 日星期天对延安进行疯狂轰炸,在光华书店附近落炸弹,死伤不少人,光华书店的玻璃柜窗也震碎了。延安军民动员紧急防空,连夜县城内搬迁一空,领导上决定光华书店与贸易合作社合并迁往西山坡窑洞,成为光华商店书籍部。张季良于 1938 年 11 月去中央党校学习,1939 年 3 月调离延安去晋察冀抗日根据地工作。延安光华书店成立不到两年时间,完成了它光荣的历史使命。

李文,1934 年在上海参加生活书店。后曾任北京钢铁学院(现北京科技大学)副院长。

原载《联谊通讯》(北京)第 58 期,1997 年 10 月 10 日[①]

———————

① 编者注:文末原注"《陕甘宁边区报刊图书发行工作》中的一章",未查见此书。

# 记太行华北书店

刘大明

　　1940年五六月间，正是国民党反共高潮时期，我刚从读书生活出版社成都分社调回重庆总社工作不久。一天，总经理黄洛峰同志约我谈话，他说："准备派你去敌后根据地开办书店，不知你意如何？"他接着说："国民党抗战是假，反共是真。这几年，生活、新知的好多分店被封，好多同志被捕，我社也多次遭到摧残，为了保存这支进步力量，恩来同志根据毛主席的指示精神，曾和韬奋同志谈过，说生活、读书、新知三家书店可以联合起来，筹集一部分资金和纸型，到延安和敌后去开办书店，把精神食粮送到前线去，敌后军民是非常欢迎的。"他又说："经过韬奋、伯昕、雪寒和我四人商议，生活已决定派李济安前去，并由他全面负责；新知已定陈在德，他在衡阳被捕，现刚出狱，即将到重庆来；我社就派你去了。好在你们三人原是熟识的，到时候你们可以碰碰头，作些准备，什么时候启程，到什么地方，待进一步决定后再告诉你。"

　　我听后非常兴奋，到延安或敌后根据地工作，早就是我的愿望，因此，我表示坚决服从组织的决定。但兴奋之余，又立刻感到自己责任重大，担心能否不辜负领导的重托。

不久，陈在德同志从衡阳到了重庆。我们三人在李济安同志处会了面，他告诉我们，我们将去的地方已决定，是太行山，即八路军野战总部所在地，也即朱总司令、彭副总司令所在的地方，书店的名字也定了，叫"华北书店"，三店筹集了资金五万元，也已转到了红岩八路军办事处，现在专等出发时间了。

8月初的一天，我们终于得到了启程的通知，要我们三人于翌日凌晨4时到红岩八路军办事处集合报到。我们乃于凌晨3时告别了冉家巷，告别了同志们，带着轻装了的行李奔赴红岩，这时红岩灯火辉煌，人来人往，一派整装待发的景象。

根据办事处的要求，为防出事，我们又进一步作了轻装。并且脱下了原来的服装，穿上了八路军的军服，立刻成为一名光荣的八路军新战士了。我们的姓名，也根据办事处的要求作了更改：李济安改称李文，陈在德改称王华，我则也由赵子诚改称为刘大明。没想到，我们三人改了的名字一直沿用到今天。

在晨曦里，我们的卡车开动，向成都方向出发了，车上载的是运往延安的汽油，我们就坐在汽油桶上。同车的有罗琼、陈波儿及新四军方面的十来个同志，行车的路线是成都—广元—汉中—宝鸡—西安，到西安后再定行止。沿途国民党军警曾对我们多次刁难，但由于我们准备得好，他们抓不住任何把柄。经过十多天跋涉，我们终于平安地到达了西安八路军办事处，得到了林伯渠同志的接见。

为等候过封锁线，我们在西安住了一个月，才奉命到洛阳，与护送我们的八路军运输大队会合，过了封锁线天井关，又经过十多天艰苦行军,于11月初终于到了山西辽县(现左权县)南70华里的桐峪,八路军野战总部政治部(简称野政)所在地。进入根据地后,我们沿途受到了边区政府杨秀峰主席、唐支队唐天际司令员和野政主任罗瑞卿的接见。历时三月,我们终于到达了太行抗日根据地。

遵照罗主任的指示,我们和华北《新华日报》的何云社长、杜毓沄副社长在桐峪见了面,罗主任指示,今后我们就要在何、杜社长帮助下开展工作。经过初步商议,我们决定在重庆纸型未到前,先在根据地中心桐峪镇开设一个门市部,经售边区出版的书刊和文具,并用油印方式刻印一些文艺小册子,以满足敌后读者的需要,以徐图发展。

在青年记者协会太行分会蒋慕岳(江牧岳)、冯诗云、张戎(章容)等同志具体帮助下,我们决定门市部于1941年元旦在桐峪开张。于是我们三人作了分工,立刻行动起来:王华负责门市部筹建,李文负责采购文具用品并和我负责编选刻印油印小册子。不久,野政又为我们介绍来了邓步城、陈艾、刘忠良等同志,我们的人手多了,很快在桐峪镇找到了一个两开间的门面,又在《新华日报》批发来了一些书刊,李文到游击区采办的文具纸张和一套油印器材也运到了。他还设计了一种书架、书箱两用(即卸开是书架,合拢是书箱)的家具,以适应敌后坚壁清野的需要。同时我们又赶印了两种出版物,一是1941年月历,一是收高尔基的两篇名著《海燕》和《鹰之歌》合成一本,取名《鹰之歌》,作为门市部开张的礼物。油印刻印工作,是由我承担的。我没有刻印经验,在同志们鼓励下,为了节约纸张,降低售价,以适应边区读者购买力,我们精心设计了开本、版面、用纸，月历和封面还进行套色，经过一阵子忙碌，两个小礼物印出了，而且得到了较好的效果，特别是当时读者看惯了一些政治理论书籍比较单调刻板的装帧，见到了《鹰之歌》，犹如在红红绿绿的鲜花中看到了一朵挺拔的小白化，觉得分外可爱。

1941 年元旦，门市部在太行山敌后根据地桐峪镇正式开张了，第一个三联书店——华北书店，在敌后诞生了。这天一早，我们兴高采烈地将自己缝制的带有鲜红色的"华北书店"四个大字的布质招牌，在桐峪镇的大街上高高地横街挂起，又贴出了鲜艳夺目的新书广告，使古老质朴的桐峪镇平添了不少新鲜活泼的气氛。因为这天是元旦假日，所以附近的总部各机关的干部及群众，纷纷从几里、几十里外，像赶集一样，到桐峪来游玩，看见书店新开张，就都到店里看看，顺便又都买些书籍文具纸张之类，一时宾客盈门，大有应接不暇之势。不少读者对我们书店的开张，表示热烈的欢迎和祝贺，对《鹰之歌》一书，更是盛赞不已，给了我们很大的鼓励。当天一天营业收入，竟高达 120 元之多，不几日，500 份月历已销售大半，而《鹰之歌》竟销售一空。

第一炮打响了，我们尝到了甜头，暂时也不再去想大后方的纸型何时到来了，就把精力集中到继续多出，出好油印小册子上来。1941 年 4 月 4 日，李文同志应延安电召，去了延安。他到达延安后，也于 1941 年 10 月建立了华北书店。李文同志离开太行后，书店工作就由我和王华同志负责，王华仍负责发行，油印小册子的编辑和刻印就由我一人承担。到 1942 年秋，共出版了 20 余种。这些小册子，大都由我和张戎同志商量选定。张戎同志帮我们编选，就像自己的工作一样,他不但主动为我们考虑选题,而且多次把自己珍藏的书籍借给我们供翻刻(当时大家把从大后方带来的文艺读物视为珍宝)。我们刻印的这 20 多种小册子中,除了鲁迅的著作外,大多是苏联和俄国的小说。其中也有几种是边区人士编写的,如《世界名歌选》是 129 师文工团团长刘流同志编的;《拉丁化检字》是边区文联主任陈默君同志组织编写的;北方局党校校长杨献珍同志写了一篇题为《论敌后抗日根据地的社会性质》(大意)约二万字的长文,作为"内部发行",也由我们刻印。另外,我还根据那时能够收到的重庆《新华日报》登载的大后方出版界文化界的各种消息,编过几期《大后方动态》,每期印 50 份,赠送给有关领导和单位,也颇受欢迎。

这些小册子,在版式方面曾不断作过改进,如版面大些、小些、文字直排、横排等,在封面上更注意了根据内容设计,尽量使其有特色,如《世界名歌选》的封面是由编者刘流同志提供封面用图的,那是一幅精美的名画,上面画着几个弹七弦琴的古希腊人,由我进行设计并配上书名。尽管由于我的刻印技术还不能反映出原画的神采,但仍使根据地读者耳目一新。有的小册子我还加上了一些评介式的后记,对读者不无裨益。小册子的印数,除杨献珍同志的那篇文章因系内部发行,所以只印 100 份外,其余大都为 500 份,也就是当时蜡纸所能承受的最高印数了。那时每当我们决定印一本书时,我就夜以继日地刻蜡版。我的右手食指和大拇指,由于长久握铁笔,所以始终是扁平和疼痛的。一俟我刻完一本书的蜡纸,我们全店人员就总动员,一时印的印,折的折,然后排页子,用针线缝钉,装订成书的毛样后,再糊上封面。裁切毛边时,我们别无专用工具,就用桐峪镇上能买到的切菜刀作切纸刀,用钝了随时磨一磨又用,到最后,那把裁纸刀竟磨去了三分之一。

从刻印技术及版式装帧来说,当时大家认为曹靖华同志译的苏联作家拉夫列尼约夫的《第四十一》为最好。印这本书时,正好店里进了一批粉红色有光纸,由于大家看惯了白纸黑字,当时试用粉红色有光纸上印黑字,觉得特别新鲜醒目,我们就决定全部用这批粉红色纸印刷,并将该书原本中有的十多幅插图也几乎完全套刻了插在正文中,又增加了该书的风采。当此书摆在门市部时,立刻受到了许多爱好文艺的读者的欢迎,他们互相传告,形成了一次以能买到《第四十一》为快的小高潮。数月后,我们在重庆寄来的《新华日报》上,又意外地见到了《第四十一》的译者曹靖华同志在一篇有关的文章中提到了这本小书。1958 年、1985 年,《第四十一》在北京出版单行本时,曹靖华同志在后记中又以同样的热情和字句提到了这本小册子,他写道:"据我所知,抗日战争时期,在太行山敌后革命根据地,用蜡版油印的形式,印在红绿包装纸上的除政治理论的小册子外,革命的文学作品中就包括《第四十一》。当时从包围圈中出来的同志,曾把这类油印本送了我几种,并对我说:'敌后的战士们把枪、书和自己的生命,结成三位一体,遇到生死关头,随身携带的一切,都可以抛弃,唯独枪和书,在生死关头,或则冲出重围,或则与自己生命同归于尽。'"此书我原藏有一本,可惜在"十年浩劫"中丢失。

在发行方面,我们除了尽力搞好桐峪门市部外,还开展了邮购工作,并在边区交通局(负责邮政的局)的协助下取得了边区邮局第100号信箱的代号,以便读者邮购书刊,但因边区战事频仍,流动性大,实际用此方式购书的读者不多。我们又改用送货上门的方式取得了很大成功,即当我们得知边区哪个领导机关将在何时何地召开会议或活动时,我们就立刻准备一部分书刊文具,用牲口驮到现场,贴出海报,在会议休息时让各地与会代表购买,受到热烈欢迎。

1941年春节,敌人对我大"扫荡",由于我们认真作了备战准备,坚壁清野作得好,在附近山上挖了好几个地洞窑洞,一有敌情,我们就立刻将全部资财掩埋妥帖,所以未受到损失,对我们的备战工作作了一次考验。1942年5月,敌人又一次"扫荡",对我用了所谓"铁壁合围"的战术,致使我们总部受到了重大损失:左权参谋长、报社何云社长、文联陈默君主任牺牲了,著名作家蒋弼、著名诗人曹咏被敌人俘获后也惨遭杀害。这次"扫荡",我和王华同志等是分头行动的,我恰好在合围圈外,所以尚为安全,但王华同志则被围在圈里,敌退多日仍未见他回来,急得我到处从死尸堆里去寻找,幸好不久王华突然安全回来了,我俩相聚之下,真是悲喜交集,大有隔世之感。

我们的工作一直得到了野政罗瑞卿主任的关怀,他指示有关部门给我们调来了干部和勤杂人员,拨给了我们枪支和牲口,使我们工作得以顺利开展。彭副总司令在1942年元旦还特地通知我和王华同志参加了边区各界的团拜活动,并亲自接见了我们,对我们的工作给予了肯定和鼓励。罗主任还在政治上关心我们,他有一次约我谈话说:"你们印的《大后方动态》我看到了,编印出来给有关人员看看很好,不过要注意不要产生副作用,不要给人以错觉,以为重庆很光明,这也是同国民党的残酷迫害作斗争的结果。"这给了我很大教育。

1941年年底,我突然收到了洛峰同志自香港寄来的信,真是欣慰不已! 离开洛峰同志和范用、万国钧等同志已经一年多了,其实无时无刻不在思念他们,但始终未能通信。9月间,我曾寄一信给洛峰同志,只是为抒发自己怀念之情而发的,未期望他一定能够收到。"烽火连三月,家书抵万金",如今见信如见人,在我看来,同志之情,岂能以金额来计算啊!

现将洛峰同志来信摘要如下,括弧里的字是我的"翻译",50年过去了,深厚的感情,却永难磨灭。


大明表弟:

　　九月二十八日信收到了,真是欣慰不已。诚如你所说,总怕收不到信,就没有给你信。因为很久没有给你寄信了,一想起来,总是难过不已,而今千言万语,从何说起呢?

　　春天曾发一电,因为你常走动,正不晓得已否接? 到文兄(李文)去陕(延安),已得知。因为各种原因,辰夫(柳湜)、崇基(艾思奇)他们,也一直没有通信,所以辰夫的情况怎样(延安办店的情况怎样),也就不知道了。

　　家林一直还在病着(被国民党关押着),汉清的一个小弟弟(也是本社的工作人员,名字不记得了)最近又病了(也被捕),窦府(读书生活出版社)真是多灾多难,但是,窦大哥精神还好

（总社和领导人还好），虽然事情不大如意，此病彼病（不是这里被抓，就是那里被抄），他还是很精神的挣扎下去，这是我们大家都引以为慰的。（余略）

　　好久不通信，等于隔了十年一样。以后我想多给你信。专此祝你
安好！

远昭（洛峰）

三十年十一月十二日

　　现将尚能回忆起来的油印小册子书名开列如下：

　　《1941 年月历》、《鹰之歌》、《阿 Q 正传》、《狂人日记》、《故乡》、《朝花夕拾》、《不走正路的安得伦》、《死敌》、《第四十一》、《我是劳动人民的儿子》、《和列宁相处的日子》、《二十六个和一个》（内附托尔斯泰小说《郭尔内·西利耶夫》）、《严寒，通红的鼻子》、《盒里的人》、《外套》、《世界名歌选》、《拉丁化检字》、《论敌后抗日根据地的社会性质》（大意）、《大后方动态》（若干期）。

　　1942 年秋，我们曾在新华日报支持下，聘请了三个工人以手工刷印的方式来印书，铅版是由报社浇铸提供的，记得第一本书是《人怎样变成巨人》，印数 1000 本。从此我们就停止了油印小册子的出版。1943 年春，罗瑞卿主任又约我和王华同志到他办公室说："延安来了电报，问你们是在敌后坚持下去，还是都回延安集中？"我和王华商量的结果是：能到延安是很高兴，但我们已在敌后坚持两年，舍不得边区首长们对我们的关心，边区群众对我们的支

持,更不忍离开长眠在边区地下的为抗日而牺牲的同志们,所以我们不怕条件再艰苦,我们也愿意在边区坚持干下去,不去延安。罗主任当即以赞许的口吻说,好,那么就这样回答延安,并鼓励我们作出更多的成绩。

不久,报社新社长陈克寒同志约见我们说,组织上决定划拨一个中型铅印厂,并配备相应的干部和工人给华北书店领导。我们非常高兴,就在黎城靳家汇这个小村,把铅印厂建立了起来,人员有40多人,设备有4开机一台,16开圆盘机一台,排字房全套,纸型浇版机以及装订全套。为了保密,以防敌特汉奸破坏,工厂代号叫"干部学校",并采取了严格的保密措施。这个工厂办了半年多,出了《农村调查》《经济常识》《日月星辰》等20多种书刊。5月份又一次反"扫荡"时,正好敌人的一个连在此村中住了一个多星期,但敌退我返后,我们掩埋地下的资财毫无损失,这不仅证明我们的备战工作是好的,更证明边区群众和我们是一条心的。我们虽然采取了严格的保密措施,但机器的隆隆声、纸型成型的拍打声、浇铸铅版时冒烟等情景,天长日久,村里群众是很难瞒过的,因此,事实证明,这不能不说是村里群众真正掩护了我们的结果。

1943年,是太行根据地,也是敌后各解放区最困难的一年。这一年,太行根据地不仅频频受到了日寇"扫荡"的疯狂破坏,还遭到了久旱不雨的大旱灾,为此全区军民在党领导下开展了节衣缩食和生产开荒运动,以减轻人民负担,共同渡过难关。根据北方局精兵简政、增产节约的精神,党决定自1943年10月起,我们华北书店和华北新华书店进行合署办公,实际情况是两店合并,干部统一安排,但对外挂两块牌子,凡政治理论书刊以新华书店名义出版,文艺性的书刊,以华北书店(韬奋同志逝世后改称韬奋书店)名义出版,这样从两店合并到1945年日寇投降,两年中间共出版了《理水》《新秧歌剧》《兄妹开荒》《白毛女》《王贵与李香香》等60多种书刊,我自己也以王溪南名义写了《女状元——郭凡子》一本,以马代民名义写了《劳动英雄张喜贵》一本,并编了一本《农村应用文》,受到了农村读者的欢迎。

1945年,根据地形势转好,随着我们八路军的壮大和反攻的全面展开,游击区变成了解放区,敌占区也成了解放区,胜利消息不断传来,我们书报的发行量,发行范围,也一再扩大再扩大。大家觉得日本帝国主义已经快要完蛋了,但胜利消息比预期的还要来得早些。8月11日我们在山西黎城县清泉村,清早,我们像往常一样,准备投入新的一天的工作,北方局宣传部负责领导我们的朱穆之同志突然来到我们驻地,欣喜地通知我们说:"日寇已经投降了!"不久,整个边区都沸腾起来了,都在热烈庆祝抗战胜利。同时大家又立即投入了如何下山开展新区工作的讨论。

1945年9月中旬,北方局宣传部长李大章同志来电报,调我到冀鲁豫新华书店工作,华北书店也就完成了它的历史使命。

刘大明,1936年在上海参加读书生活出版社。后曾任国际工业出版社社长。

原载《联谊通讯》(北京)第19期,1991年4月25日

# 忆朝华

张朝同

　　我在抗日战争胜利前夕奉命来到天津,准备在北方设立一个开展书店业务的据点。初来乍到,人生地疏,刚安顿好住处,想不到战事急剧变化,日本侵略者很快宣告投降了。我怀着忧喜交织的心情,目睹国民党军队耀武扬威地开进天津市区。喜悦,是因为抗战终于胜利了,中国将有可能改变近百年来半封建半殖民地的屈辱地位,个人也终于彻底摆脱了半年前还在追捕我的日寇的魔爪。忧虑,是因为想到党和人民还没有得到最后胜利,国民党要发动内战,出版事业又将面临新的考验。

　　就在云开雾散、万众欢腾的时刻,一场新的风暴又紧接着从远处涌来。抗战一结束,津浦铁路就因军事行动而陷于中断,我只能暂时滞留在天津,让许季良单身回上海取得联系。正当我十分焦急的时候,在北平美国新闻处图片部工作的汪骏(地下党员)来天津,找到东窑洼我的住处,带来了徐伯昕给我的一封信,要我立即去北平筹设三联书店。

　　我是在新知书店上海办事处遭日寇破坏之后离开上海的。徐伯昕要我到北方，是卓有远见的。抗战初期，生活、读书、新知三家书店在全国大中城市曾经拥有五六十处分支店。但在华北平津一带，由于沦陷较早，始终未能建立出版阵地。因此当我见到徐伯昕的信后，立即随汪骏来到北平。

当时的北平，由于长期遭受日寇的殖民统治，社会文化状况十分落后闭塞，走遍全城见不到一家销售新文化出版物的书店。有相当多的人还存在正统观念，对美蒋抱有幻想。因此，建立党的出版阵地，向广大人民揭露国民党发动内战的阴谋，宣传我党对时局的主张和政策，是党的文化出版工作者的当务之急。

但是，能不能在北平公开设立三联书店？这是当时要考虑的问题。国民党的特务们清楚知道，在出版战线上，在整个抗日战争时期，生活、读书、新知三家书店是同国民党法西斯文化针锋相对斗争的无畏战士。我们决不会在抗战胜利之后改变立场，如同国民党也决不会改变一贯反共反人民的方针一样，必将继续摧残进步出版事业，这是毫无疑问的。因此，在北平公开建立三联书店，不可能长久存在。

在我来到北平之前，北平美国新闻处工作的地下党员和爱国民主人士已经在北平地下党文委的领导下，利用他们工作单位的有利条件，和他们同重庆中外出版社的关系，决定在北平开设中外出版社。汪骏、孟用潜、朱葆光、孙承佩等同志正在积极筹备。我一到北平，他们就要我负责经营中外出版社。1945 年 11 月在西长安街挂出了中外出版社北平分社的招牌。我被推为经理，朱葆光代表董事会，并负责编辑工作。

北平中外出版社成立之初,就注意到斗争的长期性,要尽量避免政治色彩,但是政局的演变,使得孤军作战中的中外出版社很快卷进了政治斗争的浪潮。《双十协定》签订后,给人民带来的一线希望,很快就被蒋介石发动的内战一扫而光。国统区的人民开始觉醒了,在中国共产党领导下,发动反内战的斗争。昆明"一二·一"惨案,教育了广大群众,引发了全国各地的学生运动。旧政协会议刚闭幕,蒋介石就迫不及待地指使特务制造了重庆较场口事件、北平音乐堂事件,在北平又纠集特务流氓,策动所谓请愿游行,举行反共示威。北平中外出版社在初期的反内战争民主的运动中,就同清华大学、北京大学的学生组织建立了供应进步书刊的联系,因而很快成为特务的注意目标。

这时,我已通过汪骏同地下党文委曾平有了经常的联系,当时虽没有说明自己的身份,但都已心照不宣。我们考虑到北平的重要地位,中外出版社目标已太突出,我和曾平商议后,决定另外建立一个政治色彩不太红的书店,作为第二线的一个据点,以利持久作战。三联书店责无旁贷应该在北平建立自己的战斗岗位。这样,在曾平的帮助下,找到了北新华街的一处铺面。地点虽较偏僻,但距西长安街中外出版社很近,可以互相照顾。书店取名朝华,以喻一枝早晨的鲜花,予人愉悦,令人奋进。实际上它是三联书店的北平分店。由于当时我主要精力已放在中外出版社,只能请求总店另行派人。不久,即派谭允平来朝华书店主持工作,担任第一任经理。我又调中外出版社的宋大雷(地下党员)到朝华书店,使朝华书店能得到党的直接领导。1946年初,朝华书店正式开张。当时工作人员有谭允平、宋大雷、许季良等。为了使朝华书店与三联书店总店不发生隶属关系,我兼管了生活书店、新知书店几本书的再版工作,最早再版的有吕振羽著《简明中国通史》、薛暮桥著《经济学》、丁玲著《我在霞村的时候》、苏联小说《虹》等。

朝华书店的主要业务是承担上海生活、读书、新知三家书店和其他进步出版单位的出版物在华北的发行任务。中外出版社除编译出版时事、理论和文艺读物外,主要发行北平出版的进步刊物,如《民主》半月刊、《新闻评论》、《新星画报》、《人民世纪》和上海出版的《文萃》等,同时还秘密发行由军调部中共代表团从延安用飞机带到北平的大批书报,秘密翻印了毛主席的著作和《白毛女》等延安出版的读物。这样就形成了中外出版社同朝华书店的业务分工,朝华书店不公开销售马列著作和党的出版物,工作人员也尽量不参加社会政治活动,使朝华书店和中外出版社在外表上有所不同,而实际上从对敌斗争到业务经营,都是互相支援、互相配合的。它们是当时北平出版战线上并肩战斗、患难与共的弟兄。与此同时,地下党还在东城的米市大街开设了北方书店,作为第三线的据点,由曾平当老板,掩护其政治身份,书店政治色彩也较灰色。此外,还在天津开设了知识书店。当时地下党已经占领了平津和华北一带的出版阵地,完全改变了过去文化出版方面的沉寂暗淡的局面。经过中外出版社与朝华书店的共同努力,在北平的清华、北大、燕京、师大、辅仁、中法、中国等大学里建立了由学校地下党或进步学生组织的书刊代销站。通过这些学校的发行网点,大量地发行了当时还不能公开发行的马列著作、毛主席著作和其他进步书刊。

1946 年初，北平军调部成立，党报《解放》（三日刊）在北平创刊，一时新闻出版界异常活跃。但国民党反动派并没有麻痹，他们阴谋发动全面内战的同时，也加紧了对爱国民主运动的镇压，加紧了对新闻出版业的摧残。不久，就发生了查禁《解放》（三日刊）并逮捕报社工作人员的事件。中外出版社经常处在特务的严密监视之下。朝华书店引起近邻国民党特务组织"中国新闻社"的怀疑，也发生了警察局拘捕谭允平等工作人员的事。幸而警察搜查结果一无所获，第三天就由中外出版社出面保释了被拘人员。是年冬，特务们又公然以所谓"人民戡乱除奸团"名义在朝华书店的门窗上贴了告示，妄称朝华书店为"奸党"的潜伏组织，宣布所谓"专以贩卖反动书刊，扰乱人心，宣传赤化，违反戡乱"等罪状，并在门上贴了封条。次日，我们发现后，一面通知伪保甲长，要求制止坏人继续捣乱，保障正当工商业；一面照相留存，照常开门营业。

1946 年底，北平发生了"沈崇事件"，又引起了北平学生和社会的极大愤怒，以至发展为全国的抗暴爱国运动。国民党特务暴徒更大肆围攻殴打学生。1947 年 2 月，国共谈判破裂前夕，国民党特务终于决定在北平实行大规模逮捕。他们发动军警特务八千余人，分八百余组，以检查户口为名，深夜闯入民宅肆行搜捕，被捕人数达两千余人。在这次大逮捕中，中外出版社也成了打击目标。2 月 18 日凌晨，特务们抓走了中外出版社职工万舒扬（何家栋）、张煐（张炜）、张鹤云三人。接着，又来到我仕家，在无可理喻的情况下，强行把我和妻子彭慧带走，留下一个不足两岁，一个才两个半月的婴儿。这次非法逮捕大批市民的事件,立即引起北平中国民主同盟的抗议。北京大学、清华大学等高等院校的许德珩、朱自清、张奚若、俞平伯、陈寅恪、钱端升等 13 位著名教授联名发表宣言,抗议北平市当局非法逮捕市民,摧残人权,要求从速释放被捕人员。

中外出版社遭此挫折后,在党支部领导下,同朝华书店一起,照常营业,坚守岗位,继续战斗。当然两店的工作更困难了。中外出版社固然被严密监视着,而朝华书店也经常受到特务们的骚扰。国民党的特务组织"军警宪统一稽查处",对朝华书店始而每月 1 次,继而半月 1 次,后来随时突击检查。这帮特务一来 10 多人,从门市查到楼上宿舍,从书架查到床铺。尼克拉索夫的《在俄罗斯谁能快乐和自由》一书被指为宣传赤化,强行取走审查。固定烟筒的铅丝,被看作收发报机的天线。墙壁也要敲打一番,看看有无夹层。当时两店的处境虽然十分险恶,但在北平地下党文委张青季的直接领导下,重新调整了组织,安排了工作,准备在更恶劣的环境中坚持战斗。

中外出版社被捕的同志经党组织多方设法营救,又经孙承佩请许德珩领衔,社会名流黎锦熙、黄国璋等连署政函北平市长何思源,终于在 5、6 月分两批释放。我在出狱之后,仍继续负责中外出版社业务,但特务对出版社的监视并未稍懈,我继续留在北平工作已不可能。经张青季同志同意后,我于 9 月携全家南下经上海去香港,准备安置了家人后再北返去解放区。不意就在我到达上海时,北平中外出版社终于在 9 月 29 日被伪北平市政府以"该社违法发售反动书刊",根据"动员戡乱完成宪政实施纲要"第 7 条为由被查封了。

这时朝华书店经理谭允平离店去东北,总店派吴丰国接任经理。不久,又调许静、陈国钧接替吴丰国。1948 年初,朝华书店还发生了一件事,宋大雷因偶然事故被特务逮捕。北平的反动报纸居然大肆渲染,发布新闻。伪北平警备总司令部发言人谈话,诬称"共匪"准备于春节发动暴动,已捕获宋某等 9 人,均为在文化及学运方面负责人,故意制造紧张气氛。同时还派出大批特务到书店查抄。当时党组织立即通知许季良离平去沪,其他同志仍然在艰险的环境中坚守阵地。

1947 年到 1949 年北平解放的一年半时期内,朝华书店业务主要由许静、陈国钧负责。中外出版社被封后,朝华书店接替中外出版社继续承担着革命书刊的发行任务,胜利地完成了向平津和华北地区人民,特别是进步学生揭露敌人狰狞面目,传播革命真理的任务,完成了党赋予的历史使命。在这期间,三家书店在香港全面合并,建立生活·读书·新知三联书店,并对革命胜利后的出版工作作了初步部署。北平解放后,朝华书店根据生活·读书·新知三联书店总管理处的决定,以新中国书局店名,迁至王府井新址营业。不久正式改称生活·读书·新知三联书店北京分店。

社会主义出版事业现在已是根深叶茂、万花繁盛的时期。40多年之后的今天,重新回顾在民主革命时期出版事业的战斗历程,是为了让今天的出版工作者铭记,社会主义的出版事业必须坚持党的领导,甘愿做一个为党实现奋斗目标的工具;必须站在时代前

列,坚持不懈地为传播、发展真理,为满足人民文化生活的需要而
努力。

本文作者前曾写了《30 春秋忆朝华》一文,现在这篇是 1990
年 5 月重写的。

张朝同,1934 年在上海参加生活书店。后曾在中国出版对外
贸易总公司工作。

原载《联谊通讯》(北京)第 20 期,1991 年 6 月 15 日

# 山东和东北解放区的光华书店

邵公文

　　生活书店、读书出版社、新知书店是中国共产党领导的三家革命书店。抗战期间,三家合作在延安、华北、苏北根据地合办过华北、韬奋、大众书店。抗战胜利前后,三家书店进一步酝酿和研究如何合作乃至合并的办法。并在广西八步、广东连县和广州合办了兄弟图书公司,在武汉合办了联营书店,在北平合办了朝华书店,在台北设立了新创造出版社,还曾计划在南京等城市合作建店。1946年春,我从重庆复员回上海,被派往南京建店。但是,当时的政治形势已经十分险恶,蒋介石发动全面内战已迫在眉睫,南京建店的计划只好打消。同时三店领导黄洛峰等已在上海同胶东解放区驻上海负责贸易工作的同志商定,计划先去烟台设立光华书店,然后再谋求在东北地区发展。因为三店仍在国民党统治区继续营业,所以在解放区合办的书店改了一个招牌,称光华书店。

## 在烟台建立光华书店

1946 年春天，吴毅潮、何步云到烟台建店。我和孙家林同志是 7 月间到烟台的，这时烟台光华书店已经开张，由吴毅潮担任经理，工作人员有宁起枷、周萍夫妇，吴超、周虹夫妇以及唐家栋、朱启新等。吴、周、唐、朱是从中原解放区疏散出来，到上海后由黄洛峰同志派他们到烟台的。这时，何步云已去大连。

我和孙家林一家在烟台住了约一周，即乘轮船渡渤海到达大连。大众书店副经理金鑫早已在码头上等候迎接。下船后他把我们一行送往何步云暂住的大连市中苏友好协会大楼。不久，吴毅潮也来了大连，经商量后孙家林去安东设店，我和何步云在大连筹办光华书店。当时我先到旅大地委宣传部报到，向宣传部长袁牧华汇报了情况，并请求帮助，第一件事就是找房子。宣传部把我介绍给市政府管房子的部门，不久找到了天津街 126 号的店屋。天津街是大连最繁华热闹的地区，有好几家相当大的百货公司。光华书店的斜对面是地委领导的大众书店。

当时，大连还有大批的日本侨民尚未遣返回国，他们在大连住了 50 多年（从 1895 年 4 月订立《马关条约》时算起），财物相当多，不可能都带回国去，街上到处是他们摆的地摊，想卖掉那些带不走的东西。还有一部分日本人仍在做工，光华书店门市部的装修以及制作书架书柜等，就是雇用日本工人干的。

## 光华书店在大连开张了

1946年11月15日,大连光华书店正式开张了,由我担任经理。开张之日,读者盈门。大连过去从未到过这么多上海出版的新书刊,而读者对上海的出版物一向很是慕名。所以不论解放区来的干部,或者是大连当地的知识分子和青年学生,都纷纷来店选购他们需要的书刊,社会科学、文艺作品,苏联的翻译作品如《政治经济学》《大众哲学》《铁流》《钢铁是怎样炼成的》《革命文豪高尔基》,以及鲁迅、茅盾、巴金、邹韬奋、艾思奇、沈志远等人的著作,都很受欢迎。

大连光华书店初创时,只有我、何步云和一梁姓青年三个人,后来又继续吸收了几个男女青年练习生。最早吸收的是李素珍,当时只有十三四岁,她会讲日本话,在装修门市部时同日本工人打交道,就由她当翻译。后来又继续招收了于佑军、刘景玉、周家金、白慧、于德馨等人。要做一个合格的书店从业人员必须加以培养训练。首先让他们学习文化,阅读书报,每天练习写字,写日记。日记交来后替他们修改,他们阅读、写作的能力不断提高。为了做好门市服务工作,还要他们学习韬奋的《事业管理与职业修养》以及《经历》等书,给他们讲竭诚为读者服务的精神和三家书店的优良革命传统。让他们懂得,要为读者服务,一定要知道书,对于书的分类,书的作者、译者、出版者、售价等都应记住,如遇门市部无货,要登记下来,等书再来时通知读者。还要求这些青年同志积极了解书、熟悉书，至少阅读一下每本书的序言、后记、目录等，知道书的大体内容，以便向读者推荐；假如读者要买的书售缺，可以介绍别的内容相近的书。此外，还要求他们服装整洁，语言有礼貌，态度和蔼，不同读者争吵。如果发现他们思想、作风、生活上有什么不良倾向，就随时提醒，进行批评教育，帮助他们端正思想作风。经过一段培养训练，这几位青年都有了较大的进步，以后成为发行业务的骨干，有的担任了分店经理职务。

大连光华书店是在艰苦中创办起来的。头一年冬天没有煤，暖气烧不起来，这对于我们从南方来的同志真是一个考验。大家睡的房间里，室内温度是－8℃，临睡前的一盆洗脸水，第二天早晨连底都冻成冰了，但大家也都挺了过来。

## 出版图书

大连光华书店开张不久，许多书很快销售完了，如果再去上海运来，因战事紧张，邮路不通，运输也很困难。对于这一点，在上海出发时就考虑到了，所以带来不少常销、畅销书的纸型，准备重印。重印图书，需有印刷厂。何步云是搞印刷的内行。经请示，地委宣传部同意拨一个中小型的印刷厂给我们经营管理。印刷厂取名"光大"。经过短期筹备，光大印刷厂开始生产。有些没有纸型的，重新排版印刷。

国民党侵占烟台后，烟台光华书店的好些工作人员都转到大连来了，如宁起枷、周萍（女）、王仲晨、吴圣湖（女）、沈汇、唐绍康等。这使大连光华书店的力量大大加强,搞出版、校对工作的人都是懂行的,出版、印刷、发行业务更加兴旺。

同时,从山东解放区来了不少文化工作者,也有分配在光华书店工作的,如李庚、刘辽逸、彭涵明等。这时,我们成立了编辑部,并请林汉达担任总编辑,组织在大连的作家、翻译家编辑出版新书。

地委宣传部委托柳青领导书店工作,他是大众书店的主编和党支部书记,我的党的组织关系,就在大众书店党支部,因为开初一段时间,光华书店只有我一个党员。柳青是地委宣传部工作人员,实际上主要在写他的第一部长篇小说《种谷记》,完稿后交给光华书店出版,这是我们在大连出版的第一本新书。我们还请在大连疗养的吕振羽写完了《简明中国通史》,此书上卷早由重庆生活书店出版,下卷在大连写成,由光华书店出版发行。冯定也在大连疗养,他写了《平凡的真理》,宋之的著的《群猴》、丁玲著的《太阳照在桑干河上》、林涛(林汉达)著的几本拉丁化新文字小册子、雷加著的《水塔》、方冰写的长诗《紫堡》、郑荣康著的《摄影讲话》、平生著的《写话》、刘辽逸译的《绞索勒着脖子时的报告》《哈泽·穆拉特》、芳信译的《唐璜》,都是大连光华书店的初版新书。我们还请《实话报》的陈山等译了"国际问题译丛"十几种,编印了一套"少年文库"20多种,由李庚主编出版了期刊《学习生活》。当时大连光华书店的出版工作可谓盛极一时。

出版业务一发展,资金不足的问题就显得突出了。我们从上海出发时只带了些纸型,后来虽运来了几批书刊,但数量有限,开业时资金不多,业务一发展就遇到了流动资金不足、周转不灵等严重困难。后经领导帮助,通过大连银行贷了一笔款,该行经理程允恭(即肖向前)帮了很多忙,才算暂时渡过了难关。当时我们十分注意经营管理,一本书印数不太大,力争在几个月至多半年之内售完,以便早日收回资金。出版新书,要支付相当数量的稿费和排版费,印制成本大为增加,资金周转又发生困难。经苏方主办的《实话报》负责人的介绍,同苏方远东银行建立了信贷关系,得到了较大的几笔贷款,流动资金才宽裕一些。等到运往哈尔滨的大批新书汇来了货款,才算做到了自力更生,不向银行贷款了。

## 到哈尔滨开辟新的据点

安东(今丹东)失守后,孙家林等撤到北满,先后在哈尔滨、佳木斯、齐齐哈尔等几个城市开设了光华书店。大连出版业务发展很快,再版和新版图书的品种增多,印数增大,当地销售有限,而哈尔滨等城市对图书的需要量却很大。于是孙家林派人从哈尔滨经牡丹江、图们,再经朝鲜的南阳等地来到大连,把大连印的初重版图书大批运往北满。大连光华书店也派唐绍康等参与了这项运输工作。这样,东北光华书店的局面进一步打开,大连的出版工作也就成为供应北满各地精神食粮的基地。

当时中共中央山东分局财经方面的负责人薛暮桥为了加强对光华书店的领导,派朱晓光来大连工作。大连当时在苏军军事管制之下,实际的政权则由我们党领导的政府掌握。国民党政府向苏方提过要求,要派人到大连来接管,故一度传说国民党要来。为对付这种可能发生的情况,我们采取了一些应变措施,朱晓光等即去哈尔滨工作,加强那里的领导。

1947 年 12 月,毛主席发表《目前形势和我们的任务》,指出"中国人民的革命战争,现在已经达到了一个转折点"。为了迎接全国解放,我起草了关于光华书店方针任务的建议,总的意思是为了适应形势发展,应该多出书,出好书。这份建议书带往哈尔滨,交到东北局宣传部,经郭述申副部长审阅,认为可行。1948 年 2 月,决定调我去哈尔滨和孙家林、朱晓光同志一起主持东北光华书店的工作。大连光华书店由吴毅潮任经理,宁起枷任副经理。后来宁去山东,在石岛、潍坊、济南等地设立光华书店,由宁起枷、吴超、吴新陆、周易平等同志先后担任经理,直到全国解放前夕,潍坊的书店撤销,济南的书店改为生活·读书·新知三联书店济南分店。吴毅潮不幸于 1949 年 3 月间因病在大连逝世,孙洁人继任经理。吴毅潮是光华书店的开拓者,对开创和发展书店的工作作了很多贡献,英年早逝,令人十分痛惜!

1948 年 2 月我乘苏联客货轮从海路经朝鲜的兴南,后又乘车经咸兴和南阳,过图们江到达图们转赴哈尔滨。

哈尔滨光华书店设在地段街,对面就是东北书店,李文在那里负责,归东北宣传部领导。副经理卢鸣谷,从前是上海正兴公司的。后来又调来卜明、周保昌任副经理。李、卜、周是生活书店的老同志,他们都是从延安来东北的。

　　我在哈尔滨光华书店初步了解情况后,去佳木斯光华书店住了几天。该店经理是一个年轻女同志叫毛邦安,还有几个人也都是在哈尔滨吸收的东北青年。书店设在一条大街上,门市布置很不错,几个青年都已初步掌握了书店业务。因为吸收的都是贫苦青年,过去长期受日本帝国主义的侵略、压迫,吃的是橡子面,学的是协和语,都强烈希望祖国和民族得到解放,一旦共产党解放了东北大地,他们都从心眼里感到高兴;又经初步的革命教育,对共产党和党的政策以及老区来东北的干部的思想作风,都非常拥护、赞佩。现在他们自己参加革命工作了,光荣感是相当强烈的,对工作积极努力,认真负责,也肯学习。

　　返回哈尔滨不久,我又去齐齐哈尔,书店经理王秀萍也是一个年轻女同志,情况同佳木斯店基本相同。王秀萍很能干,对书店工作非常热爱。那时周保昌尚在齐齐哈尔报社工作,多年未见,在解放区相会都很高兴。当时齐齐哈尔是嫩江省的省会,于毅夫在那里当省长,于毅夫是东北救亡总会的,在重庆时,同邹韬奋很熟,我也曾见过。于是我去省府拜会了省长,请他照顾书店的工作,当蒙慨允。在齐齐哈尔待了几天返回哈尔滨。

　　当时东北解放区正在轰轰烈烈地开展土地改革运动。农村搞土改,城市也在搞运动,查出身,查成分,对光华书店的职工也要求每人写一份自传,把历史说清楚,写出来后,要在会上讲,并由群众评议讨论。我在东北书店党支部领导下,具体领导光华书店的运动。经过学习、讨论,反掉了很多正统观念、个人主义、自由主义等毛病,阶级觉悟普遍有所提高,纪律性和学习政治理论的自觉性增强了。其中也有个别隐瞒历史，做过一些不光彩的事情的人——在敌人统治下，这也是不奇怪的，但在党的教育下，他们都作了坦白交代，作出了比较深刻的检查。运动没出现什么过火的行动和偏差。

## 哈尔滨的出版工作

哈尔滨和佳木斯、齐齐哈尔各店，由于革命形势越来越好，前方不断取得胜利，土改运动也越来越深入，学习理论的风气普遍地兴盛起来，因此，书店业务也更加有所发展。大连运来的书很快售完了，而运一次货又很费时费力，我们决定在哈尔滨印刷出版图书，从大连调来了沈汇等，起初先搞再版书。哈尔滨的印刷条件很好，有石砚的造纸厂供纸，木浆制纸质量好。哈尔滨有一家铁路印刷厂，规模较大，设备也很不错。那时宋之的等也到了哈尔滨。东北局宣传部决定要办一张小报，名为《生活报》，请宋之的任主编，王坪任编辑，由光华书店发行。这张小报着重在思想战线、文艺工作等方面开展批评自我批评，肃清一些思想流毒。出版后发行量不断增长，最多每期发行 5 万份。接着出版新书，有陈学昭著的长篇小说《工作着是美丽的》，王思华著的《资本论解说》，周立波著的《思想·文学短论》和《南下记》，张庚著的《戏剧艺术引论》，吕骥著的《新音乐运动论文集》，李凌、赵沨合著的《乐理与和声》，草明著的《今天》，周洁夫著的《铁的连队》，雪立编的歌剧集《亲人》，陈戈编的剧本《上当》，东北文教工作队编的《人民歌曲》，西蒙诺夫著、金人译的《列宁勋章》，还有刘辽逸译的《从布其维里到喀尔巴阡山》等。1948年在哈尔滨开过一次文艺工作座谈会，我也列席了这个会议，因此认识了不少作家和翻译家，组稿工作很顺利地开展起来。

北满的大中城市，经济、文化越来越发展，我们决定重排三大卷《资本论》和影印《鲁迅全集》。东北局宣传部大力支持这个工作，发出预告后，收到大批订单。《鲁迅全集》是委托铁路印刷厂印刷，出版后质量相当好，后来我们在沈阳见到许广平先生，她见了此书也大为赞扬。东北光华书店出版这两部巨著，的确很吃力，人力不足，重排《资本论》光校对这一项就费了很大的劲，但同志们同心协力，终于完成了任务。

当然也还有资金问题，同在大连一样，大量出书，尤其是出两部巨著，需要比较大额的资金。正好沈衡老（沈钧儒先生）来到了哈尔滨，我去拜访他，汇报了光华书店两年多以来在解放区的发展情况，衡老听后非常高兴，因为他是生活书店的理事，一直关心三家书店的事业。谈到资金问题，衡老说可以由他向东北局领导反映。不几天，李富春同志就指示银行贷给光华书店一笔款，问题很快解决了。

## 到长春、沈阳去

解放战争不断取得新的胜利，1948年10月，长春解放了（在此以前，安东于1948年6月解放，光华书店即派朱启新去建分店），我们决定迅速去长春开设光华书店。经东北局宣传部批准，我随同去前方慰问解放军的文艺工作队一起出发。火车还没畅通，我们先到了德惠，然后绕道九台才达长春。当时长春市的新市长是朱光，我就持东北局宣传部的介绍信去车站会拜访了他。我同朱光同志在1937年5月去延安筹设光华书店（那是另一个光华书店，不是在大连哈尔滨等地的光华书店）时，曾在他领导下工作过两三个月。这次在刚解放的长春又见面了，他很忙，无暇叙旧，我把来意说明，经他同主管此事的同志研究后，决定由光华书店接管长春的正中书局。那时周保昌也在长春搞接管工作，我在那里得到了他的具体帮助。我办好了接管正中书局的手续，很快回哈尔滨，同朱晓光商定，派唐绍康去长春负责，还派去其他几个同志，发去一大批书。11月2日，沈阳解放，孙家林没有来得及等我回哈尔滨就去沈阳了。我在哈尔滨未多逗留，很快出发去沈阳。当时东北局中心都在转往沈阳，朱晓光随后也到了沈阳。孙家林到沈阳后，已经联系好由光华书店接管太原街的拔提书店。太原街是沈阳的商业中心，相当繁华，原来的拔提书店门市房子还可以，但面积不算大，于是又申请把隔壁的一个咖啡厅接了过来。同时，电告哈尔滨迅速派人和发货。我们在沈阳当地吸收了一批新的工作人员，留用了原拔提书店的职工。没有多久，筹备工作基本就绪，哈尔滨来的人和货到了，于是光华书店在新解放的沈阳开设起来了。为了方便城内的读者，我们在沈阳城内开了一个支店，原在齐齐哈尔的王秀萍调任支店经理。

随着出版业务的发展,发行业务也扩大了,各地分支店营业额不断增长,批发金额迅速增加(主要是各地东北书店帮助推销了大量的图书)。东北书店是出版发行工作的主力,他们和各地党委宣传部门都有紧密的联系,还有相当广泛的农村发行网点。虽然大部头书和学术著作主要是在城市里发行,但比较通俗的读物如"少年文库"、剧本、小说等,农村里是很需要的,这就要依靠东北书店的发行网点了。

我们到沈阳没有多久,沈静芷和黄洛峰同志先后从香港来到沈阳,我们才知道三家书店已在 1948 年 10 月在香港完成了合并的任务,成立了生活·读书·新知三联书店,总管理处迁往北平。为了供应关内和南方新解放城市广大干部学习的迫切要求,还决定在沈阳成立了东北区管理处,主要印制《社会发展简史》《政治经济学》等 12 种"干部必读"。黄洛峰当时担任三联书店管理委员会主席(总经理为徐伯昕),将去河北平山向党中央汇报工作,沈静芷则任三联书店的副总经理兼东北区管理处主任,主持这项工作。我被任命为区管理处副主任兼沈阳分店经理,着重负责东北光华书店的业务。朱晓光带领几个年轻同志和大批图书进关,先在天津筹设分店。随着革命形势的迅速发展,开封、徐州等地的分店也都相继建立,但那些分店一度用新中国书局名义,1949 年 8 月开始,各地的光华书店和新中国书局统一改称生活·读书·新知三联书店的分店,光华书店也就完成了自己的历史任务。

从 1946 年春天以来,在山东和东北的三年多时间里,我们按照三店领导的统一部署,在山东和东北各地党组织的关心和支持下,从烟台、石岛开始建立了光华书店,以后又向东北大连、安东、哈尔滨、佳木斯、齐齐哈尔、潍坊、济南、长春、沈阳等城市乃至朝鲜的平壤,先后建立了十余处分支店,在大连还办了印刷厂。在大连、哈尔滨和沈阳分别造货,据不完全统计,共出版图书不下 300种,平均每种印数 5000—10000 册,总印数达 200 万册以上。在今天说来,这个数字并不算多,但在当时,这些图书对山东和东北解放区以及南方新解放城市的读者,传播马列主义和毛泽东思想,介绍进步的文化艺术,是起了积极作用的。在短短的三年多的时间里,光华书店还为新中国的出版事业培养了一批干部,这也是不容忽视的。

邵公文,1931 年考入生活周刊社。后曾任出版总署发行局副局长兼国际书店总经理,中国外文出版发行事业局负责人、顾问。

原载《联谊通讯》(北京)第 23 期,1991 年 12 月 20 日

《联谊通讯》编辑组:

《联谊通讯》第 23 期刊载邵公文同志的《山东和东北解放区的光华书店》一文中,有的与事实有些出入,现说明下列三点:

一、我于 1946 年 8 月到烟台光华书店总店(当时另有烟台分店)是根据胶东方面的代表在沪与三店代表签订合办光华书店协

议时决定,并经胶东区工商管理区局委派,通过组织关系前往的,而不是由任何个人关系派去的。当时的胶东区局胡铁生局长和烟台市局贾振之局长可证明。

二、1948年10月21日长春解放时,邵文说:"……我办好了接管正中书局的手续,很快回哈尔滨,同朱晓光商定,派唐绍康去长春负责,……"这点与事实不符。因为我当时不在哈尔滨,我于那年8月就离开哈尔滨去辽南新解放区搞流动供应,并在瓦房店筹建"光华书店辽宁办事处",准备随军进入沈阳城。在一起工作的有赵捷夫、张沱、姜伟、白慧、王惠云、李子明。

三、邵文说:"11月2日沈阳解放,孙家林没有来得及等我回哈尔滨就去沈阳了。我在哈尔滨未多逗留,很快出发沈阳。当时东北局中心都在转往沈阳,朱晓光随后也到了沈阳。孙家林到沈阳后,已经联系好光华书店接管太原街的拔提书店。"这一段也不够确切,首先朱晓光在瓦房店从辽南日报社得知沈阳即将解放的消息,即以电话与安东日报社联系,并立即与王惠云搭车去安东,赶上安东日报社陈楚社长等数十人直开沈阳的汽车,2日凌晨到沈阳城下,等攻城战役结束时天亮进城。孙家林与王士之二人也从哈尔滨南下,在离沈阳不远处,孙轻装前进,王守着书候车,于三天后进城。当天上午孙、朱二人会师于马路湾正中书局发行所,当与卢鸣谷商定,他们接管"正中",我们接管"拔提"。所以参加接管拔提书店的是三个人,除孙、朱外,还有王惠云。随后,邵公文、王人林也来了,并商定沈阳分店工作由王人林、王秀萍负责筹备。

以上情况,是否在《联谊通讯》上刊出,请考虑。

朱晓光

1992 年 11 月 10 日

《联谊通讯》编者附言:朱晓光同志这封来信,我们送给公文同志看了。他表示,写稿时由于相隔时间较长,记忆不够准确,成文之后又没能送给有关同志核订,以致出现失实情况。他对晓光同志的说明表示感谢。

朱晓光,1938 年在武汉参加新知书店。后曾在中国图书进出口总公司工作。

原载《联谊通讯》(北京)第 30 期,1993 年 2 月 25 日

# 胶东光华书店建店经过

吴　超

　　1946 年春夏之交，国民党反动派调集了 30 万大军，阴谋将我中原解放区新四军五师一举围歼于湖北省宣化店一带。为了粉碎国民党反动派的罪恶阴谋和减少我军非战斗人员过多的伤亡，遵照师部首长的指示和全面安排，我、周虹、朱启新、苏帆等同志先后化装突围，经武汉到上海，当时原拟从镇江渡长江进入苏北解放区。因为国民党反动派对长江两岸进行严密封锁，我们又是异乡口音，过封锁线既困难，又危险。因此只好在上海等待时机。

## 经上海到烟台

　　正在这个时候，上海三店领导决定到胶东解放区烟台市设立光华书店，然后再到东北解放区其他城市继续发展。当时已派吴毅潮、何步云二同志先期到达烟台，因烟台人手不足，书店领导考虑我和朱启新都曾在重庆生活和新知书店工作过，周虹和苏帆又是刚从解放区突围出来的，政治上都比较可靠，因此，由三店的领导人黄洛峰动员我们到烟台参加建店工作。经当时中共上海办事处同意,我们4人和当时已决定派往烟台的宁起枷、周萍夫妇等6人,于7月上、中旬从吴淞搭上由胶东解放区到上海搞贸易的风帆船。船抵吴淞口时,为了躲避国民党关卡的盘查,我们全部躲到船舱下面,出了吴淞口,天色已经昏暗,我们才从舱底走出来。

这次海上"旅行",虽然赶上好天气,沿途风不大,浪不险,但是由于风船体积小,载货少,重量轻,仍然经不起大海里的风吹浪打。加上我们又都不适应海上生活,所以船只进入黄海以后,船身颠簸得很厉害,一个个开始呕吐起来,有的同志为了减少呕吐,干脆饭不吃,水不喝,硬是挺了几天。经过了三昼夜的连续航行,避开了沿途国民党兵舰的搜索,在第四天傍晚终于胜利抵达胶东解放区荣成县的石岛镇。在石岛休息两天以后,第三天我们改乘装着书籍的卡车开向烟台市。

当时,吴毅潮、何步云已在烟台最繁华的北大街物色了一幢二层楼房,并在当地招收了几位社会青年(后来增加到十几位),正在积极筹备开业。我们到达后,立即投入了开业前紧张的准备工作。经过一番战斗,烟台光华书店于8月初正式对外营业。不久,烟台市外事办公厅因外事工作比较忙,人手短缺,急需充实力量,经与书店领导协商后,将周虹、苏帆二人调外事办公厅工作。

临近解放时,烟台不少人受反动宣传的影响,逃往青岛,有些商人对共产党存在着各种疑虑,对我们党的政策长期抱着观望态度,所以市面一直显得萧条、冷清。光华书店的到来,曾经引起人们的种种猜测,开业时,是以民间的面目出现,同时又是以经营国统区出版的文艺书籍为主,加上新书多,供应及时,服务态度好,因此在烟台市民中引起强烈反响,受到广大读者的青睐和欢迎。每天的读者虽然比新华书店的多,但因全市人口少,读者人数有限,所以工作并不紧张。书店抓住这个空隙,及时组织新同志进行业务培训,使他们在较短的时间里提高了政治觉悟和业务水平。

根据当时各方面的情况,书店除了做好门市服务工作和负责对山东解放区各地新华书店的批发业务外,还负责向大连光华书店转运由上海发来的各种新书和协助一些从国统区经胶东解放区转赴大连和东北的知名文化工作者,如林汉达、刘辽逸等,就是经烟台转到大连的。

1947年春,吴毅潮调到大连,烟台店由宁起枷负责。

## 从烟台到石岛

1947年八九月间,国民党反动派调集大军对我胶东解放区发动大规模进攻,妄图将我军消灭于渤海之滨,切断山东与大连之间的海上运输。党中央决定从城市作战略撤退,以便集中优势兵力,消灭敌人有生力量。遵照当时上级关于"坚壁清野"的指示精神,书店一方面把书籍全部打包后装入麻袋,运到比较偏僻的岘上村,藏到老乡的家里,另一方面将干部分批输送到大连。记得第一批有宁起枷、周萍、沈汇、朱启新等同志,第二批有张春生、辛慧英、姜净等同志,还有个别不愿意离开烟台的,则离职回家。刘耀新、赵毅(1946年在烟台参加工作)和我则留下来处理书店的善后工作。

国民党反动派进攻烟台前夕,刘耀新转赴大连,我和赵毅撤离烟台时,随同烟台恒茂公司(经理胡泽民,是 1935 年参加革命的老同志,他们夫妇也是从中原解放区突围后转到烟台的,平时对书店工作一直很关心)撤退到农村。这时周虹因临近产期,为了照顾方便,也由外事办公厅转来和我在一起。

国民党军占领烟台、威海等城市后,扬言要扫荡胶东广大农村,不时派出部队四处骚扰掠夺,同时对海上进行严密封锁,以便进一步切断胶东与大连的海上运输。大连区管理处为了我们的安全,于当年 11 月通知我们转移到大连。11 月中旬,当地政府有关部门通知我们,说当天晚上有汽排(即小汽船)去大连,要我们于傍晚前赶到荣成县海滨的一个小港口——俚岛去上船。俚岛离我们住的小村约有三四十里地,当时周虹因难产后尚未满月,身体比较虚弱,不能走动,当即由恒茂公司和村里的干部为她安排了一副担架,请了几个农民老乡,把周虹抬到俚岛。天黑以后,我们来到码头,先由我把周虹背上汽船,再把婴儿送进船舱,随后赵毅也上了船。这是一条从胶东运粮食到大连的小汽船,因为船里装满着粮食,没有座位,我们只好和同船的另外几个人挤在一起。汽船慢慢开出港口,驶向大海。这天晚上还飘着一阵阵雪花,汽船为了躲开国民党兵舰的监视和搜索,像往日一样,船上一律熄灯灭火,也不准抽烟。船开后一个钟头左右,忽然传来"咔嚓"一声巨响,船身随后剧烈地震动了一下,船上的人都惊叫起来。经过打听,才知道船身触到暗礁上,尽管船长作了最大努力,几次开足马力,想把汽船冲出暗礁,但每次都失败了,船长实在无计可施。为了保船救人,船长只好下令,忍痛地把粮食一包一包地扔进海里,以减轻船体重量,好让汽船上浮,可是这一线希望也落空了。至此,船长只好眼睁睁地望着大海,任凭汽船在礁石上左右摇晃。幸好触礁的地方,不是船身的要害部位,洞口也不太大,所以流进舱里的水不算太急,由几个船员轮流往外掏水,一时还不致发生危险。因为船小,设备差,没有与外界联系的仪器,加上船上绝对禁止使用灯光,所以大家只好"望洋兴叹",听天由命。大约在午夜时分,远处传来了"突突突"的马达声,这是国民党兵舰封锁海上每天夜里总要出来巡逻的信号。船长为了减少敌人的注意,把马达全部关闭。就在这个时候,船舱里掀起了一阵骚动,有的说:"坏了!国民党兵舰来了!"有的说:"这次不是叫国民党把船连人一起拉走,就是叫他们用炮把人连船一块打沉。"话音刚落,挨着我坐的一位青年,竟呜呜地哭了起来。这位同志参加工作时间不长,从未经历过这样紧张、危险的场面,所以一时控制不住自己的感情。当时我轻轻地安慰他和鼓励他说:"勇敢点,不要哭,哭也没有用,如果叫敌人抓去了,组织上会设法营救我们的,就是牺牲了,组织上也不会忘记我们……"正在这个时候,一串微弱的探照灯从远方的敌舰照过来,可能是由于敌舰离我们太远,加上天空这时正飘着鹅毛大雪,海上一片白茫茫地挡着敌人的视线,舰上的敌人一直没有发现我们。几分钟后,敌舰慢慢地消逝在黑暗的海洋里,我们终于度过了最危险的时刻,不久,船上的马达又开始发动了。这时,汽船虽然还在继续摇晃,可是人们说话的声音却慢慢地小了下来,最后一片寂静。由于过分疲劳的缘故,有的人睡着了,周围开始传出了一阵阵打鼾的声音。

不知又过了几个小时，天开始蒙蒙亮。就在这个时候，甲板上突然有人大喊："看见了！看见了！"船上的人都以为到了大连，气氛顿时活跃起来。可是，经过打听才知道"看见了"的地方，并不是大连，而是我们头天晚上登船的俚岛。原来国民党军舰走了以后，汽船一直在原地摇晃，到半夜，海里开始涨潮，水涨船高，天快亮时，潮水涨到一定高度，汽船浮到礁石上面，海上正好刮起了大风，几个大浪，终于把汽船打出了暗礁，船顺着潮水，慢慢驶离了礁石。这时，大家才恍然大悟，原来汽船在礁石上整整搁了大半夜，离开俚岛只有几里地远，大家开始泄气了。正当汽船在天色蒙蒙亮的晨曦中慢慢地驶向俚岛时，岸上突然传来了一阵"砰砰砰"的枪声，大家的心情又是一阵紧张，不知又发生了什么事情，后来才知道原来岸上的民兵看到海上开来一艘汽船，误以为是国民党的军舰又来骚扰，所以开枪射击，来阻止船只前进。经过船上采取多种方式与岸上联系，才解除了误会。又过了半个多小时，船终于在原来的码头靠岸。这时，船上又有人议论起来："再也不走了。宁可死在陆地上，也不叫国民党给抓去。"经过这场虚惊和一番周折以后，我们又回到了原先住过的小村里。

1947 年底，盘踞在胶东一带的国民党军，由于受到我军的沉重打击，加上在全国其他战场上遭到惨重失败，士气大落，只是龟缩在烟台、威海和莱阳等少数几个具有战略地位的城市，不敢出来骚扰，胶东广大地区局势日趋平稳。为了配合当时的形势，扩大书店的影响和做好到新解放城市去建店的各项准备工作，我们决定到荣成县南端的石岛镇去设店。1948年初，我们在当地政府和有关部门的协助下，在石岛临街的地方找了几间房子，经过一番筹备，不久，石岛光华书店正式营业。这时，全店工作人员除我、赵毅和周虹三人外，还先后在地方有关部门的协助下，调来了邵华、张强、贺黎、王静、于黎等六七位新同志。他们中有的是小学教师，有的是村干部，有的是贸易公司的工作人员，另外还有一名炊事员。这些同志的文化水平虽然不高，但都具有劳动人民淳朴、勤劳、勇于负责和爱憎分明的优良品质。书店开业不久，刘耀新从大连回到石岛，住了一段时间后，又到上海去，以后我们再也没有见过面。书店开业以后，工作不太忙，我们利用这个空隙，一面派人往返于石岛和岘上之间，积极做好书籍转运的准备工作；另一方面，抓紧时间组织大家进行业务学习。此外，还由周虹带领几个同志到距离石岛六七里地的文登县高村镇去设立临时门市部。当时高村地处文登县和荣成县的交通要道，每天人来人往甚众，三天一小集，五天一大集，平日贸易也比较发达。他们从石岛带了一部分书籍，坐着火车①到镇上后，找了两间房子，借了几张桌子，摆上了各种书籍，就正式开张。他们忙时工作，闲时学习，自己挑水、买菜、做饭，各方面的条件虽然比较差，生活也比较艰苦，但是却能互相关心，互相照顾，互相体贴，团结一致，所以精神上都比较愉快，加上周虹身边还带了一个出生才几个月的小孩，也给大家的生活带来了一些乐趣。高村的门市部，前后共营业了几个月时间，直到潍坊

---

① 编者注：据《联谊通讯》（北京）第12期更正，应为牛车。

解放前夕才结束。有的同志后来回忆起这段短暂的战斗经历，仍然感到颇有意义，值得怀念。

## 从石岛到潍坊

1947 年 12 月 25 日，毛主席发表了《目前形势和我们的任务》，宣告"中国人民的革命战争，现在已经达到了一个转折点"。进入 1948 年，我军开始在全国范围内从战略防御转入战略反攻。4 月 27 日，胶济铁路中段的战略要地——潍坊市，宣告解放。经请示大连区管理处同意，我于 5 月上旬带着几名同志，装上一大轱辘车（即大马车）书籍，沿着还没有修复、坑坑洼洼的公路，晓行夜宿，连续走了几天，于第五天傍晚到达潍坊市。刚到潍坊时，人生地不熟，又是新解放城市，情况比较复杂，很多工作一时不知如何下手，经过反复思考，我决定依靠地方党委。当晚，我先把同志们安置到代理店休息，第二天一早就到市委宣传部报到，请求市委给予协助。说来凑巧，接待我的市委宣传科科长王云波同志，竟是我们在烟台时就已经认识的老相识。当我说明来意后，他非常热情地表示，一定给予大力支持。随后很快在城里一条大街的东头物色了一幢类似四合院的大房子供我们设店使用。这幢房子无论是地点或面积都很适合书店的需要。遗憾的是这幢房子在我军攻城时，沿着街面的正房，除高大的正面墙围完整保留下来外，室内已全部毁于炮火，并已夷为平地，与院子连成一片，形成一个大院，下房和东西厢房则完整无损。我们就因陋就简地修整一下，以便争取时间早日开业。除将门面的大墙略加粉刷并在大门上端用石灰和水泥装修上"光华书店"四个大字外,其他部位均未修补和装饰。门市的店堂就设在下房的屋子里,东、西厢房则作为我们办公、睡觉、仓库和做饭的地方。潍坊光华书店就是在这幢简陋的屋子里诞生。

潍坊毕竟与烟台和石岛大不相同,它是山东中部的一个交通枢纽,它的战略地位当时仅次于济南和青岛。它是胶济铁路中段的一个重要城市,东起青岛,西止济南,北达蓬莱,南抵日照。在青岛和济南解放前夕,成为附近昌邑、潍县、安丘、诸城广大城乡人员来往和货物集散的地方。因此书店开业以后,吸引着远比烟台、石岛众多的读者,购书也很踊跃。由于业务的开展,书店人手开始感到不足,有些工作有时已经难以照顾。因此,又在当地招收了四五名青年学生。7月初,暂时留在石岛的周虹带着小孩与从大连经石岛(当时烟台尚未解放)准备到济南设店的宁起枷、周萍夫妇一起到达潍坊。随后,吴新陆、俞筱尧同志也先后从大连和上海到达。9月24日,我军攻克济南。不久,宁起枷夫妇和吴新陆相继离潍去济南设店,俞筱尧同志留在潍店工作。

在以后较长的一段时间里,我除了做好潍坊书店的门市工作和开展外地批发业务外,还和邵华、张强等同志多次往返于潍坊与岘上间,将存放在那里的书籍全部运到潍坊。

为了充分做好青岛解放后的建店工作,从1949年4月初起,我和邵华、俞筱尧、张强等即赶到青岛市郊与新华书店的同志会合,一起参加青岛市军事管制委员会举办的有关人员进城时应该注意遵守的纪律和政策训练班。同年 9 月 2 日,青岛市宣告解放,在市军管会的领导下,我们和新华书店的同志一起参加了军管会工作,并负责接管青岛市国民党反动政府管辖下的文化企业。接管小组由新华书店经理马龙青任组长,找任副组长。接管工作结束后,正当筹划设立书店时,即接到总管理处指示,通知我们停止在青岛设店,结束潍坊业务,然后赴北平总管理处待命。

7 月,潍坊书店宣告结束(从建店到结束前后一年又两个月),书店人员,有的调徐州和济南,有的留在当地新华书店或按个人意愿辞职回家。

至此,烟台、石岛、潍坊光华书店宣告完成在胶东的历史使命(前后共 3 年,即 1946 年 7 月至 1949 年 7 月)。

吴超,1942 年在重庆参加新知书店。后曾在大连市侨办工作。

原载《联谊通讯》(北京)第 11 期,1990 年 2 月 15 日

# 忆北满光华书店

朱晓光　孙家林

　　1946年10月下旬,国民党军队紧逼安东(今丹东)。在我军主动撤离的当天,安东光华书店孙家林等安全撤退到鸭绿江彼岸的朝鲜新义州市,与出任辽北省主席的阎宝航等同行,路过平壤经朝鲜东部,到达我国的图们市。从这里乘火车到达东北解放区的首府哈尔滨。中共中央东北局宣传部长凯丰告诉他:"蒋介石要占领哈市。为了预防敌人突然袭击,这里大部分单位都在佳木斯建立后方机关,只留少数人轻装在此。你们新来,又多家属,还是径去佳木斯为好。到那里找洛甫同志。他是中共合江省委书记,一切请他帮助解决。"第二天,孙家林等人随东北日报的撤离人员前往佳木斯。

　　孙家林等人到佳木斯以后,由东北书店总经理李文协助在长安街找到房子。经短期筹备,佳木斯光华书店开业了。

　　与此同时,大连光华书店的朱晓光,趁东北局到大连运输一批军用物资的机会,载运一批图书,乘苏联的轮船到达朝鲜的南浦码头,再乘火车至朝鲜首都平壤。经东北局代表朱理治临时批准,在平壤加挂一节车厢,辗转至我国的图们市。这列火车非同一般,在平壤出发前配备了三国军警护送。由一个苏联红军大尉为首,配上朝鲜人民军和"旅大"人民政府的警察各一个班,武装保护。那时,朝鲜虽已光复一年多,很多国营企业都还原封不动地掌握在旧有的日伪管理人员手中。我们的机车是一个月前在国民党军队尚未占领安东时从南满铁路局撤过鸭绿江来的,经过整修还能开动。一路上争着上车的人很多,必须随时劝阻。最伤脑筋的还是燃料不足,火车常因缺煤、缺水而停车。在列车进站时,车站上的铁路员工全都躲起来,只好动员全车人员(包括小孩)为机车背煤背水。全车人员分成两部分,轮流守护列车物资和运煤,往往忙了大半天,只能维持机车继续前进一小段路。火车"爬行"了四天五夜才到达祖国的边境图们江。

进入国境,异国气息消失了,但战时的铁路交通同样非常困难。尤其在牡丹江市,原来的机车不走了,我们所带的图书包件换装到铁篷车,人躺在书包上。三个押车的东北民主联军战士,挤在车门旁烤火取暖,没想到木炭的煤气很厉害,天亮时,车停在一个小站上,战士们准备下车买早点,发现朱晓光中了煤气,人事不省,急忙抬下车,在零下30多度的露天抢救,才慢慢苏醒。

冬日的哈尔滨夜长日短,下午4时天就开始黑了。漫漫长夜,街上行人极少,土匪、特务趁机捣乱。由于民间电灯还未恢复供电,更显得整个城市漆黑、寒冷。

朱晓光借居在哈尔滨东北书店,经请示东北局宣传部长凯丰,得知:战局已较月前稳定。同意在一切从简的前提下,在哈尔滨开办光华书店。

朱晓光只身去哈尔滨筹备建店,自有很大难度,但进展还是很快的,主要是在解放区工作,处处都有同志帮助。

凯丰同志非常关心光华书店工作。抗日战争初期,党中央长江局就是通过他直接领导新知书店的。许多问题,我们不提,他也会想到,告以解决的办法。经他介绍,我们认识了哈尔滨特别市(当时名称)市长刘成栋,东北局财办负责人叶季壮、王首道和东北银行总行曹、王两位经理。

刘市长亲自驾车陪同朱晓光到处找房子,看了好几处,最后确定在道里地段街56号。这是一幢德国式的三层楼房,据说是18世纪末德国人在哈尔滨市时盖的。房间高大宽敞,门窗地板厚实,双层玻璃窗完整无缺。日寇占领时,这里也开过书店,店堂还配有书架、收银柜等,于是因陋就简,充分利用。刘市长还给电业、电话等局的军代表打电话,请他们给我们安装了电灯和电话。

光华书店正对着东北书店总店的大楼,在光华书店开门后,市中苏友协在右邻开办了一家"兆麟书店",是纪念牺牲的李兆麟将军而设立的。该店楼上住着朱丹、张仃等同志负责的东北画报社。后来,由宋之的、李庚、王坪等编辑的《生活报》附设在光华书店后院。再向右,没有多远是东北日报社。这些新闻、出版机构都是在哈尔滨解放以后设立的,集中在地段街上,形成一条新的文化街,有力地吸引着本、外埠各界读者。

我们通过哈市一中,招收了十几名青年学生作为工作人员,光华书店于1947年2月11日开业。书店完全开架、开柜售书,任凭读者翻阅、选购。

那时,熟悉书店业务的只有朱晓光一人。招来的这些青年学生,都出身贫寒,经过学习,有一定的觉悟,对新分配的工作非常热爱,认真负责,兢兢业业。他们到店后,先接受业务培训。从熟悉书名、分类、内容提要,到背书目、打算盘、算账、包书,等等,一切从头学起,由朱晓光把着手教。这些不满 20 岁的青年人,每天写日记,谈思想,把韬奋的《事业管理与职业修养》当作必读书,认真阅读。

5 月,春风才真正吹到北满的原野。和全国革命形势的发展一样,东北战局也起了根本的变化。解放战争已从自卫防御发展到战略反攻。战局的好转带动了一切革命事业蓬勃发展。北满光华书店的业务也有了很大开展。

6 月,我们组织了一个向西满挺进的流动供应队,去齐齐哈尔市和内蒙古的王爷庙(白城子)。由朱晓光带队,一共 8 个人,准备在流动供应的基础上建立齐齐哈尔分店。

在西满图书流动供应队出发的同时,佳木斯分店的孙家林、刘瑛等 8 人也经东满过图们江,去朝鲜东海岸了解苏联轮船往返大连的规律。同时,大连光华书店也派出唐绍康、周家金运大连出版的新书到哈尔滨来。

东、西两路小分队出发后,留在哈尔滨的三四十人,由丁洁负责继续开展业务。

流动供应队到达齐齐哈尔市,住在西满日报社,受到报社社长王阑西、发行部长周保昌的热情接待。我们先后在报社饭厅展销三天，又借闹市一家百货店的半间店堂摆摊七天。因《西满日报》发过消息，读者购书踊跃。

西满军区后勤部政委陈沂已为光华书店在齐市南大街 77 号找了一处铺面房。我们决定，在齐市流动供应结束后，兵分两路，一路由朱晓光带领继续去内蒙古，另四人留下做齐店开业的筹备工作。两周后，光华书店齐齐哈尔分店正式开业了。

孙家林等专程探路是 3 月下旬出发的，4 月中旬就从大连运来第一批书。我们在北满的出版工作起步是很早的，孙家林等一到佳木斯就立即通过各种途径印书。在哈尔滨，门市部开业前个把月，在对新同志"短期业务培训"中，也授以出版、校对等初步知识，开始由段宏真学习记账兼学出版业务。最早重印的是凯丰著的《什么是共产主义?》《什么是帝国主义?》等一整套小薄本书。门市开业后，在许多畅销书中，最突出的是茅盾的《霜叶红似二月花》。售缺后，立即交道外一家小印刷厂重印。齐齐哈尔分店都是新同志，无老同志传、帮、带，只发行，不出版。孙家林调哈后，除组织运输业务，较多时间是做出版工作。出版用纸，动用各种方法临时解决，印一本算一本。后来找到石砚纸厂厂长刘力子，每次都卖给我们二三吨。当时银行没有汇款业务，铁路也不办托运，买纸时要派专人用麻袋送现钞去，然后押运纸张回来，每次要派二三人去，常常通宵武装轮流值班。

为了增长出版方面的现代管理知识，1947 年 7 月朱晓光和吴毅潮访问了当时在哈尔滨的李立三同志。事先约定，请他谈苏联的出版事业概况。三个人用问答方式谈编辑、出版、印刷、发行以及中央的管理部门和领导人员等情况,谈了整整一个上午。

1947 年初秋,我们发现原"中长铁路"印刷厂设备较好,该厂军代表胡汉也要和书店联系,商谈解决该厂生产自给的问题。我们想借此机会再版《鲁迅全集》(20 卷),但这需要很大一笔资金。为此,我们请求东北局财办负责人叶季壮、王首道帮助,他们又向上级请示,最后由陈云同志批准向东北银行贷款黄金 500 两,由李富春同志批准向石砚造纸厂调拨特制优质纸张 30 吨。王首道并写信给东北贸易总局局长王兴让,请他帮助解决《鲁迅全集》所要的装帧材料,保证了再版的《鲁迅全集》与布面精装的第一版一模一样,加上铁路印刷厂工人的努力,印刷装订质量都达到预期水平。这部巨著共印行了 3500 部。我们利用剩余的纸张、装帧材料,又重印了《资本论》3000 套。

由于贷款和内部兑换黄金,我们结识了东北银行总行王经理,同业务处谢处长也很熟。一个偶然的机会,朱晓光在街上看到许多人倒卖"红军票"。这实际上是一种投机倒把的黑市买卖。经初步调查,才知"红军票"是 1945 年苏联红军进军东北时,遗留在北满民间的。后来该票流通范围只限在苏联红军驻地旅顺、大连地区。朱晓光去东北银行办事,顺便提起此事。谢处长说,银行金库里也存有一批"红军票",问我们有没有办法带到大连去。

第二天,总行王经理也知道了,他一心想帮助光华书店解决经济困难,劝说朱晓光把它送到大连去,这等于从大连银行增加一笔不要还本的贷款,银行可把这批"红军票"全部奉送。朱晓光感谢他们的关心,同意做这笔"无本生意"。

银行方面派人清库,发现在这批"红军票"里还有一部分别的解放区的兄弟银行发行的钞票。由朱晓光写收据,王经理签字批准报废,办了交接手续。总计"红军票"2300 万元,其他银行发行的钞票几十万元,共装了 12 个麻袋。满载两辆马车,银行派了三个警卫战士一路护送到书店。

我们决定把这笔意外收入,换成黄金带给坚持从事地下革命出版事业的前线——沪、港地区去。

7 月中旬,孙家林等八人小分队胜利回哈,既运来大批新书,又掌握了不久即有轮船从朝鲜开航大连的信息。我们决定马上出发,赶上航班,去完成这个新任务。

为了避免目标太大,决定分两次运输。第一次先把面值大、体积小的运走,约 1500 万元;第二次再运面值小、体积大的约为 800万元。方法是把包扎好的钞票放在北满出版的图书中,四周都是图书,仍用麻袋包装,和纯粹是图书的麻袋混在一起。在这些麻袋上暗做"记号",便于在途中搬运或存放时注意掌握。到了图们,得到边防司令饶斌的帮助,我们连人带书都搭上饶司令员出境的军车,通过连接中朝两边境的铁路大桥,早有朝鲜人民边防司令部的副官、参谋等人在边境迎接,并把我们送上去清津的火车,到朝鲜东海岸时,正赶上去大连的苏联轮船。

到大连时,已听到"红军票"即将不流通的风声。我们的"红军票"一运到,大连光华书店经理邵公文喜出望外,一方面设法让运输小分队早日搭轮回哈,续运余钞,一方面通过有关方面向大连银行打招呼,说明光华书店还有一部分"红军票",万一赶不上兑换期限,希望延期兑换货币。在各方面的帮助下,终于在8月把余款全部运至大连。根据当时大连的黄金价格,共兑得黄金800余两,全部交由邵公文转往香港的生活·读书·新知三联书店总店。我们在北满,由段宏真以"联记"代号为名,建立一本副业帐,准备以后再有机会,还要继续给在香港的党的地下出版机构以资助。这件事,后来在"三反""五反"运动时,写过很多说明材料,经过历次政治运动的严格审查。

　　朱晓光,1938年在武汉参加新知书店。后曾在中国图书进出口总公司工作。

　　孙家林,1938年参加读书出版社。后曾在中国印刷物资公司工作。

原载《书店工作史料》第四辑;《联谊通讯》(北京)第52期,1996年10月10日,转载时有部分修改

# 我在安东、平壤光华书店工作的回忆

朱启新[①]

## 在安东光华书店

到安东第二天，我即去拜访辽东省委宣传部长刘子载同志和组织部长黄凯同志，我的组织关系就编在《安东日报》社长刘敬之和他爱人共三人的一个小组。我向他们汇报了所带图书及工作人员情况后，要求省委帮助我们在繁华地段觅一栋大房子。在有关部门的帮助下，两天后，我和孙家林在斯大林路定了一个门市部门面和门面后面的一个大院落，院里办公室、宿舍、仓库、厨房、卫生间等一应俱全。我们当即进行了门面装修，并做了一块大大的白底黑字的"光华书店"大招牌。

与此同时，我分别拜访了辽东贸易局局长、市府陈秘书长、工

---

① 编者注：此文为刘大明根据朱启新 1994 年所作原稿改写，并代请有关同志核对重要
事实。

商局王洪林以及市委李少恩书记，并邀请他们来店参观指导，他们对我们来安东设店均表示了热烈欢迎和大力支持，李书记说："你们书店，以后以民主人士面貌出现较好，你们的开业广告和图书目录等，我可以要求《辽东日报》陈初社长和《安东日报》刘敬之社长登在报纸的显眼版面。"

不久，哈尔滨、大连又派人运来了很多新书和期刊杂志，这样一来，我们的门市部更丰富多彩了。晚上我们开了个小会，明确张静同志是门市部主任，其他同志也作了分工，要求大家各就各位，争取早日开门。

在各方大力帮助下，"光华书店"于 1947 年 8 月 25 日正式营业，我和小张、小于、小李在门前拍了一张照片。这天来的读者很多，他们是看到报上的广告来选购书籍的，我则跟着孙家林同志站在门口，接待了市委宣传部刘部长、吴道明部长，省委秘书长，市府彭东秘书长、李明同志、陈伯承同志，工商局王洪民和其他有关局长，工青妇领导同志，《辽东日报》陈初社长、办公室史平主任，《安东日报》刘敬之社长、总务科姜信科长以及各有关工厂的领导同志，他们对我们的开业表示了亲切而热烈的祝贺，有的还选购了不少书刊。

月底，哈尔滨、大连运送书籍来的同志先后离去，孙家林同志也要去哈尔滨工作，于是我们开了个会，将这一段工作作了一次总结。大家开展批评自我批评，肯定成绩，找出了存在的问题，主要是因为工作比较忙，政治学习和业务学习受到了一定的影响，另外对远离家乡来安东工作的小同志关心照顾不够。同时对炊事员同志能粗粮细作,调剂花样,还经常帮门市部上下门板、打扫卫生进行了表扬。

门市部开张后,营业情况一直很好,但当时采购粮食、纸张等困难很大,影响生产和生活。为此我找到了辽东粮草公司经理刘春同志(延安女大学生),在她帮助下,认识了军区政委并兼省长刘澜波同志的爱人杨达同志,从而通过杨达同志,得到了刘澜波同志的亲自接见。刘政委对我们书店的到来非常满意,希望我们千方百计从上海和其他解放区运来更多的配合土改的书籍和有关工业生产所需的马列主义著作,同时对我们采购粮食、纸张等方面存在的困难,在我事先准备好了的各种介绍信上,都亲自一一作了批示,因而很快解决了我们的燃眉之急。

是年 10 月初,孙家林又一次来哈尔滨,带来了一大批新书。我们见面后,他对我说:"现在东北正在深入搞土改,在运动中,经群众揭露,门市部门张静的父亲,原来是佳木斯一带的一个恶霸地主。她本人也有不少问题。现在当地政府已派人来安东,正在办理押解她的手续。"这真使我有点吃惊,当即他让我注意张静的行动,同时要我今天晚上和她睡在一起,以防不测,到第二天在外面散步,即把她带走。我当即遵照办理。第二天清早张静就被带走了。吃早饭的时候,同志们发现张静未来,我即向大家讲明了情况,同时宣布于维范(于涛)同志任门市部主任。为了让同志们有机会接受阶级教育,在这一段时间里,我曾带着几个小同志参加了斗争恶霸地主和不法资本家的斗争大会。

10 月上旬,我发现门市部的读者虽然未见减少,营业收入却逐日降低，机关团体大批购买的情况几乎没有了，心中甚为纳闷，尤其是发现街上的一些商店，也有陆续停业的。因此，我当即到省委宣传部去了解情况，刘部长对我说："由于战争的缘故，辽东省、市、机关和工厂、学校，都要准备二次撤退。你们书店，也要全部转移，交通运输问题，省委已责成铁路局负责帮助你们。"同时他又说："目前你们门市部还要坚持，不到最后，不要撤走，但你们要挑选出一批书籍，准备撤退到朝鲜去开一个书店。"

得知此一情况后，我才明白了一切。于是急急地返回书店，向同志们传达了省委的指示及布置了"坚守门市，紧急撤退转移"的任务，同志们立即行动了起来，把书籍一分为二，该留的留下，其余即连夜进行包装，准备随时行动。

不几天，战局胜利地有了转机，大家暂时不撤退了，于是各方面又逐步恢复了正常。

接着，我接到了一个电话，这是华东方面驻安东办事处的魏主任打来的。他说，他们代大连书店采购的书籍物资，已经包装好，后天将有一个车队去大连，让我随车队将书籍物资带到大连。当晚我即开了一个会，把我去后的工作作了安排。经过一天半时间，我到了大连，把书籍、物资的账单向大连会计交代完毕，又把安东书店的情况向宁经理作了详细汇报，并请宁经理对安东书店的发展方向作指示。宁经理笑着对我说："你们在当地党委领导下，很好地完成了任务，以后仍要尊重当地党委的领导，我们过去和你们联系不够，今后当注意加强，共同把安东书店搞好，但主要要靠你们自己啊！"

到大连时，我抽空先后去了李淑珍及其他几个同志的家里看望了一下，把同志们的信交给了各个家长，又把家长们给同志的信件和换季衣服、食品等带到安东。因为我走得太急，没有到工厂去看望何厂长、彭琳和其他同志。

第三天，我随车队运了好多新书回到安东，把自大连带来的信件、衣服、食品等一一交给了同志们，大家都非常高兴；运到的新书，在门市部一贴出广告，又吸引了许多读者前来购买。

## 在朝鲜平壤开光华书店

月底，省委宣传部来电话，我见到刘部长后，他传达了东北局委托辽东省委要去朝鲜平壤开一个"光华书店"。我说："目前书店工作人员很少，派不出经理。"部长笑着说："你可以一周在平壤一周在安东工作嘛！"我说："朝鲜人认识中国字吗？"刘部长说："朝鲜的高级领导同志不仅能欣赏中国的古典文学，还能用中文写文章、作报告。他们的广播员经常用中文广播，当中还常常夹杂着日本话和朝鲜话，他们的干部和群众都能认识一些中国字，讲中国话。你不要只考虑书店赚钱的问题，根据书店的工作性质和任务，应去平壤设店搞些文化交流，吸收几个朝鲜同志，不仅做你们的翻译，也为朝鲜培养一些书店干部。朝鲜刚解放不久，他们很需要农村土改、工农业生产、城市建设方面的书籍，需要马列主义经典著作，政治、经济、历史、哲学以及各种工具书，特别是文字改革方面的书，还需要中国和外国作家的文学名著，各种期刊报纸，等等。"他要我赶快去平壤找中国驻朝鲜办事处的主任,具体研究在朝鲜办店的问题。晚上我开了一个会,传达了东北局和辽东省委要书店去平壤开设"光华书店"以及研究了工作人员和所带图书的品种和内容。然后我宣布:周家金、马勇清、小李、丁礼、小吴等五位同志前去平壤工作,周家金(周梵)为平壤光华书店门市部主任兼现金出纳工作,小马负责门市收款和库房管理工作。我说:"在平壤还要找几个练习生,不仅做书店的翻译,还可以为朝鲜培养书店干部。"当即要求小周准备在朝鲜设店时门市所需要的各种办公用具,宣传所用的红布横幅,画广告需要的白报纸、画笔、色彩等。对其他同志的工作也明确了职务。安排工作后,第二天我随新义州采购物资的车队很快通过了鸭绿江大桥,来到了新义州办事处,主任看了介绍信以后,介绍我认识平壤华侨联合会副主任丁雪松同志(她是音乐家郑律成的夫人,延安女大的学生),当她知道我要在平壤设店后,当即向我介绍了朝方高级领导同志,一般群众所需要书刊的内容,以及华侨社团、中国驻朝鲜办事处的一些机关团体所需要的书刊报纸,然后她又介绍了一些朝鲜的风土人情。第二天,翻译给我买了火车票送我上公务人员车厢,里面有苏联军官、文职人员和家属,还有不少的朝鲜干部、中方的工作人员。这个车厢不拥挤,地面和座椅很清洁,服务人员主动热情地向旅客送茶水……由于火车误点,6点多钟才到平壤火车站,旅客都走完了,还找不到前来接我的翻译。因此,我住进了一家朝鲜的小旅馆,第二天旅馆派人送我到中国驻朝鲜的办事处。办事处的莫主任接待了我,并代我付了住旅馆的食宿费。他告诉我,主任外出开会,上午先休息,然后他带我走出了小楼,看见前面有一带用石条做成的栏杆,莫主任告诉我这一带住着办事处的机关、企事业单位、家属宿舍……他安排我和陈锦清同志住在一起。(她是鲁艺文工四团的副团长,后来为北京芭蕾舞学校副校长,她来平壤是向舞蹈家崔承喜学习民族歌舞,向金柏峰学习芭蕾舞的。)午后,我来到办事处的会议室,见到了朱理治主任(解放后任华北局副书记)、文士珍主任、李主任和齐主任(后来为中国驻朝鲜的第一任大使)。朱主任看了介绍信,了解了书店情况后,问道:"目前书店还有些什么问题,需要办事处帮助解决?"首先我汇报了东北局和辽东省委有关开店的指示,然后汇报所带书籍、报刊的数量和品种,以及工作人员的情况,同时提出:一、请办事处在繁华街道找一栋大的房子做书店门面;二、帮助代购书店门市部和办公室的全套家具;三、需在平壤市招两三个练习生;四、书店的销货款需交还安东书店,但现在不通汇,所以需在平壤采购黄金、白银首饰,男女手表和高级文具运至总店付货款;五、向办事处借一笔开办费。上述问题经过研究后,朱主任说:"书店的房屋、家具、采购物资和开办费的问题由莫主任负责解决,招收练习生的问题由苏飞同志(她负责联络部的工作,是主任的爱人)请朝方文武相崔珍淑同志(她原是延安女大的学生)帮助解决。"会后莫主任说:"你先休息两天,房子找好后,我们一起采购家具。"

然后我应陈锦清的邀请先后看了舞蹈家崔承喜领导的民族歌舞团演出的扇子舞、手帕舞等,看了舞蹈家金柏峰领导的芭蕾舞团演出的"天鹅湖";音乐家郑律成编导指挥演出的《大同江颂》,很像中国的"黄河大合唱",是由人民军歌舞团演出的。同时还看了朝鲜的舞剧《春香传》及其他地方戏曲。

第三天,莫主任带着后勤主任、木工等人和我乘车来到离火车站不远的电车站,见到一栋二层小楼,开门进入店堂,感到门市部不大。我和莫主任一起研究了需采购的门市部的大书柜、书台和小书架,以及办公室、厨房、宿舍需要的家具等,莫主任说:"这个过道很宽,可做厨房,再采购一些小型的炊事用品。"接着又一起研究了制作大招牌,用标准字白底黑字书写"光华书店"四个大字,在左边的大门上则挂块与大门长短一样的木牌,用中朝文字书写"光华书店"四个字。在回办事处的路上,我告诉莫主任第二天我要回安东店。他挽留我说:"明天是三八国际妇女节,办事处设宴招待文武相、外交部和有关单位的女负责同志,请你和陈锦清同志前来赴宴。"这样一来我又多停留一天。节后的第二天,早上翻译送来了办事处的工作证,上面写有我的名字,在他们的帮助下,我很快地回到安东书店。同志们见我回来都很高兴,并都很关心地问我在平壤筹备的情况,我告诉他们:"平壤店的房子、家具、练习生、开办费、货款和采购物资的问题都解决了。"随后我请门市部主任、会计和小李一起研究设计图书阅览室的借书证、阅览证、手续制度和开业启事、图书目录等工作。

不久,在办事处的帮助下,我和小周、小马带着书包随办事处的车队,来到新义州办事处,由他们帮助托运了书包。次日一早,翻译送我们登上公务人员的专列,于午后4点来钟到达平壤车站。后勤主任用车把我们接入新的门市,他说由于在朝鲜买不到中国式的家具,因此决定由办事处的木工制作全套门市部、办公室、宿舍的家具。楼上楼下的电灯、电话也要了,还购置了小型炊具、粮食、蔬菜等。

安置下来的第二天,后勤主任又驾着车来到门市介绍说:"练习生找到啦! 一名叫金浩,男,17 岁,父亲是排字工人,他认识中国字,会讲一般的中国话;另一个叫崔明,其父亲是列车员,也能讲中国话。"后勤主任和小马去火车站时,我和门市主任、小金、小崔相互作了自我介绍。随后我讲了书店的性质、任务和有关的规章制度,并说明由门市主任和小马负责教会他们打算盘、开发票、接待读者等具体工作。接着,我们在谈笑声中开始了拆包、书柜布置的工作。门市主任和小马还把已经画好的广告画按分类贴在三面大书柜的墙上,店堂里挂起"欢迎参观""欢迎选购"和"供应精神食粮""提高科学文化水平"的两条红布横幅。一切都就绪后,我打电话通知莫主任和丁雪松平壤光华书店开始营业的时间,并邀请他们和所属单位的领导、图书管理员、资料员,以及华侨社团、工厂、学校和朝方的有关方面前来参观、选购。

在各方大力帮助下,平壤光华书店于 1948 年 3 月 20 日开始营业。中朝读者在门外看了广告牌上推荐的各种新书、期刊、报纸的内容后纷纷进入店堂。四个小同志用中、朝、日语热情而礼貌地向读者推荐新书,我在收款台前忙着开发票收款,接待一些来购书的领导同志。这样一来,书店很忙了一阵子。平壤店不仅要供应本市读者的需要,而且朝鲜的府、道、郡的机关团体和一些解放区驻平壤的办事处也来选购大批的图书、报纸和杂志。开业几天后,有许多事情需要我回安东书店办理,因此在办事处的帮助下,我带着订货单和"偷运"的物资(黄金、首饰等),提心吊胆地通过鸭绿江大桥回到安东书店。

## 来往于安东、平壤之间

我回到安东后,把两店的账务等事情料理了一下。第二天,小李对我说:"鸭绿江造纸厂奉省委宣传部指示,赠送了一套图书阅览室的家具,我们已将阅览室布置好了。"我进入店堂,看见左边靠墙三个大玻璃柜,按分类标签,把图书整齐地陈列在柜里了,其他如图书目录、借书手续、借书证、阅览证等也已准备齐全,一个大的长条桌,上面铺了洁白的台布,非常大方得体。我笑着对大家说:"你们布置得很好,门市清洁卫生,借阅的手续、制度等说明,刻印等也很精美。"于是就和同志们商量准备哪一天正式开业?郑士友提出:最好在星期天,读者一定很多。

在有关部门的大力协助下,安东光华书店图书阅览室于1948年4月10日正式接待读者,当天我和门市主任小张分别在门前接待省市和工青妇等单位的领导同志,以及其他机关、学校、工厂等单位的图书管理员。正好这时哈尔滨、大连又运来大批书刊,所以阅览的、购书的读者非常多,形成了一阵购书热潮。

不几天,我又返回了平壤,从此,我经常往返于平壤、安东线上,照顾两店工作,虽然比较紧张忙碌,但看到工作在开展,也是一个安慰。

在平壤,我参加办事处的一次学习会上,莫主任对我说:"你去安东那几天,我到书店去过几次,门市主任向我汇报了书店营业情况和工作人员情况,并确定了几个问题。"然后他把已经包装好的一包"物资"交给我,他说:"为了避免过桥时苏军搜身检查,我已在手提包上贴了办事处的封条,这样可以少担些风险。"我感谢莫主任办事的热心和细心。

一天晚上吃饭时,我问两个朝鲜小同志:"你们喜欢吃中国饭菜吗?"小丁笑着说:"你去安东时,我们四人轮流做饭,学会了辣椒炒面条鱼、炒肉丝、蒸蛋糕和拉面,周主任和小马还做了很好吃的东北菜。"看来我们和朝鲜小同志们相处甚好。

5月初我回到安东书店时,按总店指示,我们在门市部设立了"毛泽东选集一卷、二卷和单行本"的专台,同时还有"鲁迅全集"和"最近新书"两个专台,在报上登了广告。后来我回到平壤时,也在门市部同样作了专台的布置,并及时通知了莫主任和丁雪松同志,请他们转告有关同志前来参观指导,两地读者对这样布置都非常赞赏。

6月上旬,我携带"物资"回到安东后,当晚小李和会计对我说:"现在大连和安东可以直接汇款了。"我当即向刘部长作了汇报,同时按照刘部长的指示跑了银行等几个单位,停止了原有的转款渠道,沟通了直接汇款的渠道。

7月上旬,我在办事处参加了"发扬国际主义精神,批判大国沙文主义"的学习班,先是小组学习文件,联系实际检查工作中存在的问题,然后在大会上揭发批判存在的问题。在总结会上,莫主

任说,通过学习,我们提高了国际主义精神,检查了工作中的问题,并提出了今后改进工作的几点意见:

一、今后和朝鲜政府谈判,如朝方找我讲中国话,我们也用汉语回答,他们讲朝语,我们就通过翻译问答;

二、要按协议供应朝方工农生产、城市建设、人民群众需要的物资用品,特别在重大节日要供应好粮食、蔬菜、肉蛋禽类和日用品;

三、要尊重朝鲜民族的风俗习惯,遵守朝鲜政府的政策法令和地方性的一些法律和规章制度。

学习结束后,我将学习情况和莫主任的讲话,向周主任和小马作了传达,针对我店的情况研究了贯彻的意见。

8月中旬,安东光华书店成立已经一周年。当我又一次从平壤回安东时,和大家一起研究并决定了举行一次纪念开业一周年的活动。于是我们更换了墙上的宣传画、红布横幅、图书目录等,在楼上楼下还进行了大扫除。这时孙家林、孙在平、施汉卿、彭小康等同志,又从哈尔滨运来了大批图书,作了精心布置,使门市部内外焕然一新。1948年8月25日是周年纪念日,我们在门市部门前、阅览室门前及门市部的各个地方,分别拍了几张照片,晚上开了一个茶话会,气氛欢快热烈。

第二天,一个从哈尔滨运书来的小同志,偷偷地告诉我,说可能总店要把我调回哈尔滨工作。我听后将信不信,但不能不向办事处报告这一消息。

回想我到安东书店一年,到平壤书店半年,两边奔走,虽然有点辛苦,但党交给的任务,还是努力地去完成了。特别是平壤的几个小同志,在周主任和小马的帮助下,已经能够担当起营业任务了。

因此,我很快回到平壤,向莫主任作了报告,并请求办事处能在我走后,继续帮助解决书店的门市部太小及吸收小周、小马入团等问题。同时告诉门市周主任,有事要多和莫主任联系,将来新经理到任后,要在他领导下搞好团结,搞好工作。

10月中旬,我回到安东书店,向省委宣传部刘部长报告了我的工作将调动的问题。刘部长听后说:"你的工作调动,总店已经给我们打过招呼,你入党后工作调动频繁,组织生活不够经常,因此我意你可暂留辽东,参加党校学习一个时期。"刘部长的考虑是对我的极大关怀,我表示完全服从组织安排。

10月下旬,毛邦安从辽南光华书店来到安东。她是来接替我的工作的。我带她参观了门市部、阅览室、库房等,还看了会计账目、出纳报销单据及银行存款,还向她介绍了安东、平壤两店建店经过及目前情况。然后我召开了一次会议,表示欢迎毛邦安到安东书店工作,并希望同志们在她的领导下很好完成总店交给的任务。会后我即离开了安东光华书店。

12月中旬,黄洛峰和另外一个同志来到安东书店,我向他报告说:"我在安东的工作,已向毛邦安同志作了交代。由于党校明年春季才开学,所以目前市委让我到安东市政府担任社会教育科科长,负责全市的文化行政管理,开展各行各业的群众文化活动,最近正和市委宣传部一起,准备庆祝元旦的大型文艺演出。"同时,我将一年来安东和平壤书店的工作情况,向他作了简要的汇报,随后还送了两张元旦演出的入场券给洛峰同志,欢迎他光临指导。洛峰同志最后肯定地说:"书店在当地党委和政府正确的领导下,工作取得了成绩,你的功劳也是不可抹煞的。希望你从党校学习后,还回到书店来工作。"分手时,他看见我手表带坏了,还特别派人给我买了一副新的表带,给我换上。

据我知道,后来平壤光华书店于1949年春迁入大同江畔的文化街一座大房子里开始营业,书店的名字也改为"华侨书店"。

朱启新,1940年在成都参加读书出版社。后曾在北京市东城区委工作。

原载《联谊通讯》(北京)第63期,1998年8月10日

# 光华书店辽宁办事处成立前后

李子明　朱晓光　姜　伟

## 一

　　光华书店向辽南派出流动供应队，是在 1948 年 8 月下旬，至今已经 48 个年头了。这支供应队是由当时在哈尔滨的光华书店北满区店组织和派出的。

　　哈尔滨是当时东北解放区的中心，中共中央东北局设在那里。光华书店的宗旨，主要是在解放区城市开展党的文化出版事业，光华书店在哈尔滨成立北满区的管理机构后，就积极组织力量派出流动供应队分赴东满、西满，到过梅河口、通化、齐齐哈尔、白城子等地，并在齐齐哈尔开设了光华书店分店。派往各地的流动队，每在一地停留，都敞开供应各种革命的进步书刊，或委托当地东北书店经销。由于各地读者纷纷要求我们去开设书店，包括朝鲜读者都通过侨委会和东北局驻平壤办事处来联系。为了适应广大读者的需要，决定采取这种临时性的可以解决一些问题的供应办法。

从 1947 年开始,我军在东北取得"三下江南、四保临江"的伟大胜利后,东北战场的敌我力量起了转折性的变化,在我军节节胜利的强大反攻压力下,敌军只能集中在长春、沈阳等少数城市作战略防守,实际上成了瓮中之鳖,完全处在我军包围中。

1948 年春,由北满区书店朱晓光同志,带领流动供应队去朝鲜首府平壤市工作两个多月,那时整个东北形势又有很大发展。盘踞在丹东(当时称安东)的反动军队在一夜间,悄悄地逃到沈阳去了。这就更显出辽东、辽南广大解放了的土地上,急需我们去工作。加之在平壤遇到朱启新同志,她奉命从大连光华书店经平壤去安东负责恢复书店工作(早在 1946 年 8 月,有孙家林、刘瑛、赵志诚、陈静美等同志在安东开办过光华书店,当年 10 月 24 日由于国民党进犯安东,书店连夜撤到新义州,继续辗转到北满佳木斯,后集中到哈尔滨参加北满区店工作)。这个行动也推动了组织辽南流动供应队的工作提到议事日程上。所以在一次向东北局宣传部凯丰部长汇报在朝鲜工作的同时,提出了这个问题的请示,得到领导的同意和支持。实际准备工作从 8 月初就行动起来。

二

光华书店辽南流动供应队出发时共有队员五人,他们是朱晓光、赵捷夫、李子明、姜伟(女)、王惠云。携带图书百余麻包,横跨吉、辽两省全境。当时沿途交通十分困难,几乎把所有交通工具都用上了。这是北满区光华书店派出的流动供应队路途最长、困难最多的一次远征。

从松花江南岸的哈尔滨市到鸭绿江北岸的吉林省集安县（那时称辑安），铁路虽已修通，行车极不正常，不但没有直达车，沿途情况还相当混乱，需要一段段换车，随时有停车可能，常在沿途车站通宵候车。有时上了车很久不开动，有时刚刚开车又停在山沟里不动了，一直等到天亮还弄不清停车原因与何时再开。车上无灯照明，被关在闷热蚊咬的"闷罐车"（铁篷车）内，有时远处还传来枪声。这条路线上虽然已经没有战争，但战争造成的混乱暂时还无法迅速消除，人们仍像生活在战场上一样。在这段铁路线上，我们大概度过了一个星期才到达集安。

我们住在集安街上一个小学的教室里休息，小学离火车站十里左右，一天往返数次，在搬运图书时，发现这个地方治安不好，从正在侦察现场的公安人员和围观的群众中得悉，最近郊外冷僻处还时有匪徒劫路事件发生。后来我们正式访问了当地政府，知道离此地 100 多里处，靠近吉、辽两省边界和朝鲜国境的榆树林、凉水一带的山上，确有小股国民党散兵尚未肃清，常常四出行劫，正在追捕中。因为那里是我们必经之地，所以当地政府要我们提高警惕。对此，我们作过仔细的分析，认为正处在被追捕中的小股劫路匪徒是不敢公然碰我们的。但是为了防止万一，决不能掉以轻心，一定要作充分的思想准备和组织准备。

鸭绿江是中、朝两国的界河，江水南流到丹东入海，这本是一条很好的货运水路，是当时集安去辽南运送图书的最好通道。但上游水浅，不能行船，要步行到榆树林才有竹筏代船。行至水深处再换木船，就可扬帆顺流，利用风力和流水前进了。

到达集安第三天要赶到120里外的榆树林宿营，天不亮就出发赶路，把携带图书满装三辆大车。我们的准备工作，主要是每个人心里都有敌情观念，随时准备打仗，做到步调一致，一切行动听指挥，团结起来如一人，个个精神饱满，人人机智灵活，像五只出山小虎，勇往直前，坚决地去完成为辽南人民护送"精神食粮"、传播"革命种子"的光荣任务。

当时的具体规定是，在各种地形、各种情况下，都有不同的应变措施，比如在平坦的大道上，一般把五个人分散在三辆大车前后30—50米左右的距离。遇到特殊情况或进入山峦峡谷僻静处，则逐渐缩短距离。明确不论远近，都应在五个人都看得到的角度行动，听从领队同志的应变指挥。在具体行进中，一般总是由赵捷夫、王惠云二人同时或轮流骑自行车开路侦查，随时回来汇报和联系。从哈尔滨带来的苏制自行车，在当时艰苦条件下，已很不简单，这时也确实发挥它"自动化"的作用了。

在行进的路上，这支又辎重、又急行的小分队，还算比较顺利地通过祖国边境的山山水水，行军速度也还符合计划要求。可是，夕阳西斜时，却要通过一个大约三四里路的山谷，这是一处崇山峻岭下的峡谷，山上丛林茂密，一直伸延到江边的路旁。正在人困马乏时，"车老板"看出姜伟是个假小子，他不怀好意地嬉笑着挑逗起来，这意味着有可能发生意外。在当地临时雇用的"车把式"是很复杂的。我们进峡谷前稍加休息，用严肃的态度批评了"车老板"的嬉笑。然后，荷枪实弹，上了顶门火，全副武装、精神抖擞地进入峡谷，当距离又逐渐拉开时,为了向暗藏的匪徒示威,20响的匣子枪发出清脆的响声,吓得鸟兽狂飞乱窜,震得一只悠闲自在的大狍子也扭转屁股逃跑了。从此以后,大家更加聚精会神,"车老板"也认真起来加快了速度,大家一鼓作气速行30多里,到榆树林街上宿营时,天还没有全黑。

到榆树林第二天改用竹筏沿江南下,行至当天中午,"船老板"很主动地改换了木船,在木船上大家得到足够的休息,但在鸭绿江行舟,毕竟是在国境线上,也不能掉以轻心。因为当时水面的情况也很复杂,有的江面很窄,两国船只也容易有碰撞事故,我们再三关照船家,要小心行船,力争安全迅速地完成运输任务。

鸭绿江下游,有个"水丰水库"。在那里有一座中、朝两国合营的"拉古哨"水电站,我们的船是第三天中午到"拉古哨"的。在那里人、货、船,须上岸通过绞盘机、钢绳索从堤坝上顺斜坡滑到下水去。可是,船多、货多,都拥挤地排满在闸门前和堤坝上,大家发愁何时才能轮到我们过坝?!经过打听,得悉"拉古哨"水运管理所长是朱晓光过去的老战友,他们见面特别亲切。当管理所的同志们知道我们携带的货物都是为辽南人民运送的精神食粮时,一切困难迎刃而解。他们非常热情地把我们的船、货优先运过大坝,并叮嘱船老板要作特别任务对待。这样,当天就运到了安东。

到安东时,安东的光华书店已恢复得很像样了。我们在那里把五个人分成两组,派李子明、王惠云为打前站的先头兵,先去瓦房店为全部人马到达时,开始作准备工作,暂留安东的三人主要工作是增配并包装近两月内的大连新到图书(沪、港运来和大连新出版书籍),同时带到辽南去。从安东到瓦房店是借用辽东日报社的大卡车运送的。汽车沿着辽东半岛的海岸线直驶，经过很多渔村，在庄河过夜。翌日到了当时辽南区党委所在地的瓦房店——复县，时已9月中旬。

回忆这次辽南之行，沿途艰苦困难之情，实非拙笔所能形容。当时大家都很年轻，五人中除了领队的三十几岁外，大家都还是初出茅庐的孩子。两人刚满20岁，两人还只有十六七岁，其中之一还是剪了头发的女孩。在长途的辗转跋涉中，利用一切可以利用的交通工具，像保护自己的眼珠一样护送着大批图书。在车站、码头，风里、雨里，日日夜夜值班看守，一次次倒车换船，装卸、搬运，每包上百斤的麻袋，一切全靠自己动手干了。这种革命的实践，正是培育革命者成长、锻炼革命者意志的最好方法，是产生巨大革命力量的源泉。对革命工作吃苦耐劳、艰苦奋斗的态度也不同了，它产生为革命受苦，虽苦犹甜的思想。当时大家就是在这种思想鼓舞下完成这光荣政治任务的。现在，我们都已进入老年，当年的假小子姜伟同志也已离休了，再回忆这段为辽南人民护送书的历史，感到更加甜了。

三

在辽南区党委、辽南日报社、辽南东北书店等领导机关和兄弟单位的热情协助下，我们光华书店辽宁办事处门市部很快在瓦房店街上"日新书局"旧址开幕了。一切亲自动手、因陋就简，保持党的勤俭办店的优良传统作风，所以几乎没有花费什么开办费用。《辽南日报》还为我们的到来和书店开幕发过新闻报道和刊登广告,因而也使朴素宁静新解放的瓦房店又增添了文化气息,各界读者群众纷纷前来参观、阅读、选购和借书,人群络绎不绝。

光华书店辽南流动供应队在组织筹建和出发行动过程中,正是解放战争胜利进军神速的时候,辽沈战役的全面部署,预示着沈阳城即将回到人民手中。为了适应这个新的形势,实现光华书店转向大城市的宗旨,决定在临时性的流动供应基础上作进入沈阳的准备,故把流动供应队驻地改称光华书店辽宁办事处。

到瓦房店后,又增加张沱、白慧(女)二人,他俩也都是 20 岁左右的青年,白慧是从大连光华书店调来的,与姜伟在一起,两个女同志可以得到互相照顾,各方面就方便多了。七个人的分工大致是:朱晓光抓总,赵捷夫负责门市业务,王惠云负责仓库进货出货,张沱负责美工兼门市,李子明负责后勤行政事务,姜伟、白慧负责会计、出纳、开票、收款。门市部是业务生产第一线,平时至少有四人顶门市部工作,忙时全体出动一齐上。

我们在辽南发行的书刊,主要是那几年在大连、哈尔滨重印的在国民党统治区出版的各种进步出版物,还有一部分解放区作家新创作的初版书,如柳青的《种谷记》《地雷》、草明的《今天》、陆地的《北方》、雷加的《水塔》、罗烽的《故乡集》、白朗的《一面光荣的旗帜》,等等,以及从香港、上海等地直接运来的少数初版新书。同时经销东北书店出版的一部分学习文件和书籍,如毛泽东著作,宣传和反映解放区当前中心任务的书刊。

在辽南,与办事处门市部同时存在的还有个"读者借书处",这是为经济困难的读者提供阅读机会的服务工作。借书处备有各种书籍两套，供读者自由借阅，颇受欢迎。借书处定有借阅简章，由姜伟、白慧兼管。

在紧张的工作中，大家做到越是工作紧张，越是要抓紧学习，的确做到了边工作、边学习这一要求。比如定期学习政治时事，认真读报，这对认识当前的战争形势有一定的帮助。学习业务，对我们青年人来说，更是迫不及待的课题。我们定期学习推广，学习记账（会计），学习图书分类，熟悉书目，进一步做好为读者服务的工作。在读书学习中，印象最深刻的是韬奋同志的《事业管理与职业修养》那本书，成为指导我们工作的必读书籍，《钢铁是怎样炼成的》和高尔基的著作，都是同志们喜欢看的书籍。

在生活中，同志间平等相待，互相关心，互相帮助。当时虽然人少，生活艰苦，吃玉米面锅贴大饼子、白菜萝卜汤、大咸菜，也感到香甜。总之，同志们的工作和谐，精神愉快，深深感到搞好团结的重要性，尤其是在新的环境里和艰苦岁月中，团结更为重要。

## 四

10月30日，接到辽东日报社电话，要我们做好进沈阳的准备，朱晓光和王惠云同志立即离瓦赴安东，于11月1日搭辽东日报社汽车与陈楚等数十人日夜赶路去沈阳。11月2日凌晨，车到沈阳城下等候解决战斗，天亮时进城，当天与从哈尔滨赶来的孙家林一起在太原街接管敌"拔提书局"等几处房子，筹备光华书店沈阳市店和东北区店。同时令留在瓦房店的辽宁办事处迁入沈阳。

接着邵公文等同志也陆续来到沈阳。

自 1948 年 8 月初筹备组织辽南流动供应队至当年 11 月中旬从瓦房店全部撤离迁入沈阳,大概共 100 天时间,在这短短的三个多月时间里,作为光华书店派出的辽南流动供应队在这个地区工作,已基本完成了任务;作为光华书店的辽宁办事处,也确实在沈阳解放前做了不少重要的准备工作。首先是赶在沈阳解放战争胜利结束的同时,进城接管敌伪反动书店,迅速开办革命书刊样本展览,为传播马列主义、毛泽东思想,对新解放城市人民宣传党和人民政府的政策,进行思想政治教育做了一定的工作,也为沈阳光华书店的迅速筹建和新中国书局东北区管理处的成立提供了许多有利条件(光华、新中国,都是三联书店在当时的名称)。因而这短短三个多月的工作,具有一定的历史意义。

李子明,1947 年 2 月在佳木斯参加光华书店。后曾在红旗杂志社工作。

朱晓光,1938 年在武汉参加新知书店。后曾在中国图书进出口总公司工作。

姜伟,1947 年在东北参加光华书店。后曾在中国国际图书贸易总公司工作。

原载《辽宁省图书发行资料》第一辑;《联谊通讯》(北京)第 52 期,1996 年 10 月 10 日

# 回忆石家庄新中国书局

毕 青

　　河北石家庄是在 1947 年 11 月解放的，是华北第一个解放的城市，它是重要的铁路交通枢纽。1948 年 5 月，党中央已经转移到石家庄附近的平山县。这时，生活、读书、新知三家书店领导决定派一部分干部转移到石家庄开展工作，也为在华北解放区发展书店工作打下基础。我和欧建新、张炜同志等首先被派驻石家庄工作，欧、张两人，还有一位搞印刷的冯廷杰先我由上海经天津转入解放区，我则从香港经过上海，再到天津、北平，接上交通关系。那时住旅馆不方便，到天津后，我就住在丹华火柴公司工作的读书出版社的同事刘麐家里，到北平后住在沙滩北大学生宿舍。10 月间，我按照预先约定，在公园里和一个女同志相会，她详细地告诉我从北平到石家庄的沿途交通关系，并给我一张事先办理好的身份证。我就凭这些关系独自在华北平原上闯去。从北平到天津，南下到唐官屯，通过封锁线，经过大约 50 华里的"两不管"地区，到了解放区的边缘，开始见到民兵，后来看到解放军战士，紧张的心情消失了，我舒了一口气，心里说："到了解放区了。"经过沧县，到了泊镇接待站，安顿下来休息，接待我的是一位北平来的女青年，热烈的握手，爽朗的笑声，使我感到只有在解放区才有这种真诚的同志爱。接着又继续赶路，到了衡水，乘上火车。到达石家庄时，正是黎明，在朝阳照耀下，亲眼看到解放了的石家庄，心情十分激动。

我们到达之后，就着手筹备建店的工作，在当地党政领导大力支持下，解决了房屋问题、运输问题。当时我们去拜访华北人民政府财政方面负责人姚依林同志，他批准借给书店几百两黄金。

1948 年 12 月，华北解放区的三联书店——新中国书局就在石家庄市中心的中山路上开幕了，在这条马路上还有兄弟单位新华书店。那时在国民党统治区的三联书店有的仍在坚持工作，为避免国民党反动派制造借口，所以在解放区的三联书店用着各种不同的名称，如在苏北解放区曾经用过大众书店的名称，在太行和延安曾经用过华北书店的名称，在东北解放区则用光华书店的名称，在华北解放区就用新中国书局的名称。

书局开幕时我们曾经去见过石家庄市长柯庆施，他很支持我们，而且还关切地问了我们在上海的工作情况。

"新中国书局"五个字是吴玉章书写，那时他是华北联合大学①校长，校址设在距石家庄不远的正定县。我们请他书写店名时，他很高兴地写了好几幅供我们挑选。这五个字现在还能在那时新中国书局的出版物上看到。我去华北联大时还看到在那里工

---

① 编者注：据楚庄《关于"华北联合大学"》（《出版史料》2007 年第 1 期），应为华北大学。

作的生活书店的同事艾寒松，多年不见，在解放区相会，格外亲切。

新中国书局的开幕，引起了各方面的重视，华北军区的电影队还为此拍了新闻片，保存了新中国出版事业中的一段历史资料。石家市委书记毛铎同志以及中央各部门工作的领导同志都来看望，当时任华北局宣传部长的周扬同志也很关心我们，在从党中央所在地的平山去北平路过石家庄时，到新中国书局来看过我们，胡绳和黄洛峰同志去党中央经过石家庄时也来过。

以后随着解放战争节节胜利，北平、天津、徐州、开封也先后开设了新中国书局。

那时解放区的出版条件很差，印刷、纸张都有问题，我们销售的图书开始时是从上海经过迂回曲折的渠道，通过种种难关运到石家庄的，东北光华书店也运来很多他们的出版物，但是这些远远不能满足解放区广大读者的需要，但又不能光靠上海运来。经我们研究，决定从两方面来解决：一方面派人从石家庄经过山东烟台渡海到大连，去印造大批"干部必读"运到石家庄来供应。那时在大连有我们自己的光华书店，设有印刷厂，印刷、纸张等条件较好，我们就在大连印制大批"干部学习丛书"即"干部必读"的 12 本马列主义著作，如《共产党宣言》《帝国主义论》《思想方法论》《国家与革命》《联共（布）党史简明教程》《政治经济学》《社会发展简史》等，经过千辛万苦，冒了很大危险（那时胶东与大连间的海上常有国民党反动派的军舰巡逻），把大批图书运到石家庄，受到广大干部的欢迎；另一方面派我到山东新华书店求援。山东新华书店设在胶济路上的青州，自己设有印刷厂，物质条件比石家庄好，他们本身也感到书籍供不应求,但还是支援了我们一部分图书。当时正值严冬,到青州去的路上,坐的是敞篷卡车,夜间行车,大雪纷飞,寒冷彻骨,坐在车上的人个个都变成雪人了,但是有了要把书搞到手的决心,再冷也坚持下来了。到达山东省新华书店,见到了新知书店的老同事王益、叶籁士、汤季宏等,他们很关心地问了上海文化出版方面的情况。我完成任务后经过济南回到石家庄,当看到广大读者热烈争购运来的图书时,内心感到莫大的安慰。

在石家庄这段不到一年的时间内,正是济南解放、辽沈战役胜利、天津解放、北平宣告和平解放、淮海战役胜利等激动人心的喜讯纷纷传来之时,我们整天沉醉在欢乐之中。当听到一个个大城市解放的消息时,禁不住内心的喜悦,有时胜利消息在夜间传来,我们就高兴地到大街上和群众一起扭起秧歌来,不再想回去睡觉了。

在石家庄的一段生活确实值得留恋,同志之间相处,洋溢着革命友谊。生活过得虽然很艰苦,但心情是愉快的。平时吃的是小米饭,我们南方人吃惯了大米饭的,觉得不大好吃,但我们风趣地称它"蛋炒饭"(小米饭黄黄的极似蛋炒饭)。有时来了客人,烧了大米饭,算是招待了客人。

淮海战役结束后,百万大军下江南,上海解放在即。领导上决定我们一部分同志要随军南下,迎接上海解放。1948 年 10 月在香港成立的生活·读书·新知三联书店总管理处,这时已迁到北平,要调我到上海工作。我于 1949 年 4 月离开石家庄到北平总处报到后随大军南下,参加上海军管会接管工作,接管了国民党反动派的书店、出版社、印刷厂，转而为人民服务。新华书店和三联书店在上海解放后，先后与读者见面了。接替我到石家庄新中国书局工作的是陈国钧同志。

全国解放前夕，党中央在 1949 年 7 月发了一个文件，规定三联书店今后只在全国十几个大城市设店，因此石家庄新中国书局就在 8 月间结束，完成了它的历史任务。1949 年 8 月，各地光华书店和新中国书局的名称，统一改用生活·读书·新知三联书店。在石家庄挂出第一块牌子的新中国书局，在中国革命的出版事业中留下了光荣的一段历史。新中国书局虽然已经不存在了，但是新中国书局的出版物，作为历史资料却永远保存下来了。看到新中国书局出版物上吴玉章同志写的题字，看到这些出版物在全国解放前后曾经起过的战斗作用，还是止不住内心的激动和兴奋。

毕青，1938 年在汉口参加生活书店。后曾在上海书店工作。

原载《出版史料》1989 年第 1 期；《联谊通讯》（北京）第 22 期，1991 年 10 月 20 日

# 向天津进军的前前后后

朱晓光

一

46年前,在伟大的中国人民解放战争中,天津战役标志着中国的军事形势开始进入一个新的转折,遵照东北局党委宣传部的指示,为了适应革命新形势的迅速发展,及时向新解放的大城市传播马列主义毛泽东思想,开展党的政策宣传,配合党对新解放区的政治思想教育,东北光华书店在进入沈阳后要在开办东北区和沈阳市两级书店的同时,立即"为迎接平津解放作好各种准备"。

根据上级党委的指示,由我负责于1948年11月底正式组织一个"光华书店进关先遣工作队"。成员有:王士之、赵捷夫(赵润富)、张沱、杨颖(杨国英)、周梵(周家金)、马勇清(马富根)、吴清和,共八人。

这个先遣工作队的同志体强力壮,有较好的政治、业务素质和行军锻炼,并且能够独立工作。通过 12 月上旬的多次会议和学习,队员们提高了对革命形势的认识,明确了新任务的重要性。他们个个精神饱满,纷纷表示一定要做到小心谨慎,艰苦奋斗,团结互助,一切行动听指挥。保证完成这一光荣任务。

1948 年 12 月 10 日,先遣工作队同志在完成了组织上和思想上的准备工作后,于当日下午背上背包,荷枪实弹,整装出发,到第四野战军政治部集中,编在宣传部随军报社一起。所带四套完整的图书样本、各种业务票据和印章以及预制好的"光华书店"黑底白字的横、竖两种铁皮大招牌等物已在当日上午由四野宣传部统一装车先行了。

在随军报社巧遇我的小学时代的老同学周洁夫同志,他是位作家,宣传部的团级干部,四野军报的负责人。

此后,在刚刚修复的铁路上边停车、边抢修,第二天清早到达锦州。大家看到了刚刚解放的锦州苹果市场一片生意兴隆的景象。接着于 12 日凌晨到达山海关镇,正式进入了华北地区。书店和报社的同志们晚上挤在一起席地而眠,白天还参加了当地老乡们夹道欢迎进关解放军部队。当地老乡们说:这半个多月以来天天比过年、过节还热闹,处处张灯结彩,锣鼓喧天,掌声、花炮声齐鸣。山海关从来没有过这么多亲人解放军,也从来没有过这么多大大小小的军车、各种炮车。过去日本法西斯、国民党反动派经过山海关时都奸淫掳掠,欺压百姓,家家紧闭门户,深躲远避;而今人民群众个个扬眉吐气,心花怒放,像迎接亲人那样迎接自己的子弟兵,入关去解救关内还处在水深火热中的同胞,解放全中国。

1948 年 12 月 15 日晚上，周洁夫同志告诉我："部队明天继续前进，书店的先遣工作队和军报社清晨就出发。肖部长（四野宣传部长肖湘云）要我通知你和他一起走，吃过早饭就到他那里集合。"

16 日上午 9 时，肖部长的吉普车离开山海关从冀东平原西行，在温暖的阳光下，车过之处浮土烟尘四起，公路上出现一条灰黄色的巨龙在飞腾，坐在车上的同志一时都成了"泥人"，在紧戴的军帽下，全身覆盖了一层厚厚黄土，脸上只能看到两只眼珠在转动。一路上，经过迁安、遵化、蓟县，继而转向东南方向，在玉田县城不远的西南郊张各庄停车。这是当天行车的指定路线。因为已接近敌人阵地，必须按指定路线行驶。前些天已听到开得过快的军车误入敌阵的事发生。后来知道东北新华书店的张问松同志就有误入敌营的事故发生。

张各庄距北平、天津，均约 200 华里，在此等候最适当，哪里先打开就先到那里去。我们在张各庄停留二十多天，天天学习时事和入城纪律，有时还对军事形势展开热烈讨论。全队同志的生活、学习、睡眠都在一个冷炕上，时令又值三九天，夜里薄薄的被褥盖不暖双腿，大家都缩成一团，互相笑称"团长"。

1949 年 1 月 13 日，肖部长把我叫去，告诉我："天津即将解放，你们有何打算？我们决定等北平解放了。"因为北平要争取和平解放，谈判费时，还不知何日才能解决问题，先攻下天津也是在军事上促使北平和平解放的一个有利因素。经过研究，书店先遣队决定先去天津，待北平解放时再分兵北平。并决定 14 日早晨立即行动。

肖湘云部长知道我们备有中共中央东北局宣传部致天津市委的介绍信，他又为我们给天津市军事管制委员会黄克诚、黄敬二位主任写信介绍，这才放心地让我们单独行动。

## 二

200里路的急行军是在1949年1月14日早上7时开始的。中国人民解放军第四野战军政治部为我们动员了两辆牛车随行，每辆车都配上一位年纪比较大的赶车老乡，他们熟悉当地情况，兼做我们的向导，离开张各庄时村干部还来送行，先遣队员兴高采烈，有的站到牛车上大声欢呼，有的走在车前心情激动，手舞足蹈高唱革命歌曲，还照相留念。

人民解放军攻城的大炮是14日上午10时打响的，这种密集强烈的炮火集中在天津东、西两面十余个突破口同时进行攻击，这是强大的攻坚战术，它迅猛地摧毁了敌人的各种防御。尤其在入夜时，通红的火光照亮了东南方上空半爿天，为我们指明方向，映照着我们向前。

经过一天一夜24小时的行军，15日晨7时到达杨村（即武清县城）。这时，攻打天津的炮火清晰可见，人们都像过节一样，心里格外高兴。24小时行军150华里，除了给牲口喂料，几乎马不停蹄。同志们吃饭也是边走边吃，不耽误一点儿时间。我们在杨村才找到真正休息的机会，吃足、睡足，等待前方不断传来的捷报。

快到中午时分,遇到刚刚到达杨村的天津市委宣传部部长王阑西同志,他们也是昨晚赶路步行来的。阑西同志原是齐齐哈尔西满日报社社长,不久前从东北调到华北来任新职的。那时他对外身份是天津市军管会文教接管委员会的副主任(主任是文教界著名的老前辈黄松龄同志),和他在一起的是文管会的两位处长周巍峙和陈荒煤同志,我们在一起谈了别后情况和进天津后的打算,他还给我介绍了他的秘书,以后也可找他办些事,接着我们搭四野随军记者宋之的同志(原是光华书店编辑主任,后任总政文化部文艺处长)的车进了城,车内除上述王、周、陈,还有天津日报社社长王亢之、总编辑朱九思等。

作为战地记者,宋之的同志对当时战况和行军路线十分清楚。据他说,经过 16 个小时的猛烈攻击,15 日凌晨 2 时,我东、西两面主力在金汤桥会师,完成了作战计划的主要部分,使敌军全线动摇、瓦解,于 15 日上午 8 时攻入敌军核心工事区,占领海光寺,10 时(即发动攻城后的 24 小时)天津陈长捷的防守司令部插上了白旗。

书店先遣队于 15 日 16 时从天津西面和平门地区进城,那里的战斗最为激烈。临城地区敌人埋雷很多,车子不得不来回绕道而行。沿途敌军尸体遍地,横七竖八,有的烧得漆黑一团,说明战斗激烈程度。车至城门口,突然停靠一旁,正遇城内押解一大批俘虏出来,其中就有陈长捷。

当天下午车行至西门内大街一个大院门口停车休息,正好军管会副主任黄敬同志来看望大家,并告我们今晚 10 时前可有车接文管会的同志们到劝业场的一家旅馆内休息。

第二天,先遣队的同志们便投入了紧张的劳动,根据军管会的指示,我们在天津的罗斯福路(今和平路)一家停业的私营小银行(是向阳的铺面)立即着手布置了一个"老解放区图书样本展览",于进城后的第三天(1月17日)正式展出。

这个样本展览展出半个多月,天天挤满了各界读者,也得到了许多有关部门领导同志的关心和重视,如黄敬、王阑西、章汉夫等同志都来看过;一些兄弟书店的同志也都来参观,如华北新华书店在天津的负责人李长彬、苏光;天津知识书店杨大辛,以及晚些时候进城的东北书店卢鸣谷、史修德、张问松等同志也从沈阳赶到天津参观了展览。当时大家对这个展览的好评是一致的,普遍认为它的特点是"一快、二全,颇适时宜。"即一办得快,15日天津正式解放,16日找房布置展厅,17日拉开帷幕;二全是老解放区在解放战争时期出版的书,基本上都搜集全了。能够把北满、旅大、山东、石家庄等老区出版和重印的书这样快地搬到天津街上和读者见面,这是非常难能可贵而且也是很有现实意义的。(这是按照1948年11月初在沈阳光华书店的经验办的,1949年5月底中宣部出版委员会在上海开办的"新华书店临时第一门市部"也办过同类性质的展览,这对刚刚解放的大城市是非常适宜的)。

天津攻坚战的伟大胜利,不仅是促使北平和平解放的重要因素,从天津本身是我国华北最大商埠的意义上说也有极其重要的地位。故而,在当时,天津解放也是震动了世界的一件大事情。

天津解放前,三联书店已有好多老同志在天津工作。"八一五"日本侵略者投降前,我曾在天津以"做烟叶生意"为掩护,协助张朝同、彭慧、许季良等同志从上海转移到天津。后来徐伯昕同志又派人和他们联系,并在北平建立过"中外出版社"。刘大川(刘麐)几年前原以天津火柴厂任职为名,带着全家(爱人朱立芳,儿女均均、丹丹)到了天津。解放前夕,李易安、余咏茜夫妇带着大女儿小广东从香港来等待天津解放。天津解放后,石家庄的蔡学昌、赵晓恩等同志也立即赶到。1 月 30 日李子明、丁振邦也押运首批图书至津。

天津解放了! 北平和平解放已成定局。解放战争的形势在迅速发展。作为我党两支革命出版队伍之一的三联书店也把总管理处领导机构,很快从香港转移到解放区。

三联书店总处临时管理委员会主席黄洛峰于 1948 年 12 月 30 日离港北来,1949 年 1 月 18 日抵达沈阳。他于 1 月 22 日给我的来信说:"……本日起召开东北区管委会扩大会议,建立我店'新中国文化企业公司'的东北区管理处。区处经理在港时,临管会已决定由副总经理沈静芷暂兼……。津店各事分条列后:A. 津店系统,划属华北区管理(货源仍由东北区供给),B. 华北区暂由欧建新兄暂代主持,候我到平津后,由我暂兼,候伯昕兄来,由其主持。C. 平店俟北平解放,即由朝华改设。欧建新兄 24、25 日即由石家庄去平郊,筹备一切。D. 欧去平后,石店由李文华(即毕青)同事主持。E. 津店招牌,决即改用'新中国书局',因石家庄各店早决定一律用'新中国'名义,不能再沿用光华名义。哪怕招牌已做,亦不惜多花点钱,改做新招牌。F. 兹派李子明、丁振邦两同事押货来津,平店需货,望即紧急供应。……"一切自然按照领导意图办,东北带来的"光华"招牌自然应该报废就不在话下了。

## 二

一进天津城,找房与招工是同时进行的。由于城市刚解放,领导机关特别忙,像书店找房子这类小事,不可能管得很具体,上级只原则规定:三联书店的房子一定要解决好,而天津唯一可以接管的"正中书局"已毁于炮火,只能另行寻找合适的房子,并确定由三联自己去找,有合适的房子时再向军管会报用房手续。我们派出几个人专门去找房子,真没想到就在我们开设"老解放区图书展览"的对面就有两幢连着的空房,真是"踏破铁鞋无觅处,得来全不费工夫"。我们把这两幢楼,加上已作筹备处借用的一幢,都上报军管会,查明三处均属敌产,批准由三联书店接管使用。(与此同时,从东北进关的新华书店也经军管会批准把蒋家财产的"中国农民银行"旧楼作市新华书店使用。)

除此之外。军管会另拨两处房子给我们,一处在迪化道转角上一幢两面沿街的铺面房(原来是一家饮食小吃铺),楼上当宿舍,楼下办起一个"借书服务部",这对当时许多经济困难的读者是个好消息;另一处在今鞍山道的福源里有连在一起的两套居民房子。我们把它当作集体宿舍,可住单身男、女40人。房子内的各种家具,很多,也都一并拨给。因为集体宿舍用不了这么多家具,大部分搬到罗斯福路的三幢办公房应用。至此,天津新中国书局的房子问题,就很顺利地解决了。

第二,招工,也是势在必行的事。因为既要开新店,要发展革命出版事业,就必须不断增加新人,培育新鲜血液。问题是怎样招法?招多少人?如果只考虑天津一店的需要,除已在津的老同志(东北和别处调来的),大概再招十人也就差不多了。但从当时解放战争迅猛发展的形势看,多招一些也很必要。中央有关部门特别重视这项工作,一进城就出现"军大""革大""华大""南下工作团"等的大量招收知识青年参加革命的学校和单位,人数几乎没有限制。这是根据全国革命形势需要出发的,许多机关单位都有招工的任务。三联书店也需要在平津解放后立即在许多重要城市开设分支店。所以决定在北平尚未解放时,先在天津做好招工的工作是很必要和及时的。于是确定用公开张贴海报进行报名和口、笔试,择优录取的方式,预定先录取 60 人是可行的,并决定待全部手续办妥后,也分三批(每批 20 人)先后报到办妥。

1949 年 1 月 20 日贴出招工海报,当天就有人来排队报名,到第二天下午为止,在一天半的时间里,排队领取"报名申报书"的就有五六百人。在排列中和领取申请书的初步接触中,还有些青年要求先谈话,表示参加革命的决心。有一位胶东农村女教师,说是共产党的地下党员,因遭敌人迫害逃到天津来的。凡遇到这种情况,我们都优先与之谈话。在招考过程中,我们发现这些青年大都思想淳朴,出身清寒,很有发展前途的。该项工作由李易安、许季良等同志负责;蔡学昌、朱晓光、赵晓恩、余咏茜等同志也随时参加协助。

经报名、填表、审核、评议等工作，达一周以上才确定下来通知初试的名单。可是石家庄来的华北区暂代主持人已到北平郊区等候进城，听说东北来的光华书店正在天津招工的消息，很不放心，即派人送信来，提出录取人数不要超过 20 人，这就使我们骑虎难下。因为按照现实情况，即使按预定招收 60 人算，也只不过占整个报名者的十分之一，若减至 20 人，就只有三十分之一了。最后确定实际招收 40 人，勉强结束了这项工作。

2 月中，黄洛峰同志自沈阳到北平，并于 2 月 19 日给我信中说："今接阅吾兄 15 日函，悉津店招考新生工作第一批已告一段落，第二、三批正在进行。我以为目前各部门固然急需大量补充新干部，但为便于训练，吸收经验，第二、三批招考争取名额希勿超过 20 名，至要，至要。"后来，我向他汇报工作时，他还提到"一次就录取 40 人太多了。"可是没几天，当他们在北平工作逐渐铺开时，深感人手不足，影响开展工作的进度，才从内心说出："津店录取的人不是太多了而是太少了！"

实际上，这 40 人的用处常常是一个顶两个的，总管理处的老同志大部分是从国统区和香港来的，他们要在新的革命形势下开展工作，都要配备年轻的助手，洛峰、伯昕同志主持的中宣部出版委员会和后来的出版局都是新成立的党和国家的全国性的领导机构，比三联总处的范围大得多，也要配备许多青年知识分子当助手。北平市新中国书局（后又改称三联书店）还要尽早开业，也需配有不少人手。所以多次向津店催调人手，由我经手的一共有三批，每批十人左右不等。记得一次是 2 月 26 日 12 人，他们中有张延华、张永、彭殿智、韩仲民、佟景韩等；一次是 3 月 15 日 7、8 人，他们中有张琛珉、李容恭、刘泰、刘云和、张英等，除此之外，还有调到别的省份去的同志，诸如吴秀琴、段纪昇、张金明、王述芬等，他（她）们在当时都是党指向哪里就打到那里的，只要一声令下，毫无条件地打起背包就走。

1949 年 4 月中旬，我离平、津南下宁、沪后，听说由接我天津任职的陈怀平同志又经手选送一批人到北平和其他许多地方。单就调往北平的几批同志，才使在北平的出版委员会、三联总管理处和北京分店等缺乏人手的紧张局面有了缓和。

与此同时，还在天津筹建了直属总管理处的转运办事处，为津浦、陇海线上的几个分支店转运大批图书，支援了那些分支机构的图书货源和人力。

我们把在天津吸收的新同志组织起来，过着相当紧张严肃和艰苦朴素的军事集体生活，每天早 6 时起床，晚 10 时熄灯，谁也不能违犯。早上晨练，行军步伐整齐，高唱革命歌曲。8 时—11 时上课，主要分政治、业务两大类。讲中国革命简史、三联书店店史，以邹韬奋同志的《事业管理与职业修养》为专修课程。下午一般是各种劳动。大家生活、学习得很有条理。因为大部分是学生出身，年龄都在 20 岁上下，有的甚至还要小，只有十六七岁，都能很快适应这种习惯。在还未找到正式炊事员前，一天三餐都由学员自己动手做。那时平津各单位一般都吃"二米饭"（大米、小米各半），吃得很香。每人另发一些零用钱，基本上也就够买个牙刷、肥皂什么的。每当我们送走一批人或派出个别的同志到别处去开展工作，事先都要开个欢送会,举行文艺余兴,总是搞得热热闹闹,气氛也十分活跃。鼓励各自在新的岗位上共同努力。所以,许多同志对津店初创时期的一切,至今难忘。

    (《联谊通讯》)编者按:本文根据晓光同志三年前撰写的《天津新中国书局初创时期的半部历史(初稿)》摘发。原稿共分五大部分,今摘其一、二、四部分先行发表。由于晓光同志现在患病,本稿未送他审阅。

1995 年 5 月 6 日整理

    朱晓光,1938 年在武汉参加新知书店。后曾在中国图书进出口总公司工作。

原载《联谊通讯》(北京)第 44 期,1995 年 6 月 20 日;第 45 期,1995 年 8 月 10 日

# 新中国书局北平分局记略

赵晓恩

　　1949 年 1 月，北平和平解放，故都旧貌换新颜，五千年的华夏历史进入了新时代。

　　我是 1948 年 12 月在香港，奉生活·读书·新知三联书店总管理处的派遣，水陆兼程赶来北平，筹设新中国书局北平分局，并为总处迁来"打前站"的。

　　新中国书局是三联书店在香港商定的新解放区设店的名称，此前在石家庄、天津等新区均先后设立了分局，早些时候，设在东北和山东的称光华书店。1949 年 8 月，一律正名为生活·读书·新知三联书店。

　　1949 年 2 月 3 日，我抵达北平，住朝华书店，第二天适逢中国人民解放军举行入城仪式，目睹威武雄壮的场面，实为千年难逢的机会，感到十分庆幸。

一

北平的朝华书店,原是生活等三家书店两年前在此合设的发行机构,一个联络据点。店址设在和平门内新华街,工作人员有许静、陈国钧、杨和、曹肇琦等,还有一位工友我记不起名字了。三联成立后,朝华书店自然归属一统。

新中国书局北平分局就是在朝华书店的基础上建立起来的。我到北平后会同许静等按照总处的要求开展工作。展望前景,北平将是新中国的政治文化中心,三联总处新的所在地,必须有相应的安排,为全面开展业务创设必要的条件。朝华书店原址门面不大,地点也较偏僻,故有易址和补充工作人员的需要,还需要物色有可供总处办公和人员住宿的场所。此外,总处原计划要在北平自建印刷厂,此等一应事宜,均在考虑之列。

首先是"安家",为找新的铺面和宿舍房子而奔波。当时找房子有两种途径:一是向军管会申请分配接管下来的敌产;二是自行租赁或购买民房。同志们的意见是双管齐下。我初来乍到,人生地不熟,这件事,陈国钧同志冲在前,不久,石家庄分局的欧建新同志被调来参加北平军管会的工作,这对书局与军管会联系提供了便利,他为争取分配公房作出努力。起初,我们相中了东城区一处出售的几进四合院,想买下来作总处办公和住宿之用,因黄洛峰的到来,为求节省有限的资金,主张争取分配公房而作罢。店面房子,经多方奔走,一直找到军管会薄一波同志处,最后军管会房管处将坐落在王府井东安市场西门马路对面的一家原是绸缎铺的双开间两层楼店面房子连同隔壁菜厂胡同一号的一小四合院分配给了新中国书局(即今日的外文书店所在地)。我们为在闹区分配到这幢相当不错的店屋而高兴。

紧接着进行店面装修。本节约原则,利用原有的竖放绸缎的橱窗加两层隔板改为书架,二层楼上做了单人宿舍,把批发、进货等部门设在后院,与门市相通。安排停当,即抓紧装修,择吉开张。

原有朝华书店工作人员不多,亟待补充。经商请朱晓光同志从天津分局调来了八位同志,都是不久前招收的练习生,又由许静同志主持就地招收了十多位新同志,合计有 20 多人了。这时香港三联书店门市部负责人蔡学昌同志及时来到,驾轻就熟,请其负责门市部的工作,陈国钧同志管进货、批发,杨和同志仍任会计。

新招收来的同志业务不熟,且大部分要用在门市部,门市是书局的窗口,服务质量和服务态度如何,关系到书局的形象。因此,加强队伍建设,尽快帮助新同志熟悉业务,成为一项急迫的工作。好在新同志政治热情高,在蔡学昌同志的带动下加紧练兵,干劲足,很快初步掌握了门市业务知识和操作方法。在门市开门营业以前,还举行过现场售书模拟演习,通过评比以为促进。嗣后,由黄洛峰同志主持的中宣部出版委员会举办训练班,我们抽调新同志参加学习,正符合他们的愿望。这个训练班着重政治学习(也安排了一些业务课程),新同志们学习取得成效,提高了政治认识,了解书店工作的意义,在为读者服务的实践中,学到更多的东西,迅速成长为图书发行的骨干力量。

二

在军管会的大力支持和黄洛峰同志的直接帮助下,经同志们的积极努力筹备,新中国书局北平分局于 3 月 11 日开幕了,第一天的营业额达 40 万元旧人民币(当时 200 元旧人民币可兑换 1 银元)。读者熙来攘往不绝,门市工作人员原定两班轮流倒,忙不过来,自动连轴转,那时没有什么加班费,完全自觉自动,内部工作人员也参加到门市工作中去。

解放之初,人们渴望知道党的方针政策,出版委员会开始出版的这方面出版物成为抢手货。还有《大众哲学》《社会发展史》以及延安文艺座谈会以后在老解放区出版的一套新文艺读物等,也受欢迎。最难求的要算东北新华书店出版的《毛泽东选集》精装本了。许多同志尤其是一些高级民主人士渴望阅读这一宝书。如国民党派来和谈却因和谈破裂留在北平的代表,找到叶剑英同志要书,叶从王府井新华书店(东北进关来的)卢鸣谷处要去十部。三联书店过去在国统区和民主党派有密切联系,周建人等不少人则向新中国书局寻求,我找卢鸣谷同志商量要来一部分书,使大家如愿以偿。《毛泽东选集》之所以供应不足,是因为这时党中央已在着手重新编辑《毛泽东选集》新版,旧版不再重印所致,这是暂时的现象。

门市部始终保持读者济济的景象。随后又开办了电话购书业务,受到读者欢迎。起初本版书的来源主要靠东北光华书店造货供应,那时香港至天津的航运还没有开通。总处原有在北平造货的计划,所以在北平造货提到议事日程上来了。为造货作准备,并在物价波动的情况下保值,我们用营业收入购备纸张。我们对北平的印刷条件进行调查了解,看到当时北平的印刷厂吃不饱,印刷生产力有富余,于是放弃自行设厂的计划,把总处从香港聘来筹办印刷厂的徐仲文同志转介到新华印刷厂工作。在造货问题上遇到一个难点,是要很好把握再版书的内容,以往在国统区出的书,限于当时环境,其政治标准与在根据地出书的要求是有区别的,现在重印过去的出版物,不能不重新审查内容。事实上,有些书出版时间相隔已久,当今的理论研究水平比之过去已有相当的提高了;有些书由于政治形势已大不相同,书中某些文字,现在看来,已不合时宜或不充分了。过去讲统战,不能不受到许多限制,因而采取出售原有存书要求从宽,重印则要求从严的方针。再有重印前还有必要征求作者的意见。这是一项严肃的任务,洛峰同志对此十分重视,迅速调集编辑人员,作了适当处理。

三

总管理处于 2 月 23 日开始工作。解放后从根据地和国统区来的两支出版队伍在北平会师,根据地出版队伍中有不少人原是在国统区的三联书店工作过或派去根据地设店的老同事,今日在北平相会,新中国书局成了他们聚会的场所,共叙友谊。

三联书店总经理徐伯昕同志于 3 月底到达北平,已到了"钟山风雨起苍黄,百万雄师过大江"的前夕。这时,出版委员会为了贯彻落实中共中央 1948 年 12 月 29 日发出的"关于新区出版事业的政策批示"中的一项重要任务,按政策接管国民党官办的出版业,上海是当时全国出版事业的中心,列为接管工作的重点,决定派遣南下工作队参加军管会接管出版工作。徐伯昕长期在国统区工作,离开上海为时不久,熟悉情况,与出版界有密切联系,被认为是最适宜的南下工作队的带队人,奉命会同出版委员会副主任祝志澄率队于 4 月初随军出发了。黄洛峰同志与徐伯昕同志商量后,在抽调的队员中,有出版委员会的干部、新华书店的干部,还有三联书店的干部。抽调三联干部中,有朱晓光、毕青、蔡学昌和我。到了上海以后,有更多的三联干部参与接管工作。

我离平南下后,新中国书局北平分局经理的职务由薛迪畅同志兼任,为时不久,薛调去主持华北联合出版社,又由曹健飞同志担任经理,许静同志先后担任副经理。1951 年 1 月,出版总署决定出版、印刷、发行三部分实行专业分工,三联书店的发行机构与商务、中华、开明、联营书店合组中国图书发行公司,北京分店改为该公司的北京分公司,曹健飞调中图总公司,张明西任中图北京分公司经理,至 1954 年 1 月,中图公司合并于全国新华书店系统为止(香港三联书店除外)。

以上的历史变迁,反映了建国初期出版事业的调整过程。现在看来,步骤太急促,缺乏深远的考虑,以后反复,造成损失。当然,这些举措与当时高度集中统一的经济管理休制是分不开的。在这里,我想顺便提一下建国前,三联书店处在国统区,那是商品经济社会,按企业原则经营,积累了许多有益的经验,如果大家来进行总结,归纳出道理,以资当今在职者参考和借鉴,不失为一项很有意义的工作。

赵晓恩,1935 年在上海参加生活书店。后曾任国家出版局计划财务室主任。

原载《联谊通讯》(北京)第 40 期,1994 年 11 月 5 日

# 新中国成立初期的三联书店西安分店

祝明月

抗日战争初期,生活书店曾在西安开设分店,在南郑(今汉中市)开设支店,后均被国民党反动派查封。情况大体是这样的:1937年冬,生活书店总店派张锡荣、杜国钧(谷军)同志前来西安开设分店,由张锡荣同志任经理。经过两个多月的筹备,觅妥马坊门25号为店址,领取了营业执照,于1937年底正式开业,开业后进行了卓有成效的工作,因此深受读者的欢迎,同时也就被国民党反动派视为眼中钉、肉中刺,不断加以摧残迫害。1938年10月分店被查抄,张锡荣被捕,罪名是"售卖禁书",判处罚棉背心100件(支援前线)或大洋300元,或监禁150天。后来终于付了300元,经关押11天获释。这是生活书店工作人员被捕最早的一次。1938年11月,杜国钧同志去延安。1938年底,张锡荣同志调重庆生活书店总管理处。分店由周名寰同志代行经理职务。随着国民党的又一次反共高潮,1939年4月21日,西安分店又一次被查抄,同月27日遭封闭,所有图书、现款以及家具,连同工作人员的衣物等全被洗劫一空,甚至连租房的押金也从房东那里要走。经理周名寰被捕后因迫害致病逝于集中营。国民党反动派利用分店的房屋和设备开设了反动的"中国文化服务社"。这是国民党反动派对生活、读书、新知三家进步书店进行迫害，查封最早的一个。

在开设西安分店的同时，生活书店还开设了南郑支店，由贺尚华同志任经理。西安分店被封闭不几天后，南郑支店又遭查封，贺尚华被拘押。

随着革命形势的发展，从 1946 年起，三联书店先后在解放区的一些大、中城市开设了光华书店、新中国书局和生活·读书·新知三联书店，从 1949 年 8 月 15 日起，统一称为"生活·读书·新知三联书店"。随着西安的解放，三联书店在西安建店的问题排上了议事日程。

## 决定建店

1949 年 5 月 20 日，西安解放。同年 8 月，三联总处决定在西安开设分店，派欧阳章同志为经理。欧阳章同志早于 1938 年就参加革命，为人忠厚正直，对同志诚恳热情，对事业忠心耿耿，又十分熟悉书店业务。关于筹建工作，经总处主要负责人邵公文同志指示，分店所需人员和图书由开封分店协助解决一部分，其余问题包括开办经费等，均请西北局宣传部和西北新华书店帮助解决。据此欧阳章同志携带中央宣传部致西北局宣传部公函和"生活·读书·新知三联书店"标准体字样，于 9 月初离京后先去开封。开封是河南省会解放较早，建店时间也较早。欧阳章同志经与开封分店经理倪子明、周易平同志协商后达成协议：由开封分店抽调人员8至10人，各类图书8至10万册。先抽调李曼如同志随欧阳去陕协助筹建工作，其余人员则由王平同志带队押运图书前往。

## 由开封到西安

当时陇海铁路郑州到西安段尚未修复，欧阳章、李曼如同志步行约一周始到达西安。他们先拜会了西北新华书店经理常紫钟、副经理陈林彬同志，随即由他们陪同会见了西北局宣传部张稼夫部长和有关同志，他们对三联到西安设店表示了欢迎。不久，常紫钟、陈林彬同志根据西北局宣传部的指示和欧阳章同志协议：1. 将新华书店设在西安最繁华地段东大街的第二门市部无偿让予三联书店；2. 为解决三联工作人员的不足，原门市部人员基本留下；3. 为便于三联同志的工作和生活，一般设施都无偿赠予。建店经费问题，经西北局宣传部介绍、西北财委批准，由人民银行贷款3000万元（旧币，1万元折新币1元，下同）。这些问题逐一解决后，便请了当时西安工艺水平较高的工匠抓紧装修门面和制作书架、书台等。

1949年9月22日，开封分店由王平同志带队，包括高峰、杨健、陈霖、杜长萍、梁慧敏、聂建新、闫文玉、祝明月共9人携带500麻袋图书自开封启程。开封到郑州是火车，要了一个车皮。然后在郑州雇了13辆马车分装这些麻袋，其中9辆马车还各坐一人。每辆车由三匹骡马牵拉，平路和下坡一般较顺利，上坡上山则须根据坡度大小，用五至七匹甚至更多骡马连接起来，一辆辆地往上拉，由于阴雨连绵，路滑难行，遇到大雨时还要停下暂避，还有上山、过河等，有时一天只能走十里、八里，原计划半个月的路程，结果竟走了一个多月。马车的工钱原议定在郑州付一半，到西安后付清另一半，阴雨拖长了时间，到洛阳后，车主就要求付款买草料，我们向洛阳新华书店借钱解决了这一问题。

10月下旬我们终于胜利地到达了西安。

## 隆重开幕

西北新华书店对三联书店同志的到来表示了热烈的欢迎，并为此举行了欢迎会，后来任大区出版局副局长的陶信镛同志也参加了，当时他任群众日报社经理，因为他曾在贵阳生活书店工作过，和欧阳经理也熟悉，对三联书店有着特殊的感情。

我们到达西安后，大家顾不上休息，就投入了紧张的准备工作，工作量最大的要算拆麻袋了。当时全店共有工作人员18人，除一位经理和由开封调来的10人外，还有新华书店留下的朱永涛、张靖民、艾静卿、艾伸和柴新华等7人。经过日夜奋战，很快把500麻袋图书拆完、上架，并终于赶在苏联十月革命节（11月7日），"生活·读书·新知三联书店西安分店"隆重开幕了。11月4日、5日和开幕的当天我们还在《群众日报》报头的左上角刊登了庆祝苏联十月革命节，生活·读书·新知三联书店西安分店隆重开幕，八折优待五天的广告，11月7日、8日的《群众日报》第四版还刊登了大幅广告,内容主要是庆祝苏联十月革命节暨开幕纪念,八折廉价五天,《学习》杂志第一卷第一、二期要目以及《批发简章》《邮购简章》等。书店开幕的消息轰动了古城,开业的当天,西北局宣传部张稼夫部长及秦川、王顺桐、力杰等同志,西安市委宣传部柯华部长,西北新华书店常紫钟经理、陈林彬副经理等都前来祝贺。张稼夫还给予了热情的鼓励。广大读者则争先恐后、如饥似渴地到门市部选购各种革命图书。《资本论》《剩余价值学说史》等马列经典著作,《鲁迅全集》《大众哲学》《辩证唯物论》《思想方法与工作方法》等许多图书,很快都被抢购一空。虽然不停地往书架上上书,但每天关门时许多书架还是空的。11月初原已进入初冬,但同志们都是汗流浃背,由于人多拥挤,读者要想挤进书架选购图书,也往往挤得满头大汗,真可谓盛况空前。

同业看到这种情况,也都纷纷前来批发。西北新华书店副经理带领工作人员,一次就来挑了数百捆书籍,充实了他们门市部的书架。我们也从新华书店进了许多毛主席著作和时事政策书籍,丰富了门市部的品种。

关于当时的情况,总管理处编印的《店务通讯》1949年12月1日出版的第1号上曾有这样的记载:"西安分店在十月革命节那天(11月7日)开幕,第一天收入现款五百余万元,第一个星期平均每天收入四百多万元,他们从筹备时起到十一月二十五日止,共借总处现款七千二百万元(内有三千万元是银行的贷款),对总处资金的调用,给了不少的帮助。""西安由于久受蒋介石国民党的压迫,精神食粮是长时期的缺乏。所以陕店成立后很受广大读者的欢迎,党政领导机关对我们也非常重视,给了许多帮助,特别是新华书店把他们在东大街的第二门市部让给我们,使得陕店得到了很顺利的开创,这里充分表现出兄弟店对我们的爱护和帮助。"

## 发展壮大

分店开业后,人员太少和地方太小,这两个突出的问题制约着业务的发展和服务质量的进一步提高。在上级的支持下,我们为解决这两个问题作了一番努力。

人员问题,开业没几天,总处就从武汉调来了金思明、刘赤兰夫妇,不久又从东北调来了谭砥、李忠举同志。1950 年 6 月,又从上海调来了李延斌、施汉卿同志,以后又从开封调来了王高嵩、刘士奇、李洪全、赵忠坚等同志,这是一批比较熟悉业务的骨干。与此同时,经总处批准还陆续公开招考了三次工作人员,录取了 40余人。一年多中,通过招考和调进的人员有:贺家瑞、康魁豪、朱敬程、朱敬浩、魏懋、魏恕、李春明、李管生、李林昌、李祥瑞、武全有、朱志洪、马玉山、马玉荣、王德荣、石云英、王玉山、左培、刘锦林、刘怀德、牟德贤、胡声远、孙长生、杨刚、彭素真、杨永昌、李文、程凤文、姚效慈、陈辽、王福祥、冯伯哲、高援远、梁文生、刘金祥、原志忠、吴树德、杨琳、畅清祺、赵锡祥、张海珍、王文琪、刘湘云、秦志信、梁生象、禹玄亮、吴枫、吴明辉、范作诚、张顺生、杨素真、贾凝礼、贾光锦等。到 1951 年 12 月合并成立中国图书发行公司西安分公司时,全店人员已达 70 余人,随着人员的增加,机构的不断健全,业务也就比较顺利地发展了。

为了解决门市部地方太小的问题,在开业后的第二个月,我们就以 280 袋面粉的代价把门市房子进行了改装,扩大了营业面积三分之一,但这仍不能适应客观形势的要求。1950 年 7 月又买下了隔壁的私营大陆商行,门市营业面积较原门市大了两倍,内部用房也较原先大了一倍。新门市部于 1950 年 8 月 1 日正式开业。新门市部开业后,营业收入较前增加了一倍。

为了进一步扩大两家书店的影响,以及使经济上不宽裕的读者能及时读到新书杂志,在新华书店常紫钟经理的倡议下,我们在原来的门市部开设了一个"新华书店、三联书店联合阅览室"。这个阅览室常年对外开放,直至 1954 年 2 月才停办,改作了新华书店西安分店计划发行科的办公室。以后这里虽然经过几次变动,但是它始终属于书店系统。现在坐落在西安市东大街 349 号的陕西省外文书店营业楼及其后院,就是在三联书店原址建造的。

## 竭诚为读者服务

邹韬奋同志早在创办《生活》周刊的时候,就提出了"竭诚为读者服务"的宗旨。以后这就成为三联书店的优良传统。1949 年 10 月 19 日,当时的中共中央宣传部长陆定一同志在全国新华书店出版工作会议闭幕词中曾说过:"为人民服务的出版事业是有前途的。新华书店、三联书店这样的为人民服务的出版机关,艰苦奋斗了多少年,现在果然有了光明的前途。我们的出版事业与旧的出版事业不同之点,就是无条件为人民服务。……新华书店和三联书店是这种出版事业的榜样,全国的优秀的出版工作者都将跟着这条道路前进。我们要保持和发扬这个光荣传统。""竭诚为读者服务",用今天的话说,就是全心全意为人民服务,这种服务是完全的、彻底和不讲价钱的。三联书店的每个工作人员进店后就都接受了这种思想,西安分店的同志们也都是按这种精神进行工作的。

记得在分店开业不久时有两位读者找来,说是抗战初期在生活书店西安分店订购的《鲁迅全集》因当时交通困难,无法交货,后来书店又被国民党反动派查封,因此一直没有拿到书。我们看到订单后立即给这两位读者东北版《鲁迅全集》各一部,这使他们感到非常满意。

王仿子同志编写的《门市工作七十二条》比较系统地总结了门市工作的经验,对做好门市工作提出了基本的要求。我们在以后多年的工作中都是按照这个精神去做的。由于我们发扬了三联的光荣传统,不断提高服务质量,新书、杂志到得又多又快,加上我们诚恳、热情、周到的服务,这样就使三联书店在古城知识界、读书界中很快获得了较好的声誉。

流动供应是方便读者、满足读者需要的一种好形式。当时我们在人员紧张的情况下仍然抽出人力,经常深入工厂、学校、部队等单位流动供应。大区或省、市召开的报告会、大型会议等,一般也都选配有关图书配合供应。除市内以外,设在高陵县通远坊的西北民大和设在杨陵的西北农学院,以及咸阳、三原等地我们也都常去,我们还根据西北农学院师生的要求在该院设立了代销点,做到了经常供应。1950 年 8 月,谭砥同志率领的一个服务队到兰州、西宁等地流动,历时近三个月,销售达 1.1 亿余元。这种供应方式受到广大读者的欢迎。总处编印的《店务通讯》1950 年 10 月 21 日出版的第 10 号上曾有这样一段记载:"陕店的流动服务工作,在外普遍受到欢迎。部队中的同志更热情地代写标语、广告张贴,军部的宣传部长亲自在军报上著文介绍,并在党代表大会上号召同志们给予协助和照顾。"

我们还配有专人分工负责机关、单位的联系供应工作。时间长了,书店的这些同志和机关单位的有关同志就搞得很熟。1950 年底,经有关同志联系,解放军某部一次就购书四五百种,每种 500—1200 册,书款达 6 亿余元。为此我们派了专人去京、沪两地办理进货。

此外,邮购业务、电话购书等服务项目也都很受读者欢迎,特别是邮购业务当时有了较大发展。我们对邮购读者总是优先供应,寄书不收邮费,结余的书款退回或留待下次再用都听凭读者自愿。当时有存款的邮购户(单位和个人)经常有两三百户,邮购读者几乎遍布全省和西北地区以及其他边远地区。

大学的读者较为集中。当时的西北大学,光靠流动供应已满足不了需要。为了方便师生购书,征得学校同意后我们开设了三联书店西北大学书亭,在当时的校长侯外庐同志的支持下,不仅给了我们营业用房,还给了库房和职工宿舍,这是我省书店系统在大学开设的第一个书亭,一直延续到现在。曾长期在这书亭工作过的杨健同志,送走了一批又一批的毕业学生。有的留校生也当了学校的处长、讲师以至教授,但都还是亲切地称他为"杨老师"。该校领导和师生也几乎都视杨健同志作同事,和他结了要好的朋友。

## 学习和生活

三联书店西安分店之所以能够迅速发展壮大,首先取决于当时全国解放的大好形势,同时又和当年西北局宣传部、西北出版局的重视、关心和支持分不开。不管是张稼夫部长还是出版局几位领导,都一视同仁地对待新华和三联,有关重要会议或重大事宜,都让两店领导同时参加;当时两家书店是一个党支部,支部的战斗力也比较强。这都保证了我们能坚持正确的政治方向和保持优良的传统,保持端正、严肃的经营作风。

那时我们上班必须提前到岗,开门不只准时,甚至常常提前(因为读者已在门外等候),下班又往往因读者不能及时退出而延长营业时间,工作时间常超出8个小时。轻重劳动和拆包打包等全是自己动手。每月一次的盘点因为不停业,更是都要搞到深夜,坚持到全部盘点完毕,没有加班费,也没有像样的夜宵(只是稀饭咸菜)。生活待遇也十分微薄,除供应食宿外,一般每人每月的生活费仅10元左右,但大家生活得很愉快,精神状态都很好,同志关系也十分真诚融洽。当时的文化生活也很活跃,经常教唱革命歌曲,有时集体看电影,节日组织文艺晚会,集体去临潼、华山游览。大家都积极参加政治、业务学习,许多同志政治思想和业务水平提高都很快。门市部的同志对自己分管的图书,特别是名著和畅销书的书名、作者、定价和大概内容都很熟悉，这对做好门市工作是很必要的。

1950 年，全体同志都积极参加了轰轰烈烈的抗美援朝运动，在运动中，闫义玉同志还光荣参加了中国人民志愿军。

1950 年秋，沈老（钧儒）率中央慰问团去新疆慰问，路过西安时，热情地接受了我们的邀请，会见了全体同志并进行了座谈，还深情地和同志们一一握手并签名留念，使大家很受鼓舞。

## 联合——合并

1950 年 9 月召开的第一届全国出版工作会议后，三联书店、中华书局、商务印书馆、开明书店、联营书店决定将发行机构划分出来，合并成立中国图书发行公司。五家的各地分支机构，自 1951 年元旦起，统归中国图书发行公司总管理处领导，分支机构在没有合并成立分公司以前，仍旧独立经营，由当地联席会议统一指导。因此，三联书店西安分店直至中国图书发行公司西安分公司于 1951 年 12 月 21 日正式成立后才结束了它的历史任务。

1951 年 10 月，组织上决定派欧阳章同志去西北党校学习，总处另派李志国同志为三联书店西安分店经理，并于中图公司西安分公司成立后任分公司经理。欧阳章同志学习结束后，又被派往西北地质局工作，曾在我国"镍都"——金川的发现和建设中为国家建立了功勋。

附记：

1. 本文参照欧阳章《三联书店西安分店简史》(《陕西出版史志资料选编》第二辑)、祝明月《竭诚为读者服务——回忆三联书店西安分店片断》(《陕西出版史志资料选编》第三辑)整理而成。

2. 关于生活书店西安分店、南郑支店的情况,来源为:①邵公文:《纪念生活书店五十年》[中国出版工作者协会编印《生活书店、读书出版社、新知书店革命出版工作五十年纪念集(1932—1982)》];②张锡荣:《在"生活"工作的日子》(新华书店总店编印《书店工作史料》第二辑);③谷军:《真诚地为人民服务》(新华书店总店编印《书店工作史料》第一辑)。

祝明月,1949年在开封参加三联书店。后曾在陕西省外文书店工作。

原载《联谊通讯》(北京)第 49 期,1996 年 4 月 5 日

附录

# 走向合并的旅程

仲秋元

50 年前,生活书店、读书出版社、新知书店在香港合并,组成三联书店,这是三店发展史上的一个重要里程碑,也可以说是国统区党领导的革命出版事业发展的一个重要里程碑。

## 合并经历了相当长的过程

三店联合设店始于 1940 年,宣布合并始于 1945 年,完成于 1948 年,经历了 8 年时间。

我从 1943 年起,开始参与三店的联合活动,1945 年任重庆三联书店经理后,一直在三联工作,三店合并过程,至今犹历历在目。仅就所见所闻,写此短文,请同志们指正、补充,我希望借此能在编写三联店史时得到你们的帮助。

## 合并前就是亲密合作的伙伴

三店自相继成立之日起,就是亲密合作的伙伴。他们同受党的领导,有共同的政治方向和奋斗目标;他们的领导人、主要撰稿者和业务骨干,都是同一战壕的伙伴,互相合作支持。抗战开始后,合作更加紧密,除了在政治上、业务上合作外,还在若干城市开始了组织上的合作经营。例如:

(1)1939年初,读书与新知在贵阳合作开设读新书店,负责人为沈静芷(新知)和孙家林(读书)。(2)1939年,生活与新知同在新四军开设随军书店,1940年在云岭合并,负责人为方钧(生活)、朱晓光(新知)。(3)1940年底,生活与新知在柳州合作开设西南书店,负责人为陈云才(生活)、邓晏如(新知)。(4)读书与新知在曲江合作开设中南图书文具公司,负责人为张汉卿、倪子明(读书)和刘逊夫(新知)。(5)"皖南事变"后,三店总处被迫迁往香港,生活与读书合作开设光夏书店,负责人为邵公文(生活)。

这几个书店,合作范围虽只限于两店,但对三店以后的联合行动却有其积极的影响。

## 为完成特定任务而组织的联合经营

1939年起,三店遭到国民党反动派的残酷镇压,在党领导我们作斗争的过程中,三店在若干地区和领域内开始了为实现特定任务而组织的联合经营。

(1)在敌后抗日民主根据地合作开设书店。早在 1938 年冬，毛泽东主席在与李公朴的谈话中，就指示三店可到敌后来设店。之后，周恩来同志在重庆同三店领导人商讨应对国民党镇压的部署时，也提出了去敌后设店的问题。根据周恩来同志的指示，三店于 1940 年夏，联合派出李文（生活）、刘大明（读书）、王华（新知）到晋东南左权县开设了华北书店。是年冬，复派出柳湜（生活）、赵冬垠（读书）、徐律（新知）到延安筹设华北书店。翌年 4 月，李文奉调到延安、任该店经理，柳湜调任边区教育厅之后，华北书店编务改由林默涵（生活）负责。延安华北书店是编辑、出版、印刷、发行于一体的出版事业，并曾承担边区自编的中小学课本的出版发行任务。

与此同时，三店派出王益（新知）、袁信之（生活）、张汉卿（读书）赴苏北抗日根据地开设大众书店，在几个军分区设立了分店。

在延安、华北、苏北开设的几处书店，可说是三店联合经营最早、不挂三联书店招牌的第一批三联书店。他们在党领导下团结合作的信息，不断传到内地，对"皖南事变"后仍在强敌压迫下苦斗的三店同人，是极大的鼓舞，为以后的合并，打下了思想基础。

(2)共同出资创办文林出版社。"皖南事变"后，三店都只剩下一个重庆分店在坚持，出版工作陷于停顿。1941 年 6 月，德寇进攻苏联，世界反法西斯阵营扩大了，国民党政府对发表介绍苏联新闻的限制有所减轻，苏联人民英勇抗敌的事迹深受中国人民的崇敬。为使中国人民从苏联抗德事迹中得到鼓舞，在中共南方局文委的组织下，于 1942 年初由生活、读书、新知合出一半资金，南方局出另一半资金,创办一个文林出版社,翻译出版苏联的抗战文艺作品和一部分中国作家的文艺作品。经理为方学武(生活),曹靖华任"苏联抗战文艺"丛书的主编,罗荪任"文艺丛书"的主编。郭沫若写的剧本《屈原》,就是文林出版的。

(3)三店共同投资创办的事业,在 1941、1942 两年内还有与潘序伦会计师在重庆合资建立的立信会计图书用品社,专门出版会计图书和会计账簿表册,负责人为诸度凝(生活)。另一合资单位为桂林秦记西南印刷厂。这个厂原为湖南省委办的《观察日报》的印刷厂,厂址在邵阳。"皖南事变"后,报社被国民党封闭,印刷厂亦有被没收的危险。根据桂林地下党负责人李克农的指示,三店出资盘下了这个厂,迁到桂林,保留了一个印刷进步出版物的阵地。负责该厂的是沈静芷(新知)。

(4)湘桂撤退时,在桂东游击区开办兄弟图书公司。1943 年冬,周恩来同志预见到日寇可能要进攻广西,指示新知负责人沈静芷转告三店,桂林陷落时,一部分撤往重庆,一部分可随军撤往桂东山区,坚持出版发行工作。翌年,正如周恩来同志的预料,日寇进攻湘桂,国民党军队大溃退,桂林沦陷。在桂林的三店二线机构的一部分,执行周恩来同志指示,随军撤往桂东山区,在八步和粤北的连县开设了三店联合的兄弟图书公司,负责人为曹健飞(新知)、吴仲(生活)。这是第二批不挂三联招牌的三联书店,这些书店艰苦奋斗,一直坚持到抗战胜利,之后迁到广州。

(5)联合起来,建立新出版业统一战线,为维护出版事业的正当权益而奋斗。1943 年 12 月,在重庆成立了以生活、读书、新知三店为核心，有数十家出版社参加组织的新出版业联合总处及以后创办的联营书店，这是三店在黄洛峰领导下，联合起来，共同执行党的统一战线政策取得的成果。

1942年，读社总经理黄洛峰回到重庆。此时，生活与新知两店总经理都不在重庆，洛峰同志承担了南方局与三店联系的重任，他经常把三店负责人找在一起开联席会议，传达党的指示，共同分析研究一些问题，谈得较多的是怎样按照周恩来和南方局的指示，广交朋友，团结中间势力，联合新出版同业、组成联合阵线，以应付国民党的迫害和渡过经营上的难关等。当时重庆的出版业和书店，约有150家，以出版社而言，大体可分作三类，一类是国民党政府办的官方出版社，第二类是以出版教科书和辅导读物为主的几家民营大书局，第三类是以出版新书为主的民营中小出版社——习惯上称为新出版业。这些出版社在政治上都受到反动的原稿审查制度的迫害，在经济上，银行贷款、纸张分配、印刷工价、税收等方面也受到歧视，经营陷于困境。两个行业组织——出版业公会和图书业公会，全被官方和大书局把持，很少关心新出版业的疾苦。洛峰同志领导我们分析了形势，共同认为：新出版业处此困境，有争取民主改变现状的要求。能把分散的力量联合起来，共同奋斗，就有可能打开一个新局面。基于这一认识，洛峰同志组织三店同志走出店外，广交朋友，经过多次商谈酝酿，终于在1943年12月，组成了以三店为核心，有二十多家出版社组成的新出版业联合总处。翌年5月起，陆续开设了重庆、成都、汉口三个联营书店和一个西安分销处。三店作为股东，除投入大量图书作为资金外,还派出了重要骨干担任实际的领导,黄洛峰首任新联总处董事长,万国钧(读书)、薛迪畅(生活)任总处协理,仲秋元(生活)任重庆联营经理,工作人员绝大部分为三店派出。成都联营经理先后为万国钧和倪子明(读书),西安分销处经理为沈勤南(生活),汉口联营经理为欧阳章、马仲扬(读书)。工作人员全部是三店的人。

新出版业联合总处和联营书店成立后,除了在业务上为同业扩展了发行阵地外,还联合同业对国民党的反动文化统治,开展了广泛的、多次的联合斗争,取得了胜利的成果。斗争事例甚多,限于篇幅不再列举。

三店组织新出版业共同投资举办联营书店,和前述共同与人合资办出版社和印刷厂,在合资经营上是相同的。不同之处在于,它是按照党的统一战线政策,在更大的范围内,把同业组织起来,在政治上引导他们靠拢党,参加民主运动,在经营上开始了"出版独立,发行联合"的试验。实践证明,发行联合的试验是成功的,在一定程度上,起了三店二线机构的作用。三店同志,也在实践中,增加了联合行动的经验。

## 在"七大"精神指引下,三店决定合并,开始合并的进程

(1)根据党的指示决定合并,试办联合生产部,跨出合并第一步。

1945 年 6 月,重庆《新华日报》发表了毛泽东主席在党的七大会议上的报告《论联合政府》,三店同人展望抗战胜利的前景,无不

欢欣鼓舞。接着洛峰同志在三店联席会议上传达了党的南方局对今后书店工作的意见,大意是:抗战即将胜利,胜利后的新中国,进步的出版事业必将有一个飞跃的发展。广大的收复区,需要三店去开设新店,如三店继续分开经营,各谋发展,无论人力物力财力都不足以应付。三店任务目标相同,都是党领导下的革命出版事业,为迎接胜利后的新局面,还是联合起来集中力量来办为好。对于党的意见,三店负责人一致赞成。因为共同战斗了几年,联合起来的思想基础早已打下,对此重大战略部署,都认为是历史要求的必然之路。在此共同愿望下,商定了逐步合并的部署:(一)委托邵公文负责起草三店合并后新机构的各种章程制度的草案;(二)公推仲秋元负责联合生产部,三店新书稿一律交联合生产部出版,重版书则仍由三店自印;(三)三个门市部仍分别经营,但重大业务活动要联合行动。

联合生产部于 1945 年 6、7 月间成立,参加这一工作的,除我外还有范用(读书)和何理立(生活)。短短的三个月,出版了一套"人民丛刊"丛书,计划出 25 本,因后来合并部署改变,只出了四本。第一本是爱泼斯坦等人写的《毛泽东印象》,第二本是罗峰写的介绍陕甘宁边区模范教师陶端予先进事迹的《新社会的新教师》,第三本是新华社记者李普写的《解放区的民主生活》(再版时改为《光荣归于民主》),第四本是政论集《反对内战》。前三种书稿是中共代表团来渝参加国共谈判时带来的,第四种是在重庆编写的。这套丛刊虽只出了四种,其影响和作用却不小,尤其是《毛泽东印象》和《反对内战》二书影响巨大。这四本书不仅在国统区大量销行,各个解放区的新华书店也大量翻印,其版本达十余种。

联合生产部出的书,用的是人民出版社的名义,丛刊也定名为"人民丛刊"。人民出版社曾是建党初期党办的出版社的名称,新中国成立后第一个国家出版社也用此名,三次出现这个名称,正是历史的巧合。

(2)抗战胜利后,三店调整合并部署决定:出版仍分别搞,发行与副业贸易先合并。

抗战胜利了,内战的阴影笼罩着。这时,党指示三店领导,从速返回上海,恢复出版发行阵地,并以继续分散各自经营为宜。同时,积极组织力量,赶赴新收复的大城市开设分店,以建立党的出版发行阵地。

根据党的指示,在重庆的三店领导人重新研究了合并部署。认识到今后一个时期内将存在解放区和国统区两个政权,原定的合并步骤必须调整,商定:三店总店尽速回上海复业,以最快速度,大量出版革命书刊供应读者,发行方面,则实行全部合并,除上海仍分设三店外,其他地方设店,统一调度干部去开辟,副业贸易也合并统一经营。重庆商定的方针、部署,得到在上海坚持工作的徐伯昕同志的赞同。

(3)发表《告三店同人书》,第一个公开挂牌的三联书店在重庆诞生。

重庆三店组成的三联书店,是公开以三联为店名的第一个分店。合并的准备工作做得很细致,在三店领导人黄洛峰、薛迪畅、沈静芷领导下建立技术小组,拟出了合并方案、关于合并的决议和

《告同人书》草稿。方案和决议都经过三店总处的批准,《告同人书》则由洛峰同志修改定稿。

1945 年 10 月 22 日,生活书店二楼举行三店全体同人的大会,宣布自 11 月 1 日起重庆三店正式合并,组成生活书店、读书出版社、新知书店重庆三联分店。同日,店内公布了《生活、读书、新知为合组重庆三联分店告同人书》。《告同人书》指出:"抗战结束了,文化事业将步入一个新的阶段。为了完成新形势所赋予我们的任务,我们的事业正在进行着新的部署,用新的作风来迎接这新的时代。为了集中力量共同努力,生、读、新三家书店,有更进一步团结合作的必要。在全国范围内的合作已在逐步研究中。重庆三家分店,经过长时间的考虑和缜密的商讨,已决定立即联合经营。""重庆三店的合并,将作为三联事业进一步团结的基点,将作为全国范围内扩大使用的实验,将作为其他地区新的部署的示范。"

《告同人书》公布了《重庆生、读、新三店关于合组三联分店的决议》,《决议》确定合并后的店名为"生活书店·读书出版社·新知书店联合分店,简称重庆三联分店",《决议》对三店的投资比例、组织系统、人事任免权限、各种会议的职能、旧账结束的原则、存货及各种应收应付账款的处理、分店与总处货款的处理等,都作出了详细的可操作的规定。

《决议》公布了人员名单,经理仲秋元(生活),副经理兼营业部主任刘逊夫(新知),总务部主任杨明(新知),会计部主任何理立(生活),三个门市部的人员由三店人员混合组成。全店人员 32 人,其中来自生活的 12 人,来自读书的 11 人,来自新知的 9 人。

《告同人书》指出："三联分店的成立,对事业,对我们每一个同人,将是一个新的考验。事业能否团结发展,同人是否坚贞积极,将在这无情的考验下显得黑白分明。""三联分店的成立,是我们事业新作风的开始。"

《告同人书》最后说:"这种合并,不是结束,而是团结";"不是衰老,而是新生";"不是缩小,而是发展"。"同人们,在团结、前进、新生、发展的道路上,我们应该保持三店的优良传统,为争取三联的巩固和发展,为争取事业的胜利成功而奋斗。"

合并的决定,立即得到三店同人的热烈拥护,大家纷纷投入合并和改招牌的工作中。11月2日,原新知门市部改牌营业;11月20日,三个门市部的改牌工作完成;同时,在重庆各大报纸登出了三店合并的公告,至此,国内第一个公开以三联命名的三联书店诞生了。

(4)正确的战略决策,推动了发行工作的大发展。

合并的决策,使分散的力量集中起来了。在三店领导人统一调度下,派出三店干部奔赴刚收复的大城市,一年多时间以各种名义开设三联书店9处。1945年12月,在广州成立了兄弟图书公司,经理为曹健飞(新知)、吴仲(生活)。1946年初在长沙成立了兄弟书店,经理先后为邓昌明(新知)、周易平(读书);在汉口成立了联营书店,经理先后为欧阳章、马仲扬(读书);在北平成立了朝华书店,经理先后为张朝同、许静(新知),谭允平、陈国钧(生活);在重庆设立了沪光书局,经理为陈昌华(读书)。1947年在台北开设了新创造出版社,经理曹健飞(新知);在成都设立了蓉康书局,经理为卢寄萍(生活);在昆明设立了茂文堂,经理为陈国钧(生活)。

在解放区,发展尤为迅速,从 1946 年至 1948 年先后派出了吴毅潮(读书)、邵公文、宁起枷(生活),孙家林(读书),朱晓光、吴超(新知)等到山东解放区的烟台、潍坊、济南;东北解放区的大连、瓦房店、哈尔滨、齐齐哈尔、佳木斯、沈阳、安东、长春 11 个城市并设了光华书店,还派人到朝鲜平壤也开了光华书店,在大连办了印刷厂。光华书店不仅做发行还在哈尔滨开展了出版工作,重印了《鲁迅全集》和《资本论》。在华北解放区,派去了欧建新、倪子明、周易平(读书),赵晓恩、毕青、陈怀平(生活),曾霞初(新知)分赴石家庄、开封、徐州、天津、北平 5 处设立新中国书局。

三店经营的副业贸易也合并了,通过海上运输,主要从事上海与解放区之间贸易,主要负责人为王泰雷(生活),曹健飞、刘建华(新知),郑树惠(读书)。

为统筹对 20 余处分店的货源供应和人员、资金的调度,在上海成立了三联总管理处,总经理为黄洛峰,助理为万国钧(读书),工作人员有刘耀新(读书)等,处理日常事务。

## 完成合并进程,正式组成生活·读书·新知三联书店

解放战争期间,国统区的革命出版工作,已成为党的第二条战线一个组成部分。国民党在前线节节败退,在后方则大肆镇压,三店的出版物和发行网点,又一次遭到反动派的残酷打击。分布在上海、重庆等 9 大城市,12 个不同名称的三联书店,都在查封、捕人、捣毁、抢劫等法西斯手段迫害下,被迫停业,十余名工作人员被

捕。三店总处被迫于1948年初再度迁往香港。

国民党的残酷镇压,阻挡不了三联书店前进的步伐。1948年4月,中共中央在庆祝"五一"口号中提出了在解放区召开新政治协商会议和筹建民主政府的号召,解放战争胜利在望。为迎接胜利,三店领导人在中共香港文委的领导下,作出了三店全面、彻底合并的决定。由文委负责人胡绳、邵荃麟和三店领导人黄洛峰、徐伯昕、沈静芷5人组成领导小组,领导合并工作的进行。

1948年6月,周恩来副主席给中共香港工委发来电报,要求三联书店及早调派力量到解放区来开展出版发行工作。周副主席的来电,进一步推动了合并工作的进程。领导小组组织人员成立了两个工作小组,就合并的方案和新机构的规章制度等起草文件。由于三店同人对合并早有共识,又有前几年合并工作成功的实践,现在要全面彻底合并,只是再跨上一个台阶而已,所以合并的准备工作进行得非常顺利。

1948年10月18日,举行三店股东代表大会,选举产生了三联书店临时管理委员会,正式委员15人,计:徐伯昕、胡绳、邵公文、薛迪畅、毕青、程浩飞(以上生活)、黄洛峰、万国钧、吴毅潮、欧建新(以上读书)、沈静芷、张朝同、邵荃麟、朱晓光、唐泽霖(以上新知)。候补委员7人,计:许觉民、陈正为、张明西、仲秋元(以上生活)、倪子明、范用(以上读书)、刘建华(新知)。临管委推选黄洛峰为主席,徐伯昕为总管理处总经理,沈静芷为副总经理,设立东北区管理处,主任由沈静芷兼。合并后的三联香港分店,由张明西任经理,杨明任副经理(新知)。

10 月 26 日,新成立的香港三联书店内举行了三店全体同人大会,胡绳、黄洛峰、徐伯昕、沈静芷在会上讲话,宣布了总管理处、区管理处和香港分店负责人名单。翌日,在香港报界刊登了公告,向海内外宣布三联书店正式成立了。

在合并过程中,曾以新中国文化企业公司名义向海内外征募股金。正式公告成立三联后,这个名义就停用了。

1949 年 4 月,三联总处迁到北平,7 月,中共中央发布了《中共中央关于三联书店工作方针的指示》,文件对三店为革命出版事业所作的贡献作了历史性的评价,对三联的性质和今后的任务、方针作了具体指示。根据中央指示,三联调整了出版规划和发行网点的设置。8 月,登报公告,将各地以光华书店和新中国书局名义开设的分店,统一改为三联书店。10 月,中央人民政府出版总署成立后,三联书店成为署的直属事业。不久由邵公文继任三联总处总经理,在国内北京、上海等 13 个大城市和海外香港开设 14 个分店。至此,三店全面、彻底的合并工作全部完成。在出版总署领导下,三联书店的事业开始步入新的历史阶段。

1998. 10. 5

仲秋元,1938 年在汉口参加生活书店。后曾任文化部副部长。

原载《联谊通讯》(北京)第 64 期,1998 年 10 月 20 日

# 东方欲晓，长夜赴国忧

## ——1949 年前我的副业生涯

曹健飞

## 前言

在抗日战争和第三次国内革命战争时期，我们三店在国统区都遭受敌寇和国民党反动派的摧残和打击，除重庆之外，全国各地分店均遭封闭和被勒令停业。为了坚持革命出版工作，从 1937 年开始就分别派人到陕北、苏北、华北根据地建立据点开展解放区的出版工作；1945 年抗战胜利后，又陆续派大批干部去胶东和东北各地建立分店，出版大量书刊。同时在国统区的三店的各地分店虽遭封闭，但三店又在全国各地改头换面分别建立数十个二三线的出版发行机构，继续进行革命出版工作的活动。这些机构经营是非常艰辛的，除了时时要警惕和防止政治上的迫害，经济上也极为困难。为此，三店和 1946 年后的三联领导决定开展副业经营，以副业经营所得的利润来弥补主业（出版发行业务）的亏损。我从 1941 年到 1949 年 9 年中曾从事多项副业经营活动，不仅获取经济上的效益，而且以经营副业为掩护，做了党的情报和交通工作。

前几年我曾在上海《出版史料》发表过一篇从事副业回忆文章，由于《出版史料》印数不多，许多同事没有看到，有的同志建议重刊，现略加修改，请同志们指止。

一

抗战前，我因家境贫寒，只上了四年小学，就独自谋生了。我做过在旧社会被认为是低贱的工作，如报童、侍者、学徒和公共汽车售票员。在做售票员时，因受到发票员倪康华同志（他后来在中南区新华书店工作）的引导和介绍阅读进步书刊，逐渐开始了对当时社会现状的不满并进而萌发了初步的革命思想。1937 年 12月，日寇进逼南京，我随着工作单位（江南汽车公司）撤退到长沙，继续干着售票员的工作；那时如火如荼地蓬勃开展着的抗日救亡运动，深深激励和吸引着我，使我再也不能安于当时那样的生活了，于是便毅然离家到当时的抗战中的武汉，投入了抗日救亡工作。

我先是在一个救亡剧团里工作，后来参加了国民党军委会后勤部政治部政治大队工作。由于政治部主任段承泽是抗日爱国将领，大队长是地下党员王守真（解放后是北京师范大学教授），因而在这个大队里我受到了革命思想的教育。后来我随着这个大队从武汉到长沙，长沙大火时，我几乎葬身火海。在这之后我经湘西、贵阳去了重庆。到达重庆后，曾到重庆八路军办事处要求去延安，也曾和另一些青年朋友找过刚由山西前线回到重庆的张友渔同志，要求随他去山西前线，终因当时正值国民党反动派发动第一次反共高潮，未能如愿。至今我还记得当时张友渔同志接见我们时曾说："现在我都回不去了，你们还去干什么。"

1939年4月，我去昆明探视母病时，知道我工作的政治大队为执行国民党的反共政策，排除异己，要求全体人员一律参加国民党；于是大队长王守真率先离队，队中具有革命思想的同志也纷纷离队。当我回重庆途经贵阳时，原政治大队的同事汪青迅（汪北炜）介绍我参加读新书店（由读书出版社与新知书店合办）工作，并在贵阳入了党。从此，革命的出版工作，就成为我终身为之奋斗的事业。

皖南事变后，我因书店被封而被逮捕，后因狱中人满以及我不是书店经理而被保释出狱。1941年至1949年，我在国民党统治区从事革命的出版发行工作（我曾经在贵阳读新书店、桂林实学书局、远方书店、广西八步和广州兄弟图书公司和台北新创造出版社等单位工作），不仅在政治上屡受国民党反动派的限制和破坏，发行地区也在不断缩小；经济上也是极端困难，书店往往是在亏损的情况下坚持。为了将革命的出版工作长期地坚持下去，书店决定开展副业工作（我们称出版工作为主业，其他业务称为副业），以副业所得利润来支持出版工作。1941年至1949年的9年中，我曾先后多次是新知书店和三联书店从事副业工作的成员。这是我一生值得回忆的经历。

前面曾说到我的被捕入狱，我是经贵阳新亚书店经理谢家灵先生保释出狱的。出狱的当晚我去看望官僚资本办的贵州企业公司总经理王新元（当时我并不知道他是共产党员，只是听到徐雪寒同志说过，王是他的好朋友，有困难可去找他。新中国成立后，王是轻工业部副部长，"文化大革命"中被迫害致死）。王当时告诉我，据说我是放错了，反动派还是要逮捕我，因此当晚就留宿在他家。次日清晨读新书店同事王祖纪同志拿了我的简单衣物送我绕过贵阳的出境关卡（图云关）。我翻山越岭步行了80里到达龙里县。在龙里，一个小学时的同学帮助我搭乘汽车经柳州到桂林。

当时桂林新知书店已被迫停业，只有一个办事处。我向徐雪寒同志详细汇报了贵阳书店被封前后、人员被捕释放经过以及人员安排等情况。他还详细询问书店和我的有关情况。那次谈话结束时，雪寒同志对我讲了一段话，即使在50多年后的现在，我还能记得。他的话大意是：你要正确对待被捕这件事，不要以为被敌人逮捕过就产生优越感，新知书店工作人员中坐过敌人监狱的，大有人在。话不多，令人印象很深。

在桂林休息了几天，雪寒同志找我谈话，要我去执行一项任务，他说这是一项与书店工作无关的，是党组织安排的工作（《周恩来年谱》第481页和《徐雪寒文集》第413页记载此事）。这就是要我去做一笔生意，赚些钱然后到江西吉安或泰和（南昌已被日寇侵占，泰和是当时江西省会所在地）设一个灰色的书店或文具店，它将是一个日后对党的工作有用的据点。他还向我交代了纪律，要我对这件事要保密，以及在此期间不得与书店任何人发生联系，等等。过了几天，雪寒同志对这项工作对我作了具体安排，他给了我 5000 元,要我到浙江办一批货到内地销售(因为浙江临近上海,商品多,价格又远较内地为低),还要我在途经江西时顺便做些调查工作。

出发前一天的晚上,雪寒同志在桂林桂东路口老正兴饭馆给我送行,他要一碗排骨面(还多加了一块排骨)和一小杯葡萄酒,可是他自己什么都没有要,只是看着我吃,一面鼓励我好好工作,努力完成这次任务,还一再叮嘱我离开了组织单独工作,一定要遵守纪律,严格要求自己,保持艰苦朴素作风……我终于怀着兴奋和惶恐的复杂心情走上了征途。

在衡阳,我偶然遇见在贵阳保释我出狱的谢家灵先生,我伪称是亲友借给我一些钱,让我做生意。他给了我一些热情的鼓励。虽然他讲的尽是个人发家的思想,但我还是从他讲的积极进取精神中还是汲取了力量。这之后我途经吉安、鹰潭、金华、绍兴到达宁波,在宁波采购了 3000 余元的文具。在绍兴到金华途中,看到沈静芷、戴琇虹两同志迎面而来,根据雪寒同志的规定,我没有招呼先走过去的沈静芷,但走在后面的戴琇虹却招呼我。他们是取道绍兴去上海的,所以只是简单地交谈了几句就分别了。

我到达金华,正是日寇轰炸之后,我在被炸后的火灾现场看到了李志国同志,根据雪寒同志的规定,我也没有招呼他(两年后我见到他谈起这事时,他说那次轰炸中,他损失了全部衣物,生活费用都没有,十分困难)。从宁波采购的文具本拟在桂林销售,因那里的市价不理想,再运到贵阳,在王新元同志的帮助下,这批货由他负责的贵州企业公司按市场零售价格全部买下。这样,便得货款一万余元,获得了两倍的利润。于是我带了这笔款去了吉安,准备在江西筹设据点。

我去宁波途经吉安时,住在吉安汽车站附近的一个江苏同乡开的旅馆里,当时我曾有意与他攀同乡拉关系,这次到吉安后仍住在他那里。这时组织上派了曾霞初同志来接替我的工作,他说组织上考虑到他是江西人,当地的社会关系多,开展工作有较好的条件。我交给他一万元后就回到桂林了。这是我第一次搞副业工作。我主要的任务是建立党的工作据点,虽然没有由我完成,但为这个据点的建立筹措资金做了一点工作。后来曾霞初同志在吉安开设了文山书店,一直坚持到解放。文山书店后来就并入江西新华书店。

二

从江西回桂林后,我就协助李易安同志搞实学书局(新知书店设的三线机构,专出版实用书籍)。实学书局原是蒋峥北同志(当时叫王成)筹办,后由李易安负责。李在1941年后某个时候患过一次伤寒病,在他治疗和休养时期,我帮助搞了一段时期的工作。他病愈后,我又投入副业工作了。

当时广西地方当局与蒋介石存在一些矛盾,他们政治态度比较开明。桂林的文化事业在这特定的形势下也有长足的发展。当时由于敌人封锁,上海和国外的机制纸都无法运入内地,所以出版物都只能用手工生产的土纸。粤北南雄是重要的土纸产地,为了满足桂林出版界对纸张的需求,当时我们副业的重点就是与南雄纸商合作生产和向桂林运销纸张。刘逊夫同志和我主要从事这项工作。我们深入到农村,向生产纸张的手工作坊订货,与纸商合作收购、运销,因此经常往返桂林、衡阳、曲江(现称韶关)、南雄之间。我们的资金不多,就利用纸商的资金,在销售的利润中分给他们一部分。这项纸张贸易大约经营了一两年,我们正式设立了由吉少甫同志负责的副业机构——裕丰行(当时生活书店在桂贸易机构为光华行,读书出版社设立建业文具公司)经营贸易,我们获得利润以弥补新知书店的二三线出版机构出版资金的同时,也有效地帮助了当时桂林的进步出版事业。

1942年,仅存的新知书店重庆分店(其他各地分店都被国民党反动派封闭了)经济非常困难,为了支持这个对敌斗争的前沿阵地,当时决定往重庆运去一批沪版书、桂林版图书和文具。这批货(三吨左右)由我负责押运。当我在广西金城江换乘汽车时,那辆汽车的司机恰好是我在南京做公共汽车售票员时的同事,我们有很好的友谊。我们到达贵阳后,他带我去看了他的"师父",原来他参加了当时在西南的帮会组织——袍哥。他的师父是滇、黔、川三省袍哥的一个头头,对我很感兴趣,表示想收我做他的关门徒弟(即最后的一个徒弟)。共产党员能否参加这类帮会组织,当时我思想并不明确,因此便答复他待我从重庆回来再作决定。我们货车在遵义过夜的那个晚上,被偷去了四大包图书,经司机去找了当地袍哥关系后,偷书者很快就将书送回来了。由于搭乘这与袍哥有关系的运货车,沿途得到了很多方便,特别是能通过不少检查关卡。这批货运到重庆以后,不仅充实我们三家书店门市部的品种,而且批发给不少同业,使原是因出版物稀少而相当冷落的重庆书业界顿时热闹起来了。我记得当时最受读者欢迎的是沪版图书(如上海远方书店出版的苏联文学丛书)和桂林出版的一套"對垒丛书"。

为了弄清楚共产党员能否参加袍哥这帮会组织,我请岳中俊同志(他当时是新知书店重庆分店的经理)代我向党组织请示。后来他安排我去曾家岩周公馆去见徐冰同志。徐冰同志听了我说的我和袍哥头头的认识过程及有关情况后,明确告诉我可以参加,并叮嘱我不要暴露身份,注意工作方法,利用这关系来开展工作。那次他还要我帮助王树基(即王仰晨同志)去桂林,因仰晨同志在一个资本家的印刷厂里受到特务的注意,处境危险。几天后我还在新华日报馆楼上会见了袁超俊同志(他原是八路军、新四军贵阳交通站的负责人,我在1940年入党后他跟我谈过话),他让我带两个情报到桂林去。一个装在牙膏尾部,另一个是一盒火柴,他叮嘱我火柴只能用长的不能用短的,否则将破坏用火柴杆组成的密码。这是要我交给桂林林力报社一位同志(忘其名)的,牙膏则交给住在桂林的熊子明。我送去时,他当场剪开了牙膏的尾部,取出一个装在极细的金属管里用极薄的纸卷成的一个小纸卷,当着我的面看完就烧掉了。以后我再也没有见过这两位同志。同在这一年,又一次运过一卡车图书去重庆,这两次运销对重庆新知书店的业务开展和经济收益都有一些帮助。

1942年年底(记得是穿冬衣的季节,那时我仍在桂林),新知书店负责人沈静芷同志给我一个新任务，要我运一批图书到昆明去销售，销售后带着货款去西安开个书店，并确定用实学书局为店名，以开拓西北地区业务。同行者有刘宗诒同志，他是被派驻重庆接替患肺病住院的岳中俊同志的工作的。我们到贵阳的第二天，正在分别准备去渝和去昆时，突然发生一件意外事故。

我们离开时，在桂林文化供应社工作的李顾同志要我们带一件毛衣给她在贵阳工作的姐夫高济时，这位高君在白色恐怖十分严重的贵阳缺少政治警惕，我们送毛衣去时就在他住处看到《新华日报》，墙上还挂着高尔基画像等，这时他已被国民党特务注意。就在这晚上他被捕，因为我们去过他那里，当晚在旅馆里就受到宪警的搜查。第二天，我送刘上了去渝的客车（但他就在出境检查关卡——三桥被捕了）。我就去作我自己可能出事的安排。我先去找了在贵阳中国旅行社工作的我的小学同学王洪，告诉他我的住处昨晚遭搜查的情况，一旦被捕，请他告诉桂林书店领导。然后又去贵州企业公司找到我们书店的朋友沈经农，说好如我被捕，需要他帮助时，就伪称他是我的中学老师。将一切安排妥当后我就回到旅馆，正好警察拿着逮捕证在旅馆里等我，随即将我送到贵阳大十字警察局。

进入警察局的办公室，我看到刘宗诒同志已坐在那里。一个警察头头正在给一个单位打电话，说是他们要抓的人已经抓到。当晚就将我们投入了监狱。狱内关的大都是盗窃犯、土匪等，看到我们两个衣冠楚楚的样子，都纷纷问我们犯了什么罪，我们无法回答，有人就说我们大概是政治犯。在狱中我和刘商定，我是老板他是伙计，有人问到什么时，他可以回答什么都不知道，就是跟我出来做生意的。刚才警察打电话时，我已暗暗地记下了电话号码。当晚我便写了一张条子请看守人员送到我那同学处，告诉他我将被送到多少号电话的一个机关去，同时要他给五元钱给送条子的人。

第二天我们两人被押送到贵州省保安司令部，分别关在两间牢房里，牢房的水泥地上堆着很多稻草，只有一条破毯子。我开始琢磨这次被捕的原因，似不像我在读新书店被封时漏网而重新逮捕我，因为从那以后我已是第四次来贵阳而且都是公开地从事商业活动。第一次审讯后我就清楚了，这次被捕与我曾在读新书店工作无关，因为审讯时，我讲了为了生活问题过去曾在读新书店当过小伙计，现在我在做生意，贵阳书业、文具业的同业都知道我是老板。审讯者重点查问我和高济时的关系。因此我心中有了底，便可以胸有成竹地应付对方的威胁和诱供。当时我正在患恶性疟疾，经过两次审讯后，我就要求释放。强调我是正当商人，现在又在患病，关押我是没有道理的。这样，在我被捕后的第四天或是第五天，我和刘就同时被释放出狱，但被告知未经获准不得离开贵阳。

我们仍住在旅馆里，在我们房间隔壁住了两个特务对我们进行监视，所以实际上是被软禁。这时我除治病外，还到同业处借些闲书来看。我曾多次借口这影响我的商业活动和我的生活而要求离开，但一直到20多天以后才有一个特务来告诉我，说是可以放我们走，但必须要取保。我说贵阳的许多同业都可以作保。但特务不要铺保,要我找两个在贵阳有社会地位的国民党员作保。我提出了两个人,一位是贵州企业公司高级职员沈经农,另一位是公路局贵阳汽车站站长(是我的姨兄)。但我也声明我不知道他们是否国民党员。经特务同意由他们作保后,我和刘宗诒同志便分别去昆、渝。我到昆明将运去的货销售完毕后,请示沈静芷,因为在贵阳发生被捕的事,他就叫我不要去西安而直接回桂林。

1943 年春夏间,远方书店经理朱执诚(朱希)调动工作,组织上让我接替他的工作,直到 1944 年秋湘桂战争发生。

## 三

1944 年秋,湘桂战争爆发,日寇即将侵占桂林,留在桂林新知书店和生活书店的部分同事和图书,以及读书出版社部分图书都撤到桂东的平乐、昭平、八步,开设了国统区第一个三联书店——兄弟图书公司,后来又到粤北连县开设了分店。

当时国民党反动派兵败如山倒,溃不成军,从湖南衡阳一直退到贵州独山。我们撤退到桂东的数十名同志,经济来源断绝了,虽然发动大家摆地摊去卖书,但在那兵荒马乱的时候,谁还来买书呢?在唐泽霖同志主持下,我们在平乐办了一家桂乐园食品店,暂时维持两店部分同志的生活。我与刘国琏同志从桂林撤退到柳州,在重庆的沈静芷派刘逊夫到柳州,给我送来 30 万元并通知我,叫我不要去重庆,要我去桂东。当时敌寇已侵占平乐,我绕道去昭平，昭平也开始疏散，我们又撤退到昭平县的黄姚镇。

当时在地下党张锡昌同志的领导下，与广西地方上撤退到昭平的一些知名人士，如陈劭先、欧阳予倩、千家驹、莫乃群、胡仲持等同志合作，利用新知书店所属西南印刷厂的一部分员工和器材，以《广西日报》（原是广西官方报纸）名义办起《广西日报》昭平版。我们除了一部分同志参加报社工作外，另一部分同志到八步参加了兄弟图书公司，后来又到粤北连县开设兄弟图书公司的分店。

由于货源断缺，而出售存货的收入也极有限，所以当时同志们的生活都极艰苦，除了吃简单的伙食外，只能领到很少的一点零用钱，记得那时不少同志穿草鞋，也没钱去理发……为了稍稍改善一下大家的生活，我们采取了多种经营的办法。我们曾跨越粤湘边境的山岭，步行数百里到湖南的临武、嘉禾等县去采购纸张；偷渡敌寇的封锁线，从八步到广东罗定去采购文具和体育用品。桂林、柳州撤退后，八步是当时国民党桂东行署所在地，成为有些畸形繁华的较重要的城镇，因此我们从广东湖南运来的纸张文具和体育用品都十分畅销。尤其是经我们千方百计在湖南用木版印刷的小学教科书，发行量相当大，也就大大增加我们的收入。在桂东和粤北的艰苦经营，不仅在这一大片地区播下了革命种子，也维持和改善了同志们的生活。特别值得一提的是昭平版《广西日报》的发行数达好几千份，除桂东、粤北地区外，还通过封锁线发行到粤西地区，对宣传抗战和教育广大人民群众起了相当大的作用。我们从桂林撤退带去的三家出版物和前苏联外国文书籍出版局出版的中文版马列主义著作大部分都已卖完了。1945 年我们还油印并秘密发行了由范用同志从重庆伪装寄来的毛主席的《论联合政府》。这一年,我们的业务有了很大的发展,由此也积累了为数不少的资金,所以在抗战胜利,结束了八步、连县两店进入广州时,我们能花几十两黄金在广州繁华地区的惠爱东路顶下一幢三层楼房作为门市部、办公室和宿舍。应该说,这一年多的艰苦奋斗,配合主业经营副业的经济效益是很明显的。

## 四

1946 年 5 月 4 日,广州兄弟图书公司被国民党反动派派遣特务捣毁,一个多月以后又遭封闭。我们在香港办完穗店结束工作后,就将存货及有关工作移交给上海调来设店的张明西和王仿子同志,我被调回上海工作。同年年底前后,三联书店负责人黄洛峰同志派我到台湾台北市开设三联书店(与一个拥有房屋的人合作,对外称作为"新创造出版社")。我在 1947 年 1 月去台,积极筹备后,于 2 月 1 日开门营业。"二二八"事件后,国民党反动派的反动统治加剧,书店遭受的压迫和破坏也更甚,后来发展到收发货都受到检扣,门市被监视,读者被盯梢,为避免遭受更大的损失,经请示总店后,同年 10 月结束了台店。我也回到了上海。

我回到上海时,三联书店已建立了由王泰雷负责的从事副业的机构——庆裕纱布号。我与新知书店的刘建华和读书出版社的郑树穗就都参加这机构的工作。1947 年 10 月直到 1949 年 5 月间,我除在巢县(建华同志的老家)、南昌、南京做过几次土产生意外，后来就集中力量搞与解放区的贸易。这一方面因为国统区由于内战而经济濒临崩溃，除官僚资本大搞投机倒把外，正当的贸易几乎已无法获得利润，另一方面也因三联书店已在东北、胶东建立了出版发行据点，需要与国统区的三联书店领导机构保持密切的联系。

1948 年 5 月间我和刘建华与一个商人合作，租用浙东舟山群岛一带渔民捕鱼的风帆船，以行贿方式利用一个与国民党海关有关系的人，在宁波开设的报关行领到出港证书。在风帆船上装载了医药器材、电讯器材、棉花等，由宁波经镇海出海驶往大连。那时正值夏季，东南风较多，航行较顺利，航行七八天后就到达大连。当时大连虽由前苏联红军占领，但实际上是我党领导的解放区。船到大连港，但见港湾里停满了为做生意而来的南方渔船。当时东北解放区许多商品都很缺乏，所以收购价较高，经营这条航线的贸易虽然风险很大，但由于利润高，还是吸引了很多商人，对供应解放区急需物资，这是一条很好的渠道。

三联书店当时在大连已设立了分店（对外称作光华书店），经理是吴毅潮同志，李庚、刘辽逸、王仰晨、何步云、沈汇等同志都在那里工作。过去我们书店的朋友许振球同志和她的丈夫当时都在华东局社会部工作，通过她我认识了该部负责人之一的赵铮同志，经赵介绍，我又与设在大连华东局开设的华胜公司、渤海地区的东胜昌商行，以及东北局军工部开设的建新公司建立了联系，因而他们有些不能委托一般商人办的事，就要求我们协助办理。如要我们采购军事通讯用的通讯器材、化工原料、急需医疗器材等，而且在经济上也给我们以优惠利润。

那次我从大连回上海时,冒险带了几本东北解放区出版的新书,以便在国统区翻印。现在还记得有周立波著的《暴风骤雨》、刘辽逸翻译伏契克著的《绞索勒着脖子时的报告》等。我到达宁波在一家旅馆住下后,有一晚突然遇上警察来查户口,听到警察叫嚷声后,我以为是我们出了事,于是迅速将带来的书放在挂蚊帐的竹圈顶上,幸好没有被发现。第二天我赶紧将它们寄到香港,后来这几本书都在香港翻印出版了。这本来不是我工作范围的事,组织上也没有给我这个任务,万一因此出了事故,不仅我有可能被捕,而且会破坏我担负的工作任务。现在回想起来,深感这样的冒险是不应该的。

1948年八九月间,我和刘建华做再一次去大连的准备。动身前,在上海郊区养病的岳中俊同志介绍一位他的朋友,当时在国民党空军工作的徐思义同志的妻子来找我,她是从北平来的,告诉我徐在一次驾机去东北解放区执行战斗任务时没有回来,估计可能是飞机失事在东北解放区失踪了。徐是抗战期间在湖南时作为读者与岳中俊、刘建华成为朋友的,后来由岳介绍入了党。徐是经过组织同意参加国民党空军的,徐1943年从美国受训回来曾驻在桂林,通过岳的介绍,曾和我建立党的单线联系关系。这次徐失踪后,他的妻子来沪找岳,岳知道我即将去东北,就要她来找我,要我们去大连后设法打听徐的下落。

上次去大连时,大连一些贸易机构给我们的货单中,有一部分是军用的通讯器材。有一天我和刘建华同去一家商行了解他们为我们办货的情况,这个商行设在一条马路(忘其名)的一个弄堂里。当我们快进弄堂时,发现弄堂口有便衣警察的异常情况,便警惕地没有走进去。后来得知这家商行被查抄了,幸而我们警惕,没有自投罗网,否则我们采购军用器材的事会被暴露,那就不堪设想了。

这次去大连,仍是我与刘建华同行,是由浙江平湖乍浦出海。当时是秋季,东南风仍主要是季节风,因此航行较顺利。当我们行驶到山东海面时,船老大从望远镜中看到对面驶来一艘轮船,便说是军舰。我接过望远镜看到前方确有一艘轮船。当时我们最担心的就是遇上国民党军舰,于是当即决定将舱内装的军用器材全部搬到舱面上,万一驶来的确是国民党军舰,我们就将这些军用器材推入海中(因为我们的风帆船是靠风行驶的,想躲也躲不了了,同时我们用的望远镜倍数很小,我们能看到它,它早就看到我们了)。不久,一艘大轮船从我们前方横驶过去,原来这是英商太古公司一条客货轮,造成了一场虚惊。

大概也是航行了七八天到达大连。这次运去的大都是各贸易单位急需的物资,我们得到了较高的利润。我们在进行工作的同时,还通过华东局社会部赵铮同志帮助探听在东北失踪的徐思义同志下落,两三天后,赵就给我们确切的消息:徐因飞机发生故障在东北辽阳降落被俘,先是被关在瓦房店,恰好现在已移到大连来了。我与刘建华同志立刻买了月饼(当时正值中秋)去看他,同时为他写了证明材料,组织上又用电报向当时任济南市市长的徐冰同志调查,徐很快就回电证明徐思义参加国民党空军是经党组织批准的,于是徐思义就立即由阶下囚变为自己的同志了(徐在新中国成立后任高级航校副校长，在抗美援朝战争中曾击落美机而立功）。

我们在大连时听到国民党反动派为了搜刮人民财富（主要是掠夺黄金），在国统区发行了金圆券。当时我们能带回去的货很少，所以只能带黄金回去，但这是很冒险的，万一被搜查出来，不但黄金会被没收，而且会遭逮捕。但除了带黄金又别无他法。这次回航也是在平湖乍浦登陆。登陆时建华同志将黄金藏在一个手摇的留声机内，我则将金条缠在腰上。当我到达上海时天刚蒙蒙亮，我提着一个箱子，主动放在检查人员面前打开让其检查，因缠在腰上的金条太多，当我弯腰开箱时，就感到特别困难，幸而没有被检查人员发现就放行了。回家后我要妻子迅速将黄金送去王泰雷家，第二次去大连的任务就这样顺利地完成了。

第三次进解放区时，建华同志仍去大连，他还是运去大连各贸易单位的所需物资；孙洁人同志和徐伯昕同志第二个儿子徐敏也在这次随去大连（孙到大连后不久，吴毅潮同志病逝，孙就接任大连分店经理）。我则去胶东石岛。这一方面因为上次有些贸易单位订的货要我们运往石岛；另一方面是为了华东局社会部要我在上海搜集五本电话簿（作解放上海后接管工作用），要我送到石岛附近俚岛社会部一个单位去。还有一个重要任务则是护送欧阳章同志和另两位同志（忘其名）并运送一批图书往石岛。

这时石家庄、济南已先后解放，这是第三次国内革命战争首先解放的大城市。三联书店以新中国书局和光华书店名义先后在石家庄和济南开设了分店。设在香港的三联书店总处鉴于新设的分店书籍极少，不能满足解放后的这两大城市读者的需要，因此通知上海办事处派人送书前往支援。因为我要押运几十大箱书籍，所以让欧阳章和另外两位同志先我离沪到宁波等我。当我刚要离沪时，忽然发生了沪甬间班轮"江亚"号在海上爆炸沉没事件（如果我不是因为办理托运手续而延误一天，今天也不能在这里唠叨了）。"江亚"轮的沉没使沪甬定期班轮一度中断，我只得在上海租了一辆大卡车由公路去宁波。

当汽车驶到浙江余姚境内一丘陵山区时，汽车突然坏了，司机去村镇找人修理，我坐在驾驶室内等候。不久，突然来了三个农民打扮的人，两人持手枪，一人持手榴弹，问我是干什么的，我回答是做图书生意的。其中一人爬上汽车，撬开一个木箱，拿出一摞书来，其中有原苏联米丁著《辩证唯物论与历史唯物论》、薛暮桥著《经济学》、范文澜著《中国通史简编》等书。其中一人（可能是干部）看了看书，又看了我问道："卖这些书能赚钱吗？"我说："不能赚钱我做生意干吗？"我反问他："你们是新四军三五支队的吗？"他说："你怎么知道？"我答称："三五支队在浙东赫赫有名，谁人不知，谁人不晓？"他向我笑笑，宣传一通党的工商业政策就走了。我想可能是那几本书使得他们估计我不是一般商人，也就对我心照不宣了。

连同这次我已是第三次去解放区，上次是在宁波办的出口手续，这次也是用行贿方式通过一个与国民党海关有关系的报关行办理了出口手续，这样使我们方便不少。我们租用的船是舟山群岛一带渔民捕鱼的风帆船。当时利用渔船往返国统区与解放区之间做生意的大有人在,所以我们以做生意为名也不惹人注意。这次我们从宁波北上时正值严冬,经常刮西北风,风帆船靠风行驶,由南往北是逆风,只能航之字形,这样不但慢而且非常危险。所以这种季节一般船老板都不愿出海,我们因任务紧迫,只好多出船租,才使船老板勉强同意出航。这次航行经历了一些惊险有趣的场面,所以在下面稍稍多说几句。

我们一行四人乘这条船驶出镇海到达公海,便掉头向北驶去。经过几天艰难航行后,据船老大说已驶到江苏与山东交界的海面。这时突然刮起强烈的西北风。我们将船上的风帆从最高度(就是满帆)落下到四分之一高度(因为完全不扬帆,船就失掉控制而翻掉),即使这样,船还是在狂风恶浪中节节后退。风大浪高,一个巨浪涌来,将船顶到浪尖上,浪退下来,船又像跌落入到深渊,两侧都是高高的水墙。海浪打到舱面上,将船打得猛烈地晃动。在与风浪搏斗中,我们几个乘客都已经晕得不能动弹了。9名水手也有6名晕得精疲力竭。开始时我也很有些恐惧感,但后来心一横反而不怕了。有时还能爬起来帮助水手干点活。

与狂风恶浪搏斗了几天之后,船竟漂到浙江与福建交界的海面上。后来风势终于小了,又经过几天行驶,船便停靠在舟山群岛沈家门港附近的岸边(船上的水手大都住在这一带),在这里休息了一天补充了淡水,又向北驶去。待到山东海面时,忽然又有一阵强烈西北风袭来,将船一直吹向了东南方向。两天以后,船老大说这里快到南朝鲜[韩]海面了。这时船上备用的淡水已所剩无几,船老大规定除饮水和做饭外，淡水不准再作他用。这时距离我们出发已有 27 天了（事后知道刘建华去大连的船这次也航行25 天）。

1948 年年底前后的一天，突然又刮起了来势凶猛东南风，船老大一面烧香拜佛，祈求上苍保佑，一面张罗扬挂满帆，之后航行的速度就很快，真是乘风破浪，这时不但听得船身的两侧的唰唰水声，船在水面上既快又平稳地向前滑行，傍晚时石岛港已经在望了。这时船老大突然下令落帆停驶，原来他从望远镜中看到石岛港里有条军舰，怕是国民党打来了；我接过望远镜一看，确有一条轮船停在港里，正在犹疑时，又从望远镜中看到港口外一个山头上有条红字大标语："打倒蒋介石，解放全中国！"我想如果国民党侵占了石岛，恐不能保留这条标语。这时恰好有一条回港的渔船在我们旁边驶过，我们便拦住他们询问究竟，渔民响亮地回答说，这船是外国给咱们解放区送物资来的，我们这才放心，重新扯起满帆，向石岛飞驶而去。

大家在海上颠簸了将近一个月，又很少吃东西，因此身体都已十分虚弱，我上岸后竟不能站立，欧阳章同志则是请人搀扶着上岸的。上得岸后，我们才知道港口停靠的外国轮船，原来是新知书店老同事唐泽霖同志负责租用的，他是为香港三联书店总处在搞贸易运输工作，这次是从香港运送物资来解放区的。老唐告诉我，三联总处知道我的离沪日期，二十几天没有接到我到达解放区的讯息，估计我们不是在海上遇难就是给国民党抓去了，正在为我们的安全担心着哩。

　　这次虽然经历了一些艰险，人和书总算都安全到达目的地，几十箱书后来由欧阳章同志分别押送到济南和石家庄。想到这些书送到新解放的城市后受到读者欢迎的情景，在海上将近一个月的艰苦生活，也就算不了什么了。

　　送走了欧阳章同志后，石岛外贸局派了两位解放军战士陪同我步行去俚岛的一个机构。由于时值冬季，我穿的是一件中式羊裘皮长袍，从石岛到俚岛经过的地区都是老解放区，沿途农民群众见到两个解放军陪着我，都说是解放军抓住了地主老财，这反映老区的群众觉悟就是高。从俚岛回来时我借了一件军大衣穿在身上，免得再被老乡们看作是地主老财。这次送去的电话簿，后来听说在解放上海前夕，华东各部门在丹阳集训时，曾将它们拆开分类发给各有关单位，对接管工作起了一定的作用。

　　这次航行，除了送人送书外，也运去了一批电讯器材和西药等，还装了很多大米作为掩护。回程因无适当的货物可装，石岛外贸局就付给我们一批黄金作为货款。空船易翻，我们便搬装石头压舱，石岛外贸局局长看到了，就叫我们卸掉石头，免费送给我们五万斤咸鱼。我们返航时仍是经镇海到宁波入境，我在海关申报的是从浙江定海运回的咸鱼，但海关检查人员从盐粒中发现这是北方的咸鱼，因为北方盐粒粗大，定海盐粒较小。这样形势就顿时紧张起来。国民党海关可以说无人不贪，经过请了与我们有关系的那家报关行老板的斡旋和反复讨价还价，结果摆了一桌酒席和两个金元宝（二两黄金）解决了问题。回到上海已是1949年的春节前夕了。

前面说到过的我们的副业机构庆裕纱布号，当时设在上海爱多亚路(今延安东路)华达公报关行楼上，只有一间办公室和一部电话。我们搞副业工作的几个同志经常在那里见面，讨论和安排工作。后来我们有条船去办北解放区，在吴淞口出海时被国民党海关截获，货物被没收，人员被扣留，最后花了30两黄金才将人员赎出(详见许觉民撰写的《夜未央，更著风和雨》，发表在1991年第4期《收获》上)。从那以后，我们都再不去那间办公室，改在各自的家中进行工作了。

# 五

我由石岛回到上海的时候，也正是辽沈、平津、淮海三大战役相继取得伟大胜利，蒋家王朝即将覆灭的时候。刚到上海，就接到香港总处来电，要我立即去港。我记得是1949年3月9日离沪去港的。

到达香港后，见到三联总处负责人徐伯昕和邵荃麟同志。他们告诉我全国即将解放，为了迎接新中国的诞生，党中央正在积极筹备召开人民政治协商会议。中央要求港澳工委负责将为免受迫害暂时留在香港的各界知名人士分期分批地送往北平，参加即将召开的人民政协和文代会，其中有的将参加中央人民政府的筹备工作。他们要求我和郑树惠同志参加这一护送工作。我虽自感任务艰巨，责任重大，但又认识到这任务是光荣而有意义的，也就欣然受命。

　　由于当时香港、天津之间还没有班轮通航,如单独租船则花费太大,因此港澳工委决定通过地下党员办的贸易机构(京华公司)与香港一些民族资产阶级商人合作,合资租船运货去天津销售,返港时则运回我们的传统出口商品,保证他们获得一定的利润。条件是以优惠价让我们组织的 200 多人搭船去津。

　　邵荃麟同志给我们的任务是:一、协助港澳工委办理搭船同志离港的一切手续。二、协助京华公司负责人(忘其名)办理与民族资本家合伙组织贸易事宜。当时参加者共有六家商号,我和郑树惠同志作为新中国书局(即三联书店)的代表参加。三、协助京华公司负责人与合伙者打交道,到天津后安排与我外贸部门联系易货事宜,争取使参加这次贸易的民族资本家能有利可图。四、也是给我的主要任务,就是尽力照顾好乘船同志的生活和安全。特别叮嘱我要照顾好李达先生的生活,说李达先生是毛主席请去的客人。同时告诉我如途中遇到问题时可向冯乃超同志请示报告(我有一段时间,党的组织关系是由冯乃超同志与我单线联系的)。

　　我接受任务后,随即积极开展工作,一方面协助港澳工委派来的同志办理 200 多人的离港手续,另方面办理装载货物的手续。我记得当时装载的大部分是橡胶和化工原料。除上述工作外,主要的是从各方面做好保密工作,因为北上的船要经过台湾海峡,一旦让在香港的国民党特务机关知道我们船上有那么多党员和民主人士,势将造成极其严重的后果。船在离港前,必须向港府有关部门办理离港手续,那时又必须预防香港情报部门得知我们的航行任务后，将情况透露给国民党特务(当时在香港情报部门里有国民党特务)，这是此次航行保密的重要关键。为此我们向港府有关部门(已记不清具体单位)一位负责人送了5000港元(按当时黄金价折算超过现在的五万元)。在我们开船前这位负责人还装模作样地上船来检查，我们告诉他搭船的都是回北方的难民，在船上他见到邵荃麟同志，便问邵："你也走吗?"邵答："我不走，是来送客，走时会告诉你的。"反正他收了贿赂，大家心照不宣。

我们租用的船名叫"宝通"(PRONTO)，是悬挂挪威国旗的，载重4000多吨的货轮。我们买了200多个行军床，放在中间大货舱和甲板上，绝大部分的同志都睡在大舱内，少数需要照顾的则散住在大小不等的舱房，当时的"乘客"中现在还能记得的各界知名人士有阳翰笙、冯乃超、史东山、臧克家、张瑞芳、丁聪、盛特伟、李凌、于伶、黎国荃、周新民、刘王立明、周鲸文、杨玉恒、曾昭抡、李伯球、罗文玉、谭惕吾、黄鼎臣、费振东、汪金丁、严济慈、黎澍、沈其震、吴羹梅、徐伯昕、薛迪畅、胡耐秋、狄超白等，还有广东和越南等地去北平参加妇代会的代表杜君慧、张启凡、何秋明、郑坤廉、杜群玉等七人以及被香港当局封闭的达德学院同学50多人，全船共200多人。

3月20日，我们的船就顺利开航。开航前，大部分乘客都用了假名，相互间都表示并不相识，船驶入台湾海峡时，国民党的空军曾来低空盘旋了数周。当船安全地驶过台湾海峡以后，船上就活跃起来，还组织了一些文娱演出，虽然已过了40多年，当时演出的一些节目至今我的印象还很深刻。那天正好船驶到山东海面，诗人臧克家同志动了乡情,面对大海,满怀豪情地高声朗诵即兴创作的迎接全国解放诗篇。他的乡音飘荡在海面上,那激动的感情更深深感染了在场的每一个同志,博得一阵阵热烈的掌声;还有狄超白同志(这位著名的经济学家已过早地离开了我们)的京剧清唱;曾昭抡教授的访问大凉山彝族地区琐谈;张瑞芳和特伟夫人的歌唱;史东山同志谈电影掌故……丁聪和特伟在节目进行中的打诨也不时引起了阵阵笑声。黎国荃的小提琴独奏和他指挥达德学院同学的合唱以及他们的舞蹈,把文娱演出推向了高潮。这正是在全国人民即将解放的时候,人们都抑制不住内心的喜悦。"宝通"轮的外籍船长看到演出后说:"这些难民真爱玩,他们的水平还很高。"他怎么知道,在这批"难民"里有许多是我们各行各业的精英人物。

经过七天的航行,3 月 27 日我们平安地到达了天津。船没有在大沽口停泊,而直接驶入天津市区内的第二码头。据说这是天津解放后驶入天津市区的第一艘外国轮船,所以引起天津市民的轰动,在码头上围观的人群达数千人。天津市市长黄敬同志、秘书长吴砚农同志亲自来码头迎接。天津市人民政府的接待部门将船上所有的同志都作了妥善的安排,并很快地把他们送到了北平。我这次护送也就顺利完成了。

在完成任务准备返港前,当时担任中宣部出版委员会主任、三联书店负责人黄洛峰同志找我谈话,他知道我曾长期在南京生活过,要我回港后即迅速回上海转赴南京,在南京找关系潜居下来迎接渡江的解放军,并在南京解放后协助接管和筹设三联书店。可是待我返港处理完贸易上的事务后，解放军已发起了渡江战役，而且很快就解放了南京，我的南京之行就只能作罢了。

1949年5月，我又接受一次任务。这次没有单独租船，而是中共港澳工委组织了100多人，由港澳工委又委副书记周而复同志负责，要姜椿芳同志和我协助周完成这次护送任务。我们有组织地让大家分散购买船票，搭乘英商太古轮船公司客轮"岳阳"号（已记不准了）班轮去津，该轮途中将在仁川港停靠。当时那里是在美军的占领下，为了防止国民党特务勾结美军在我们停泊时进行破坏，那天停靠时我们组织了许多同志通宵值班，并叮嘱大家在任何情况下绝不能下船，那次还是较顺利地完成了任务。当时搭船的100多人现在已记不清了，只记得有郭沫若同志的夫人于立群和她几个孩子，还有著名演员舒绣文同志等。这以后，我就留在北京工作了。

在上述将近10年的时间里，我在党组织教育、领导和关心下，做了一些工作，也得到了一些锻炼。如今回想起来，虽然在那一段生活里有曲折、艰苦以至艰险，但我觉得还是过得很充实，而且始终是心情舒畅的。特别是经过那样的道路，我们毕竟胜利地达到了目的——迎来了社会主义的新中国，这尤其使我高兴。

我不能不想到大海和水滴的比喻。在众多的前辈和革命先烈们的光辉业绩中，我实在是一粒微不足道的极小极小的水滴，它也得以溶入这浩淼的大海，这又不能不使我感到由衷的欣慰和幸福。

新中国的确来之不易，我们应该珍爱她。

我们有些什么欠缺,有愧对前辈和先烈们的地方,就应该断然地、毫无犹疑地改正或改变它。

曹健飞,1939 年在贵阳参加读新书店。后曾任中国国际书店总经理。

原载《联谊通讯》(北京)第 58 期,1997 年 10 月 10 日;第 59 期,1997 年 12 月 10 日

# 生活书店化名出书和与人合作建立副牌简介

王仿子　陈正为　许觉民　编订

作者附言：编写此稿的目的，是要把生活书店当年使用过的化名、副牌，作一番清理，立此存照。但因记忆力衰退，资料不全，更因有些原经手人不在了，所以难能做到记录齐全，或有记错的，如曲江的实学出版社出版过什么书，现在一本也查不到。请知情者来函指正，或作补充。来信请寄王仿子。

一家出版社，出了好书，尤其是有革命内容的书，受到广大读者的热爱，却不得不把自己的招牌隐藏起来，用化名（副牌）出书，这样的事情，算得上是出版史上的一件奇事，一件怪事。

这类奇怪事，发生在 20 世纪三四十年代的中国，发生在邹韬奋、徐伯昕创办的生活书店。生活书店因为出版了进步的革命的书刊、抗日救亡的书刊，受国民党反动政府压制、没收、逮捕、查封，全国从总管理处到分支机构有 56 处，最后只剩下重庆一处。然而，生活书店的立场和宗旨不会改变，工作不会停止，作为抵抗日寇、争取民主的号角的书与杂志还是要出的，只是，出版的手段变换了一番,除了一部分继续用生活书店招牌出版之外,开始采用化名或用副牌,以及与人合作建立副牌出书。

1942年徐伯昕在重庆,向周恩来汇报生活书店同仁在万分艰难的条件下,继续为革命出版事业努力工作的情形时,周恩来指示:"在投资合营与化名自营的出版机构中,务必要区分一、二、三条战线,以利于战斗,免于遭受更加严重的损失。"自此以后,生活书店更加有计划地推行一、二、三线分别经营的斗争策略。一线出版机构,出版政治性强的读物,准备随时牺牲的;二线机构偏重出版理论著作,与现实政治接触较少的历史读物和社科基础读物;三线以中外文学名著、知识性读物和工具书为主。这样的经营策略,从大后方重庆、桂林,到日本投降后的上海,一直维持到全国解放为止。

现在按时间先后,把各个化名、副牌机构简略介绍如下:

**世界知识社和黑白丛书社。** 生活书店最早使用的化名。前者出版过《动荡中的欧洲》(1936)[①]、《世界政治》(1937)等;后者有《救亡工作中的干部问题》(1937)、《不做亡国奴》(1938)和《怎样争取最后的胜利》(1938)等,编为"黑白丛书""黑白丛书战时特刊"。在版权页上由生活书店署名总经售。

**中国出版社。** 生活书店在1938年借用中国出版社的名义,出版《共产党宣言》《马恩论中国》《国家与革命》《联共(布)党史简明

---

① 编者注:《动荡中的欧洲》为"世界知识丛书"之九,1936年12月上海初版,生活书店发行。

教程》等。中国出版社成立于 1938 年春。当年在武汉的中共长江局，决定在国民党统治区设立一个以民间面貌出现的出版机构，出版马列主义经典著作。因人员资金等困难，把这个任务交给新知书店的徐雪寒，委托新知书店办理。新知书店从 1938 年开始用中国出版社的名义出版马列主义著作。生活书店在 1938 年，以后和韩近庸合建的华夏书店，都曾借用中国出版社名义出书。

**学术出版社。**1940 年 4 月，鉴于国民党反动派对生活书店的迫害日益严重，决定将《世界知识》《妇女生活》《理论与现实》《战时教育》四种杂志划分出去，单独经营，以免书店被封时受到连累。由主编大型学术季刊《理论与现实》的沈志远主持学术出版社的工作，除出版杂志外，还出版过恩格斯著古典名著《家族私有财产及国家之起源》等。

**妇女出版社。**1940 年 4 月在重庆建立，派胡耐秋主持工作。除出版《妇女生活》杂志外，出版的书有萧红著《回忆鲁迅先生》等。

**立信会计图书用品社。**1941 年，生活书店联合读书出版社、新知书店，以徐伯昕个人名义与立信会计事务所法人代表潘序伦会计师合资在重庆创办的机构。派诸度凝任经理。出版会计方面的书籍，有潘序伦编《成本会计教科书》《高级商业簿记教科书》、（美）劳伦斯著《劳氏成本会计》等。

**国讯书店。**1941 年 1 月，国民党反动派袭击新四军，制造"皖南事变"，在大后方掀起第二次反共高潮，查封成都、贵阳、昆明、曲江的生活书店，桂林分店被勒令停业。至此，全国 56 处机构，只剩下重庆一处。为防止国民党进一步的迫害，邹韬奋、徐伯昕与黄炎培协商,由生活书店与中华职业教育社的国讯旬刊社合作建立书报代办部,将生活书店重庆分店的邮购户和期刊订户移交代办部受理。1942 年秋代办部改名国讯书店,派孙洁人任经理。并把部分纸型,如《革命文豪高尔基》(改书名《高尔基》)、《事业管理与职业修养》等交由国讯书店重印出版。1943 年秋,改组为股份公司,生活书店除由诸度凝参加董事会外,原先派去的工作人员全部退出。

**光夏书店**。1941 年 4 月,徐伯昕到香港后,与读书出版社合作在香港建立的机构,由邵公文、冯景耀主持。出版《许地山语文论文集》、萧伯纳著三幕剧《日内瓦——一页幻想的历史》等,并设门市。1941 年日军侵占香港时停业。

**大众出版社**。1941 年邹韬奋到香港,《大众生活》复刊。复刊号在上海改编排为书的形式,用"中国的光明前途"作书名,化名香港大众出版社出版。

**文林出版社**。1942 年 2 月,由生活书店、读书出版社、新知书店出一半资金,中共南方局出另一半资金,在重庆建立的机构。派方学武任经理,聘请曹靖华主编"苏联抗战文艺译丛",聘请孔罗荪任"文艺丛书"主编。出版有《丹娘》《光荣》《魔戒指——鲜红的花》[①]《马门教授》《新木马计》和郭沫若的《屈原》、华嘉的《香港之战》等书。

---

① 编者注:重庆中苏文化协会编译委员会出版,文林出版社总经售版书名为《鲜红的花》。

**峨嵋出版社。**鉴于当年大后方买不到鲁迅著作,沈钧儒从做律师的收入中拿出资金,委托生活书店于 1942 年 3 月在重庆建立峨嵋出版社。派仲秋元任经理,聘请吴涵真出任发行人。由鲁迅先生纪念委员会授权,出版《且介亭杂文集》《二闲集》《花边文学》《两地书》等单行本和研究、回忆鲁迅的著作《鲁迅的创作方法及其他》《民元前的鲁迅先生》《亡友鲁迅印象记》。同时出版了吴泽著《中国历史研究法》《中国历史简编》等史学著作和沈钧儒诗文集两种。第二年又编辑出版"抗战建国丛刊",有张志让等著《国际与外交》、张申府等著《民主与宪政》、沈志远编著《中国经济的现状与对策》等。此外,还出版文艺作品。三年多时间共出书三十余种。抗战胜利后迁上海,由方学武出任经理。出版《华莱士的呼声》《中国历史简编》,重印《且介亭杂文集》《民元前的鲁迅先生》等。

**三户图书社。**早在 1940 年,冯玉祥派秘书王倬如到桂林,与生活书店合作建立三户图书社。生活书店派赵德林(赵筠)主持出版工作。出版冯玉祥的著作《我的生活》《抗战哲学》《抗战诗歌集》等,并设门市销售。1941 年 2 月,生活书店桂林分店被迫停业,生活书店又派贺尚华任三户图书社经理,意图由三户图书社接替桂林分店的出版发行业务。5 月,三户图书社一度被查封。8 月间,徐伯昕从重庆到桂林,对桂林(西南区)的工作重新作出全面安排,抽调赵德林建立学生出版社,派李伯纪建立文学编译社。此后,三户出版的有沙汀的《群力》、艾芜的《冬夜》、田间的《给战斗者》、艾青的《诗论》、胡风的《论诗短札》,以及《坏孩子和别的奇闻》等。用华孚、中孚的化名,出过路翎的《饥饿的郭素娥》等。还承担熊佛西主编的《文学创作》月刊的总经售。

**学艺出版社。**1942 年 8 月在桂林建立，由赵筠主持。1943 年秋，派方学武任经理，赵筠任副经理。为了避免桂林图书审查委员会的注意，初创时期出版《怎样制肥皂》《珠算速计法》《世界科学名人传》等。以后陆续出版吴泽的《中国社会简史》、茅盾的《劫后拾遗》等。同时化名文学出版社、自学书店、新少年出版社分别出书。1944 年日军进迫桂林时停业。

**文学出版社。**学艺出版社的化名（不挂招牌，不设独立机构）。以出版世界文学名著和有关文学的著作为专业。如 L. 托尔斯泰的《安娜·卡列尼娜》、高尔基的《三人》《海燕》、巴甫连科的《复仇的火焰》、肖洛霍夫的《被开垦的处女地》、富曼诺夫的《夏伯阳》、韬奋编译的《革命文豪高尔基》等。也有在上海排印，拿纸型到桂林出版的，如欧阳山的《战果》。在当地组稿的有刘建菴的木刻《高尔基画传》。

**自学书店。**学艺出版社的化名。以重印生活书店的"青年自学丛书"为主要出版任务。计有华岗的《社会发展史纲》、茅盾的《创作的准备》、沈起予的《怎样阅读文艺作品》、孙起孟的《写作方法入门》、胡风的《文学与生活》等。

**新少年出版社。**学艺出版社的化名。以少年儿童为读者对象，重印生活书店出版过的少年儿童读物，如班台莱耶夫的《表》《文件》、伊林的《书的故事》、张志渊的《鹰和它的奴隶们》等。

**文学编译社。**1942 年 8 月建于桂林，派李伯纪主持，出版的书有碧野的《三次遗嘱》、姚雪垠的《M 站》、张煌的《种子》，以及杰克·伦敦的《马丁·伊登》等。并继承办理生活书店的邮购业务。

**实学出版社。**1942 年 8 月,派卜钟俊去曲江与人合作建立,出版实用读物。1943 年撤出。

**生生出版社。**1943 年在重庆建立,薛迪畅任经理。出版张友渔的《中国宪政论》,韩幽桐的《走向民主——宪法与宪政》,胡绳的《在重庆雾中》,于怀(乔冠华)的《宽阔光明的道路》,马克思·威尔纳著、于怀译的《论第二战场》等。

**文阵社。**生活书店创办。由茅盾主编的《文艺阵地》,1938 年 4 月在汉口创刊,曾先后在广州、香港、上海编印,1941 年起在重庆出版。第 7 卷开始由以群编辑,第 7 卷第 4 期后更名为《文阵新辑》,以丛书的形式出版。1944 年,出版第 3 辑时用《纵横前后方》作书名,化名文阵社出版。

**人民出版社。**1945 年 5 月,黄洛峰传达中共南方局意见,大意是:抗日战争即将胜利,胜利后的新中国,进步的出版发行事业必将有大的发展。为了集中力量迎接这个新局面,生活、读书、新知三家应该联合起来。三家书店负责人接受这个建议后,第一步先成立三家书店的联合生产部,派仲秋元、范用负责。除旧版重印书继续用三家名义出版外,新书用人民出版社的名义出版。编入"人民丛刊"出版的有:爱泼斯坦的《毛泽东印象》,李普的《解放区的民主政治》,陶端予、罗烽著《新社会的新教师》,以及《光荣归于民主》《反对内战》等。

**韬奋出版社。**日本投降,徐伯昕率领隐居在上海的同事,为生活书店在上海复业而积极奔走。1945 年 10 月 10 日,生活书店门市在吕班路(今重庆南路 6 号)开业,同时恢复编辑出版工作,用隐藏在上海的纸型重印本版书外,又运用斗争策略,分别建立一、二、三线的机构,化名出书。新创刊的《民主》周刊于 10 月 13 日出版创刊号。当出版杨明(胡耐秋笔名)著的《韬奋先生的流亡生活》时,使用化名"韬奋出版社"。接着出版韬奋的著作《患难余生记》《抗战以来》《对反民主的抗争》等均用此化名。

知识出版社。1945 年冬,出版沙汀的《随军散记》(原名《记贺龙》)时使用的化名。接着出版茅盾的《腐蚀》、罗果夫的《斯大林与文化》等。华夏书店成立后,转移为华夏书店的化名,出版丁玲的《一颗未出膛的枪弹》、周而复的《白求恩大夫》等。[①]

骆驼书店。日本投降前,为照顾韬奋疾病,徐伯昕留在上海。那时曾特约一些翻译家,以斗米千字致酬,储存了一批世界文学名著的译稿。生活书店复业后,即用骆驼书店这一化名,专门出版世界文学名著。为了争取时间、节约成本,出版傅雷译作《约翰·克利斯朵夫》时,用商务印书馆的纸型,先印了一版。紧接着出版傅雷译巴尔扎克的《高老头》《亚尔培·萨伐龙》和罗曼·罗兰的《贝多芬传》,董秋斯译、斯坦倍克著《相持》和加德维尔的《烟草路》等。1946 年秋,建成独立的机构,由赵筠任经理。继续出版郭沫若、高地、傅雷、曹靖华、董秋斯、罗稷南、蒋天佐、郑伯华、陈敬容等译作,有 L. 托尔斯泰、巴尔扎克、斐定、迭更司、杰克·伦敦、A. 托尔斯泰、安徒生的作品,包括《战争与和平》《欧也妮·葛朗台》《城与年》

---

① 编者注:《一颗未出膛的枪弹》《白求恩大夫》为知识出版社发行,华夏书店总经售。

《大卫·科波菲尔》《双城记》《荒野的呼喊》《两姊妹》《安徒生童话选集》等。1949 年上海解放时结束。

**华夏书店。**为让从日伪统治下解放出来的读者很快读到毛主席著作，生活书店于 1945 年冬派许觉民与进步人士韩近庸自资建立华夏书店。韩任经理，许任副经理。华夏是一个冲锋陷阵、随时准备牺牲的一线机构。一开头就出版解放前秘密排版、打好纸型、等待时机的《论联合政府》，用中国出版社的名义出版。紧接着陆续出版《在延安文艺座谈会上讲话》（改书名为《论文艺问题》）、《新民主主义论》、《论共产党员修养》、《整风文献》、《评〈中国之命运〉》、《中国四大家族》等以及介绍解放区的《光荣归于民主》《苏北真相》等书。为尽可能迷惑反动派，曾化名丘引社、拂晓社、燕赵社等，有的是出一本书换一个化名。用华夏的名义出版的有沙汀的《播种者》、艾芜的《我的旅伴》、吴泽的《康有为与梁启超》、邓初民的《世界民主政治的新趋势》、艾寒松的《大众革命知识》等。华夏书店遭受反动派多次查抄，1947 年底终于被封闭。

**致用书店。**派孙明心任经理。在 1947—1949 年间，出版杨培新的《新货币学》《经济新闻读法》、茅盾的《杂谈苏联》、杜守素的《怎样写论辩文》、李凌的《新音乐自修读本》等。

**士林书店。**派邱正衡任经理。继承"青年自学丛书"的传统，出版基础知识读物为主。在 1948—1949 年间出版有刘尊棋的《美国侧面像》、俞燊的《论美国主义》、刘思慕的《战后日本问题》、林秀编译的《苏联经济小史》、陶大镛的《社会主义思想史》、周建人的《田野的杂草》等。

以上，化名、副牌共 27 家，加华夏书店偶尔使用的丘引社、拂晓社、燕赵社和三户图书社用过的华孚、中孚，合计 32 家。

几点说明：

1. 编入本文的限于生活书店化名出书和设立有机构、有专人负责的副牌，以及与人合营（包括与读书出版社、新知书店）出书的机构；

2. 生活书店化名经营，以及与人合营的图书销售机构或其他副业（如光华贸易行等）不编入。印刷厂与杂志社（不出书的）也不编入；

3. 生活、读书、新知三家书店联合派人到解放区去开店出书，如到延安，到华北、华东、东北解放区去经营出版发行业务，适宜于另外编录介绍；

4.《生活书店史稿》附录二、《生活书店图书目录》中提到的化名（副牌）22 家，编入本文 19 家；附录三《全国生活书店总管理处、分、支店简况一览表》中，有"化名单位"、"与读书、新知合作"单位、"与其他单位与个人合作单位"56 家，编入本文 24 家。前者有 3 家、后者有 32 家没有编入。所以没有编入，除前面已经说明的原因外，尚有：①对国民出版社、国际书屋，无法确认与生活书店的关系；②关于桂林（一说重庆）的远东出版社，在桂林和重庆工作过、而今健在的书店同人，都不知道有这家出版社；③自由出版社出版过一本罗家衡的《中华民国宪法刍议》，但据在该社工作的沈百民确认，生活书店与王造时合作期间的自由出版社是一个经营零售业务的店，没有出过书，此书的出版与生活书店无关；④南国出版社由一王先生出资建立,聘请生活同人陈云才去主持出版发行业务,经徐伯昕同意,并推荐楼适夷任主编,但不是书店的副牌。

历史是不会改变的,人的记忆难免有错误。我们企图尽量保留历史真面目,然而,恐怕不容易做到百分之百的准确无误。

王仿子,1939 年在衡阳参加生活书店,后曾任文物出版社社长、中国出版工作者协会副主席。

陈正为,1939 年参加生活书店。后曾在新闻出版署工作。

许觉民,1937 年在上海参加生活书店,后曾任中国社会科学院文学研究所所长。

原载《联谊简讯》(北京)第 3 期,2002 年 9 月 1 日

# 生活书店、读书出版社、新知书店机构名录（1932—1950）

**生活书店**

生活书店总管理处（上海—汉口—重庆—上海—香港）

生活书店东南分管理处（香港）

生活书店西南分管理处（桂林）

| | |
|---|---|
| 生活书店上海分店 | 生活书店汉口分店 |
| 生活书店广州分店 | 生活书店西安分店 |
| 生活书店重庆分店 | 生活书店长沙分店 |
| 生活书店成都分店 | 生活书店宜昌分店 |
| 生活书店万县分店 | 生活书店衡阳分店 |
| 生活书店桂林分店 | 生活书店兰州分店 |
| 生活书店贵阳分店 | 生活书店六安办事处 |
| 生活书店南郑办事处 | 生活书店昆明分店 |
| 生活书店香港分店 | 生活书店新加坡分店 |
| 生活书店余姚分店 | 生活书店金华分店 |
| 生活书店南昌分店 | 生活书店吉安支店 |

生活书店丽水支店　　　　　生活书店常德分店

生活书店沅陵支店　　　　　生活书店梧州支店

生活书店柳州支店　　　　　生活书店南宁支店

生活书店巴东办事处　　　　生活书店遂川支店

生活书店恩施支店　　　　　生活书店南平支店

生活书店零陵支店　　　　　生活书店百色支店

生活书店桂平支店　　　　　生活书店於潜临时办事处

生活书店乐山支店　　　　　生活书店天目山临时营业处

生活书店福州支店　　　　　生活书店曲江支店

生活书店屯溪支店　　　　　生活书店梅县支店

生活书店玉林办事处　　　　生活书店广州湾支店

生活书店宜川临时营业处　　生活书店战地书店(云岭新
　　　　　　　　　　　　　四军军部所在地)

生活书店立煌支店　　　　　生活书店罗定支店

生活书店开江支店　　　　　生活书店鄞都支店

生活书店天水支店　　　　　生活书店南城支店

生活书店邵阳支店　　　　　生活书店甘谷办事处

安生书店(香港)　　　　　　远东图书公司(上海)

兄弟图书文具公司(上海)　　学术出版社(重庆)

学艺出版社(桂林)　　　　　文学出版社(桂林)

远东出版社(上海)　　　　　妇女出版社(重庆)

白学书店(桂林)　　　　　　新少年出版社(桂林)

乐群书店(桂林)　　　　　　新光文具公司(上海)

生生出版社(重庆)　　　　　　实用书店(上海)

致用书店(桂林)　　　　　　　华孚出版社(桂林)

和安书店(柳州)　　　　　　　士林书店(上海)

民主周刊社(上海)　　　　　　持恒函授学校(香港)

韬奋出版社(上海)　　　　　　新生图书服务社(上海)

## 读书出版社

读书出版社总管理处(重庆)

读书生活出版社(上海—汉口—重庆)

读书生活出版社(广州办事处)　　读书生活出版社成都分社

读书生活出版社昆明分社　　　　读书生活出版社桂林分社

读书生活出版上海办事处　　　　读书生话出版社香港办事处

辰光书店(上海)　　　　　　　鸡鸣书店(上海)

实践出版社(上海)　　　　　　新光书店(桂林)

明华书店(成都)　　　　　　　建业文具公司(桂林)

金碧文具公司(昆明)　　　　　义聚公商行(彭水)

## 新知书店

新知书店(上海)

新知书店总管理处(武汉—桂林—重庆)

新知书店(重庆)　　　　　　　新知书店(桂林)

新知书店(广州)　　　　　　　新知书店(辰溪)

新知书店(长沙办事处)　　　　新知书店(襄阳)

新知书店(昆明)　　　　　新知书店(金华)

新知书店(丽水)　　　　　新知书店(龙泉)

新知书店(宜山)　　　　　新知书店(香港)

新知书店(常德)　　　　　桃源书店(桃源)

桃源分店(衡阳)　　　　　新知分店特约分销店(温州)

新知书店(南阳)　　　　　华联图书公司(台山)

中国出版社(上海)　　　　中国出版社(汉口)

秦记西南印刷厂(桂林)　　亚美书店(上海)

远方书店(上海)　　　　　远方书店(桂林)

南洋书店(香港)　　　　　南海出版社(香港)

文山书店(吉安)　　　　　裕丰行(桂林)

珠江食品店(重庆)　　　　泰风公司(上海)

同丰行(上海)　　　　　　实学书局(桂林)

实学书局(成都)　　　　　实学书局(广州)

实学书局(长沙)　　　　　实学书局(柳州)

实学书局(重庆)　　　　　实学书局(成都)

章贡书局(赣州)　　　　　亚美图书社(重庆)

东方出版社(厦门)

云岭抗敌书店(云岭新四军军部所在地)


## 合作机构

随军书店(在云岭新四军军部所在地)

读新书店(贵阳)　　　　　大公书店(桂林)

西南书店(柳州)　　　　　中南图书公司(曲江)

文林出版社(重庆)　　　　　朝华书店(北平)

人民出版社(重庆)　　　　　兄弟图书公司(广州)

兄弟图书公司(连县)　　　　兄弟图书公司(八步)

兄弟书店(长沙)　　　　　　永年书局(上海)

光夏书店(香港)　　　　　　沪光书局(重庆)

茂文堂(昆明)　　　　　　　蓉康书店(成都)

新创造出版社(台北)　　　　庆裕纱布号(上海)

华北书店(延安)　　　　　　华北书店(晋东南)

大众书店、韬奋书店(苏北)　苏北文化服务社(苏中)

光华书店(烟台)　　　　　　光华书店(石岛)

光华书店(潍坊)　　　　　　光华书店(大连)

光华书店(济南)　　　　　　光华书店(瓦房店)

光华书店(沈阳)　　　　　　光华书店(长春)

光华书店(哈尔滨)　　　　　光华书店(佳木斯)

光华书店(安东)　　　　　　光华书店(齐齐哈尔)

光华书店(朝鲜平壤)　　　　光大印刷厂(大连)

生活报社(大连)　　　　　　新中国书局(石家庄)

新中国书局(北平)　　　　　新中国书局(天津)

新中国书局(徐州)　　　　　新中国书局(开封)

三联书店管理委员会(香港)　三联书店总管理处(北京)

三联书店(北京)　　　　　　三联书店(香港)

三联书店(天津)　　　　　　三联书店(上海)

| | |
|---|---|
| 三联书店（沈阳） | 三联书店（哈尔滨） |
| 三联书店（大连） | 三联书店（广州） |
| 三联书店（西安） | 三联书店（长沙） |
| 三联书店（济南） | 三联书店（开封） |
| 三联书店（重庆） | |

### 附：与社外合作机构

| | |
|---|---|
| 联营书店（重庆） | 联营书店（成都） |
| 联营书店（汉口） | 联营书店（北京） |
| 华夏书店（上海） | 国讯书店（重庆、香港） |
| 三户图书社（桂林） | 立信会计图书社（重庆、桂林） |
| 大众生活周刊社（香港） | 文学编译社（桂林） |
| 峨嵋出版社（重庆） | 自由出版社（上海） |
| 知识出版社（上海） | 实用出版社（曲江） |
| 拂晓社（上海） | 丘引社（上海） |
| 通惠印书馆（上海） | 大华印刷厂（重庆） |
| 美生印刷厂（上海） | 建华印刷厂（桂林） |
| 建华文具公司（桂林） | 光华贸易行（桂林） |
| 正泰行—德和行（上海） | 裕中行（重庆） |

### 附：派出干部经营机构

| | |
|---|---|
| 延成贸易行 | 建设贸易行 |
| 建设印刷厂 | 新光百货公司 |

群益出版社　　　　　　　　进修出版社

文化供应社

原载《联谊通讯》（北京）第 62 期,1998 年 6 月 10 日本书在选编过程中，得到了老三联人及其后人的倾力支持和授权。虽毕其功于一事，仍难尽善周全。尤为遗憾的是，个别篇目的作者（后人）我们未能联系到。

　　三联书店灯光常在，三联之家召唤频仍，希望这本我们共同的记忆之书，让我们重逢。

**图书在版编目(CIP)数据**

书店灯光/韬奋纪念馆编. —上海:上海三联书店,2023.12
ISBN 978 - 7 - 5426 - 8247 - 5

Ⅰ.①书… Ⅱ.①韬… Ⅲ.①三联书店-纪念文集
Ⅳ.①G239.22 - 53

中国国家版本馆 CIP 数据核字(2023)第 181964 号

# 书店灯光

编　　者 / 韬奋纪念馆

特约编辑 / 毛真好　王吉安
责任编辑 / 吴　慧
装帧设计 / 姜　明　徐　徐
监　　制 / 姚　军
责任校对 / 王凌霄

出版发行 / 上海三联书店
　　　　　(200041)中国上海市静安区威海路 755 号 30 楼
联系电话 / 编辑部:021 - 22895517
　　　　　发行部:021 - 22895559
印　　刷 / 上海盛通时代印刷有限公司

版　　次 / 2023 年 12 月第 1 版
印　　次 / 2023 年 12 月第 1 次印刷
开　　本 / 890 mm × 1240 mm　1/32
字　　数 / 350 千字
印　　张 / 16.625
插　　页 / 8 页
书　　号 / ISBN 978 - 7 - 5426 - 8247 - 5/G · 1690
定　　价 / 98.00 元

敬启读者,如发现本书有印装质量问题,请与印刷厂联系 021 - 37910000